本书为广东外语外贸大学所承担省“211 工程”三期重点学科建设项目“人文学中心建设——比较文化视野的文学通化研究”系列成果之一

本书为广东省普通高校人文社会科学研究重点项目（编号 06JDXM750002）研究成果

人文学丛书

主编 栾栋

20世纪法国小说的“存在”观照

徐真华 张弛 主编

暨南大学出版社
JINAN UNIVERSITY PRESS

中国·广州

图书在版编目（CIP）数据

20 世纪法国小说的“存在”观照/徐真华，张弛主编. —广州：暨南大学出版社，2011. 12

（人文学丛书·第一辑）

ISBN 978-7-5668-0013-8

Ⅰ. ①20… Ⅱ. ①徐…②张… Ⅲ. ①小说研究—法国—20 世纪 Ⅳ. ①I565. 074

中国版本图书馆 CIP 数据核字（2011）第 214415 号

出版发行：暨南大学出版社

地　址：中国广州暨南大学
电　话：总编室（8620）85221601
　　　　营销部（8620）85225284　85228291　85228292（邮购）
传　真：（8620）85221583（办公室）　85223774（营销部）
邮　编：510630
网　址：http：//www. jnupress. com　http：//press. jnu. edu. cn

排　版：广州市天河星辰文化发展部照排中心
印　刷：佛山市浩文彩色印刷有限公司

开　本：787mm×960mm　1/16
印　张：21. 125
字　数：350 千
版　次：2011 年 12 月第 1 版
印　次：2011 年 12 月第 1 次

定　价：38. 00 元

总 序

栾 栋

克服“单面人”生产和突破“块垒式”教学，探索宽基础、大口径、深层次培养通识通才的途径，是世界所有高校的重大难题，也是广东省建设文教大省不可回避的关隘之一。近几年我们以省重点扶持学科比较文学为依托，进行了集约性融通的尝试，一系列成果聚焦于“人文学中心建设——比较文化视野的文学通化研究”。2008 年底，我们以此为题，获省“211 工程”三期重点学科建设工程立项，一个融通人文学科的核心实践在广东外语外贸大学拉开序幕。

何谓人文学？从学科脉络上讲，她是研究文史哲互根的学问；从学术本质上看，她是求索中西学融会的艺术；从学理辐射而论，她是探讨教科文贯通的方略。我们将之作为文学化感通变的“核心加速器”，从“比较文化视野”多向度运作，以推动中外语言文学的通化性研究。这是我们创新团队数十年的精心设计，是我校长期师资建设和学术积累的集成绽放，是我校比较文学在本科、硕士、博士、博士后授权点配套后的新拓展，尤其是我校作为省属涉外型重点大学对“明德尚行，学贯中西”校训的认真践履。

“人文学中心”是广东省文科基地重点项目建设的一个工作站。本中心面向海内外招聘学术带头人和教研骨干，大力推动国内外同行间的多向交流。旨在打破近代以来人文领域分科治学人为分界的局限，同时坚守合理的规则，以具有长远规划、长期积累和趋向性影响的重大项目实施，带动人文主干学科多面建设。

从省文科基地已经完成的“人文学研究”成果和全校人文力量的整合情况来看，以“人文学中心建设——比较文化视野的文学通化研究”为题，全面推进省“211工程”三期重点学科建设项目的效率日益加强。广东外语外贸大学的人文人为学校、全省和全国高教界践履这一历史使命的努力正在稳步付诸实施。

本团队积极进行中外语言文学的教研改革，力求在人文学探索上有较大的突破，把中心建成教学科研、学术交流和资料信息的综合平台，努力实现省内领先、国内出色的目标，扩大在国际学术界的知名度。增强实力，协调运作，承担对本学科发展具有中长期导向作用的重大课题，使中心成为国内外有一定影响力的人文学高层次人才培养基地和文史哲通化研究的资料中心。

“人文学丛书”是“人文学中心”建设的一个信息窗口，她将本项目的水平标高展现给社会。“人文学丛书”也是“文学通化研究”的一个交流平台，她把本团队融贯文史哲和勾兑中西学的成败利钝呈现出来，与学界同仁共同品鉴。这套丛书包含三个方面的内容，其一是人文学原理与方法探要，其二是中外文史通义问题求索，其三是中外文学通化现象研究。毋庸讳言，这样一套丛书的编著，连同上述“人文学中心”建设的重大任务，都属于既“吃螃蟹”也“尝蜘蛛”的艰险行为。但是全球化的历史潮流迫使我们斗胆进取，面对国际教科文演变的一道难题，中国的人文学者总得交出自己的答卷。

“人文学丛书”第一辑收入十部著作，其一是陈桐生教授的《七十子后学散文研究》。在中外文学研究中诗文是大板块。源头探索亟待突破，上游研究尤需透解。我在《诗语思通释》讲稿中谈过自己的浅见，原语见原诗，散字出散文，散语是酵母，神话是前身。中国散文的源头在散语，其风气之先当属神话。神话是散语，散语是散文的前奏。散文在三代发轫，春秋跃如，战国辉煌，几近诸体大备。春秋至战国间散文如何变化？春秋散文与战国散文如何衔接？学界较多地描述了显见文本，但是对内在的深层关联发掘不够，因而对二者之间的起承转合缺乏吃紧处的勾连。陈教授学富五车，满腹经纶，已有十多部关于先秦两汉文史思想的学术著作问世。此次推出的《七十子后学散文研究》是其先秦文学研究的又一重要成果，正好填补了这个空白。“七十子后学散文”的概念是陈教授首揭首倡，从中传达出的人文学术变迁理论发人深思。在散文学源头最能看到散文乃至广义文科演进的关键性转折。《七十子后学散文研究》可谓既观衢路又照隅隙的力作。

按著作内容的时代顺序排列，第二本是孙雪霞副教授的《比较视野中的〈庄子〉神话研究》。作者对神话的界说耐人寻味。她称“神话是一种成就某些深远意义的让信众们信以为真并产生期许或向往的叙事”。“神话在《庄子》中‘不成体系’，以‘交界线’与‘块茎’的样态在场。”“神人之神采、畸人之神奇、异人之神秘，共同构成了《庄子》生气盎然之神话世界。具体而言，有于喁相随、六合祥和、以无观有、物我启蔽、始源浑然等几个向度。”作者在世界神话史的大背景中审度《庄子》神话的价值，将之视作原始文化与文明文化并存的最鲜活的例子。同时也以《庄子》神话反观西方神话，语涉中外，笔走龙蛇，多向比较，新见风发，其眼光、才气和胆魄都有超乎惯常思维之处，为人文学研究系列增加了一个新品种。

何国平教授的《山水诗前史——从〈古诗十九首〉到玄言诗审美经验的变迁》，李祥伟副教授的《走向“经典”之路——〈古诗十九首〉阐释史研究》，何光顺副教授的《玄响寻踪——魏晋玄言诗研究》，是一组颇见功力的学术成果。“古诗十九首”如何成为经典？玄言缘何富于诗意？“山水诗前史”给我们提供了什么样的审美经验？三位作者从不同视角探幽览胜，为这些问题找出了很有深意的答案。这三部专著都涉及两汉魏晋的思想文化、历史、逻辑、诗歌、玄思，纵横交织，五彩错杂，这些形同万花筒一般的变化，经三位作者的苦心经营，擘画出了文史发展的大脉络，让读者享受到情在词外、状溢目前的生动诗学解读。

路成文教授的《咏物文学与时代精神之关系研究——以唐宋牡丹审美文化与文学为个案》是以唐宋牡丹玩赏及相关文学艺术活动为研究对象的学术专著。人爱花，花解语，“物色之动，心亦摇矣”。路教授于诗词研究有年，文史造诣不菲，熟谙咏物，雅人深致，目往还，心吐纳，情有赠，兴如答，展现给读者的是一幅“情感七始，化动八风”的优美画卷。进而言之，他通过人与牡丹的审美关系，发掘出了中国牡丹文化的花情结，阐明了社会、文史、自然（花卉）之间的美意识，时代风俗从花前月下流衍，人文大旨因姹紫嫣红增色。

刘小平教授的《有根的文学——文化视野下的中国现当代文学取样》是探索中国现当代文学元素的学术专著。徐真华和张弛主编的《20世纪法国小说的“存在”观照》，是对百年来法国小说的哲理性解读。“有根的”中国现当代文学与“存在”的20世纪法国小说，都让人领略到世界的开放和文学的交汇，都让人明了地球村的鸡犬之声相闻，都让人感悟到人文学的形之上下互动。小说，以及广义的文化，都进入了盘根错节的新时代，都遇到了新的文史通义的挑战。

马利红副教授的《法国副文学学派研究》，是人文学丛书的一个亮点。她为本丛书提供了文学及其理论研究的另一种视角。La paralittérature 被法中两国学界通解为副文学，马利红根据栾栋教授关于辟文辟学辟思的新文学理论，不仅对这个学派作了深入的解析和全新的界定，而且给予了多方面的阐扬和跨文化的救助。具体而言，哀其局限，救其弊端，解其困惑，助其超越。可以说，作者给进退维谷的副文学学派打开了四通八达的衢路，副文学及其学派从此有了辟文学的前途和可通化的期盼。

张静博士的《借光诗学——马利坦诗学研究》是对法国哲学家和神学理论家马利坦诗学的专题研究。在现代社会各种理论气势磅礴而传统宗教江河日下的大背景下，信仰危机非常尖锐地摆在人类面前。马利坦是西方为数不多的大神学家，他在坚守天主教信仰的同时，也在深刻地思索社会的变化和人类的未来。其神化诗学集中体现了这样的神学宗旨。我国对马利坦的研究还处于评介阶段，擘肌入理的研讨尚不多见。张静博士在这方面用功甚勤，不论是资料收集，还是学术解析，都做出了相当的成绩。她非宗教信徒，读者可以从其客观的评述中感受到马利坦及其研究者的人文深衷。

上述十种论著从不同角度阐发了人文学的一些大方面。表面上看，这些著作云行雨施，各有所专，与建设人文学中心的主旨若即若离，实际上它们都很贴近人文学思想的大主题，每部专著都从治学理路上体现了“文史哲互根”的思想，从学术格局上追求“中西学融通”的大端。细心的读者可以从每本书的字里行间看到历史与人文的磨砺，看到思想和逻辑的扭结，看到学问与学科的切磋。这些都预示着人文学在起根发苗。

这套丛书的主编是广东外语外贸大学外国文学文化研究中心主任栾栋教授，他是广东省“211工程”三期重点学科建设项目“人文学中心建设——比较文化视野的文学通化研究”的首席科学家。该丛书的总策划是暨南大学出版社总编辑史小军教授。

人文学丛书的出版刚开了一个头，人文学中心建设的四个创新团队在夜以继日地工作。第二辑（十部书稿）的撰写正在有条不紊地进行。与此同时，我们还在准备另一个系列——“人文学译丛”的出版工作。此外，人文学术走出去的思路也在酝酿中。对于广东外语外贸大学的人文学者而言，人文学中心建设是一个持之以恒的学术追求，人文学研究未有穷期。

2010年10月19日

于广州白云山麓

前　言

我们需要的书，应该是一把
能击破我们心中冰海的利斧。

（卡夫卡）

思想与音乐的共同点是流动性（fluidité）与变易性（variation）。文字使思想凝结，乐谱为音律赋形。在法语中，“traduire”一词除了有“将话语和文本转换成另一种语言”这一意思之外，还有“表达情感与思想使其可以被感受得到”之意。因此，法语的格言“翻译即背叛”（Traduire est de trahir.）说的不仅是两种语言之间的转换，还涉及从思想到语言间的转换。①

在长诗《空虚的人们》（*The Hollow Men*，1925）中，T. S. 艾略特（1888—1965）指出：人能想的与他能做的，二者之间存在着无法弥补的落差：

在理念
与现实之间
在运动
与行为之间
落下了阴影

---

① 参看 Josette Rey-Debove et Alain Rey（dir.），*Le Nouveau Petit Robert*：*Dictionnaire alphabétique et analogique de la langue française*，Paris：Dictionnaires Le Robert，1993，pp. 2234 – 2235，以及《拉鲁斯法汉双解词典》（*Larousse Compact*：*Dictionnaire de la langue française avec explications bilingues*），北京：外语教学与研究出版社 2001 年版，第 1938 页。

因为你的是天国[1]

在孕育
与创造之间
在情感
与回应之间
落下了阴影
生命是太长久了

在欲望
与痉挛之间
在潜在
和存在之间
在本质
与降临之间
落下了阴影
因为你的是天国[2]

在中文语境中，我们常常看到对两种语言转换过程中“背叛”现象的批评与谴责。我们有时痛感“词不达意”，为“说得越多越说不清楚”而感到困惑，其实这已经注意到了语言对思想的背叛事实。远在维特根斯坦

---

① 根据《马太福音》的记载，耶稣在《登山宝训》一开始即宣告说：“虚心的人有福了，因为天国是他们的。”（和合本5：3）这句话钦定本（KJV）的英文翻译是：“Blessed are the poor in spirit：for theirs is the kingdom of heaven.”在《主祷文》中，他教导门徒如此祷告：“愿你的国降临，愿你的旨意行在地上，如同行在天上。”（和合本6：10）其钦定本的翻译是：“Thy kingdom come，Thy will be done in earth，as it is in heaven.”T. S. 艾略特这句诗可能是对这些经文的改写。如此，诗句中特指的“你的”（Thine）就是指“（耶稣基督所显明的）神的”，而特指的“王国”（Kingdom）就是指“天国”。从这个角度来看，这句突兀的诗才可以得到合理的解释。

② Thomas Stearns Eliot，*The Complete Poems and Plays of T. S. Eliot*，London：Faber and Faber，1969，p. 85.

之前，禅宗就表达了对语言的不信任，认为它是误解的根源[1]，因此主张“不立文字，不落言筌”，转而寻求直接地“以心传心”。佛祖在灵山大会上拈花不语，五百罗汉中唯有迦叶以微笑回应，其他人却莫名其妙。佛祖以为他想说而未说的已经被迦叶感知了，所以不发一言即结束了当日的“讲座”。这个故事被视为禅宗的源头。问题在于：无人知晓佛祖想表达的思想是什么，因为他什么也没有说；迦叶到底明白了什么，大概连佛祖也不得而知，因为他什么都未说。

唐末司空图（837—908）论诗，主张“不着一字，尽得风流”[2]。他要求的是诗歌语言的含蓄和婉转，反对一览无余的直白，并不是说一个字都不写就可以获得最佳的表达效果。T. S. 艾略特有类似的意见：“诗人所以能引人注意，能令人感到兴趣，并不是为了他个人的感情，为了他生活中特殊事件所激发的感情。……诗不是放纵感情，而是逃避感情，不是表现个性，而是逃避个性。”[3]“诗言志”是中国古代诗论中被长期广泛接受的观点。心志只有通过语言（口头语和书面语）的表达才能被听者感受到，只有通过文字的记录定型，才能被当时和以后不在现场的潜在读者们感受到。

这让我们联想到主张“存在先于本质”的萨特。他认为，本质只有在具体展开的行动中才能获得：

> 对于存在主义者来说，在恋爱的行为之外便没有恋爱，除了恋爱中所显示的便没有恋爱的可能。同理，除了已经在艺术品中表现出来的，就没有天才。普鲁斯特的天才乃是普鲁斯特作品的总和。拉辛的天才就在他一系列的悲剧作品之中，除此之外就别无所有了。为什么我们要将拉辛的写

---

① 在《小王子》第21章，作者借狐狸之口说：“语言是产生误解的根源。”（Le language est source de malentendus.）见圣埃克苏佩里（Antoine Saint-Exupéry）：《小王子》（*Le petit prince*）（中英法60周年彩色纪念版），北京：群言出版社2006年版，第67、172页。

② 司空图：《二十四诗品》，见何文焕辑：《历代诗话》（上册），北京：中华书局1981年版，第40页。

③ T. S. 艾略特著，卞之琳译：《传统与个人才能》，见戴维·洛奇编：《二十世纪文学评论》（上册），上海：上海译文出版社1987年版，第137～138页。

作能力归于他未写出的作品呢？在生命中，一个人创造他自己，描绘自己的画像，除了这画像之外就别无所有。无疑，这种想法对于那些在生命中还没有成就的人来说是不舒服的。但是在另一方面，它使人知道只有真实才是可靠的。梦想、期待，以及希望给人所下的定义只是欺人的梦想，幻灭的希望，以及未实现的期望，这就是说，它们给他下的定义是否定的，而非肯定的。然而，当一个人说：“除了你的生活之外，你就空无所有”，这并不是说一个艺术家只能以他的艺术品来判断他，因为还有许多的事物对他之为人的定义而言，具有极大的意义。我们的意思是说，一个人只是一连串的行动而已，因此他是构成这些行动的总和、组织，以及多种关系。①

画家只有完成画作，作家只有完成作品，才能算是“画家”和“作家”；不可能有未完成任何作品的“画家”和“作家”。我们可以将这个观点推而广之：不可能有不说话不写作的“思想家”和“学者”。

维特根斯坦说：“凡是不可说的东西，必须对之沉默。”（Ce dont on ne peut parler，il faut le taire.）② 他的名作《逻辑哲学论》也因此戛然而止。这句话被许多人奉为圭臬，作为反对语言表达的依据。但是，维特根斯坦并未说他反对一切表达。对于想要说的和可以说的，我们不能沉默。

语言是表达思想的坏工具，是我们能够找到的差强人意的表达工具。因此，表达意味着思想和语言的双重冒险，需要有“知其不可而为之”的勇气和西西弗推石上山的毅力。

从混沌的感觉到清晰的思想，再到有序排列的文字，最终被定形并呈现出来的肯定不是思想的原初状态。这个过程中有“背叛”（trahison）与“舍弃”（abandon），但也有“结晶”（cristallisation）与“升华”（sublimation）。正是后两者使得写作有了“创造”（création）的意味，也赋予写作

---

① Jean-Paul Sartre，*L'existentialisme est un humanisme*，Paris：éditions Gallimard，coll. Folio/essais，n° 284，1999，pp. 52 – 53. 中译文参见萨特著，周煦良、汤永宽译：《存在主义是一种人道主义》，上海：上海译文出版社 1988 年版，第 19 页。

② Ludwig Wittgenstein，*Tractatus logico-philosophicus*，trad. de L'allemand par Pierre Klossowski，Paris：Gallimard，coll. Idées，1972，p. 177. 中文版见涂纪亮主编，陈启伟译：《维特根斯坦全集》（第 1 卷），石家庄：河北教育出版社 2002 年版，第 263 页。

以意义，而不是无谓而无聊的“码字”活动。

在“世界祛魅化”（le désenchantement du monde）以后，“荒诞”就是人类的处境（la condition humaine）和人的命定（le destin de l'homme）。

卡夫卡以一个寓言描绘了现代人忙碌而盲目的生活状态：

他们获得了一个选择的机会：可以变成皇帝抑或变成皇帝的信差。大家全都像小孩般地希望做皇帝的信差。于是，只见世上无数的信差来往奔走，彼此对喊着已经失去意义的讯息——因为没有皇帝了。他们多么希望结束这种不幸的生活，但是为了忠于誓言，他们不敢。①

十多年前，博客和短信刚刚出现，QQ、微博等即时信息发布工具尚未问世，在巴黎十九区的节日广场（place des fêtes）的墙上，有人用白油漆刷了一条抗议标语：“信息不少，思想不多！”（Beaucoup d'infos，peu de pensée！）今天的情形则更加严重，许多人狂热地发信息，只是说说而已；许多人终日浏览信息，只是看看而已。三十年前，我们用“信息爆炸的时代”来描述当时的社会。今天，我们拥有的信息量之大，是三十年前的人无法想象的。海量的信息淹没了本来就少得可怜的思想，唠唠叨叨的聒噪声屏蔽了存在的严酷真相。这样的人生状态让我们联想到莎士比亚悲剧《麦克白》中的著名台词：“它是一个愚人所讲的故事，充满着喧哗和骚动，却找不到一点意义。”②

加缪如此解释“荒诞”感：

一个可以用哪怕是最差劲的理由解释的世界，是让人亲近的世界。但是相反，在一个幻想和光亮突然被剥夺了的宇宙中，人感到自己是个局外人③。这是无从获助的流放，因为他被剥夺了对失去了的祖国的记忆，或

---

① 卡夫卡著，张伯权译：《卡夫卡寓言与格言》，哈尔滨：黑龙江人民出版社1988年版，第45～46页。

② 朱生豪译文。原文是：“It is a tale / Told by an idiot，full of sound and fury，/ Signifying nothing.”（William Shakespeare，*Macbeth*，Act V，Scene V.）

③ 或译“陌生人”、“异乡人”。

者是对应许之地[①]的希望。这种人与其生活，演员与戏剧场景之间的分离，就是荒诞感。[②]

20世纪的法国小说家们，以及其他西方发达国家的作家们，把揭露荒诞作为自己的写作目标，期望读者发现被“坏的信念”（la mauvaise foi）与“是的被遗忘”（l'oubli de l'être）所屏蔽的“存在”真相。[③]

起床，乘电车，四小时在办公室或在工厂，午饭，乘电车，四小时的工作，吃饭，睡觉；周一、二、三、四、五、六[④]，遵循同样的节奏，在绝大部分时间里很轻易地因袭着这条轨道。一旦某一天，“为什么”的问题被提出来，一切就从这点带着惊奇色彩的厌倦（lassitude teintée

---

① 在《旧约·出埃及记》中，摩西带领受奴役的以色列人离开埃及，奔向“流奶与蜜”的迦南地（即今巴勒斯坦地区）。按照《圣经》记载，在四百年前，耶和华神就已经应许了以色列人的先祖亚伯拉罕，要把这块地给他的子孙来自由安居。

② Albert Camus, *Le Mythe de Sisyphe*, Paris: Gallimard, coll. Folio/Essai, 1995, p. 20.

③ 早在19世纪中叶，齐克果（克尔凯郭尔）就在寓言中描述了世人临危而盲目乐观的可悲状态：“戏场里失了火。丑角站在戏台前，来通知了看客。大家以为这是丑角的笑话，喝彩了。丑角又通知说是火灾。但大家越加哄笑，喝彩了。我想，人世是要完结在当作笑话的开心的人们的大家欢迎之中的罢。”译文采自鲁迅：《帮闲法发隐》，收入《准风月谈》，见《鲁迅全集》修订编辑委员会编注：《鲁迅全集》（第五卷），北京：人民文学出版社2005年版，第289页。英文见Søren Kierkegaard, *Provocations, Spiritual Writings of Kierkegaard*, compiled and edited by Charles E. Moore, Farmington (PA, USA): Plough Publishing House, 2007, p. 404. 海德格尔：“我们已经把对‘面向事物本身’这个呼声的讨论选为我们的目标。它把我们带到通向一种对在哲学终结之际思想的任务的规定的道路上去。”“思想也需终有一天将无畏于这样一个问题：澄明即自由的敞开之境是不是那种东西，在这种东西之中，纯粹的空间和绽出的时间以及一切在时空中的在场者和不在场者才具有了聚集一切和庇护一切的位置。”见孙周兴编选：《海德格尔选集》（下卷），上海：上海三联书店1997年版，第1251～1253页。“阿多诺晚期的学生，同时也是其传记作者的缪勒·多姆认为，与将改造世界作为自己使命的马克思主义者不同，他更多的是将认识世界，即‘把握世界的荒谬性，将世界从连续不断的暴力怪胎中展现出来’，确立为自己的历史任务。”转引自Theodore W. Adorno, *Notes on Literature*（《文学笔记》）, tran. by Sheirry Weber Nicholsen, Shanghai: Shanghai Foreign Language Education Press, 2009, Vol. 1,《导读》（乔国强）, p. vii.

④ 在加缪写下这段话的时候，在西方实行的还是每周六天工作制。

d'étonnement）开始了。厌倦产生于一种机械式生活（vie machinale）的行为之后，但它同时启发了意识的运动。随后的活动就是无意识地重新套上枷锁，或者就是最后的觉醒（éveil définitif）。[1]

"厌倦"不是一种令人愉悦的感觉，但加缪认为它并不是坏事："厌倦自身中具有某种令人厌恶的东西。在此，我应得出这样的结论：厌倦是件好事。因为一切都始于意识，若不通过意识，则任何东西都毫无价值。……所有的东西都是原始'烦恼'（souci）的起源。"[2]

源于根本意义之缺乏的"厌倦感"引致了"生命的无意义感"（non-sens de la vie）：

发现世界是"密闭无隙"（épais）的，发现一块石头在哪一点上是怪异的，在哪一点上我们认为它是不可还原的，自然，一种风景因为何种非人性因素的美的深处以及这些山丘，这宁馨的天空，这些树的倩影，这一切突然在同一分钟之内丧失了我们梦寐以求的幻想的意义，从此就变得比失去的天堂还要遥远。结果千年沧桑变幻，世界与我们的敌对（hostilité）愈加强烈。我们在一瞬间突然不能再理解这个世界，因为，多少世纪以来，我们对世界的理解只是限于我们预先设定的种种表象和轮廓，而从此，我们就丧失了这种方法的力量。世界逃离我们，因为它又变成了它自己。这些被习惯掩饰着的背景又变回为它所是的。它们远离我们，这就好像一个人在某段时间里，突然感到平日很熟悉的一个女人的面孔变得完全陌生，而他曾经恋爱过她几个月或几年，可能我们还是渴望那些使我们突然置身于孤独之中的东西，只不过时间还没有到。唯一确定的事实是：世界的这种密闭无隙和陌生，这就是荒谬。

世人也分泌出非人的因素。在某些清醒的时刻，他们机械的动作，他们毫无意义的手势使得他们周围的一切变得荒谬起来。在玻璃隔板内有个人在打电话，我们听不见他的声音，但却看见他毫无意义的动作：我们不禁会问他为什么活着。这种在人本身的非人性面前所产生的不适感，这种

---

① Albert Camus, *Le Mythe de Sisyphe*, *op. cit.*, p. 29.

② *Ibid.*

在我们所是的东西的图像面前引起的堕落，这种被我们时代的某个作家称作“厌恶”的感情，同样也是荒谬。而我们在几秒钟内看到的镜子里的陌生人，我们在自己拍的相片上又看到的熟悉而又令人厌烦的兄弟，同样还是荒谬。①

笛卡尔（René Descartes，1596—1650）被公认为西方现代思想的奠基人。他的名言“我思故我是”（Je pense donc je suis.）被广为传扬。从他的这句话里可以看出，他认为“思”（penser）与“是”（être）具有“同一性”（identité），“个人身份”因而得以确立。这句话可以改写为否定式：“我不思故我不是。”（Je ne pense pas donc je ne suis pas.）“不思”就“不是”，“同一性”和“主体性”（subjectivité）就无法确立，“身份”和自我（moi）也无从获得。因此，现代社会的“身份危机”（又称“认同危机”）其实是“是”的危机：不知道“我”从哪里来，也不知道“我”要去哪里②，不知道“我”是什么或者是谁③，不知道“我”为什么“在那里”（être-là）或“在世上”（être-dans-le-monde）④，不知道“我”值不值得活

---

① Albert Camus，*Le Mythe de Sisyphe*，*op. cit.*，pp. 30 – 31. 译文见加缪著，杜小真译：《西西弗的神话》，北京：生活·读书·新知三联书店 1987 年版，第 17 ~ 18 页。引者据原文对译文字句与分段做了修改。

② 法国印象派画家高更（Paul Gauguin，1848—1903）有一幅巨大的油画题目就是《我们从哪里来？我们是什么？我们往哪里去？》（*D'où venons-nous*？*Que sommes-nous*？*Où allons-nous*？，1897）。这其实是古希腊的“斯芬克斯之谜”的现代版提问。

③ 意大利诗人帕拉采斯基（Aldo Palazzeschi，1885—1974）在《我是谁》（1909）中悲叹：“我……究竟是谁？/我把一片放大镜/置于我的心灵前/请世人把它细细地/查看。”见袁可嘉、董衡巽、郑克鲁选编：《外国现代派作品选》［第一册（下）］，上海：上海文艺出版社 1980 年版，第 857 ~ 858 页。

④ 在《形而上学导论》的讲座中，海德格尔一开始就向听众反复发问：“那么为什么会有‘显在’而不是什么都没有？”（Pourquoi donc y-a-il l'étant et non pas plutôt rien?）他认为：“这是所有问题中的首要问题。”（Telle est la première de toutes les questions.）Voir Martin Heidegger，*Introduction à la métaphysique*，traduit de l'allemand et présenté par Gilbert Kahn，Paris：Gallimard，1967，p. 13. 按：此书中文版虽然译自德文，出自名家之手，且列入商务印书馆汉译名著丛书，但译文相当不准确。

下去[①]。

如果把反思“存在”的小说家们比作医生，他们的作品就好像是一份份严肃而认真的病案，其中写满了对症状的描述，而病入膏肓的患者却表现得和许多人一样似乎并无大恙，也不认为自己正在走向永远的死亡。这正是现代日常生活的悲剧意味所在。

在“文化多元”、“价值多样”的所谓“后现代社会”，人们真可以不问存在的意义，只追求“玩得心跳”的刺激，直至“娱乐至死”？我们真能够以搁置不问的方式将问题消解掉？后现代主义者们自作聪明地将意义问题转化为语言表述问题，接着肤浅地以消解语言的方式来回避需要面对的意义问题。这和掩耳盗铃的愚人有何差异？后现代主义者惯于以夸夸其谈来掩盖其无知和肤浅，他们的言说大多经不起逻辑的推敲。这正是“空虚的时代”的特征。[②]

阅读这些反思“存在”的小说常常是令人感到压抑、沉闷、窒息甚至绝望的。它们不像粉色封面的通俗爱情小说那样语言简单、故事美好而略带感伤，可以让人消磨时间于旅途，但它们逼迫我们反思自己的生命状态，反问自己的存在意义，使我们不再能够在混沌无知中苟活下去。

卡夫卡的话代表了我们的诉求：“我们需要的书，应该是一把能击破我们心中冰海的利斧。”[③] 他批评当时的文艺界情形：“在真理之前，我们的艺术是一片令人迷惑的掩饰。这个真理是：照在那张怪诞萎缩的脸孔上的光才是真实的，别的则否。”[④] 作为作家，他的写作使命是：“我们身上所肩负的是实现‘否定’；那‘肯定’早已被放弃了。”[⑤] 他明确地拒绝肤浅的盲目乐观主义，破除我们对世界的一切幻想：“有些人指着太阳否认不幸的存在；他却指着不幸否认太阳的存在。”[⑥]

---

① 在《西西弗的神话》里，加缪开宗明义地说：“只有一个确实严肃的哲学问题：自杀。裁定生活值不值得经历，就是回答哲学的根本问题。”Albert Camus，*Le Mythe de Sisyphe*，*op. cit.*，p. 17.

② Cf. Gilles Lipovetsky，*L'ère du vide*：*essais sur l'individualisme contemporain*，Paris：Gallimard，coll. Folio/Essai，2007.

③ 卡夫卡：《卡夫卡寓言与格言》，前揭，第 1 页。

④ 同上，第 49 页。

⑤ 同上，第 41 页。

⑥ 同上，第 69 页。

马尔罗、萨特、加缪等尝试为反抗荒诞指出一条路，在“行动”中获得“存在”的意义。但是，人的“意义”不可能是自己赋予的，而只能来自于“绝对至高者”。这就不能不涉及形而上学的“超验性”（transcendance）与基督教的“独一真神”（Dieu unique）。卡夫卡说：“德文里‘sein’（存在）这个字表示两个情况：成为他，或隶属于他。”① 这里的“他”就是绝对本质的“是”（在犹太—基督教的神学里，“上帝”就是“绝对的是”），“成为他”意味着走向“绝对的是”，“隶属于他”则表示明确自己与“绝对的是”有着不可割舍的关联。悖论的现象是，从叔本华以来的现代西方哲学家们大都是否定先验本质（essence），而只关注现象世界（le monde de phénomènes）。存在主义哲思的出发点和落脚点是现象层次上具体的、变易的“在”（existence），而不是超验本质层次上恒定不变的“是”（Etre，Being，Sein）。没有了出于本质的预先肯定，也不与本质的肯定相关联，“显在”（étant）、“存在”（existence）必然逻辑性地成为没有来源、没有理由、没有依托、没有归宿，并被时间分割为没有连续性的一个个片段场景，而“存在物”（existant）在无始无终的时间流逝里短暂出现，然后永远消逝的现象就没有了必然性（nécessité），而只有偶然性（contingence）与荒诞性（absurdité）。否定了“超验性”，就清除了人的精神维度（dimension spirituelle）。否定了上帝，就驱逐了人的“灵魂”（âme）。于是，现代人就被定义为进化论里的“智人”（Homo sapiens）。如此，人与其他动物的区别就在于人更有知识。

从19世纪以来，“科学”（Science）取代了此前“宗教”（Religion）在西方社会中的崇高地位，“专家”（expert）也比“教士”（clerc）赢得了民众更多更广泛的尊敬。但“知识”（connaissance）可以增加，“意义”（sens）却不随之而来，因为“科学”只涉及客观事实，并不提供可信赖的价值判断，不能赋予事实以“意义”。“科学”可以分析人体的物理成分，但不能赋予人的“存在”以“意义”。能够赋予“存在”以“意义”的宗教，已经被科学打入“迷信”（superstition）的行列。

中国有句俗语：“人生忧患识字始。”而很久以前，以色列的智者已经

---

① 卡夫卡：《卡夫卡寓言与格言》，前揭，第45页。原文是：Das Wort “sein” bedeutet im Deutschen beides：Dasein und Ihm-gehören.（*Aphorismen*，46）

更加深切地表达了有“知识”而无“意义”的痛苦：

> 传道者说：“虚空的虚空，虚空的虚空，凡事都是虚空。”人一切的劳碌，就是他在日光之下的劳碌，有什么益处呢？一代过去，一代又来，地却永远长存。日头出来，日头落下，急归所出之地。风往南刮，又向北转，不住地旋转，而且返回转行原道。江河都往海里流，海却不满；江河从何处流，仍归还何处。万事令人厌烦，人不能说尽。眼看，看不饱；耳听，听不足。已有的事，后必再有；已行的事，后必再行。日光之下，并无新事。岂有一件事人能指着说：“这是新的？”哪知，在我们以前的世代早已有了。已过的世代，无人记念；将来的世代，后来的人也不记念。我传道者在耶路撒冷作过以色列的王。我专心用智慧寻求查究天下所做的一切事，乃知神叫世人所经练的是极重的劳苦。我见日光之下所做的一切事，都是虚空，都是捕风。弯曲的不能变直；缺少的不能足数。我心里议论说：“我得了大智慧，胜过我以前在耶路撒冷的众人，而且我心中多经历智慧和知识的事。”我又专心察明智慧、狂妄和愚昧，乃知这也是捕风。因为多有智慧，就多有愁烦；加增知识的，就加增忧伤。①

人类已经登陆月球，探测器已经在火星着陆，人类还将向着离地球更远的空间进发。我们能够接收并解释宇宙中的各种电磁信息，但这些信息却不能解决我们的“无意义感”。“我的病就是没有感觉。”崔健的痛苦号叫，唤起的是我们许多人对自己内心痛苦的真切感受。“没有感觉”是我们的“世纪病”（mal du siècle）。胡塞尔要求哲学思考“回到事物本身”（aux choses mêmes，*zu den Sachen selbst*），我们则要求文学“回到人自身”，关注人“是其所是的理由”（la raison d’être）。

在卡夫卡看来：“你就是问题，不必再到别处去寻找什么知识了。”②他的“你”是我们所有的个体人。他说：“只有目的，没有道路；我们所谓的道路只是一种摇曳不定的东西。”③ 马尔罗在《希望》（*L’Espoir*，

---

① 《圣经·旧约》（和合本），《传道书》第1章2—18节。

② 卡夫卡：《卡夫卡寓言与格言》，前揭，第41页。

③ 同上，第42页。

1937）中讴歌为保卫西班牙共和政府而浴血奋战的人们，而共和政府的屠刀也一直在杀戮自己阵营的人们。萨特在《自由之路》（*Les Chemins de la liberté*，1945—1949）中着力描绘在牺牲自我的保家卫国战争中获得升华，但法国在“二战”初期的迅速溃败却正是狂热的民族主义的结果。加缪的《鼠疫》（*La Peste*，1947）赞美个体的团结以战胜邪恶，但这种人类理想主义迅速被战后美苏两个阵营因意识形态不同而爆发的冷战所瓦解。“有些问题，我们一辈子也无法克服与超越，除非靠着自然的力量，才得脱释出来。”①

我们之所以花时间研读这些并不令人轻松愉快的作品，并且进行诠释和分析，就是因为它们促使我们反观自己的“存在”处境，使我们清醒地活着，拒绝“荒诞”，寻求意义。

结束了全稿的处理以后，我们突然发现这本书的结构框架恰如有序曲（《导论》）和尾声（《余论》）的四乐章交响乐：“存在”主题贯穿始终，由发现到经历，再到反思与反抗；分属于各部分的文章则在主题表达的精细化与具体化的同时，呈现出主题表达的多样性和多面性。这样的交响乐结构让我们联想到贝多芬的《命运交响曲》。我们借此向这位伟大的作曲家致敬，也向喜欢按照音乐结构来写小说的昆德拉致敬。

张　弛

2011年6月

写于广州白云山下

① 卡夫卡：《卡夫卡寓言与格言》，前揭，第48页。

目　录

导　论

现代小说的存在理由

——透过昆德拉小说诗学来理解现代西方小说

真正的小说是些隐秘的问卷。

（普里斯涅）

引 言

作为一个卓有成就的小说家，昆德拉（Milan Kundera，1929—）始终在思考着小说。1960年，他写了一本自谦地称为“小学生作业本”（cahier d'écolier）的论文集。虽然该论文集是讨论捷克作家万库拉（Vladislav Vančura，1891—1942），他却将其命名为《小说的艺术》，由此可见，当时年轻气盛的昆德拉的理论雄心。在他后来的一系列文章和访谈录中，他都致力于对小说诗学的思考。1986年，其中的七篇以《小说的艺术》（*L'art du roman*）之名结集出版，从这书名可以看出他不减的理论雄心和对自己早年理论习作的难忘之情。1993年，另外九篇以《被背叛的遗嘱》（*Les testaments trahis*）之名出版。2005年，第三本论文集《帷幕》（*Le rideau*）出版。

有不少现代小说家都写过关于小说诗学的文章或书籍，像昆德拉这样执著地进行理论思考的小说家却是少见的。虽然在大学里任教，他却无意成为严格意义上的学院派小说理论家，并不追求理论思考的系统性与完整性。平心而论，他对某些问题非常偏爱，他的一些观点甚至有点儿偏执。但是，他的讨论有真知灼见，可以给我们不少深刻的启发。

我们将围绕昆德拉对“欧洲小说”的反思，结合对西方小说史与小说诗学史的考察来探讨西方现代小说的特质和功用，即“小说何所是？小说何所为？”这两个现代小说的基本问题，增进了我们对于20世纪法国小说“存在”观照的理解。

一、众说纷纭的“小说”

从表面上看，一部小说作品就是一篇连续的话语。事实上，小说是一个被结构的文学形式，它立足于被结构的现实基础上，至少是被小说家理解为有组织的。一个社会群体、一个问题、一个心理个案、一个历史事件、一则琐闻、一段传记等都可以成为一部小说的素材。当素材具有线性发展的性质时，小说的形式肯定会呈现出持续演进的面貌。

在《红与黑》（*Le Rouge et le Noir*，1830）下卷第 19 章中，作者司汤达（Stendhal，1783—1842）议论说："一部小说就是一面沿着大路散步的镜子①。它一会儿在我们的眼中反射出天空的蔚蓝色，一会儿反射出路上的坑洼里的烂泥浆。"② 但是这个定义却不适用于巴尔扎克（Honoré de Balzac，1799—1850）的叙事作品。《人间喜剧》观照的是一个被巴尔扎克视为"空间"的庞大的社会组织。左拉（Émile Zola，1840—1902）也不以一种东拉西扯的叙述来构思小说，而是对《卢贡—马加尔家族》的家谱树③进行模仿建构。至于普鲁斯特（Marcel Proust，1871—1922），他的《追忆逝水年华》对意识之空间的关注并不比对时间之连贯要少。

法语的"小说"（roman）一词，从其词源来说，是指被称为"罗马话"的老百姓讲的通俗拉丁语——与教士们讲的古典拉丁语相对。其派生动词"romancer"出现在 13 世纪，意思是将拉丁文本译成"罗马话"（即法文）。由于中世纪晚期和文艺复兴时期的许多叙事作品都是用"罗马话"写成并广泛流传的，迟至 16 世纪"roman"才有了"小说"之意，而"romancer"也随之增加了"写小说"的意思。④

在 1690 年出版的《法语词典》中，"小说"被定义为"包含着爱情故事和骑士故事的妙书（livres fabuleux）"。1694 年出版的《法兰西学院审定法语词典》（*Dictionnaire de l'Académie française*）中，"小说"指的是讲述"爱情与战争的传奇冒险"的故事（récits）。在狄德罗（Denis Diderot，1713—1784）和达朗贝（Jean Le Rond d'Alembert，1717—1783）主编的著名的《百科全书》（*Encyclopédie ou Dictionnaire raisonné des Arts*，*des Sciences et des Métiers*，1751—1772）中，"小说"词条的作者姚古尔（Louis le Che-

---

① 关于"镜子"的比喻，可参阅 M. H. 艾布拉姆斯著，郦稚牛等译：《镜与灯：浪漫主义文论及批评传统》，北京：北京大学出版社 2004 年版，第 33 ~ 37 页。

② Stendhal，*Le Rouge et le Noir*，Livre Second，Chapitre 19. ABU. [Ressource électronique] [réf. du 24 juin 2006] Disponible sur：http：//abu. cnam. fr/cgi-bin/donner_html? rouge1.

③ 西方人常以一棵枝杈继续生出新枝杈的大树的形式来画自己的家谱。

④ Cf. Josette Rey-Debove et Alain Rey（dir.），*Le Nouveau Petit Robert*：*Dictionnaire alphabétique et analogique de la langue française*，Paris：Dictionnaires Le Robert，1995，p. 1996.

valier de Jaucourt, 1704—1779）将其定义为：“关于人生的各种不可思议或真假难辨经历的虚构故事。”① 昆德拉批评道：姚古尔既没有说出“小说”所独有的任何价值，也没有提及今日我们所钦佩的大作家，比如拉伯雷（François Rabelais, 1494—1553）、塞万提斯（Miguel de Cervantes Saaverdra, 1547—1616）、笛福（Daniel Defoe, 1660—1731）、斯威夫特（Jonathan Swift, 1667—1754）等。昆德拉因此断定：“小说”对于姚古尔来说既不是一种自主艺术（art autonome），也不具备自主的历史（histoire autonome）。②

现代的各种词典对“小说”的定义大同小异，着眼的仍然大都是其普泛特征。权威的《罗贝尔词典》对作为一种文学类型的“roman”如此解释：“篇幅较长，散文性的想象作品，展示并使人活在栩栩如生的人物们的环境（milieu）中，使我们认识他们的心理、命运和遭遇。”③ 英语通常用“fiction”来指代小说。它是指用散文的形式写成的想象性的作品，有时候也描绘现实事件和真人。从篇幅长度来看，它包括长篇（novel）和短篇（short story）。④

相形之下，小说家们对“小说”的定义更能新人耳目。

在《堂吉诃德》第1部第47章中，通过教长之口，塞万提斯指出“小说”有这样几个特征：“文笔生动”，“思想新鲜”，“描摹逼真”，“既有益，又有趣”，“没有韵律的拘束，作者可以大显身手，用散文来写他的史诗、抒情诗、悲喜剧，而且具备美妙的诗法和修辞法所有的一切风格”⑤。

在《约瑟夫·安德鲁传》（1742）的“序言”中，菲尔丁（Henry Fielding, 1707—1754）说：有些读者可能与他对传奇（romance）的看法

---

① 上述“小说”定义引自 Pierre Chartier, *Introduction aux grandes théories du roman*, Paris: Dunod, 1998, p. 1.

② Milan Kundera, *Le rideau*, Paris: Gallimard, coll. NRF, 2005, p. 18.

③ Paul Robert, *Dictionnaire alphabétique & analogique de la langue française*, Paris: Société du Nouveau Littré, 1978, p. 1726.

④ 参见 M. H. Abrams, *A Glossary of Literary Terms*, 7th edition, Beijing: Foreign Language Teaching and Research Press / Thompson Learning, 2004, pp. 94 - 96.

⑤ 塞万提斯著，杨绛译：《堂吉诃德》（第2版），北京：人民文学出版社1987年版，第441～442页。

不同,[①] 原因在于他呈现给大家的是一种能够带来乐趣，却从未被人尝试过的文学样式。[②] 几年以后，在《汤姆·琼斯》(1749) 中，菲尔丁继续大谈自己对于小说的思考。他拒绝使用当时英语中已经存在的两个名称 "novel" 和 "romance"，认为当时许多读者的阅读期待只会使得 "愚蠢的小说和丑恶的传奇" (foolish novels and monstrous romances) 蜂拥而出。[③] 为了与流俗有所区别，他将他所写作的命名为 "散文体喜剧史诗" (prosai-comi-epic writing)。[④] 昆德拉评论说："散文，这个词并不仅仅意味着一种非韵文的语言；它还意味着生活之具体的、日常的、形体的特征。因此，说小说是散文艺术并不是说出了一句人人皆知的真理 (lapalissade)；这个词定义了这种艺术的深刻意义。"[⑤] 菲尔丁通过他的命名来为更加自由的散文和更加贴近日常生活的喜剧争取最高限度的承认。

美国作家亨利·詹姆斯 (Henry James, 1843—1946) 对小说诗学提出了许多真知灼见。在发表于 1884 年的《小说的艺术》(*The Art of Fiction*) 中，他说："如果要给小说下一个最宽泛的定义，那就是个人对生活的直接印象，这一点首先决定了小说的价值，就看印象是否深刻。不过，要达到一点，小说家必须具备表述和感觉的自由，不然，也就没有价值可言。"[⑥]

昆德拉所谓的 "小说" 是现代印刷术和现代世界的产物。它首先出现

---

① 对于传奇和小说之区别与联系的精彩论述，见诺思罗普·弗莱著，陈慧等译：《批评的解剖》，天津：百花文艺出版社 2006 年版，第 453 ~ 456 页。

② Henry Fielding, *Joseph Andrews with Shamela and Related Writings*, a Norton Critical Edition edited by Homer Goldberg, New York/London: Norton & Company, 1995, p. 3.

③ Henry Fielding, *Tom Jones*, a Norton Critical Edition by Sheridan Baker, 2nd edition, New York/London: Norton & Company, 1995, p. 314.

④ *Ibid.*, p. 137.

⑤ Milan Kundera, *Le rideau*, *op. cit.*, p. 21.

⑥ 转引自申丹、韩加明、王丽亚：《英美小说叙事理论研究》，北京：北京大学出版社 2005 年版，第 105 页。

在西欧，与现代西方文化的个人主义价值观密切相关。[①] “在过去三百年里，小说是西方意识的生动信息记录。”[②] 无论是在数量方面还是在影响力方面，它都取代了诗歌而成为文类（genres littéraires）之王。但是，究竟如何理解小说的历史与现状？“为完成这项考察研究，我们首先需要的是一个关于小说特征的行之有效的定义。这个定义既要狭窄得能将先前诸种叙事体文学拒之门外，又要宽泛得适用于通常归入小说范畴的一切问题。”[③]

二、“欧洲小说”是欧洲文化的产物

昆德拉将自己的思考定位于所谓的“欧洲小说”。

使用地理学的概念将文学分为洲别文学和国别文学，是近代以来文学史家们惯用的方法。最直接的原因是，在同一个地理环境共同体（communauté / community）[④] 中的人们，随着时间的流逝，会形成一种共同意识（当然是在演进中的传统），而这种意识使他们的自我身份得以确立和确认。文学作为一种有意识的文字表达，传达和承载着共同体的

---

① 巴勒斯坦裔美籍学者萨义德（Edward Said，按：应该使用已成定例的中文译名“赛义德”）指出，在与现代西方文学文化接触之前，伊斯兰文化中没有小说。“对于伊斯兰教来说，世界是完全的，作为一个整体被真主创造，充满了一个世界可以有的任何一个想得到的实体（entity）。但是对于犹太—基督教传统来说，堕落和有罪的世界（它与构成它的个体们相始终）根本上是不完全的，并且在宗教意义上渴望着个体的被拯救，和在人类历史终结时，审判之日的身体被改变。在小说的完全世俗化和心理化的语境中，世界毋宁是乐观地被观照，被构想为一个渐进的人类发展之过程，趋向于对个体们和其共同体、对个体完成和社会乌托邦来说更高级或更复杂的发展形式。换句话说，小说表明西方的宗教与世俗文化的核心的、自我定义的特征。”见 John Richetti，*The Columbia History of the British Novel*，Beijing：Foreign Language Teaching and Research Press/Columbia University Press，2005，p. viii。同样，在19世纪末期林纾等译介西方小说以及梁启超倡导“小说革命”之前，中国没有现代意义上的小说。中国现代小说是在西方小说的影响下产生和发展的。

② John Richetti，*The Columbia History of the British Novel*，*op. cit.*，p. ix.

③ 伊恩·P. 瓦特著，高原、董红钧译：《小说的兴起》，北京：生活·读书·新知三联书店1992年版，第2页。

④ “共同体”是一个空泛的概念，大到一个洲，小到一个部落、村落或者现代城市中的社团。

意识。

英国学者罗杰斯将语言共同体拟人化，指出了文学在其成长中所起的巨大作用：

一个民族（nation）通过艺术完成其自我认知（self-recognition）、自我意识（self-awareness）和自我定义（self-definition）。在文学中，一个种族（race）——这里是指一个语言共同体（linguistic community）——面对（confronts）自己的雄心与绝望（its own aspirations and despairs）。我们会从中发现他与自己的谈话，他与他者们（others）的争执（quarrel），他的内在思想（inner thoughts）和外在经验（outer experience），他的隐私思想（private meditations）和他的公开言论（public utterances）。①

法国文学史家朗松（Gustave Lanson，1857—1934）对于法国文学发展史的研究也是基于相同的目标：

文学史是文化史的一部分。法国文学是法兰西民族生活的一个方面；它把思想和感情丰富多彩的漫长的发展过程全部记载下来——这个过程或者延伸到社会政治事件之中，或者沉淀于社会典章制度之内；此外，它还把未能在行为世界中实现的苦痛或梦想的秘密的内心生活全部记录下来。

我们最高的任务就是要引导读者，通过蒙田的一页作品，高乃依的一部戏剧，伏尔泰的一首十四行诗，认识人类、欧洲或法国文明史上的某些时刻。②

因此，从这种地理人类学的共同体中产生的作品，在表达人类普遍意识③的同时，就带上了具体的共同体的色彩。

---

① Pat Rogers, *The Oxford Illustrated History of English Literature*, London: Guild Publishing, 1987, p. v.

② 古斯塔夫·朗松著，徐继曾译：《朗松文论选》，天津：百花文艺出版社 2009 年版，第 4 ~5 页。

③ 如钱钟书先生简洁描述的那样：“东海西海，心理攸同。”见钱钟书：《谈艺录》（补订本），北京：中华书局 1984 年版，“序”第 1 页。

欧洲各国家的历史不尽相同，欧洲人也是由许多不同来源的民族组成的。然而，由于中世纪共同的基督教信仰，文艺复兴以来对希腊、罗马文化的共同自觉继承，欧洲人形成了一个超越国家、民族和语言的文化共同体。①

昆德拉使用“欧洲小说”这一术语，不仅是为了与中国小说、日本小说等加以区别，更是为了强调“欧洲小说”所承载的特性：“我所谓的欧洲小说，在现代之初形成于欧洲南部，自成历史，并在随后扩展它的空间到地理学意义上的欧洲之外（尤其是南北美洲）。”②

在欧洲这个文化共同体中，小说的演进史，在昆德拉看来，就好像是一场接力跑：

> 先是意大利和薄伽丘，这位欧洲小说的先驱者；随后是拉伯雷的法国；接着是塞万提斯和流浪汉小说的西班牙；在18世纪，是伟大的英国小说；在这一世纪末，德国的歌德加入进来；19世纪完全属于法国，但在这一世纪的最后三十年，俄罗斯小说加入，而斯堪的纳维亚小说紧随其后。到了20世纪，是中欧和卡夫卡、穆齐尔（Musil）、布洛赫（Broch）和贡布洛维奇（Gombrowicz）一起的冒险。③

在这一历史演进中，欧洲不同的地区一个一个渐次醒来，在各自的独特性中自我肯定，并融入到共同的欧洲意识中去。④

现代意义上的西方小说（roman / novel）兴起于意大利文艺复兴时期，在随后的几个世纪里，在欧洲各国都获得了惊人的发展。与中世纪的传奇（romance）相比，其功能发生了很大的转变：“从前它不过是人们在茶余饭后进行的满足想象力和情感的轻松消遣物，但现在它却表达从前由史

---

① 类似的例子是以中国文化为纽带形成的在历史上超越中华帝国的“中国世界”和伊斯兰教的传播所形成的“伊斯兰世界”。

② Milan Kundera, *L'art du roman*, Paris: Gallimard, coll. Folio poche, n° 2702, 1995, p. 176.

③ Milan Kundera, *Les testaments trahis*, Paris: Gallimard, coll. Folio poche, n°2703, 1995, p. 42.

④ *Ibid.*, p. 43.

诗、编年史、道德文章、圣书和部分诗歌表达的各种愿望、责任和不安。另一方面，从社会的角度来看，由于它的发行量极大，它就成了面向各种阶层的人的最重要的文学传播手段。”[①]

与此相关，小说在西方文化中的重要性也日益明显：

在小说中，西方人找得到一切：所有他所发明的，所有超越于他的，即他的命运。小说为每一个精神家族都提供它的精选营养：为实证精神，它提供了社会研究——今天正在嬗变中的国家使社会研究仍然令人感兴趣；为敏感的心灵，它提供了残酷而细腻的心理分析游戏——20世纪的精神分析以其沉潜到心理深渊的实践更新了这个游戏；它为论战者们提供了介入现状的契机；为有命运感的人，它提供了对人类的处境或者世界的非人道性不断的考问；并且，它也为所有人提供了曲折故事、冒险经历、童话的享受和孩子般的乐趣。小说充当了许多角色：听忏神甫、政委、保姆、时事新闻记者、术士、密教士。[②]

三、“欧洲小说”的特质

昆德拉特别声明，他的“欧洲小说”概念并不是出于地理因素的考虑，他心目中的“欧洲小说”并不简单等同于“欧洲人写的小说”，也不包括欧洲在希腊、罗马时代和中世纪一千五百年间的散文性叙事作品（即古代小说）；它指的是“作为进入现代（les Temps Modernes / the Modern Times）以来的欧洲历史之组成部分的小说”。[③]

西方进入现代史的标志性事件，或者说关键性事件，是15世纪末的地理大发现。随着西欧各国的殖民扩张，世界其他地区渐次被拖入现代阶段。

在《小说的艺术》开篇文章“塞万提斯的遗产”中，昆德拉特别提到

① R. M. Albérès, *Histoire du roman moderne*, nouvelle édition, Paris: Albin Michel, 1963, p. 7.

② *Ibid.*

③ Milan Kundera, *Les testaments trahis*, *op. cit.*, p. 41.

了哲学家胡塞尔（Edmund Husserl，1859—1938）1935年分别在维也纳和布拉格所作的关于欧洲人文危机的著名的学术报告。“危机的根源，他相信是在现代之初，已经潜藏在伽利略和笛卡尔的思想中，潜藏在表现为具有单向主义特点的欧洲科学中——它将世界缩减为数学和技术研究的简单对象，将他所说的活生生的世界从视野中逐出去。”① 和许多现代思想家一样，昆德拉批评说：“科学的突飞猛进将人推进了专门学科的隧道中。专业知识越多，人越看不清楚世界整体，也看不清自己。”② 他由此联想到胡塞尔的学生海德格尔的“漂亮的、几乎是不可思议的”一个表达式：“是的被遗忘”（l'oubli de l'être）。③

对于“是的被遗忘”，昆德拉作了如此解释：“在笛卡尔思想的影响下，作为‘大自然的主人和占有者’，人对于那些诸如技术的、政治的、历史（Histoire）的力量而言，变成一个简单的物，并被这些力量超越和占有。对于这些力量而言，人的具体的存在，他的‘活生生的世界’不再具有任何价值，不再引起任何兴趣：人隐没了，在（现代）开初即被遗忘了。”④

笛卡尔以《谈谈方法》（*Discours de la méthode*，1637）及其他著作为现代哲学和科学提供了新的逻辑和方法。他因此被看作现代思想的奠基人。然而昆德拉指出，现代的奠基人不仅是笛卡尔，还应加上塞万提斯：“如果说哲学和科学确实忘记了人的存在，那么随着塞万提斯，一个伟大的欧洲艺术形成了，而它恰恰就是对于这被遗忘的存在的探索。”⑤ “因此，现代世界诞生了，而作为它的写照和模型的小说和它一起诞生。”⑥ 昆德拉认为，自从现代之始，小说就一直忠实地伴随着人，捍卫着具体的生活，免得它落入“是的被遗忘”状态。因此，欧洲小说的演进被他看作是对于现代性（modernité / modernity）所引起的“是的被遗忘”的一场持续的斗争。

---

① Milan Kundera，*L'art du roman*，*op. cit.*，pp. 13－14.

② *Ibid.*，p. 14.

③ *Ibid.*

④ *Ibid.*，Cf. p. 56.

⑤ *Ibid.*，p. 15.

⑥ *Ibid.*，p. 17.

对于现代西方人来说，小说只有一个主题，那就是人。

> 真正的创造者不是为了无意义的描画乐趣而去描画。无论他是否愿意，他是否知晓，当他在他创造的人物中寻找时，他所作的，就是在笼罩着所有人的阴翳中投下一些微光；就是让他笔下分散、陌生、迷失的生灵们忏悔，而如果没有他的话，他们将永远也不知道自己的邪恶；就是给他们展示在其灵魂里蠕动着的阴暗的兽性，以便他们在被搅得不安、恐惧的同时，也许“最终看见自己的真面目”并自思。……真正的小说是些隐秘的问卷。[①]

所以，小说甚至被看作是现代欧洲人文化身份的载体：“小说给了欧洲人的探寻以最有力和最丰富的文化表达。可以从中找到一切，它是一种对自由的练习，而欧洲人借以产生和维护自己的身份。”[②]

昆德拉说：“由于它（欧洲小说）形式的丰富多样，由于它演进的令人目眩的高强度，由于它的社会作用，在其他文明当中，没有任何可以和欧洲小说（以及欧洲音乐）相比拟的。”[③] 这话很容易让非西方读者联想到欧洲中心主义。事实上，正是因为欧洲最先进入“现代”阶段，“现代性”在欧洲和广义的“西方”得到了远比其他地区更为充分的发育和发展，西方作家也比其他地区的作家们更早、更深、更多地注意和思考了“现代社会”的问题。昆德拉的断言是对历史事实的认定，而非出于“欧洲中心论”的意识形态。

四、“欧洲小说”即“现代性小说”

这里我们有必要对“现代性”这个词语作些解释。“现代”虽然源于对历时性的时间更替所自然造成的时间距离远近的界定，但更多的是着眼

---

① Charles Plisnier, *Roman*, Paris: Grasset, 1954; in M. -A. Baudiouy et R. Moussay (éd.), *Civilisation contemporaine*, nouvelle édition 1976, Paris: Hatier, 1980, p. 146.

② Jacqueline Lévy-Valensi et Alain Fenet (dir.), *Le roman et l'Europe*, Paris: PUF, 1997, p. 10.

③ Milan Kundera, *L'art du roman*, *op. cit.*, p. 176.

于社会形态，尤其是人的精神状态（mentalité / mentality）的迥异。判定一个共同体是否“现代”，最重要的标志在于该共同体的价值观是“传统”（tradition）占主导地位，还是“现代性”（modernité/modernity）占主导地位。具体到一个作家和一部作品，是看其所呈现的价值取向、审美观。英国文学史家弗莱泽说：

> 在文学中人们叫做“现代性”（modernity）的东西，在所有国家的表现都有些共同特点。……如果我们把一部作品定性为现代的（*modern*），我们不止是说它出版于五年前或十年前，五十年前或六十年前，或者是在文艺复兴时代以后。当我们说一部作品是现代的，我们就赋予了它某些本质（intrinsic qualities），虽然这些本质不是那么明确。我们可以在卡图卢斯①那里找到一些“现代的”东西，而在维吉尔②那里就找不到；在维庸③那里找得到，而在龙沙④那里找不到；在多恩⑤那里找得到，而在斯宾塞⑥那里找不到；在克拉夫⑦那里找得到，而在丁尼生⑧那里找不到。

“现代”的发生，源自西方（基本上是西欧）的历史嬗变。它酝酿于文艺复兴时期的意大利，随后逐渐向邻国扩散。到了 1750 年代，西欧诸国大部分进入“现代社会”。随着西欧诸国在地理大发现以后的商业和殖民扩张，世界其他地区自足演进的历史进程被打断，被渐次拖进由“传统社会”向“现代社会”被动转型的历史进程之中。所以，横向观察各个国家

---

① Gaius Valerius Catullus（约前 84—约前 54），古罗马诗人，其诗作对文艺复兴和后世欧洲抒情诗的发展有很大的影响。

② Publius Vergilius Maro（约前 70—约前 19），古罗马诗人，以《埃涅阿斯纪》（一译《伊尼特》）而享名于当时和后世。

③ François Villon（1431—约 1463），法国文艺复兴时期诗人。

④ Pierre de Ronsard（1524—1585），法国七星诗社主要代表诗人。

⑤ John Donne（约 1572—1631），英国诗人，玄学派诗歌的主要代表。

⑥ Edmund Spencer（1552—1599），英国诗人，诗体完美，富于音乐性，被称为“斯宾塞体”。

⑦ Arthur Hugh Clough（1819—1861），英国维多利亚时期诗人。

⑧ Alfred Tennyson（1809—1892），英国桂冠诗人，继承浪漫主义传统，诗作技巧娴熟，辞藻富丽，语言富音乐性。

和地区的情况，我们会发现，在同一时段上，其社会、经济和文化形态不尽相同，所经历的社会和经济形态也不完全一致（不是所有的国家和民族都经历了马克思从西欧历史归纳出来的演变模式：“原始社会——奴隶社会——封建社会——资本主义社会——社会主义社会”）。然而，所有的国家和地区却已经经历了，或者正在经历着从“传统社会”向“现代社会”的嬗变，虽然各自的“传统”之内涵大不相同。

在传统社会中，占主导地位的是集体价值观，其审美重视古典，参照系是往昔的历史。而在现代社会里，个人可以甚至必须决定自己的价值取向，重视文化创新，人们的心态是面向未知的将来。各民族的传统各有不同，但进入“现代”以后却有着精神特质的相同和相似。①

“现代”发端于西欧，并在西欧以及广义的西方获得了充分的发展。通过考察昆德拉所陈述的“欧洲小说”论的上下文，我们基本上可以断定：他的“欧洲小说”与“现代性小说”同义。证诸“现代”由西欧向周边扩展的历史事实，昆德拉如下的宣称是有道理的：“法国小说、英国小说或者匈牙利小说，并不是在创造它们各自独立自足的历史（histoire autonome），而是参与一个超民族（supranationale）的、共同的历史。只有在这一历史所形成的特别背景中，欧洲小说整体演进的意义和个别作品的价值才能够显示出来。”②

五、“欧洲小说”的超地域性

在《七十三个词》的“（欧洲）小说”词条中，昆德拉指出：“（通常所谓‘小说’那样的）小说（统一的和连续的演进）历史并不存在。只有小说的诸种历史：中国小说、希腊—罗马小说、日本小说、中世纪小

① E. 拉兹洛：“在希腊文明的黄金时代，起指导作用的理想是过美好的生活。继之发挥作用的是西方的基督教教义，上帝的天国接替美好的生活成为下一个指导思想。这种情况一直没有发生变化。直到近代，事物的外部秩序重新成为精神和理性寻幽探微的对象，人才开始采用新的价值标准。”E. 拉兹洛：《文化与价值》，见冯利、覃光广编：《当代国外文化学研究》（译文集），北京：中央民族学院出版社 1986 年版，第 2 页。

② Milan Kundera, *Les testaments trahis*, *op. cit.*, p. 42.

说，等等。”[①] 也就是说，在进入“现代”以前，不同地区、不同时代的传统文化造就了不同的小说形态和小说历史，它们基本上是自足的（autonome）。在许多非西方国家都有两种小说史：一种是受到西方小说影响之前的“传统小说”史，一种是受到西方现代文学影响的“现代小说”史。

这样看来，在昆德拉“欧洲小说”的概念中，选用作为形容词的“欧洲”，并不是单纯地出于地理因素的考虑。因此，它的一个明显特征就是其内涵的限定性和地理的宽泛性。所以，当昆德拉将美洲小说纳入他的“欧洲小说”的范围时，他自己并不觉得有什么不妥。然而，昆德拉的“欧洲小说”有其特殊含义，许多在欧洲产生的小说其实并没有被昆德拉纳入他的“欧洲小说”的范围，而欧洲之外的小说只有当其符合昆德拉设定的条件时，才会被他当成他的“欧洲小说”的组成部分，如1920年代以来在北美产生的小说和1960年代以来在拉美产生的小说。[②]

一直到20世纪初，美国小说还处于向欧洲学习的阶段。德莱塞（Theodore Herman Albert Dreiser，1871—1945）和辛克莱（Upton Sinclair，1878—1968）两位都深受法国自然主义小说的影响。但在第一次世界大战以后，在格特鲁德·斯坦因（Gertrude Stein，1874—1946）周围，聚集了海明威（Ernest Hemingway，1899—1961）、F. S. 费茨杰拉德（Francis Scott Fitzgerald，1896—1940）、亨利·米勒（Henry Miller，1891—1980）、理查德·赖特（Richard Wright，1908—1960）等人。他们的作品开始引起欧洲文坛的极大关注。有些评论家甚至说西方文学自此进入“美国小说的时代”。1960年代，拉丁美洲小说在承继“欧洲小说”传统的基础上，自成一格，以魔幻现实主义小说的大“爆发”引起全球注意，不仅丰富了“欧洲小说”的内涵与传统，而且将“欧洲小说”的地理边界推广到广袤的美洲。

由于西方式的现代化在非西方文明地区的推进，使得地理上非西方的国家也可能产生与“欧洲小说”的内涵相契合的小说作品。如果有一天昆德拉将非洲小说、中国小说都纳入这一范畴中，便不是荒诞无稽的了。事实上，南非、日本和以色列的一部分已经成为“欧洲小说”（即“现代性

---

① Milan Kundera, *L'art du roman*, *op. cit.*, p. 176.

② Milan Kundera, *Les testaments trahis*, *op. cit.*, p. 42.

小说”或者“现代派小说”）的构成部分。

非洲黑人作家索因卡（Wole Soyinka，1934— ）获1986年诺贝尔文学奖，日本作家大江健三郎1994年获奖，都是现代性小说在非西方国家取得可观成就的重要标志性事件。大江健三郎早期私淑萨特、加缪，力图在自己的作品中对人类的处境进行描绘和分析。据大江健三郎研究专家霍士富博士介绍，大江在1990年代以来的写作，深受昆德拉影响。

由昆德拉“欧洲小说”的概念，我们也可以明白，一百多年来诺贝尔文学奖大多授予欧美作家的事实，其中固然有文化和意识形态因素的影响，但更多的是出于文学性的考量。大部分获奖作家的小说作品在今天仍然是公认的杰作，因为它们的探讨进入到人类存在的深层。而一直有志于夺得诺贝尔奖的许多中国作家，既缺乏现代意识，又不具备普遍的人类情怀，作品不过是昆德拉所谓的“死产之作”（œuvre mort-née）而已。

那么，什么是昆德拉所说的小说呢？

他认为，小说既不提供某一时代忠实的历史画卷，也不提供对其社会结构的分析批评。“小说是透过想象人物的角度对于存在的思考。”① “小说不是作者的自白，而是对置身于成了陷阱的世界中的人的生活的探索。”② 昆德拉指出，“小说”一词的含义并不是宽泛到可以与其他文类混淆。“在小说和诸如回忆录、传记、自传等之间，有着根本的差异。一本传记的价值在于其是否新颖，所讲事实是否准确。而一本小说的价值，则在于它是否揭示了直到当时都处于隐匿状态的存在的可能性。换句话说，小说要发现藏匿在我们每一个人里面的东西。”③

昆德拉拒绝承认那些不符合他的定义的所谓“小说”。也许会有人对此很不以为然，但是，自卡夫卡以来，20世纪最伟大的小说都符合这个定义。昆德拉更是把自从塞万提斯以来的西方小说用他所定义的优秀小说传统贯穿起来。昆德拉的偏执，给了我们在普通的小说史教科书中得不到的深刻启发。

在与克里斯提安·所罗门关于小说艺术的谈话当中，昆德拉不接受关

---

① Milan Kundera, *L'art du roman*, *op. cit.*, p. 102.

② *Ibid.*, p. 39.

③ Milan Kundera, *Les testaments trahis*, *op. cit.*, pp. 315 – 316.

于他的作品是心理小说的说法。但他肯定地说：“所有时代的所有小说都趋向于对自我之谜的探索。当你创造一个想象人物时，你不由自主地就遇到这个问题：自我是什么？用什么来把握自我？这是小说得以确立的基本问题之一。”①

所有真正的小说都在寻求这个问题的答案，但是所有答案都被它的悖论所质疑：

> 用什么来为自我定义？用一个人物的所作所行？然而行动本身常常失控，而且反过来攻击行动者自己。那么，用他的内心生活、用他的思想和隐秘情感？但是人是否能够了解自己？或者用他看世界的眼光、他的观点、他的世界观？这是陀思妥耶夫斯基的美学：他的人物都植根于很独特的个人意识形态中，并按其毫不妥协的逻辑行事。然而，在托尔斯泰那里，个人的意识形态远非稳定可靠到可以在其中确立个人身份。……托马斯·曼的巨大贡献，就是指出：我们以为自己在行动、在思考，实际上是另一个人、另一些人在我们里面行动和思考。②

因此，对这个问题答案的寻求，其实是永无止境的。但在寻求的过程中，人对自我的认识不断深化和扩大。在《十日谈》（*Decameron*，1350）中，薄伽丘（Giovanni Boccàccio，1313—1375）只是简单地向我们讲述那些行动和冒险，行动被看作是行动者的画像。四百年后，在狄德罗（Denis Diderot，1713—1784）的《命定论者雅克和他的主人》（*Jacques le fataliste et son maître*，1773）中，主人公发现，他根本无法在自己的行动中自我确认，也就是说，自我无法在行动中被把握。对自我的探寻在行动的悖论中结束。18世纪中期，理查生（Samuel Richardson，1689—1761）开始在小说中探索人的内心生活。20世纪初，乔伊斯（James Joyce，1882—1941）在他的《尤利西斯》（*Ulysses*，1922）中发现，即使是当下此刻也完全地游离于我们之外。对自我的探寻再一次在悖论中结束：“用于观察自我的

---

① Milan Kundera, *L'art du roman*, *op. cit.*, p. 35.

② *Ibid.*, pp. 20-21.

显微镜分辨率越高，自我及其统一性越游离于我们。”[1] 但是昆德拉并不把这些看作是小说的失败，因为小说不能越过它自己可能性的限度，而将它的局限显露出来已经是一个巨大的发现、一个巨大的认识论功绩。[2] 自卡夫卡（Franz Kafka，1883—1924）起，大小说家们已经开始有意无意地寻求新的方向。卡夫卡笔下的小说人物 K. 向我们提出了一个完全不同的问题：“在一个外部的决定变得难以抵挡、个人的内心动机无足轻重的世界上，人还有哪些可能性？”[3]

昆德拉的第二部小说《生活在别处》（*La vie est aillleurs*，1967）是关于一个虚构的诗人雅罗米尔的故事。他不时打断雅罗米尔的故事，插入莱蒙托夫、雪莱、济慈、兰波、马雅可夫斯基、沃尔克（Jiri Wolker，1900—1924）和其他著名诗人的生平片断，以避免读者将他的作品当成写一个诗人的传记小说。生怕读者误读他的小说，昆德拉在三番五次的声明[4]之外，仍然利用他为这部小说写的美国版、意大利版和德国版“后记”，对这部小说的题旨作了非常清楚的说明：

> 即使是雅罗米尔和他母亲的故事发生在一个特定的历史时期，并且我也尽力真实描写（不带有哪怕是一点点的嘲讽意味），但描述历史并不是我的目的。“如果我们选择了这些年月来叙述故事，并不是因为我们想为

---

① Milan Kundera，*L'art du roman*，*op. cit.*，p. 37.

② 亚里士多德说：“古今来人们开始哲理探索，都应起于对自然万物的惊异。”见亚里士多德著，吴寿彭译：《形而上学》，北京：商务印书馆 1959 年版，第 5 页。此句的法文译文略有不同：“À l'origine comme aujourd'hui，c'est l'étonnement et l'admiration qui conduisent les hommes à la philosophie.” 见 Aristote，*La Métaphysique*，trad. et notes par Jules Barthélemy Saint-Hilaire，in Françoise Kinot（dir.），*Philosophie grecque*：*Socrate*，*Platon*，*Aristote*，coll. Philosophies，Paris：France Loisirs，2000，p. 389. 惊异感（l'étonnement et l'admiration）促使人们开始并继续去哲思。人本身就是个谜，没有一劳永逸的答案，因此重要的不是给出答案，而是提出问题。基于同样的原因，虽然哲学史上已经有了许多大师，却并不妨碍新的哲学家涌现出来。古代禅师们常以当头棒喝来使其弟子醒悟。卡夫卡有句名言：“我们所需要的书，应该是一把能击破我们心中冰海的利斧。”见卡夫卡著，张伯权译：《卡夫卡寓言与格言》，哈尔滨：黑龙江人民出版社 1988 年版，第 1 页。从这个角度可以理解昆德拉肯定现代小说的认识论功绩的理由。

③ Milan Kundera，*L'art du roman*，*op. cit.*，p. 39.

④ *Ibid.*，pp. 45，54 et 107 – 108.

这一段历史画像，只是因为我们觉得这些年月对于兰波、莱蒙托夫们，对于诗歌和青春，都是无与伦比的陷阱。”[1] 换句话说，对于小说家来说，一个具体的历史情境成了一个人类学实验室（*laboratoire anthropologique*），在其中他研究的主要问题是：什么是人的存在？就这本小说来说，是这些衍生问题：什么是抒情态度？什么是青春？母亲在一个年轻人的抒情世界的形成过程中扮演什么样的角色？如果说青春期是不成熟的时期，那么不成熟与对绝对的渴望是什么关系？对绝对的渴望和革命热情是什么关系？抒情态度如何在爱情中彰显？爱情有哪些存在意义上的“抒情形式”？等等，等等。

当然了，对于所有这些问题，我的小说都没有给出任何答案。答案就是这些问题本身，因为，如同海德格尔所说，人的本质的特点就是问题。[2]

昆德拉执著地将自己的小说视为“欧洲小说”（roman européen）传统的清醒延续。“欧洲小说”这一提法并非昆德拉独创。但他对这一概念的持续强调，却引起了西方的文学史，尤其是小说史研究者们对于发源于文艺复兴时期的西方小说源流和特征的认真反思。对中国读者和研究者来说，了解“欧洲小说”这一概念，能够帮助我们更好地把握文艺复兴以来西方小说和广义的“现代小说”的源流和脉络，正确理解并合理评价昆德拉小说写作的文学价值、文化蕴涵和历史意义。

六、小说要有所发现

昆德拉认为，小说存在的第一个前提是有所“发现”（découverte）[3]。他指出：启示人类存在的新方面，是小说这一文学形式的根本功能，也是

---

① Milan Kundera, *La vie est ailleurs*, Paris: Gallimard, coll. Folio poche, n° 834, 1995, p. 402.

② Milan Kundera, “Postface pour les éditions américaine, italienne et allemande de *La vie est ailleurs*”, in Kvetoslav Chvatik, *Le Monde romanesque de Milan Kundera*, Paris: Gallimard, 1995, pp. 227 – 228.

③ 这个词令人联想到那些改变了世界文明史走向的“大发现”，如哥伦布的“地理大发现”、哥白尼的“日心说”、弗洛伊德的“无意识”理论，等等。

它唯一站得住脚的理由。[①]

需要指出的是，虽然昆德拉的这个意见别出心裁，却是其来有自，是对一个若隐若现的文学传统的锐声强调。至少我们可以举出其理论先驱菲尔丁与萨特。

18 世纪的英国小说家菲尔丁将“天赋”（genius）视为作家首先需要具备的能力。他认为，“天赋”是心智的力量（powers of the mind），能够深入到我们的身体与知识够得着的范围内的所有事物中去，并区分其根本差异之处（essential differences）。具体说来，“天赋”就是“发明（invention）”与“判断（judgment）”。鉴于许多人把“发明”理解为“一种创造力（a creative faculty）”，菲尔丁指出它更应该被理解为“发现”（discovery，finding out）：“说得更明白些，它是指一种对我们沉思中的所有事物的真正本质的敏锐而深刻的洞察（a quick and sagacious penetration into the true essence of all the objects of our contemplation）。”[②] 昆德拉将其理解为是直觉起主要作用的一种特殊的认识行为。[③] 因此，小说家不能满足于描摹社会和取悦读者，而应该将他对人性的发现呈现出来。菲尔丁认为小说的主要优点就在于它能够“大面积地透视人性，极深刻地识别所有的是非曲折——这些是非曲折给人的内心带来了如此之深的困惑，以致他竟然常常对它们视而不见”[④]。“通过发明他的小说，小说家发现了直到那时‘人性’还未知、隐藏的一个方面。”[⑤]

昆德拉认为，在菲尔丁之前，无人如此有意识地赋予本来只是讲些搞笑、劝诫和令人开心的故事的小说，以检视人性这样普遍、苛刻和严肃的目的，也无人将小说提升到对人之为人进行思考这样高的层次。[⑥]

在讨论“为何写作?”这个问题时，萨特说：“人人都有其理由：对这一位来说，艺术是一种逃避；对另一位来说，它是一种攻克手段。然而，

---

① Milan Kundera, *L'art du roman*, *op. cit.*, p. 17.

② Henry Fielding, *Tom Jones*, *op. cit.*, p. 316.

③ Milan Kundera, *Le rideau*, *op. cit.*, p. 20.

④ 转引自殷企平、高奋、童燕萍：《英国小说批评史》，上海：上海外语教育出版社 2001 年版，第 41 页。

⑤ Milan Kundera, *Le rideau*, *op. cit.*, p. 20.

⑥ *Ibid.*

人们可以通过隐居、发疯和死亡来逃避，使用兵器来攻克。那为什么却要写作，通过作品来进行逃逸或征战呢?”他认为：“在作者们的各种不同企图后面，有一个更深层也更当下的选择，这是所有作者的共同点。”① 萨特提醒说：“我们的每一个感知（perceptions）② 都伴随着这样的意识：人类的现实是‘揭开的’（dévoilante）。换言之，通过感知，才‘有’（il y a）了‘是’（l'être）。也就是说，人是万事万物得以自我呈现的手段。”③ 因此，作家应该“是‘是’的探测者（détecteurs de l'être）”④。

与菲尔丁和萨特相比，昆德拉显得更加严苛。⑤ 他将小说在揭示人类存在状况中要有所新发现的要求，视为小说存在的唯一的、根本的理由。他引用奥地利小说家布洛赫（Hermann Broch，1886—1951）的话说：“发现只有小说能够发现的，这是小说存在的唯一理由。在存在的未知之地没有一点发现的小说是不道德的。”⑥ 因此，“小说家的雄心并不在于比前人做得更好，而在于看到他们未曾看见的，说出他们未曾说出的⑦”。

为了支持自己的论点，昆德拉对欧洲小说史作了不同于一般文学史家的解释。他认为，海德格尔在其名著《是与时》⑧（*Sein und Zeit*，1927）中所分析的所有存在的主题，其实都已经被四百年来的欧洲小说揭示出来了：

---

① Jean-Paul Sartre, *Qu'est-ce que la littérature*? Paris：Gallimard，coll. Idées/Gallimard，n° 58，1981，p. 49.

② 这个词提示着英国哲学家伯克莱（George Berkley，1685—1753）的一个影响深远的论点：to be is to be perceived（是就是被感知）。作为西方哲学和新术语的“όυ（on）”（其对应词英语为 Being，法语为 Etre，德语为 Sein）在中文中常翻译成“存在”，与真正表示“存在”的“existence（法语、英语）/ existenz（德语）”造成形而上与形而下的意义混淆。因此，我们采用国内已有多人使用的汉语系动词“是”来对译作为哲学术语的“Being/Etre/Sein”。相关讨论参见张弛：《穷究词义为了跨文化的沟通——论西方哲学核心词汇“όυ（on）”的中译问题》，《中国翻译》2005 年第 6 期，第 69 ~ 75 页。

③ Jean-Paul Sartre, *Qu'est-ce que la littérature*? *op. cit.*, p. 49.

④ *Ibid.*, p. 50.

⑤ 虽然昆德拉与萨特之间可能没有师承关系，但他们二位却都深受海德格尔影响。

⑥ Milan Kundera, *L'art du roman*, *op. cit.*, p. 16.

⑦ Milan Kundera, *Le rideau*, *op. cit.*, p. 29.

⑧ 流行的“存在与时间”这个书名并不准确。

一个接一个，小说以其特有的方式和逻辑，发现了存在的不同方面：与塞万提斯的同代人一起，它质询什么是冒险；与萨缪尔·理查生一起，它开始考察“内心活动”，揭示隐秘的感情生活；和巴尔扎克一起，它发现人和历史（Histoire）的根本关联；和福楼拜一起，它的探索深入到了日常生活的未知之地中；和托尔斯泰一起，它趋向于探索非理性对人的决定和行为的影响。它探讨时间：和马塞尔·普鲁斯特一起，它探讨无法捕捉的过去；和詹姆斯·乔伊斯一起，它探讨无法捕捉的现在；和托马斯·曼一起，它探讨来自远古但却遥遥引领我们现在的脚步的神话如何发生作用，等等。[①]

人在所有生物中最敏感于其存在的时间维度，因此，“历史”感——昆德拉称之为“对连续性的意识”（conscience de la continuité）[②]——是文明社会最重要的文化感觉之一。基于上述“小说”之为“小说”的第一个前提，昆德拉心目中的欧洲小说史，自然有别于一般文学史家的理解：它不是指由按照自然的时间嬗变顺序所产生的小说在数量上的总和。昆德拉认为：“是持续不断的发现（而不是加增已经写出来了的），构成了欧洲小说的历史。”[③] 因此，不是所有被称作“小说”的文本，都可以进入并构成昆德拉心目中的“欧洲小说史”。

在解析几何中，我们需要将一个物体放在笛卡尔坐标系中才能为其定位，并因此确定它与其他物体的相对位置。同理，在昆德拉看来，如果要判定一部小说的价值，孤立地进行评价是不可能的。只有将其放在由“持续不断的发现”所构成的小说史的参照系之中，才能得到合适的结论。[④]

伟大的作品只能诞生在其艺术史的进程中，并且是参与到这历史当中。只有在这历史当中，我们才可以看得出哪一个作品是创新之作，哪一个作品毫无新意，哪一个有所发现，哪一个只是模仿。换句话说，就是只有在小说史当中，一部作品才可以作为我们鉴赏的价值而存在。对我来

---

① Milan Kundera, *L'art du roman*, *op. cit.*, p. 15.

② Milan Kundera, *Le rideau*, *op. cit.*, p. 15.

③ Milan Kundera, *L'art du roman*, *op. cit.*, p. 16.

④ Milan Kundera, *L'art du roman*, *op. cit.*, p. 177.

说，没有比艺术落到了它的历史之外更糟的事了，因为这意味着它落到了审美价值不再能被感知到的混乱境地里。①

坚持着这样一个条件，昆德拉相当尖刻地把许多小说称作“死产之作”。他让我们想象这样一种情况：一个当代作曲家拿出一部奏鸣曲（sonate），其形式、和声与旋律都很像是贝多芬的作品。如果真是出自贝多芬之手，它就会被视为杰作，引发我们对大师由衷的钦敬。但它若只是出自某位当代作曲家之手，就只会惹人发笑，作曲家最多只能被看作是模仿高手。为什么同一部作品会引起我们完全不同的心理反应？“历史意识在我们的艺术感知中牢固到这样一个地步，以致这种过时的东西（一部写于今日的贝多芬作品）将会自动自发地（须知其中毫无虚伪）让人感到是可笑、虚假、不适当，甚至丑恶的。我们对连续性的意识是那么强烈，它干预我们对每一件艺术品的感知。”②

七、小说形式应自主

昆德拉小说诗学的第二前提，就是必须承认作为独立的艺术形式的小说的自主性（autonomie）。小说所要传达的知识既不存在于小说创作之前，也不存在于它的具体形式之外，而且不能被改编为另一层次的推理论证，比如说用哲学的、社会学的或评论文章语言。小说的整体意思不能与作者在随笔、文章、通信或者谈话中表达的观点、观念混为一谈。小说家不像散文作家一样在作品中阐释某一特殊的理论或观点，他也不像诗人一样着迷于自己的主观经验和自己的语言创造，他毋宁是被他笔下的人物的行为逻辑和他们的故事及小说形式引导着。借助于小说形式，靠着直觉和摸索，他要揭示人之存在的新方面并为之赋形。“在小说艺术中，存在之发现（découvertes existentielles）与形式之变化（transformation de la forme），是密不可分的。”③

---

① Milan Kundera, *Les testaments trahis*, *op. cit.*, pp. 28 – 29.

② Milan Kundera, *Le rideau*, *op. cit.*, pp. 16 – 17.

③ Milan Kundera, *Le rideau*, *op. cit.*, p. 25.

昆德拉认为，自从现代之始，小说就一直忠实地伴随着人，捍卫着具体的生活，免得它落入“是的被遗忘”状态。[①] 在他看来，现代小说史要比哲学史幸运得多，因为它诞生在人的自由、他的完全个人性的创造、他的选择之中。[②]

针对巴尔扎克以来追求“逼真”（vraissemblance）到一丝不苟的创作现象，昆德拉带着怀旧感谈到拉伯雷的内容丰富得不可思议的小说：“所有这些都在里面：逼真的和难以置信的、间接寓意和直接讽刺、巨人与常人、逸事与沉思、真实的与异想天开的旅行、博学的辩论和离题万里的玩弄辞藻。”[③]

早期的小说家们享有极大的快乐自由。拉伯雷的小说一开头就宣告：“这里讲的一切都不能当真，就是说，我们并不是在此肯定（科学的或神话的）真理；我们并不保证按照现实状况来对事情进行描述。”[④] 因为小说的世界是一个自主的世界，它有其自身的逻辑。小说的真实性不是看它是否“忠实于”所谓的现实，因为这个“现实”常常是“表面现象”的同义词，它经常屏蔽人生存在的真相。既然现代小说的存在根据之一是要对人生有所发现，它必然要摒弃对形似的追求，而按照存在的深层逻辑去着墨。“小说形式的自由不拘，使它更容易把它的艺术‘触角’深入到各种社会文化现象之中，吸纳别的叙述形式的经验。”[⑤]

现代英国小说的奠基人之一笛福，反对当时流行的从古代神话、传说、历史和观点作品中提取情节来创作诗歌、戏剧和散文体的虚构故事的风气，反复声明自己作品的真实性。但他所理解的小说真实性只是指小说与客观现实之间的一致性。因此，他认为，“精彩的行动细节”和“五花八门的事件”就“足以使作品立足”。在否定了以往那种以传统的历史和传说为创作基础的倾向之后，笛福将创作对象确定在个体的人所经历的具体事件上，让个体经验成为备受关注的焦点，首次让文学创作稳稳地着落

---

① Milan Kundera, *L'art du roman*, *op. cit.*, pp. 13 – 17.

② Milan Kundera, *Les testaments trahis*, *op. cit.*, p. 27.

③ Milan Kundera, *L'art du roman*, *op. cit.*, pp. 11 – 12.

④ *Ibid.*, p. 11. 按：这段引文不是拉伯雷的原话，而是昆德拉对其“作者前言”意思的概括。

⑤ 龚翰熊：《文学智慧——走进西方小说》，成都：巴蜀书社 2005 年版，第 2 页。

在人们实际的生活世界这一坚实的土地上。①

随后的菲尔丁也指出，在可信和合情合理的范围内，作家“可以尽情书写离奇的故事……，而且他的故事越是令读者惊奇，就越能吸引读者，越能使读者陶醉”②。自命为“文学的一个新省份的建立者”，菲尔丁宣布自己有完全的自由来制定他所喜欢的法律。③ 对此，昆德拉评论说：“他预先就抵制那些‘文学官员’——对他来说就是批评家——企图强加给他的一切规条……小说的形式，就树立起了任何人都无法限制的自由，因而其演变将会是不断地令人惊讶。”④

20世纪的许多作家力图打破19世纪由于科学崇拜和实证精神所形成的“巴尔扎克式真实”教条的束缚。昆德拉非常钦敬的卡夫卡是其中最杰出的代表，被诗人奥登（W. H. Auden，1907—1973）称为“就作家与其所处时代的关系而论，当代能与但丁、莎士比亚和歌德相提并论的第一人”⑤。他以奇特的构思勾勒出夸张的画面，在其中现实与非现实、常人与非常人混杂，时间、地点和社会背景都不清楚，情节支离破碎，主题模糊。他以巴尔扎克式的细致入微来描写，然而整体故事却是荒诞的。他向读者呈现的更像是“噩梦世界”。但是，从1930年代以来，却有越来越多的读者认识到他先知（prophet）和通灵人（clairvoyant）般的幻象（vision）的超级真实性。“卡夫卡的荒诞艺术带领我们走进一个寻找真理而没有找到真理的非真实的真实王国。”⑥

英国文学批评家弗兰克·克莫德（Franck Kermode，1919—2010）在其名著《终极的意义》（*The Sense of an Ending*，1967）中的一些观点，可以帮助我们更好地理解昆德拉所强调的小说形式自主性。克莫德认为，人天性不喜欢混乱，然而他生活在其中的世界却是混乱和无秩序的。通过想

---

① 殷企平、高奋、童燕萍：《英国小说批评史》，前揭，第231～233页。

② 同上，第42页。

③ Henry Fielding，*Tom Jones*，*op. cit.*，p. 53.

④ Milan Kundera，*Le rideau*，*op. cit.*，p. 21.

⑤ 转引自袁可嘉：《欧美现代派文学概论》，桂林：广西师范大学出版社2003年版，第242页。

⑥ 约瑟·贝尔格尔语。转引自侯书森主编：《世纪之书》，北京：中国戏剧出版社1999年版，第115页。

象，人可以在不同事物之间建立或发现种种关系，虚构出一个首尾一致、前后连贯的模式，从而赋予世界和生活以意义。他将“情节”定义为“一种人为地赋予时间以形式的组织”，因为真实世界中的时间只不过是无序、无意义、纯粹的延续而已，但是情节在将其组织化以后赋予其意义。从这个角度看，克莫德将小说的历史看作是不断修正原有小说形式的历史。历代小说家“通过不懈的努力和频繁的修正，不断使沿袭下来的范式跟人们改变了的现实观相衔接”①。

昆德拉之所以强调小说形式的自主性，其目的就是让小说摆脱写形似真实的紧箍咒，恢复其自由、活力，重建其在现代世界的存在理由。

小　结

昆德拉的“欧洲小说”论，既是对欧洲小说特质的高度把握，又是对欧洲小说向广义的西方和广袤的非西方世界扩展之内在逻辑的精当指陈。昆德拉对“欧洲小说”传统近乎偏执的捍卫和他在自己写作中对这一传统清醒自觉的承继，提醒我们应认真思考小说的精神。透过对“欧洲小说”这一概念的解析，我们可以更好地理解欧洲小说的精髓和演进脉络，更好地理解昆德拉的思想和作品，也更好地理解许多其他作家的写作。

昆德拉心目中的小说家以及广义的作家，不是玩文学的写字匠，他应该“有独创的思想和不可模仿的声音。他可以运用任何一种文学形式（包括小说），然而他所写的一切，都带着他思想的印记，并且以他特有的声音表达出来，都构成作为一个整体的他的作品的一部分，比如卢梭、歌德、夏多布里昂、纪德、加缪、马尔罗”②。在商业发达的社会里，通俗作家名利双收，令那些严肃作家望尘莫及。在相对主义盛行的现代社会，人们不再有评判作品和作家水平高低的绝对标准，因此，既有文学评论家对畅销书作家的捧场，也有畅销书作家们不自量力地进军文学史、进军诺贝尔奖的现象。昆德拉的观点，至少可以帮助我们对于什么是文学大师，什么是真正的文学杰作，有一些清晰的认识。

---

① 殷企平、高奋、童燕萍：《英国小说批评史》，前揭，第 17 ~ 18 页。

② Milan Kundera, *L'art du roman*, *op. cit.*, p. 176.

【参考文献】

M. H. 艾布拉姆斯著，郦稚牛等译：《镜与灯：浪漫主义文论及批评传统》，北京：北京大学出版社2004年版。

诺思罗普·弗莱著，陈慧等译：《批评的解剖》，天津：百花文艺出版社2006年版。

龚翰熊：《文学智慧——走进西方小说》，成都：巴蜀书社2005年版。

侯书森主编：《世纪之书》，北京：中国戏剧出版社1999年版。

E. 拉兹洛：《文化与价值》，见冯利、覃光广编：《当代国外文化学研究》（译文集），北京：中央民族学院出版社1986年版。

古斯塔夫·朗松著，徐继曾译：《朗松文论选》，天津：百花文艺出版社2009年版。

钱钟书：《谈艺录》（增订版），北京：中华书局1984年版。

塞万提斯著，杨绛译：《堂吉诃德》（第2版），北京：人民文学出版社1987年版。

申丹、韩加明、王丽亚：《英美小说叙事理论研究》，北京：北京大学出版社2005年版。

伊恩·P. 瓦特著，高原、董红钧译：《小说的兴起》，北京：生活·读书·新知三联书店1992年版。

亚里士多德著，吴寿彭译：《形而上学》，北京：商务印书馆1959年版。

殷企平、高奋、童燕萍：《英国小说批评史》，上海：上海外语教育出版社2001年版。

张弛：《穷究词义为了跨文化的沟通——论西方哲学核心词汇“όυ（on）”的中译问题》，《中国翻译》2005年第6期。

R. M. Albérès, *Histoire du roman moderne*, nouvelle édition, Paris: Albin Michel, 1963.

M. H. Abrams, *A Glossary of Literary Terms*, 7th edition, Beijing: Foreign Language Teaching and Research Press/Thompson Learning, 2004.

Aristote, *La Métaphysique*, trad. et notes par Jules Barthétemy Saint-Hilaire, in Françoise Kinot (dir.), *Philosophie grecque: Socrate, Platon, Aristote*, coll. Philosophies, Paris: France Loisirs, 2000.

M.-A. Baudiouy et R. Moussay(éd.), *Civilisation contemporaine*, nouvelle édition 1976, Paris: Hatier, 1980.

Pierre Chartier, *Introduction aux grandes théories du roman*, Paris: Dunod, 1998.

Kvetoslav Chvatik, *Le Monde romanesque de Milan Kundera*, Paris: Gallimard, 1995.

Henry Fielding, *Joseph Andrews with Shamela and Related Writings*, a Norton Critical Edition edited by Homer Goldberg, New York/London: Norton & Company, 1995.

Henry Fielding, *Tom Jones*, a Norton Critical Edition by Sheridan Baker, 2nd edition, New York/London: Norton & Company, 1995.

Milan Kundera, *L'art du roman*, Paris: Gallimard, coll. Folio poche, n° 2702, 1995.

Milan Kundera, *Les testaments trahis*, Paris: Gallimard, coll. Folio poche, n° 2703, 1995.

Milan Kundera, *La vie est ailleurs*, Paris: Gallimard, coll. Folio poche, n° 834, 1995.

Milan Kundera, *Le rideau*, Paris: Gallimard, coll. NRF, 2005.

Jacqueline Lévy-Valensi et Alain Fenet (dir.), *Le roman et l'Europe*, Paris: PUF, 1997.

Cf. Josette Rey-Debove et Alain Rey (dir.), *Le Nouveau Petit Robert: Dictionnaire alphabétique et analogique de la langue française*, Paris: Dictionnaires Le Robert, 1995.

John Richetti, *The Columbia History of the British Novel*, Beijing: Foreign Language Teaching and Research Press /Columbia University Press, 2005.

Paul Robert, *Dictionnaire alphabétique & analogique de la langue française*, Paris: Société du Nouveau Littré, 1978.

Pat Rogers, *The Oxford Illustrated History of English Literature*, London: Guild Publishing, 1987.

Jean-Paul Sartre, *Qu'est-ce que la littérature*? Paris: Gallimard, coll. Idées/Gallimard, n° 58, 1981.

Stendhal, *Le Rouge et le Noir*, Livre Second, Chapitre 19. ABU. [Ressource électronique] [réf. du 24 juin 2006] Disponible sur: http://abu.cnam.fr/cgi-bin/donner_html? rouge1.

第一部分　发现存在的真相

在上帝（死了）以后，人死了。

（马尔罗）

第一章

西方文化的危机与诱惑

——马尔罗《西方的诱惑》论析

我们的文明自从失去了
在科学中找到世界的意义以后，
便丧失了一切精神目标。

（马尔罗）

引 言

1924年9月6日，在巴黎出版的《文坛消息》（*Les Nouvelles littéraires*）周刊上，发表了由著名作家纪德（André Gide，1869—1951，1947年获诺贝尔文学奖）、莫里亚克（François Mauriac，1885—1970，1952年获诺贝尔文学奖）等二十人签名的一封公开信①。这些法国文化界的大小名人们吁请当局宽大处理安德烈·马尔罗（André Malraux，1901—1976）——他因在当时的法属殖民地高棉毁坏和盗窃文物，而被设在金边的殖民当局法庭判处三年监禁。

签字人对于安德烈·马尔罗被判刑一事深表关注。我们相信，凡为扩大我国精神遗产做出贡献的人士，司法当局一向表示尊重。我们愿意为这位知名人士的才智及其真正的文学价值担保，他的青年时期和已完成的作品表明他的前途大有希望。对于执行惩罚所造成的损失，我们深表惋惜，这将阻碍安德烈·马尔罗完成所有的人有权期待他完成的事业。②

---

① 签名的还有贾鲁（Edmond Jaloux）、麦克奥兰（Pierre Mac Orlan）、保兰（Jean Paulhan）、雅各布（Max Jacob）、莫洛亚（André Maurois）、里维埃尔（Jacques Rivière）、勒格里（François Le Grix）、杜加尔（Maurice Martin du Gard）、杜博思（Charles du Bos）、加斯东·加里玛（Gaston Gallimard）、雷蒙·加里玛（Raymond Gallimard）、苏波（Philippe Soupault）、菲尔斯（Florent Fels），阿拉贡（Louis Aragon）、皮亚（Pascal Pia）、拉努（Pierre de Lanux）、阿莱尔（André Harlaire）、布勒东（André Breton）、阿尔朗（Marcel Arland）、德松（André Desson）和布达赖斯（Guy de Pourtalès）。

② 让—弗朗索瓦·利奥塔尔著，蒲北溟译：《马尔罗传》，上海：东方出版中心2000年版，第159页。按：这封信是由马尔罗的朋友阿尔朗口授的，并给马尔罗的妻子克拉拉出主意署上法国文学界所有著名人物的名字，他自己亲自去征集了签名。

事实上，日后在法国如雷贯耳的“马尔罗”这个名字，当时知之者甚少。很多人都是在看了关于这一案件的报道之后，才知道了这个年轻人。

真正使马尔罗引起法国文坛注意的是1926年面世的《西方的诱惑》(*La Tentation de l'Occident*)。“一个在巴黎的中国人和一个在中国访问的法国人，通过书信交流双方的误解。这本书的写作并不是精心安排的，但是他使彼此的失望交叉起来，使人感到他们内心的躁动不安。”① 而这两个年轻人的意见，直接折射的是1920年代欧洲青年的幻灭、失落和焦虑。

《西方的诱惑》是一本分量不算太重的书信体小说，但它为马尔罗建立了雄辩者、文学冒险家和全才的名声。远在他大展才华之前，人们就因为这本书而相信他是个不世之才。而且马尔罗的基本观点一直贯穿在他后来的小说创作和艺术哲学之中，这值得我们加以解析。

一、幻灭与焦虑的时代氛围

“文学并不居于一个自主的空间之中。它与历史和文化领域保持着多种复杂的联系，在20世纪尤其如此。”②

19世纪后期的帝国主义时代，欧洲人怀着超常的文化自信心，将其在亚非各国的殖民渗透和侵略解释为“教化野蛮人”（civiliser les barbares）的具有自我牺牲精神的高尚活动。生于印度的英国诗人吉卜林（Rudyard Kipling，1865—1936，1907年获诺贝尔文学奖），甚至将非白种人称为“白人的负担”（the burden of the white）③，呼唤白人勇于承担拯救世界的责任。

20世纪初，欧洲人洋溢在乐观主义的情怀里。他们对自己的成就感到自豪，对未来满怀信心。欧洲国家瓜分了几乎整个非洲和一大部分亚洲，建立了辽阔的殖民帝国。整个世界的命运都取决于伦敦、巴黎、柏林、维也纳和圣彼得堡。社会达尔文主义和欧洲军队对非白人的征服互相印证。

---

① 让—弗朗索瓦·利奥塔尔：《马尔罗传》，前揭，第175页。

② Germaine Brée et Édouard Morot-Sir, *Littérature française*, t. 9 (*Du surréalisme à l'empire de la critique*), Paris: Artaud, 1984, p. 7.

③ 斯皮瓦格尔：《西方文明简史》（第3版），北京：北京大学出版社2006年版，第443页。

他们充满优越感，以为他们的生活方式是世界上最好的。“资产阶级的生活方式在各处都被奉为典范。资产阶级的文化、道德、进取心，资产阶级在装饰、建筑、衣着及消遣方面的情趣在几乎整个欧洲被人欣赏和模仿。法国人称 1890—1914 年为‘美好时代’，这个概念也可应用于整个欧洲。”[①]

与此同时，为争夺殖民地与海外市场，同时受到日益高涨的民族主义的激发[②]，欧洲各国都在积极地预备战争。“没有人希望战争，但也很少人努力阻止战争。战争被当作解决政治纠纷的最后的合法手段。”[③] 在知识界，“居然有那么多人认为战争是根治社会失范、精神飘零的良方，能够实现一种共同体，即‘整体的民族主义’”[④]。

1914 年 6 月 28 日，在波斯尼亚首府萨拉热窝，奥匈帝国皇储夫妇被塞尔维亚的民族主义者刺杀。这一事件迅速演变成一场将几乎所有欧洲国家卷入其中的大战。“交战各方都认为自己进行的是正义的事业，自己的利益合理合法。”“欧洲成为它历史上最血腥的斗争的战场，很少国家能够保持中立。”[⑤]

“一直被赋予浪漫色彩的战争终于来临了，它把人们从琐碎和贪婪的岁月中解脱出来，因而大受欢迎。”[⑥] 交战双方从政治家到普通民众都满怀热情地投入到战争中去。“只有极少数职业外交家知道当时的危机有多么严重。”[⑦] 英国外交大臣感叹说：“光明在全欧洲熄灭。我们这一生将再也

---

① 德尼兹·加亚尔、贝尔纳代特·德尚等著，蔡鸿滨、桂裕芳译：《欧洲史》，海口：海南出版社 2000 年版，第 519 页。

② “在所有的欧洲国家，金钱、教育、权力构成几乎难以逾越的障碍，将人们分割开来。一个世纪以来，只有一种感情能抹去这些障碍，那就是民族主义。欧洲国家之间的敌对情绪加剧，它来自越来越狂热的民族自尊心与越来越强烈的超越邻国的意图。这种民族主义的狂热情绪达到如此地步，以致为了祖国不惜牺牲一切。”见德尼兹·加亚尔、贝尔纳代特·德尚等：《欧洲史》，前揭，第 520 页。

③ 同上，第 521 页。

④ 罗兰·斯特龙伯格著，刘北成、赵国新译：《西方现代思想史》，北京：中央编译出版社 2005 年版，第 429 页。

⑤ 德尼兹·加亚尔、贝尔纳代特·德尚等：《欧洲史》，前揭，第 524 页。

⑥ 罗兰·斯特龙伯格：《西方现代思想史》，前揭，第 430 页。

⑦ 同上，第 430 页。

看不见它重新点燃。”[①]

在各参战国，青年诗人、艺术家、大学生和知识分子争先恐后地报名参军。一向被推崇的独立思考精神与普世人道主义忽然被弃若敝屣。“知识分子参与战争的程度是惊人的。他们当然奔赴战场，亲临战阵；有些人已经四五十岁了还自愿参军；他们写诗咏怀，称这是一个再生的过程，颂扬它的神秘性。许多未能亲临战壕的人则把才智用在宣传上。”[②] 法国著名哲学家伯格森（Henri Bergson，1859—1941，1927年获诺贝尔文学奖）认为战争会给欧洲带来“道德的新生”。法国著名的社会主义者、虔敬的天主教徒夏尔·佩吉（Charles Péguy，1873—1974）在参加死伤惨重的马恩河战役前吟唱道：“死于正义之战该有多么幸福。”[③] 罗曼·罗兰（Romain Rolland，1866—1944，1916年获诺贝尔文学奖）是极少数试图采取抵制态度的人物之一。他惊呼：“各国思想领袖无不满怀信心地宣称，本国人民的事业即是上帝的事业。”[④] 但是，由于将战争斥为“混战”并持反战态度，他被许多法国人（包括著名的知识分子）视为人民公敌。

随着美国和一些亚洲、非洲国家的参与，这场以法国为主战场的战争演变成一场名副其实的世界大战。

战争并没有如同交战各方所乐观估计的那样，在1914年的圣诞节前结束。在战争中，许多新式武器和大规模杀伤性武器（远程大炮、机关枪、手榴弹、坦克、毒气、攻击机与轰炸机、潜水艇）被投入使用，使得战争变得异常残酷，死伤人数剧增。仅仅是1916年的凡尔登战役，在六个月内就有70万名英、法、德士兵丧命。随着战争旷日持久地继续，伤亡人数增加，幻灭的情绪很快出现了。“这种情绪持续了很久，影响了战后人们的世界观。”[⑤]

“第一次世界大战标志着一个时代的结束。从前看上去坚实不变的东西现在都成了问题，甚至化为乌有。”[⑥] 虽然惨胜的一方以“公理必胜”来

---

① 德尼兹·加亚尔、贝尔纳代特·德尚等：《欧洲史》，前揭，第524页。

② 罗兰·斯特龙伯格：《西方现代思想史》，前揭，第431页。

③ 同上，第430页。

④ 同上，第428页。

⑤ 同上，第432页。

⑥ 同上，第528页。

解释战争的结果，但是这场战争摧毁了19世纪因为社会进步与科学发展而带给人的美好憧憬，同时严重地动摇了许多敏感的西方知识分子的文化自信心。[①]

长达四年的大规模杀戮导致俄国的赤色革命、意大利和德国的黑色革命，欧洲各地普遍失去了信心。这场战争最终给战胜国造成的心理打击几乎不亚于战败国。战争期间，宣传机器甚嚣尘上，真理遭受了前所未有的劫难。由于战争的缘故，一种新的犬儒主义应运而生，对人类价值的信仰荡然无存。这种情况是欧洲近代历史上从未有过的。[②]

1914年以前，某些敏感的欧美艺术家、哲学家和诗人已经感受到了莫名的不安、焦虑、没落。战后，许多人看到这些不祥的预感变成现实。[③]

美国诗人庞德（Ezra Pound，1885—1972）将西方文明比作“一个老掉了牙的婊子”[④]。英国作家H. G. 威尔斯（Herbert George Wells，1866—1946）悲叹说：“我们所在的文明正在倒塌，而且我想它倒塌的速度非常快。”[⑤] 德国人斯本格勒（Oswald Spengler，1880—1936）的《西方的没落》，只是这位哲学教师在战前完成的业余作品。该书第一部分在1916年出版时，便迅速被翻译成多种西方语言，在知识分子中间风行一时。斯本格勒以尼采（Friedrich Nietzsche，1844—1900）式的文化悲观主义论述了欧洲历史。他认为欧洲文明在中世纪达到了顶峰，此后就一直在衰落。业余写诗的银行职员T. S. 艾略特（Thomas Stearns Eliot，1888—1965）因为一首非常晦涩的长诗《荒原》（1922）而成为英美诗坛领袖。这首诗被许多读者和评论家看作是对于已经腐败了的西方文明的哀歌。“20世纪20年代回响着送别欧洲时代的挽歌。”[⑥]

---

① 罗兰·斯特龙伯格：《西方现代思想史》，前揭，第427页。
② 同上，第524页。
③ 德尼兹·加亚尔、贝尔纳代特·德尚等：《欧洲史》，前揭，第538页。
④ 罗兰·斯特龙伯格：《西方现代思想史》，前揭，第445页。
⑤ 同上，第445页。
⑥ 同上，第446页。

二、法国文人的精神痛苦

大战以前，法国被许多艺术家和政治家视为“文明世界”的中心。

第一次世界大战使法国付出了140万人死亡的代价，其战争费用高达约1 500亿金法郎；公债增至2 190亿法郎。法国东北部全遭战火洗劫(1919年，190万公顷的土地荒芜，893 732幢房屋被摧毁或损坏；2 400公里铁路和1 566公里运河被毁)。法国人在精神上受到的震撼也许更为严重。[①]

许多作家、艺术家和知识分子在战争中罹难。虽然战争爆发后有不少文化人主动、积极地报名从军，但后来的战争总动员让几乎所有的法国知识分子都不得不与战争直接接触。法国著名学府巴黎高等师范学院1911—1913年的毕业生，有161人参军，其中81人死于战争，另有64人受伤。[②]在战后出版的一本阵亡作家的作品选集中，入选的作者竟然超过了500人。文学界损失之惨重，由此可见一斑。

战争的残酷与非人道，动摇了人们的意识、法国的地位、其在战后世界生存的可能性，以及它所代表的文化——自诩为普世性的人道主义，却容忍了1914—1918年的大屠杀——都成了疑问。[③]

“巴黎在优美和放荡掩盖下，粉饰了这种苦恼不安。”[④] 但是在维也纳、柏林旅行时，青年马尔罗却感到危机非同一般。“战败者在物质和精神上的匮乏很快触及到战胜者，人道主义的价值崩溃，已经无力回击灾难。那里的先锋派并不是些异想天开的人，他们在探索怎样为苦恼忧伤加以印记，也就是说怎样说明它，怎样抵制它。”[⑤]

---

① 米歇尔·穆尔著，刘文立、黎拥华译注：《法国现代史》，广州：中山大学出版社2000年版，第34页。

② 罗兰·斯特龙伯格：《西方现代思想史》，前揭，第431页。

③ Germaine Brée et Édouard Morot-Sir, *Littérature française*, *op. cit.*, p. 16.

④ 让—弗朗索瓦·利奥塔尔：《马尔罗传》，前揭，第100页。

⑤ 同上。

1919 年，在《论精神危机》一文中，著名诗人瓦莱里（Paul Valéry，1871—1945）苦涩地慨叹道："我们不过是另一些文明而已，我们现在知道了我们是必死的。"[①]

参加过这场战争的哲学家路德维希·维特根斯坦（Ludwig Josef Wittgenstein，1889—1951）在笔记里写到：

> 一种文化犹如一个组织，每个成员都可以在那里分得一席之地，然后，成员们按照整体精神进行工作。"组织"根据每个成员做出的贡献来衡量他应有的权力，这应该是非常公正的。然而，在没有文化的时代，力量是分散的，个人的力量在面对邪恶势力的顽强抵抗中已经衰竭。[②]

战争打断了传统文化的价值与年轻人经历过的现实之间的联系。许多人都感到被连根拔起，由于失去了"是其所是的理由"（la raison d'être）而不知所措。在一次谈话中，超现实主义运动的创始人之一布勒东（André Breton，1896—1966）把他们这一代人的心灵空虚状态称为"世纪病"（le mal du siècle）。[③] 诗人里维埃尔（Jacques Rivière，1896—1925）这样描述自己的失魂落魄："在旅馆中我租住的小房间里，我连续几小时围着桌子转圈；我在巴黎无目的地行走，我独坐在沙特莱广场上的长凳上度过许多夜晚；我天天都是听天由命的牺牲品。"[④]

1924 年 2 月，当马尔罗们在金边等候判决的时候[⑤]，《新法兰西评论》发表了他的朋友马塞尔·阿尔朗（Marcel Arland，1899—1986）的《论新世纪病》一文，列举了年青一代文人当时彷徨犹疑的精神痛苦状态。

---

① Paul Valéry，"La cirse de l'esprit"，in Paul Valéry，*Œuvres*，Paris：Gallimard，coll. Bibliothèque de la Pléiade，2002，t. 1，p. 988.

② 路德维希·维特根斯坦著，钱发平编译：《文化的价值》，重庆：重庆出版社 2006 年版，第 9 ~ 10 页。按：译文不完全准确，参阅 Ludwig Josef Wittgenstein，*Remarques mêlées*，trad. de l'allemand par G. H. von Wright，présenté et noté par Jean-Pierre Cometti，Paris：GF-Flammarion，2002，p. 58.

③ Germaine Brée et Édouard Morot-Sir，*Littérature française*，*op. cit.*，p. 20.

④ *Ibid.*，p. 21.

⑤ 让—弗朗索瓦·利奥塔尔：《马尔罗传》，前揭，第 169 页。

陀思妥耶夫斯基的现实性是很明显的信号；在法国，人们从来没有感到与《群魔》或是《卡拉马卓夫兄弟》里某些主人公那么接近；这些人物的忧郁不安，他们行动的悲剧色彩，以及小说作者有时跟他创造的人物共有的福音的神秘主义，这是我们可能在某些同时代的人当中看到的特点。[①]

三、以写作对抗虚无主义

马尔罗因为年纪小没有参加战争。战争结束的时候，他高中毕业，梦想进入文坛。他曾到著名诗人马克斯·雅各布（Max Jacob，1876—1944）家自荐。[②] 随后他又转向了纪德——1920年代法国文学青年的偶像与精神导师。但是纪德是属于19世纪的，他相信自我；而战后欧洲的年轻人，则被虚无主义所折磨。[③]

马尔罗属于这样一代作家，他们怀疑文学现象，甚至达到要抛弃它的地步。兰波（Arthur Rimbaud，1854—1891）宣告的并被战争屠杀证实的欧洲的遭难，并不要人们把屁股坐在桌子前面去削自己的鹅毛笔。现在是要记载下来文明是如何破产的，要使文明的残余转变为行动。纪德和普鲁斯特（Marcel Proust，1871—1922）的年代已经终结。德里厄·拉洛舍尔（Drieu La Rochelle，1893—1945）说灾难之深重是不能以笔墨书写的，人们要付出的是鲜血。[④]

1920年代的许多年轻作家都歌颂行动，即使是盲目的行动也无所谓。行动因为具有对抗虚无的性质而具有英雄意味。[⑤] 有相当一部分作家、艺术家沉湎于斗牛、冒险和性，以对抗虚无感。

马尔罗对于虚无主义特别敏感。根除虚无主义在他以后的思考中一直

---

① 让—弗朗索瓦·利奥塔尔：《马尔罗传》，前揭，第102页。
② 同上，第110页。
③ 同上。
④ 同上，第121页。
⑤ 同上，第121~122页。

占据中心位置。“努力奔向一个不明确的目标，同时考虑人们拥有的价值和提高价值的可能性，这就是表现出全部智慧和全部真正的信仰。”[①] 发表在《行动》（*Action*）杂志中的这个观点也许是出自马尔罗之手。它有助于我们理解马尔罗为什么会从有神秘主义倾向的雅各布转向崇信尼采哲学的纪德。

在《论一代欧洲青年》（*D'une jeunesse européenne*）中，马尔罗指出：“我们的文明自从失去了在科学中找到世界的意义以后，便丧失了一切精神目标。”[②] 他认为：“当生活和现实不可挽回地不存在时，写作和艺术的任务就是朝不可能的方向努力。”[③] 也就是说，他把写作当作抗拒虚无主义的手段。

四、上帝之死与荒诞处境

《西方的诱惑》介于散文与小说之间。25 岁的法国人 A. D. 在远东旅行，同时 23 岁的中国人凌先生（Ling-W. -Y.）出于文化好奇心第一次游历欧洲。这似乎是一个理想的换位观察，并在观察他者文化的过程中发现自己。表面上是两个人在通过通信的方式交流观察与思考，实际上我们只能听到一个雄辩的声音，感受到一种激情。这两个虚构的人物只代表着一个人，那就是马尔罗自己。马尔罗笔下的人物们，体现着作者的洞察力，以及在极为游移不定的思想中彼此争执的不同视角。

从《西方的诱惑》开始，马尔罗用以观察欧洲青年面貌的焦虑不安，可以使我们明白他呼唤英雄主义价值观的紧迫性。其写作中所表现出来的紧张、疏忽和感性，因其悲剧风格而具有一种高贵的悲剧气息。如同在古典悲剧中那样，悲剧性是其作品中人物生活的素质。一切都在即刻和绝对里上演。[④]

凌先生在巴黎注意到：“在欧洲有一种精心安排的野蛮：‘文明’和

---

① 让—弗朗索瓦·利奥塔尔：《马尔罗传》，前揭，第 49 页。

② 郑克鲁：《法国文学史》，上海：上海外语教育出版社 2003 年版，第 1314 ~ 1315 页。

③ 让—弗朗索瓦·利奥塔尔：《马尔罗传》，前揭，第 103 页。

④ Germaine Brée et Édouard Morot-Sir, *Littérature française*, *op. cit.*, pp. 330 – 331.

‘秩序’这两种不同的观念每天都被混为一谈。”[①]

A. D. 向凌先生谈他的感受：

欧洲人厌烦了他们自己，厌烦了他们的已经崩溃了的个人主义，厌烦了他们的激情。支撑他们的是一个细腻的否定结构，而不是一种思想。他们能够行动到献身的地步，但却在今天扭曲他们种族的行动意志面前充满了厌恶感。他们想在人们的行动底下找到更深刻的是其所是的理由（la raison d'être）。[②]

在《西方的诱惑》中，马尔罗探讨了“上帝之死”这个观念——它在西方引起了人类精神死亡的后果。他借着虚构的中国人凌先生对法国人A. D. 说：“对于你们来说，绝对的现实曾经是上帝，然后才是人；但是在上帝（死了）以后，人死了。”[③] 凌先生向他的法国对话者特别指出：“为了摧毁上帝的观念——事实上已经把上帝观念摧毁了——欧洲精神已经消灭了一切可能与人对立的东西。但是在其种种努力的尽头，却像朗塞站在他情人尸身旁一样[④]，只发现了死亡。”[⑤]

基督教的上帝，被神学家们视为“终极之是”（l'Etre suprême），是世界“是其所是”的根本理由，也是人之存在意义的赋予者。但是在小说的最后几页，马尔罗笔下的人物拒绝接受基督教。他认为这个通道过于简单，而雅各布、马利坦（Jacques Maritain，1882—1973）、考克多（Jean Cocteau，1889—1963）等作家都误入其中。“确实，基督教是非常高级的信仰。它是村庄里的十字架所推介的，这些同样的十字架俯视着我们的死者。它是爱，在它里面有安慰。但是我绝不接受它。我不愿屈尊向它祈求

---

① André Malraux，*La tentation de l'Occident*，Paris：Grasset，coll. Les Cahiers rouges，1984，p. 35.

② *Ibid.*，p. 141.

③ *Ibid.*，p. 176.

④ Armand Jean Le Bouthillier de Rancé（1626－1700），出身于显贵家庭，从小就被安排在教会中占据高位。1650年，他结识比他大十四岁的蒙巴宗公爵夫人（duchesse de Montbazon）。七年后，情人去世，他感到无法抑制痛苦，性情大变。他散尽财产和收益，在西都会（Ordre cistercien）内部进行改革，强化对苦修的要求。

⑤ André Malraux，*La tentation de l'Occident*，*op. cit.*，pp. 217－218.

我的软弱想要得到的安慰。”[1] 马尔罗与基督教没有任何关系。它对死了的神明比对活着的神明更有激情。

“荒诞”一词因为萨特和加缪的作品而成为使用频率很高的存在主义词语，但马尔罗已经在《西方的诱惑》中先于他们使用了。他假借作为文化“他者”的中国人凌先生之口指出：“在欧洲人的内心，主宰其生命之种种大运动的，是一种本质性的荒诞（*une absurdité essentielle*）。”[2]

第一次世界大战以后，弗洛伊德（Sigmund Freud，1856—1939）的精神分析学说风靡西方知识界，对于文学家和艺术家的影响尤其巨大。凌先生观察到了这个事实：“接受了‘无意识’这个概念并为之着迷，欧洲因此就自己剥夺了其最好的武器。”[3] 作者没有说明“其最好的武器（ses meilleures armes）”具体是哪些东西。但我们根据上下文可以推断，大概是指自希腊文化以来西方人所看重的理性、良知、意识、真理和美德等。作为现代西方思想奠基人的笛卡尔在其影响深远的《谈谈方法》中指出：理性是人的一种普适性工具（un instrument universel）[4]，是获得良知和真理的必经之路。而希腊哲学和基督教都认为真理会导向美德。因此，当“无意识”概念颠覆了理性的合法性以后，欧洲人就手足无措了。

他们发现“荒诞”在马尔罗的思想发展中具有里程碑的意义。

这个词将一直是马尔罗创其小说和美学作品的秘密基础。“荒诞”给马尔罗语汇中的关键词，诸如命运、死亡、历史、征服、变形、创造、艺术、文化，赋予了一种原创的语义学重量。马尔罗常常以“不可知的”（agnostique）这个形容词来定性自己的思想。实际上，在对世界之荒诞的意识和不可知论之间，存在着一种直接的关联，而两者都指陈创造的条件。马氏“荒诞”比逻辑学家所限定的矛盾状态有着更加丰富的含义。它是事物的生成，是无法改变的变形法则：彼此消灭，彼此衔接，然而既不连续也无目的；它是历史与革命的目的；它是我们文化的内在缺陷与其死

---

① André Malraux, *La tentation de l'Occident*, *op. cit.*, p. 219.

② *Ibid.*, p. 80.

③ *Ibid.*, p. 96.

④ René Descartes, *Le Discours de la méthode*, Paris: Bordas, coll. Les Petits classiques Bordas, 1967, p. 135.

亡之宣告。征服者们逃脱不了这个命运，他们的王国也如同想象一样的短暂。只有艺术能够让荒诞本身的无法抗拒的运动停止下来，并且通过艺术创造将暂时的永恒固定在一个作品之中。因此，对于马尔罗来说，有两种想象，人在其中安排其生活、种种文化与死亡。一个是历史，它由行动的无休止漩涡造成；征服者在沙子上留下痕迹，其所建立的那些王国也早晚要沦为沙漠或丛林。另一个是艺术，它使生成（devenir）超越化并在持久不变的作品中自我保存。马尔罗的文学创作围绕着这些观点而组织。他的作品描写以创造对抗历史的悲剧诗（poésie dramatique），警示人即使在夸口其创造力之时也不要忘记其不稳定性。从小说转向艺术哲学，马尔罗想要表明作家的职责是同时说出在文化、死亡和人之存续的历史和反历史。①

1927年，在格拉塞出版社负责《绿皮丛书》（*Cahiers Verts*）的阿雷维（Ludovic Halévy），邀请马尔罗与尚松（André Chamson，1900—1983）等人合著一本书，马尔罗答应了。他把《西方的诱惑》中探讨过的主题浓缩在《论一代欧洲青年》这篇文章中。他指出欧洲文明成了孤独症文明，人在其中感到孤独。他认为欧洲在试图从自己的文明中自我解放出来，正如它曾经寻求从上帝那里自我解放一样。

五、东方也处于荒诞境地

有论者以为：

自少年时代起，马尔罗就对中国产生了兴趣。正如两次世界大战之间许多年轻的法国人一样，马尔罗也未能幸免于新“世纪病”的折磨。他希冀在行动的过程中摆脱“世纪病”阴影的笼罩。在马尔罗看来，中国不仅提供了一个从事革命活动的机会，一种与“欧洲的过去”决裂的可能，而且还为医治欧洲文明的顽疾开出了一纸处方。②

---

① Germaine Brée et Édouard Morot-Sir, *Littérature française*, *op. cit.*, pp. 123 – 124.

② 马蒂娜·德·库塞尔著，周汉斌译：《马尔罗与中国文化》，《法国研究》1992年第2期，第171页。

欧洲年轻的知识分子试图求助于中国文化的某些思想观念以摆脱新世纪病的羁绊，如同中国的年轻人希望引进某些西方文化观念以驱散中国传统文化笼罩的阴影。①

这实际上是被作品的表象所迷惑而得出的不合实际的结论。

凌先生指出："荒诞，这美丽的荒诞紧粘着我们，就像伊甸园里的蛇紧粘在分别善恶树上。它从不隐藏自己，我们看着它在预备那些最诱惑人的把戏，而我们自己在自愿地给它以忠实的协助。"② 马尔罗用"我们"一词把西方人和东方人都置于"荒诞"之境地。

A. D. 在上海一家遇到一个叫王洛（Wang-Loh）的老人，他是中国危机与灾难的见证人。王洛可能是以当时在西方大名鼎鼎的辜鸿铭为原型塑造的。这位上了年纪的人说：

戏剧演出有一种非常特殊的力量。……这是焦虑不安的戏剧。这是破坏，毁坏人类种种制度中最庞大的制度，一种达到不依赖诸神，也不依靠人而存在的制度。摧毁！中国有如废墟上的大厦摇摇欲坠，这里的焦虑不安不是来自犹豫不定（incertitude），也不是来自战斗，而是来自颤动的屋顶的重量。③

他对于儒家思想在现代中国遭到否定和抛弃非常忧心：

如果儒家思想破碎了，整个国家将毁灭。所有的中国人都靠它支撑。它形成了他们的感觉、思想和意志。它赋予了这个种族以意义。它造成了他们的幸福之面貌……④

一个最严重的悲剧正在我们这里上演：我们的精神一点点地变得空洞……⑤

---

① 马蒂娜·德·库塞尔：《马尔罗与中国文化》，前揭，第179页。

② André Malraux, *La tentation de l'Occident*, *op. cit.*, p. 96.

③ *Ibid.*, p. 184.

④ *Ibid.*, pp. 184 – 185.

⑤ André Malraux, *La tentation de l'Occident*, *op. cit.*, p. 187.

看了A. D. 信中的转述，凌先生深受感动，因为王洛指出了这种痛苦的事实：中国人的精神处于可怕的空洞状态：“那些被摧毁的东西，却没有一点替补。”① 他的年轻朋友们从中国寄给他的信都证明这一点。他们都像王洛和凌先生一样失望，被剥夺了自己的文化，又对西方文化反感。②

通过王洛之口，马尔罗指出：精神的彷徨苦闷是全世界范围的共同现象。③“在人们的内心中只剩下一种狂暴的毁灭欲望——仅仅是为了观看毁灭。他们被一种只能更加相互展示其荒诞性的生活和思想所激怒。”④

在《西方的诱惑》开始发售几天之后，《文坛消息》登出了作者本人写的介绍：

> 我们的文明的根本特点，在于它是一个封闭的文明。它没有精神目标：它强制我们投入行动……西方青年寻找的目标是关于人的新观念。亚洲能给我们一些教益吗？我认为不会的。它或者会引出一种对我们自身状况的特别发现。我们最强的精神法则之一，是被克服了的诱惑转化为认识。⑤

有论者因此归结道：“西方和东方注视着他们之间的差异，并且投身于镜中诱惑的游戏。现在只剩下一个智慧的基础被蛀蚀的中国，面对这种衰败的，是没有头领的欧洲，是十足的制造财产的欧洲。他们彼此还有什么可羡慕的，还有什么可以学习的？”⑥

结 语

《西方的诱惑》是马尔罗第一部重要的作品。虽然篇幅不长，但它探

---

① André Malraux, *La tentation de l'Occident*, *op. cit.*, p. 201.

② *Ibid.*, pp. 202 – 203.

③ *Ibid.*, p. 189.

④ *Ibid.*, p. 190.

⑤ André Malraux, *Œuvres complètes*, Paris: Gallimard, coll. Bibliothèque de la Pléiade, 1989, t. 1, p. 113.

⑥ 让—弗朗索瓦·利奥塔尔：《马尔罗传》，前揭，第176页。

讨了西方文明的危机这个大问题。作者的思考，既感染了1920年代西方知识分子的悲观焦虑色彩，又带有马尔罗独特的以英雄主义行动抗拒虚无主义的人生观。东方在这个语境中只是起到了作为处于危机中的西方文明的镜子以便反省的作用。只有如此，我们才可以注意到贯穿于马尔罗文学作品中的一个主题：明明知道一切努力都将以悲剧收场，却积极勇敢地投入到行动之中来对抗虚无主义的听天由命。

【参考文献】

德尼兹·加亚尔、贝尔纳代特·德尚等著，蔡鸿滨、桂裕芳译：《欧洲史》，海口：海南出版社2000年版。

马蒂娜·德·库塞尔著，周汉斌译：《马尔罗与中国文化》，《法国研究》1992年第2期。

让—弗朗索瓦·利奥塔尔著，蒲北溟译：《马尔罗传》，上海：东方出版中心2000年版。

米歇尔·穆尔著，刘文立、黎拥华译注：《法国现代史》，广州：中山大学出版社2000年版。

斯皮瓦格尔：《西方文明简史》（第3版），北京：北京大学出版社2006年版。

罗兰·斯特龙伯格著，刘北成、赵国新译：《西方现代思想史》，北京：中央编译出版社2005年版。

郑克鲁：《法国文学史》，上海：上海外语教育出版社2003年版。

路德维希·维特根斯坦著，钱发平编译：《文化的价值》，重庆：重庆出版社2006年版。

Germaine Brée et Édouard Morot-Sir, *Littérature française*, t. 9 (*Du surréalisme à l'empire de la critique*), Paris: Artaud, 1984.

René Descartes, *Le Discours de la méthode*, Paris: Bordas, coll. Les Petits classiques Bordas, 1967.

André Malraux, *La tentation de l'Occident*, Paris: Grasset, coll. Les Cahiers rouges, 1984.

André Malraux, *Œuvres complètes*, Paris: Gallimard, coll. Bibliothèque de la

Pléiade, 1989, t. 1.

Paul Valéry, *Œuvres*, Paris: Gallimard, coll. Bibliothèque de la Pléiade, 2002, t. 1.

Ludwig Josef Wittgenstein, *Remarques mêlées*, trad. de l'allemand par G. H. von Wright, présenté et noté par Jean-Pierre Cometti, Paris: GF-Flammarion, 2002.

第二章

人生矛盾的存在与发展

——纪德小说创作论

知识的积淀在我们的精神上的覆盖层，
如同涂的脂粉一样裂开，
有的地方露出鲜肉，
露出遮在里面的真正的人。

（纪德）

引 言

1947 年，安德烈·纪德（André Gide，1869—1951）获得诺贝尔文学奖。获奖理由是他的作品“以对真理的大无畏的热爱和敏锐的心理洞察力，表现了人类的问题和处境”①。而此时的纪德已经从事创作近五十年了。从他年轻时写的《安德烈·瓦尔特手记》（*Cahier d'André Walter*），到创作成熟期写的《地粮》（*Les Nourritures terrestres*）、《背德者》（*L'immoraliste*）、《窄门》（*La Porte étroite*），再到充满创新精神的《伪币制造者》（*Les Faux-Monnayeurs*），读者可以看到纪德思想的转变和发展。从他的自传体小说《如果种子不死》（*Si le grain ne meurt*）和他的游记系列作品《刚果游记》（*Voyage au Congo*）、《乍得归来》（*Le Retour du Tchad*）、《苏联归来》（*Retour de l'URSS*）等，人们可以了解到一个生活中的纪德。

他的每部作品都可以让人发现一个“我”，这些不同的角度体现了纪德的复杂性。从表面上看，他作品所呈现的是“我”的游移不定。

实际上纪德却热衷于突出他的每一种倾向，喜欢他们的各异，并全部加以保护。他为每种倾向而生，直到创作一部作品来象征它。纪德不愿意把自己凝固在一种生命形态当中。在他看来，只要他经历过，他就不会再走进去。每创造一种生命形态，他都会摆脱它。纪德人格的演变就像一次次的开花，每次都异常夺目。②

---

① 引自堵军主编：《诺贝尔文学奖获得者作品暨演讲文库》（第 13 卷），北京：中国物资出版社 2004 年版，第 4120 页。

② 张若名著，杨在道编：《纪德的态度》（第 2 版），北京：生活·读书·新知三联书店 1997 年版，第 1 页。

他所有的经历、所有的感受、所有的冲动，都让我们看到一个真实的人，一段真实走过的人生。他所有的迷惑、所有的转变都源于对生活、对自由、对真实的热爱与坚持。正如他在自己的最后一部小说《黛塞》（*Thésée*）中这样总结自己的一生：

如果拿我的命运和俄狄浦斯的命运相比，我很满足，因为它是圆满的。在我身后，留下了雅典城邦……我建成了我自己的城邦。我死后，我的思想将永不消逝地长存于这座城市。我将要孤独地死去，我处之泰然，我已经品尝了大地的果实。每当我想到我死后人们会认为他们活得更幸福，更好，也更自由，我就感到非常欣慰。为了将来人类的利益，我完成了自己的使命。我已经生活过了。①

一、理性与非理性的斗争与发展

（一）家庭教育

纪德出生于一个严谨的新教世家。他父亲来自法国南方的胡格诺派新教家庭，在巴黎的大学任法学教授。他母亲是诺曼底的富家闺秀，在新教传统的教育中长大。纪德父母的性格截然不同：父亲脾气温和，母亲十分严厉。纪德回忆说："我常常听见他们争论，应该给孩子的头脑提供什么食粮。母亲坚持孩子应该顺从，而不需要明白为什么；父亲倾向于无论什么事情都要向我解释清楚。"②

少年纪德随父母有时候在巴黎居住，有时候去南方度假，或是到北方亲戚家小住。这些对立的因素，从纪德幼年起就对他起着潜移默化的作用。父亲去世之后，纪德由家中的女人们抚养。围绕在他身边的女人主要有三位：母亲、姨妈和安娜小姐。这些女人都恪守传统道德准则，崇尚清教徒式的伦理，是遵从社会习俗、富有责任感的人的典范。这个时期的"家庭教育严重失衡，使小纪德受到禁欲主义的桎梏。他虽然天资极高，

---

① André Gide, *Thésée*, Paris: Gallimard, 1946, p. 113.

② 安德烈·纪德著，桂裕芳译：《纪德文集》（第1卷），北京：人民文学出版社2002年版，第6页。

却显得木讷、忧郁，甚至厌食，体弱多病，脾气阴晴不定”[①]。正是这种教育让纪德养成了反叛的性格。

（二）柏拉图式的异性恋和追求感官欲望的同性恋

纪德13岁的时候，无意中发现长他两岁的表姐玛德莱娜在偷偷哭泣，原来是她发现了自己的母亲与人通奸的事实。为了减轻她的痛苦，他常常安慰她。结果，他对表姐产生了一种奇特的感情。他们一起祈祷，一起学习。纪德将这种情感视为最纯洁、不受肉欲玷污的精神之恋。

纪德于1891年匿名发表的《安德烈·瓦尔特手记》中有过这样的描述：他认为自己摆脱了肉欲的诱惑，但是爱情的火焰却让他不得安宁。纪德的心中充满矛盾和痛苦，在理性和信仰之间困惑不已。从这点来看，纪德的信仰来自于感情的需要，而不是建立在相信上帝的基础上了。1895年5月，纪德的母亲去世了。这时表姐玛德莱娜已接受了他的求婚。纪德依然像他自己宣称的那样，对表姐持有一份不受肉体玷污的、纯粹的、“高尚的”精神之恋；而清教徒式的玛德莱娜对于性接触本能地羞怯、冷淡和排斥。玛德莱娜在纪德的生活中，与其说是他的妻子，倒不如说是他亡母的替身。这样的混淆，伴随着纪德的一生。

当时，纪德为了获得内心的解脱，沉浸在自己的幻想当中。《于里安游记》（*Le Voyage d'Urien*）隐隐象征着这样的思想：一群人因失去美满的生活而去冒险，结果只是在深山里发现一小池清水。未有结果的过去生活就这样结束了。纪德想摆脱它，但是走向何方？怎样走？抱着什么目的？这些问题都找不到答案，他痛苦不堪。他渴望塑造自我的新形象，但是这个按照自身原则重建的人的本性是使他痛苦的难题。“你们以哪位上帝的名义，又按何种理想，不让我按照自己的本性生活？这种本性，假设我亦步亦趋，它会把我带向何方？”[②] 他回避了对于“本性”的疑问，但是他注意到了“本性”的缺陷，他为了那些转瞬即逝的情感而困扰，渴望永恒的激情。

---

① 安德烈·纪德著，罗国林译：《如果种子不死：纪德自传》，北京：北京十月文艺出版社2005年版，第1页。

② 同上，第43页。

在强烈欲望的影响下，纪德选择的是不作抵抗，让这些影响深入内心。在很多评论中，这种行为被认为是“堕落”和“放任”。但是作者的内心感觉到了痛苦的咬噬。他选择的是接受、不抵抗，更重要的是“体验”。他所体验到的，除了强烈的生活欲望，还有这种欲望与内心的挣扎，以及外部桎梏引起的焦虑。在他内心的极度慌乱中，响起另一种声音，这就是艺术的呼唤。“艺术家作为学者不应该喜欢自己甚于他想揭示的真理，这就是全部的道德所在；他不应该喜爱词句、句子胜过他想表达的思想。我想说，这也是全部的美学观点所在。”[①]

与坟墓般的婚姻相比，纪德感情生活的另一面，从无意识状态慢慢地变得越来越清晰，进而发展成坚定的信念。纪德在中学时代曾爱慕他的一位同班同学皮埃尔·路易斯。路易斯英俊聪慧，少年得意。起初，纪德由于羞怯而不敢与路易斯搭话，但后来两人渐成熟友。1891 年，经路易斯介绍，纪德进入以象征派诗人马拉美为核心的“星期二晚会”——法国象征主义运动的中心。风度与才华兼于一身的马拉美及其象征主义立即对纪德产生了重要影响。这一时期，纪德的其他作品包括 1891 年的《论纳喀索斯》（*Le Traité du Narcisse*）、1893 年的《恋人的尝试》（*La Tentative amoureuse*）等。

不过象征主义对纪德的影响很快就被其他更重要的影响代替了。在巴黎，他第一次见到了当时正负盛名的奥斯卡·王尔德。次年，纪德对歌德和尼采产生了浓厚的兴趣。这些作家使纪德意识到：要在作品中毫不犹豫地表达自己的真实思想和欲望，要忠于自己。

1893 年的北非之行，无异于纪德的新生之旅。在非洲，他接触了不同于基督教世界的异样道德标准，认可了自己的同性恋欲望，感受到了大地上的蓬勃生机。正如他自述的：“回到法国，我带回了复活的秘密。”[②] 1894 年 4 月，纪德和保尔·洛朗经意大利重返欧洲。在佛罗伦萨，纪德邂逅了王尔德与他的同性恋伙伴阿尔弗雷德·道格拉斯。

1895 年 1 月，纪德再次去了北非。在阿尔及利亚的布利达城，纪德再次遇到了王尔德和道格拉斯。此时的纪德，对于自己有悖伦常的欲望似乎

---

① 张若名：《纪德的态度》，前揭，第 4 页。

② 安德烈·纪德：《如果种子不死：纪德自传》，前揭，第 102 页。

也越来越坦然了。王尔德鼓励纪德接受自己的同性恋倾向，而王尔德此时正面临着有伤风化的指控，不得不结束自己的非洲之旅，回英国受审。王尔德视纪德为知己，倾诉了自己的满腔怨愤。王尔德的机智敏锐和玩世不恭，给纪德留下了深刻印象，几乎成为纪德后来在自己的生活中效仿的楷模。在纪德后来的作品《背德者》（1902）中，王尔德的形象化身为人物孟那柯，对书中的主人公米歇尔起到了指点迷津的作用。1897年，纪德完成他的大型散文诗体作品《地粮》。在这部酒神赞诗一样的作品中，他用热情激扬的文字讴歌新生的自我和大地的淳朴。他相信人生活在真实中，会“更善良，更高尚，更可敬，更有德，更富有”。从此，纪德走向尼采式的个人主义，肯定“超越了善恶”的自我。

二、矛盾的“背德者”

（一）纪德式的伦理

纪德在《地粮》中说：“我觉得有趣的东西无外乎伦理。……我的思想在伦理中得到满足。我所品尝的欢乐，无一不是我认为与伦理密切相关的。……这证明我的欢乐是正当的。”①

“人”的问题是纪德关注的中心，也是纪德作品的焦点所在。他出于对人的道德世界的关注，常常在自己的作品中探讨有关个体伦理的主题。在早期作品《安德烈·瓦尔特手记》中，纪德已经开始涉足这一主题。在后来的一系列作品中，他表现得更多。《安德烈·瓦尔特手记》表现了一个对宗教信仰极其虔诚的青年，因无法调和信仰与欲望之间的冲突而产生了深度的精神危机，最后在疯狂中死去。这个年轻人的心理状态，正是纪德自己在青年时代的切身体验。纪德在随后的一系列作品中也都以展示个体的道德境遇为中心，设置了多种不同的人生境况。作品中每一个个体所面临的道德境遇都不尽相同，而他们在特殊情境下的挣扎与抉择，也令他们痛苦不堪。通过真实地展现人的复杂性，纪德还原了人的本性，表达了人自身内在的感性需求，质疑了传统的理性观念，提出具有时代意义的现代性特质。

---

① 安德烈·纪德：《纪德文集》，前揭，第157页。

纪德认为："在全部西方文学里——不仅仅是法国文学——除了极少数的例外，小说讲的都是人与人的关系，感情关系或思想关系、家庭关系、社会关系、阶级关系，但是从不，几乎从不谈个人与自我或上帝的关系。"① 因此，纪德在自己的作品中，把个人与自我或上帝的关系作为首要的表现对象，通过探讨个人与自我或上帝的关系来展现个体的道德境遇，从而表达个体的伦理定义。安德烈·瓦尔特的动人之处，就在于以自身的焦虑真实地反映了那一代年轻知识分子的精神困境。

从1870年代开始，西方自由资本主义开始向垄断资本主义转变。经济领域的这一变化直接导致了社会生活的诸多变迁。面对这样的时代环境，年青一代的知识分子常常感到无所适从。一方面，他们急迫地想要让自己的才华被社会认可，但是旧有的文化场还未出现秩序变更的迹象，他们一时间很难实现自己的抱负；另一方面，他们能够从时代氛围中感受到来自下一个时代的声音，但这声音又若隐若现，他们无从把握。对未来的渴望与对现实的失望交织在一起，他们由于无法证明自身的存在价值而常常陷入焦虑之中。

纪德曾坦言，时刻萦绕在自己心中的只有艺术、爱情和信仰。但是，爱情的失落、欲望的无法满足、人生目标的难以实现，都在各个层面上加深了他心中的焦虑感。他觉得自己看不到未来，于是把自身的感受写进了这本书中，希望借此使生活有所改观。可以说，安德烈·瓦尔特的焦虑就是纪德本人的焦虑，在当时具有普遍意义。这种来自时代的焦虑感，在后来的现代主义小说中成为一个重要的创作主题。在以卡夫卡为代表的表现主义小说和后来的存在主义小说中，主体由自身存在的不确定性所引发的焦虑情绪比《安德烈·瓦尔特手记》中流露出的焦虑情绪更为明显。这种在20世纪现代文学作品中被不断放大的焦虑感，突出地表现了现代社会中人类生存的窘困。而纪德在19世纪末对这一情绪的表露，更显出其超越时代的现代性特质。

纪德后来宣称，这部作品中的主人公，只是那个年轻时"自己以为是"的自我，而不是真正的自我。等到后来他觉察到自己身上那个真实的

---

① 安德烈·纪德著，桂裕芳、王文融译：《纪德文集》（文论卷），广州：花城出版社2001年版，第230页。

自我，并且想要成为那个真实的自我时，他“竟至几乎必须与安德烈·瓦尔特时代的我反其道而行”[①]。实质上，安德烈·瓦尔特的困境是灵与肉之间无法协调一致所导致的困境，它的根源在于人的本能冲动和道德规约之间的对立冲突。安德烈·瓦尔特无法平息这种内在精神上的冲突，他只能发疯而死。

《背德者》的主人公米歇尔原是循规蹈矩的学究式人物，后来却变成了无所顾忌的“非道德主义者”。一次大病后，他侥幸从死亡线上逃脱，重新回到生活中，但他从精神到肉体都发生了根本性的转变。

被死神的羽翼拂过的人看来，原先重要的事物失去了重要性，另外一些不重要的变得重要了。换句话说，过去甚至不知何为生活。知识的积淀在我们的精神上的覆盖层，如同涂的脂粉一样裂开，有的地方露出鲜肉，露出遮在里面的真正的人。从那时起我打算发现的“那个”，正是真实的人、“古老的”人，《福音》弃绝的那个人，也正是我周围的一切：书籍、导师、父母，乃至我本人起初力图取消的人。在我看来，由于涂层太厚，他已经更加反复，难于发现，因而更有价值，更有必要发现。从此我鄙视经过教育的装扮而有教养的第二位的人。必须摇掉他身上的涂层。[②]

米歇尔开始尝试用一种全新的方式去体验生活，朝那个他向往的“真实的人”而努力。他满怀希望去发掘自己身上那个“真实的人”，但是一路走来却发现自己正一步步陷入困境之中。他想依从自己的行为法则，但社会伦理规约的“涂层”从各个方面制约着他的一举一动。米歇尔发现，自己的生活充满了悖论。原来自己所依托的社会形象，此时反而成了自我的对立面；作为社会成员的个体，他为自身建立的道德法则，却为其他个体所否定。

米歇尔在“真正的人”和“第二位”的人之间摇摆不定，或者更确切地说，是在肯定自我原则和顺从社会规范之间难以抉择。后来，由于无法在生活中协调个体意愿与社会意愿之间的关系，他放弃了自己的庄园，带

---

① 安德烈·纪德：《纪德文集》，前揭，第345页。

② 同上，第346页。

着病中的妻子玛丝琳外出游历。

米歇尔逃离了原来的社会环境后，拥有了更多自由，逐步剥去身上的“涂层”，露出“真实的人”。在此期间，米歇尔的生命法则与玛丝琳的道德法则发生了一系列争斗。米歇尔用生命法则战胜了道德法则，以“非道德”的方式剥去了“我”的社会“涂层”，实现了从精神到肉体的完全自主。羸弱的玛丝琳被“消灭”在生命法则中，米歇尔一时却又觉得自己得到的自由“无处使用”。

《背德者》的确是一部深深植根于纪德自身生活的作品。从简单的生活环境到有迹可寻的几次旅程，从人物基本家庭教育背景的设置到人物自身的思想蜕变过程，几乎作品内每种要素的设置都是依照作者本人的生活来完成的。如同《安德烈·瓦尔特手记》一样，《背德者》真实地反映了纪德自己的生活形态。纪德从小在严格的新教规范中长大，福音书是他心中时刻存在的道德制约。长久以来，纪德一直将自己身上相互对立的两种行为倾向归因于两种力量的相互作用，一方面是上帝和福音书所代表的规范性力量，另一方面则是自己的生命本能所引起的解放性力量。它们共同作用于纪德的思想，使其内心时时充满内在的矛盾冲突，促使纪德不断地思索这两种力量之间的关系，以求摆脱自己的精神重负。

在写成《背德者》之前那段时期，纪德刚好正在思考“人的目标是上帝”和“人的目标是人”这两个命题。他无法决定自己的取向，不知该以哪个命题作为今后的探究方向。就在他矛盾犹豫的时候，尼采哲学进入他的思想世界，最终帮助他在这两个命题中做出了自己的判断。纪德最终认定，人的目标只能是人本身。纪德说：“我相信这个问题的转移指出了在我写作生涯初期，当我写《非道德的人》时，我的思想所经历的演变。我过去觉得人的目标可能是上帝，而渐渐地，我终于把问题完全转移了，并且得到这个有点过于自信的结论：不，人的目标是人，并且用人的问题代替了上帝的问题。”①

纪德于1885年前后开始接触尼采的思想。在尼采思想中感受到的“似曾相识”感，深深地吸引住了他。纪德觉得，尼采的思想其实早已在

① 安德烈·纪德：《纪德文集》（文论卷），前揭，第348页。《非道德的人》通用的译名是《背德者》。

他自己心中，只是未曾言明而已。在纪德看来，尼采所有思想的出发点和目的都是“人”，他想实现的就是对“人”的本质进行彻底的改善，最终实现人的全面解放。尼采认为，资本主义社会走向成熟期后，人渐渐处于被压迫和被束缚的地位。要想使人得到彻底的解放，就必须从根本上改变现有的道德规范。尼采首先将批判的矛头指向宗教道德。尼采认为基督教的宗教道德是一种“奴隶道德”，它以一种虚幻的彼岸假象要求人绝对服从，不仅妨碍了人类的现实生活，更牺牲了人类的未来。因而，一定要彻底抛弃这种道德。为了与这种道德相对抗，尼采推出了“超人”。尼采把具有战斗力和自由精神的人称为“超人”。“超人”为一种极端的权力意志所驱使，在他的行动中充满了纯粹自我主义的精神。尼采认为：“超人”的道德是成熟的个体道德，它是纯粹自利的，他具有高度的自我控制和自我调整能力，他的权力意志和非凡能力使他能够掌控整个人类。

纪德从尼采的“超人”思想中敏锐地觉察到了“自由”这一核心因素，他还从中感觉到，尼采正以一种重新界定人的本质的方式，传达出高扬主体价值的信息。当尼采的“超人”思想展现在纪德面前时，它仿佛为纪德打开了一扇新的思想之窗。纪德说：“我虽然没有直接读过尼采的著作，然而通过读某些著作，某些谈话，绰绰有余，使我确实对于‘超人’有所认识。我赞同这些思想么？我不大好这样说。但不止一点，它们使我惊骇。”[①] 尼采的“超人”思想使纪德意识到，人的本质具有无限发展和无限多的可能性，人是因为有了这样一种可能性，所以才有可能实现绝对的自由和自主。这一理论正是纪德一直都有所感受但不知如何表达的行为法则。

（二）无法摆脱的宗教烙印

年轻的纪德对《圣经》爱不释手。他在十八九岁时，整整三个月，对福音书异常痴迷。

> 先念诵几段经文，或者更准确地讲，是重新念诵我先天晚上标出供第二天默诵的经文。接着就祈祷。我的祈祷仿佛是为了更接近上帝的一种可

① 艾伦·谢里登著，刘乃银译：《安德烈·纪德——一个现实生活中的大人物》，北京：群众出版社2003年版，第196页。

觉察的心灵运动。这种运动我每个钟头都要重做。这就势必经常中断学习，而所学的东西如果不重新作为供奉的祭品，我是不会改变的。为了体验酷刑，我睡在地板上；半夜里爬起来跪在地板上，但这不再完全是体验苦行，而是急于达到快乐的境界。于是我觉得自己达到了幸福的顶点。①

纪德喜欢阅读福音书，但是他憎恶教会对福音书的解说，他更愿意以自己的方式来诠释福音书的意义。

纪德的身上不可磨灭的基督教的烙印，让“放弃自我”的思想深入他的灵魂。在完全放弃桎梏的阶段，纪德反而提出：“个人主义的胜利在于个性的放弃之中。”② 纪德在和上帝联盟，他相信上帝不会制造谬误，因此不背弃上帝。他抨击的是基督教的道德：“到目前为止，我一直遵从基督的道德，至少是某种作为基督的道德向我灌输的清教主义。但我仍然怀疑上帝是否要实施这样的道德约束，也怀疑不断反抗是否在亵渎宗教，与上帝为敌。”③ 纪德无法抑制自己的欲望，他渴望两全其美：“我坚信每个生灵，至少每位上帝的选民，在人间都扮演某个角色，确切地说，一切服从某种共同准则的努力都是背叛，这样的背叛我视为反对神灵而不可饶恕的大罪孽，个体会因此失去不可取代的准确的价值。”④ 他所有的作品，无不浸染着宗教信仰、道德信条的羁绊。纪德非常喜欢在作品中引用《圣经》的内容，许多作品的题目甚至直接取材于福音书。宗教信仰和宗教情绪特别体现在他的小说《窄门》之中。

《窄门》这部作品的篇名即出自《新约·马太福音》中记载的耶稣话语：“你们要进窄门。因为引到灭亡，那门是宽的，路是大的，进去的人也多；引到永生，那门是窄的，路是小的，找着的人也少。”⑤ 在《路加福音》中也有类似的记载，有人问耶稣将来得救的人是否很少时，耶稣对众人说：“你们要努力进窄门。我告诉你们：将来有许多人想要进去，却是

---

① 安德烈·纪德：《如果种子不死：纪德自传》，前揭，第167页。

② 安德烈·纪德著，罗国林、陈占元译：《纪德文集》（传记卷），广州：花城出版社2001年版，第38页。

③ 安德烈·纪德：《如果种子不死：纪德自传》，前揭，第49～50页。

④ 同上，第34页。

⑤ 《新约·马太福音》（和合本）第7章第13～14节。

不能。”① 一般的解释者都以为，“窄门”意指若想升入天堂，众生于此世都应甘心情愿、争先恐后地承受俗世之苦。信仰上帝之人，理应以进窄门为此世的幸福。

纪德在这部作品的题记中用的是《路加福音》中耶稣对众人说的话：“你们要努力进窄门。”这句话几乎窒息了女主人公阿莉莎一生的行为。《窄门》中的阿莉莎，不惜为了宗教而牺牲掉自己的爱情甚至生命，唯愿走进窄门，飞升天堂。那是纪德对宗教神圣的一种凄美的赞歌，那是纪德强烈的宗教情结的表露。虽然纪德要冲破束缚他的绳索，但是，即使他挣脱成功，那绳索勒出的印记也会缠绕他一生。

《窄门》是纪德直接提取自己的生活经验凝练而成的。在纪德的构思中，它是与《背德者》同时酝酿的，但是成书时间比前者晚了七年。如果说《背德者》向读者直接表达了“人的目标是人”这样一个命题，那么《窄门》则是以否定“人的目标是上帝”这样一种方式间接肯定了上一个命题。主人公阿莉莎是一个极度迷恋圣洁的人，她所向往的圣洁是一种近乎神化的品质，上帝所在的天国是她所追求的唯一目标。正是对一种纯粹道德的极度迷恋使她压制了自己的爱欲，弃绝了人的本质特性，走向了神秘主义不得解脱，直至困苦而死。阿莉莎和杰罗姆相恋多年，两情甚笃，本已到了谈婚论嫁的阶段。但是，阿莉莎却突然开始对杰罗姆若即若离，后来甚至避而不见。杰罗姆痛苦之中百思不得其解，两人渐渐疏远。不久，杰罗姆接到阿莉莎妹妹的信，得知阿莉莎已经死于一个修道院中，留给他一本日记。杰罗姆翻阅日记才明白，阿莉莎至死都还爱着他，但是她为了能和杰罗姆在死后都进入“窄门”，得到永生，只能选择扼杀爱欲。为此，她付出了惨痛的代价。

在传统基督教的教义中，人的灵魂与肉体是完全对立的两个范畴。灵魂属于精神世界，肉体属于物质世界，而这两个世界的代表者分别是基督和撒旦。整个现象世界从根本上来说是恶的，魔鬼是这个世界的主宰者，他通过一切的感性快乐来引诱人堕落，因此必须谢绝人生中的一切感性快乐，对肉体加以折磨才能使灵魂变得庄严。而人在灵魂得救后才算达到了精神自由，可以升入永生世界。基督通过自己肉身的死，救赎了人祖亚当

① 《新约·路加福音》（和合本）第13章第24节。

所犯的“原罪”；他又通过灵魂的复活获得了永生，人也要以此为最终目的。因而在基督教中，信仰是人获救的唯一依据，灵魂的归宿成为至高无上的终极关怀。罪孽意识和唯灵主义的必然结果，就是传统基督教教义将禁欲当作一种崇高的德行，发展到极端时便成为一种反人性的畸形生活形态。正是基于如此信条，阿莉莎才陷入了对纯洁的极端迷恋，以至于把“上帝”当作了自己的最终目标。她以神的法则代替了“人的法则”，最后陷入困境之中。阿莉莎的选择也是自主的选择，但是她选择的是一条道德的窄路，这条路窄得容不下人性中的欲望，容不下两个人并行。阿莉莎的道德困境也是纪德本人曾经深陷的道德困境。纪德内心深处长久以来一直挣扎在欲望与道德的矛盾中，他想要按照自己的本性生活，但同时又无法摆脱新教伦理对他的束缚。

在 1920 年发表的《田园交响曲》（*La Symphonie pastorale*）中，纪德也塑造了一个徘徊于道义与情感之间的牧师形象。二者的冲突是他痛苦的主要根源。牧师在教导盲女热特律德的过程中逐渐爱上了她。他知道这有悖于教义、他的身份和他的家庭，但是他又难以割舍这份感情。于是牧师经常在热特律德面前，从世俗意义的层面来解释基督教的教义。他反复告诉热特律德：“上帝的法则就是爱的法则”，而“爱里面没有罪恶”。[①] 牧师这样做一方面是为了安慰热特律德，另一方面也是为了给自己的行为辩护，极力减轻自己道德上的负罪感。对此有所觉察的盲女还是感觉到了两种“爱”之间的不同含义。她感觉到牧师和牧师的儿子雅克都爱她，她也为此感到幸福。但是她更想明白的是，哪种爱带来的幸福才在上帝的法则允许之内。热特律德的“盲”也是双重意义上的：一方面她在肉体上是真正的“盲”；另一方面，由于她无法看见尘世间的真相，因而，她的心智对道德是非的分辨能力也是处于“盲”这种蒙昧状态的。相对于热特律德的“盲”而言，主人公的悲剧在于其在“上帝的法则”和“人的法则”之间的无所适从。

《背德者》出版于 1902 年，《窄门》出版于 1909 年。通过纪德晚年的谈话录，我们知道事实上两部作品是同时被构思、被酝酿的。纪德说：“这两部作品在我的头脑里是双双酝酿出来的。我之所以能够写出头一部

---

① 安德烈·纪德：《纪德文集》，前揭，第 370 页。

作品，是因为我始终确信要写另一部，尽管相隔几个年头。它不仅在成熟，而且已经成熟了，只是缺少把它写出来的时间。”[①] 这足以见得，两种思想在纪德的头脑中同时孕育。作为一个“背德者”，他却始终摆脱不了宗教的教义道德。他所有作品中主人公的痛苦，几乎都来自于作者自身精神上无法真正摆脱的宗教烙印。

作者最终所寻找到的解脱和妥协是分不开的。作者为自己在宗教和解脱中找到了合理的解释，找到了两者之间融合的办法。纪德被称作是“自由主义的新教徒”[②]，因为，尽管他一直宣扬“无神论”，也反对宗教对人的桎梏，但是他的思想和写作离不开宗教。年轻时的纪德对宗教信仰既憎恨又离不开，陷入一种无法摆脱的精神困惑。而随着思想的成熟，纪德逐渐转向了一种人性化的宗教信仰。作者用“他”来称呼基督，把基督作为对话者，就像纪德自己所说的：“我已经达到了这种不再有个人信仰的幸福状态。这种状态对哲学家来说，大概就是怀疑论；对文学家来说，就可称之为‘对话的状态’。”[③]

纪德对基督教义的思考是对自己的反省，也是对社会、对人类的反思。纪德在人类的无限欲望中找到了“上帝”的存在，并且在对人类自身的信任中找到了对上帝的信仰。所以新教和天主教都不是纪德的灵魂归宿。他信任的是自己的心灵，他崇拜的是人类自身的美德和反抗，深入他灵魂深处的不是基督教。纪德从来就不是基督的信徒。

三、纪德艺术创作中的继承与创新

纪德的作品是多方面且十分丰富的，从小说到游记，从剧本到回忆录，还有关于风土人情、社会状况、学术讨论的文章，以及长达半个世纪的日记和书信。1891年6月10日，22岁的纪德在日记中写下自己的理想是“敢于成为自己”。纪德在其一生的哲学思考和艺术创作中坚定地以此

---

① 安德烈·纪德：《纪德文集》（传记卷），前揭，第349页。

② Albert Thibaudet, *Les idées de Charles Maurras*, Paris: Gallimard, 1919, p. 53.

③ 徐真华、黄建华：《20世纪法国文学回顾》，上海：上海外语教育出版社2008年版，第38页。

为目标而奋斗着。

（一）布局独特的自传性作品

综观纪德的艺术创作，他的作品更多地反映了他自身的内在困惑和矛盾，诚实地透露了他的内心。纪德的大多数作品都带有浓郁的自传性质。通过这些作品，纪德一直在试图寻找内心与外界的协调。在某些自传性作品中的“我”，与叙述者和作者之间保持距离，而且关系模糊不清。比如，在《背德者》一开始，作者就提醒读者别把他和主人公混为一谈，似乎有意要保持一种中立或者是模糊性。纪德小心地控制着自己与主人公之间的距离，让自己隐于人物背后。虽然在作品中纪德常使用第一人称，但叙述的焦点并不一定在主人公身上。比如《田园交响曲》中牧师爱上盲女首先是被他的妻子发现的，那么他的妻子就是这个事件的聚焦者。在纪德的作品中还经常会出现一些互补和对立的人物。比如《窄门》中的朱丽叶和阿莉莎，前者代表了后者在灵魂深处追求人世幸福的一面；又如《田园交响曲》中的雅克和牧师，前者的真实反衬了后者的伪善。

（二）诗化的语言

散文诗是在19世纪出现的一种文学形式，在象征派高潮时期得到充分发展。散文诗既有诗歌的精练和音乐节奏，又有散文的叙事内容。纪德刚开始进行文学创作时，受到过象征派领袖马拉美的教导，他的一些作品也有散文诗的结构和特点。比如《地粮》可以分为一篇篇的散文，其中甚至穿插了诗歌；它并没有一般小说跌宕起伏的情节，而是由人物的感想、回忆构成；书中有大段的风景描写，手法也不是一般小说的背景描写。纪德的这部作品采用了散文诗的写法，但是篇幅却是没有先例的。在出版后的十几年中，《地粮》只有500册的印数，没有受到当时评论界的关注和赞扬。但是在纪德成名之后，人们再来研究这部作品，认为这其实是在写作《伪币制造者》之前就已经进行的文学创新：诗化的语言用于长篇作品，在纪德的尝试中达到了一个新的高度。读者很难去界定这究竟是一本小说，还是一部抒情散文，这表明纪德在文学创作上的创新并不是从他著名的《伪币制造者》开始的，他的思考和创造在逐渐地发展和成熟。

（三）丰富的象征意义

首先是写作的主题，《伪币制造者》中的爱德华写小说，但是没有结果。这种区别于一般情节性主题的方法，正体现了纪德从写作的基本要素出发所作的尝试。

其次，概念的象征在纪德的作品中广泛应用，尤其是在标题上经常使用：“人间粮食”象征着人间一切美好的果实，大自然永恒的魅力正在于此；“沼泽地”象征着丑恶的文艺界；“普罗米修斯的鹰”象征着束缚人的精神枷锁；“窄门”象征着基督教桎梏人得到幸福的教义；“田园交响曲”象征着基督教表面一切和谐与平静下的伪善；“伪币”象征着虚伪的言行和社会的虚假现象。从这点可以看出纪德在作品的思想深度上所作的尝试。

此外，塑造人物时象征手法的运用，让纪德的小说既生动又富有哲理。《田园交响曲》中的牧师象征着基督教教义的桎梏和伪善，雅克象征着追求自由、热情和纯洁，盲女象征着被束缚、被欺骗，茫然而无助。《窄门》中的阿莉莎、朱丽叶和《伪币制造者》中的各个人物都有其象征意义，每个人物既有血有肉，又有深刻的内涵，成为一定的范式。

（四）心理分析的多元化

纪德曾经承认陀思妥耶夫斯基给过他心理学的教益。纪德认为，人的心理不是一成不变的，不是单方面的，也不是完全在自己意识控制之内的；情感是矛盾的，有时候甚至是无意识的，导致了人类矛盾的、无法解释的行为。所以，他以多元化的心理分析代替了传统的统一的心理活动描写，就好像陀思妥耶夫斯基分析人物狂热的情感，苏格拉底心中的魔鬼，还有尼采的疯狂。纪德关注到了传统的文学创作中所不愿正视的非理性心理因素，并对其进行了细致的描写和分析。《田园交响曲》的心理描写十分出色：牧师心中产生了爱情，但又为教义所不容，而他的儿子雅克也爱上了盲女；牧师不仅是出于教义，也是出于自己也不愿承认的自私目的而加以阻止。他把遵守教义当作是追求幸福，但是他心底所产生的“罪恶”的情感让他无所适从、无法自辩，在坦荡的雅克面前，他成了伪善的道德守护人，但是在心底他已经成了“背德的人”。

“无动机行为”（acte gratuit）也是心理多元化的一个表现。在《梵蒂冈地窖》（*Les Caves du Vatican*）中，拉夫卡迪奥在从罗马开往那不勒斯的火车上突然想到如果从1一直数到12，田野里还没出现灯火，他就不杀弗勒里苏瓦，但是当他数到10的时候，就看到了光线，所以他把后者推下火车。这是一场无动机的谋杀，既没有仇恨，也没有阴谋，这也是心理活动中无法解释的一面。

（五）冷静客观的笔调

自福楼拜以来，作者在作品中保持客观的态度成为一种原则。在纪德的作品中，哪怕是自传，在主人公和作者之间仍然保持着一定的距离，或者说作者模糊了二者之间的界限。正如希腊神话中的纳喀索斯，在水中看到的是自己的倒影。作者对笔下的人物只是描述其言行，分析其心理，但是并没有自己的褒贬评价。虽然《背德者》被认为是根据纪德和妻子的经历写成的，主人公米歇尔也被看作是纪德的写照，但纪德只是对米歇尔的行动和心理变化进行客观的描写，并没有表示肯定或否定。而其他的人物，虽然各有各的性格特点，但是作者从没有明确地褒贬。又比如《田园交响曲》中的牧师回忆自己的生平，也仅仅是回忆，详细地叙述，并没有进行任何明确的评价。这种客观冷静的笔调是作者所作的最大努力，尽量让读者看到现实，不加入哪怕是作者本身的引导，让读者自己看、自己思考，给读者留下了充分再分析、再创作的空间，给一切思维的方向留有余地。

（六）小说中的小说

《伪币制造者》是纪德同意称为“小说”的唯一作品。“1925 年，当纪德决定将他的这部作品称为小说时，就清楚地指出，他想改变技巧，用复杂代替简单，用厚重的现实代替脸谱化的世界。事实上，这是一种新的探讨。在这里，他试图协调自己对于小说故事性的见解与不屑。”① 在这部小说中，纪德构思了众多的人物和一些看似没有关联的细节。处于小说的中心，把各种因素联系起来的是故事的主人公小说家爱德华，他想写一本叫《伪币制造者》的小说，但是他不知道主题是什么，他的愿望就是一方面陈述事实，一方面使小说具有某种风格。为了达到这个目的，他虚构了一名小说家，让他作为主角，而小说的主题就是现实和他想在现实中实现的。忽略情节是小说的重要特点，重要的是作者想呈现的某种精神法则，一种抛弃传统的法则。小说想呈现的现实就是复杂的社会现实，小说想揭示的是被称为“伪币”的错误的社会观、价值观和艺术创作原则。

---

① Pierre Brunel *et al.*, *Histoire de la littérature française*, t. 2, Paris: Bordas, 1977, p. 596.

《伪币制造者》被认为是“新小说”的开始，对传统的小说题材和写作方法提出了质疑和改革。纪德艺术创作的这些特点让纪德成为写作技巧革新的先驱，他向世人展现的是丰富而复杂的社会现实，真实而客观的人的存在——不加入任何个人情感，只是对各种人物从外表到内心存在的实录。但是作者将浪漫的情怀寄于诗化的语言，将创新的精神寓于独特的布局和结构，将精妙的构思隐于淡化的枝蔓丛生又无不关联的情节，让纪德在艺术作品之外保持着距离，但又从灵魂深处与人物融为一体，就好像观察水中倒影的纳喀索斯，由于迷恋上自己的倒影而跳水自杀，这种复杂而独特的魅力让纪德的艺术作品和思想成为承前启后的丰富宝藏。

结　语

纪德是一个令人困惑的存在，一个谜一般的存在，但是也是一个真实的存在。他的存在不断解体又重新组合，一方面视爱情为圣洁的殿堂，另一方面又以“背德者”自居；他一方面是个狂热的个人主义者，另一方面又希望在集体的事业中奉献；他一方面对宗教戒律恨之入骨，另一方面又处于强烈的宗教焦虑中；一方面他主张对传统的小说技巧进行大胆革新，忽略故事情节，另一方面他的艺术风格总的来说还是倾向于古典主义，注重细腻的心理刻画和细节描写。他的存在体现了人在对自我的探询中必然经历的彷徨、反复甚至是自我否定的历程。纪德正是在这些矛盾的意义上才成为人类“不可替代的典范”（萨特语）。

【参考文献】

堵军主编：《诺贝尔文学奖获得者作品暨演讲文库》（第 13 卷），北京：中国物资出版社 2004 年版。

安德烈·纪德著，桂裕芳译：《纪德文集》，北京：人民文学出版社 2002 年版。

安德烈·纪德著，罗国林译：《如果种子不死：纪德自传》，北京：北京十月文艺出版社 2005 年版。

安德烈·纪德著，桂裕芳、王文融译：《纪德文集》（文论卷），广州：花城出版社 2001 年版。

安德烈·纪德著，罗国林、陈占元译：《纪德文集》（传记卷），广州：花城出版社 2001 年版。

艾伦·谢里登著，刘乃银译：《安德烈·纪德——一个现实生活中的大人物》，北京：群众出版社 2003 年版。

徐真华、黄建华：《20 世纪法国文学回顾》，上海：上海外语教育出版社 2008 年版。

张若名著，杨在道编：《纪德的态度》（第 2 版），北京：生活·读书·新知三联书店 1997 年版。

Pierre Brunel *et al.*, *Histoire de la littérature française*, t. 2, Paris: Bordas, 1977.

André Gide, *Thésée*, Paris: Gallimard, 1946.

Albert Thibaudet, *Les idées de Charles Maurras*, Paris: Gallimard, 1919.

第三章

萨特对存在主义的小说阐示

一种隐蔽的不可克服的恶心
永远对我的意识揭示我的身体。

（萨特）

作为 20 世纪最具影响力的思想家之一，萨特终其一生都在对“人”进行思考。无论是《存在与虚无》这样的哲学巨著，还是《恶心》这样的文学作品，萨特关注的始终是“人”。萨特希望借助小说向世人展示他对存在、自由及荒诞的思考，然而，萨特的目的并不止于此，他要做的是召唤、吁求和启迪。

一、萨特存在主义的形成

（一）童年经历

1960 年，萨特发表了自传体小说《文字生涯》。在这部文体优美、风格独特的著作中，萨特向读者揭示了他的存在主义思想与他的童年经历之间的千丝万缕的联系。正如尼采所言：“迄今为止的每一种伟大的哲学，都是写作者个人的内心表白和某种无意识、不自觉的传记作品。”[①] 因此，在考察萨特思想的形成时，很有必要首先考察他童年的生活经历。

对于一般孩子而言，父亲经常扮演着“上帝”或者是“偶像”的角色。然而对萨特来说，“父亲连一个影子都不是，连一个目光都不是”[②]。

在萨特不到两岁时，父亲就因黄热病去世。父亲的早逝不仅使他的童年异于常人，而且对他后来个人思想的形成有着重大的影响。

父亲过早的隐退，使他的童年没有约束力，使他“享受到没有父权压迫的自由生活”[③]。他没有要服从的对象，对权利和义务“一无所知”。纵使后来到了外祖父家，也是无拘无束地活在外祖父的宠爱中。也正因为如此，萨特终其一生都在宣扬自由、捍卫自由。父亲的不在场，使得萨特获

---

① 转引自理查德·坎伯著，李智译：《萨特》，北京：中华书局 2002 年版，第 8 页。

② 萨特著，沈志明、艾珉主编：《萨特文集》（第 1 卷），北京：人民文学出版社 2000 年版，第 415 页。

③ 高宣扬：《萨特的密码》，上海：同济大学出版社 2007 年版，第 18 页。

得了最大限度上的自由，但同时也让他体验到了“多余”、“孤独”的滋味。对此，萨特曾在《文字生涯》中说道：“直到 10 岁，我单独一个人跟一个老头和两个女人待在一起。”① 父亲的缺席，使萨特成了“没有父亲的孤儿”。他把母亲看作是自己最亲的人，没有人能与他争夺这个安稳的所有权。然而，母亲的改嫁使他再次感受到了“被人弃置不顾”的命运。他觉得自己孤苦伶仃地“从苦海的此岸到彼岸”。

父亲的早逝、母亲的改嫁以及后来在外祖父家的生活经历，让萨特变得异常敏感和早熟。而他不同于一般孩子的情感体验——“多余”和“孤独”对他哲学思想的形成起着决定性的作用。

（二）社会历史背景

如果说萨特的童年经历是其存在主义思想的胚芽，那么他所处的时代和社会则为其哲学思想的形成提供了土壤。

1929—1933 年间发生的世界经济危机，使法国遭受到了几乎毁灭性的打击。失业、破产、通货膨胀、贫困……这些社会矛盾严重激化的产物将人们纷纷抛进了无限的焦虑和不安之中，使他们突然间意识到自己原来身处在一个荒诞、令人绝望的世界。还没等法国人民从焦虑和绝望中缓过来，第二次世界大战再一次把他们拖入了恐怖的历史中。这场荒谬的战争夺取了数以万计的法国人民的生命。然而战争带给人们的伤害远不止于此。面对国土的沦陷、亲人的逝去，人们不禁产生一种茫然、极度悲凉感；原来一直引以为豪的“自由”、“平等”、“博爱”也在这场荒谬的战争面前变得一文不值……正是在这种背景下，萨特及其学说在战后受到了广泛的关注。萨特从人本主义立场出发，正确把握了战争和危机带给人们的精神创伤和焦虑心理，试图通过他的存在主义学说使人们获得自救和尊严。

（三）理论基础

作为存在主义的中心人物之一，萨特哲学思想的建立并非凭空构想或是一蹴而就的。他是在大量研究前辈或是同辈哲学家思想的基础上，对这些思想进行继承或是改造之后而建立自己的哲学观的。“黑格尔、胡塞尔、海德格尔是萨特等一批 20 世纪初出生，30 年代以后，特别是第二次世界

---

① 萨特：《萨特文集》（第 1 卷），前揭，第 459 页。

大战前后开始成名的法国哲学家的理论先驱、精神导师。”①

萨特的存在主义带有强烈的非理性主义色彩，而理性在黑格尔看来又是至高无上的，它们是如何联系起来的呢？

首先，萨特深受黑格尔辩证否定思想的影响。“精神的辩证运动意味着主体自身分裂为二，从自身中树立起对立面，异化为客体，从此显示自我意识在时间上的一种真正的历史，展示自己，认识自己，然后又克服这种异化，最后达到无所不包的实在——自我意识。”② 萨特所宣扬的自为“是其所不是，又不是其所是”的名言，以及他以后一系列重要问题的观点，都是对黑格尔这种思想精神的继承和发展。

其次，萨特也深受现象学的影响。作为现象学的创始人，胡塞尔认为不应该像传统习惯那样依据“主体—对象”认识论来把各种现象归入一些范畴，而是要按照现象（实际向人们显现的东西）显露其自身的样子来观察现象。具体来说，在进行还原时，要把外部世界用括号括起来，把显现事物的存在本质悬隔一边，等到事物实际显现其自身以后才考虑它。他提倡“从事情本身入手”，即从“意识—人的实在”入手。正是这些思想影响和启迪了萨特，当然，萨特并没有完全拘泥于胡塞尔的学说。

二、萨特存在主义哲学与其小说

（一）萨特小说及其特点

在萨特看来，存在主义是关乎生活与行动的哲学。但是对于大多数人来说，哲学是一门抽象晦涩的学科，而且由于哲学文字本身的艰涩难懂，普通读者往往对哲学望而却步。因此，萨特运用小说、戏剧等文学形式来表达他的存在主义哲学，使他的哲学思想变得通俗易懂，更贴近普通读者群。

萨特的小说作品有中篇小说《恶心》（1938）、短篇小说集《墙》（1939）和长篇巨著《自由之路》三部曲——《懂事的年龄》（1945）、《弥留期》（1945）和《心灵之死》（1949）。通过这些小说，萨特形象生

---

① 杜小真：《萨特引论》，北京：商务印书馆2007年版，第35页。

② 同上，第40页。

动地阐释了他的存在主义哲学思想。

值得注意的是，萨特小说不同于一般的主题小说。萨特所追求的文学是存在主义文学，并不过分注重人物的典型性或是情节的曲折性。他认为，文学的核心特征应该是“真实感”，即通过一些真实的描述去如实地把世界或是人类原原本本地展露出来。

（二）萨特哲学与其小说

萨特的小说和他的哲学是相辅相成的：一方面，通过小说这种通俗易懂的文学形式，我们能够更加形象具体地了解其哲学思想；另一方面，只有基本把握了萨特的哲学思路，我们才能体会其小说的哲学主题。

1.《恶心》——存在的偶然性

《恶心》是萨特的第一部中篇小说，是一部体现萨特早期哲学思想的著作之一。“法国当代著名哲学家评论家伽罗第干脆就把这部小说称为萨特的一篇哲学宣言。”①

这里的“恶心”并不同于我们一般所言的意义，而是一种对存在的体验。小说情节非常简单，甚至有些枯燥。游历多年之后，主人公罗康丹在布维尔定居下来。他准备写一部有关罗尔邦伯爵的论著。因此他常去市图书馆，并且结识了按字母顺序读书的自学者。晚上，他一般去酒吧消磨时光，只听《在那些日子里》，有时会与老板娘厮混。他常常会在这时想起已分手的情人安妮，后者总希望追求所谓的完美时刻。而此时的罗康丹觉得生活没有什么意义，因此开始研究历史人物罗尔邦。然而，有一天，罗康丹的感情急剧发生变化。他突然觉得有一种恶心感从四面八方涌向自己，他悟到了恶心原来就是被揭示的存在。就在这时，安妮的来信给了他一线希望。可是，碰面之后却又无话可说，罗康丹又陷入孤独。周围的人是如此陌生，他们意识不到自己的存在。终于，他决定离开小城，离开之前，他又听了一遍《在那些日子里》，突然间，他感到某个他原先不再体会的东西——快乐——在“畏畏缩缩地擦过”② 他。

罗康丹感到恶心是存在被揭示的结果。萨特通过这部作品想要表达的是“自在存在”与“自为存在”的范畴以及它们之间的关系。

---

① 杜小真：《萨特引论》，前揭，第51页。

② 萨特：《萨特文集》（第1卷），前揭，第211页。

萨特认为，“自在存在”是意识之外的东西，它具有三个特点。第一，存在是自在的。自在的存在既无法用创造来解释，也无法用非创造来解释；既不是能动的，也不是被动的。“它是不能自己实现的内在性，是不能肯定自己的肯定，不能活动的能动性，因为它是自身充实的。”[①]它就是它自己。第二，存在是其所是。存在本身是不透明的，它是自身充实的。它是完全的肯定性，不包含任何否定，“它不能支持与其他存在的任何关系，它无定限的是它自身，并且消融在存在中”[②]。也就是说，自在存在不知道相异性，“它和异于它的东西没有任何的联系，过渡、变化，以及所有那些使人能说存在还不是其所将是和它已是其所不是的东西，原则上都与它无缘”[③]。第三，自在的存在。“自在的存在既不能是可能的，也不能是不可能的，它存在。”[④]它没有存在的理由和根据，它跟别的存在也没有任何的关系，因此自在存在永远是多余的。

但是，自为的存在恰恰与自在的存在相反，自为的存在是指人的意识活动。自为存在本身并没有存在，而是通过显现自在从自在那里获得存在。它是自由的，不确定的：自为存在自身缺乏，但总想要趋向于什么东西，它通过对自身的不断否定和超越而趋向于对目的的寻求。因此，自为存在是一种虚无，它永远是变动不居却又具有否定作用的存在。

自在存在和自为存在在性质上是相反的，但它们却又是统一的。在萨特看来，外部世界是自在的存在，意识活动是自为的存在。当自为的存在与自在的存在相接触，即与外部世界相遇时，就会产生某种不适的情感即恶心。

《恶心》中的主人公罗康丹在某一天突然心中充满了奇遇的强烈感觉。“我遇到一件不平凡的事，我不能再怀疑了。它不是一般确切的或确凿的事实，而是像疾病一样来到我身上，偷偷地、一步一步地安顿下来，我感到自己有点古怪，有点别扭，仅此而已。”[⑤] 原本熟悉的事物，在罗康丹的

---

① 萨特著，陈宣良等译：《存在与虚无》（第2版），北京：生活·读书·新知三联书店1997年版，第25页。

② 同上，第26页。

③ 同上，第25页。

④ 同上。

⑤ 萨特：《萨特文集》（第1卷），前揭，第8页。

眼里突然变得奇怪、陌生、可厌和愚蠢。是世界变了还是罗康丹变了？外部世界中的一切都让他感到一种不适：花园、咖啡馆，甚至是空气、光线都让他感到恶心。“树根、公园的栅栏门、长椅、草坪上稀疏的绿草，这一切都消失了。物体的多样性、物体的特征，仅仅是表象，是一层清漆。这层漆融化了，只剩下几大块奇形怪状的、混乱不堪的、软踏踏的东西，而且裸露着，令人恐惧地、猥亵地裸露着。”① 罗康丹感到恶心是因为意识的意向性使得存在被揭示了出来：“存在突然露出真面目。”② 而在自在存在被意识揭示的同时，自为存在也在这种揭示中显现出来。罗康丹找不到自己存在的理由：“我不明白自己为什么待在印度支那。我去那里做什么？为什么要和那些人谈话？为什么我的装束如此古怪……”③ 这种怀疑逐渐演变成了“多余”感：“我们是一群局促的存在者，对我们自己感到困惑，我们之中谁也没有理由在这里；每个存在者都感到不安和泛泛的惶惑，觉得对别人来说自己是多余的人。多余的，这便是我能在这些树木、栅栏、石子之间建立的惟一的关系……我永生永世是多余的。”④

在萨特看来，恶心的形成是意识与自在存在相接触的结果。但这种接触是以哪种方式发生的呢？萨特认为，一切都是从偶然性开始的。自在的存在是偶然的。自在的存在是在那里，它没有存在的理由，它与别的存在没有任何关系。而自为的存在也是偶然的。自为的存在也是无缘无故地被抛弃到这个世界上来的。它们的相遇也是偶然的。罗康丹在某一天突然感到恶心阵阵袭来，但这种感觉没有任何的必然性和规律性：“存在并非必然性，存在就是在那里，很简单，存在物出现，被遇见，但是决不能对它们进行推断……偶然性不是伪装，不是可以排除的表象，它是绝对，因此就是完美的无动机。一切都是无动机，这个公园，这座城市，我自己。当你意识到这一点时，你就感到恶心……”⑤ 罗康丹意识到一切都是虚无、荒谬、无意义的。

在《存在与虚无》中，萨特对恶心作了这样的描述：

---

① 萨特：《萨特文集》（第1卷），前揭，第153页。
② 同上，第153页。
③ 同上，第9页。
④ 同上，第154页。
⑤ 同上，第157页。

一种隐蔽的不可克服的恶心永远对我的意识揭示我的身体：我可能有时会遇到愉快的事或肉体的痛苦以使我们从中解脱出来，但是，一旦痛苦和愉快通过意识被存在，它们就反过来表露了意识的人为性和偶然性，并且它们正是在恶心的基础上被揭示出来的。我们远不应该把恶心这个词理解为从我们生理的厌恶中引出的隐喻，相反正是在它的基础上，产生了所有引起我们呕吐的具体的和经验的恶心（面对腐肉、鲜血、粪便等的恶心）。[①]

2.《自由之路》——自由是介入的自由

《自由之路》是萨特在“二战”结束后发表的长篇小说，这是一部未完成的三部曲，包括《懂事的年龄》、《弥留期》和《心灵之死》。关于这部小说，萨特在给波伏瓦的信中曾写道：“我突然得到了我的小说的主题、它的范围和它的题目。正如您所希望的：它的主题，就是自由。”[②] 这部小说向读者展示了萨特对自由的思考和探索，是萨特从恶心到介入的写照。

萨特在《存在与虚无》中提出了这样一个命题“我命定是自由的”[③]，这说明，除了自由本身之外，我们不可能找到别的限制。我们没有停止我们自由的自由，我们有选择的自由，但我们的自由本身却不是选择而来的。自由成了人的义务或是重负，它不是人的本质，但是自由使“人的本质成为可能，人的存在的本质悬置在人的自由之中”[④]。

但如何使得自由获得意义呢？萨特认为，只有在行动中，自由才能获得真正的意义。这里的行动并不是简单的运动，“行动就是改变世界的面貌，就是为着某种目的而使用某些手段，就是造成一个工具性的、有机的复合”[⑤]。

《自由之路》正是以上述自由观为哲学基础，以形象生动的方式向读者展示了一个中年知识分子寻求自由的漫长之路。

---

① 萨特：《存在与虚无》，前揭，第430页。

② 杜小真：《萨特引论》，前揭，第247～248页。

③ 萨特：《存在与虚无》，前揭，第549页。

④ 同上，第55页。

⑤ 同上，第541页。

小说的第一部《懂事的年龄》以西班牙内战为背景描写了马蒂厄等一群被生活琐事所包围的法国人的情感遭遇。中学哲学教师马蒂厄一心想要做个自由人，做个能够掌握自己命运的人，然而现实的发展并非如他所愿：他的情妇玛赛尔怀孕了，他却不愿与之结婚。他想做个自由人，婚姻在他看来是一种奴役，于是马蒂厄决定让情妇玛赛尔打胎。他四处奔走为女友筹集打胎钱，哥哥雅克以马蒂厄必须和玛赛尔结婚为条件借钱给他，全心追求自由的马蒂厄自然是拒绝了；朋友建议他加入共产党改变这种无目的的生活状态，同样遭到了他的拒绝。后来马蒂厄在万般无奈下偷了自己学生的女友洛拉的钱，把钱交给玛赛尔，要她去打胎。这时，同性恋者丹尼尔却找上门说要和玛赛尔结婚，于是马蒂厄又把钱还给了洛拉。表面看来此时的马蒂厄已经摆脱了困境，可是他没有因此而获得真正的自由，他的生活依旧被无聊的琐事包围着，正如他在书的最后所言：“没有人妨碍我的自由，是我的生活汲干了我的自由。”①

马蒂厄已经意识到了自己的自由，但并没有选择和行动，他不愿介入生活，不愿加入任何一种组织，因为他不愿因此而失去自由。与《苍蝇》里的俄瑞斯忒斯一样，马蒂厄觉得自己毫无束缚，和这个世界没有关系，以为自己是自由的，但在萨特看来，“马蒂厄体现了那种彻底的无约束性，黑格尔称之为恐怖主义的自由，而这实际上却是反自由”②。萨特认为，人可以自由地介入，但只有人是为了自由而介入时，他才是自由的。马蒂厄事实上并不自由，因为他总在“外面”。这种不介入让他找不到自己生存的支撑点，马蒂厄和罗康丹一样处于选择前的焦虑和不安当中，充满了矛盾。马蒂厄一向鄙视的哥哥雅克就曾嘲笑他：“你诅咒资本主义社会，但是，你是这个社会的政府职员；你宣称你对共产主义原则的同情，但你又害怕直接参加到他们的队伍中去……你蔑视资产阶级，但你就是个资产者，资产者的儿子和兄弟，而且你过着的就是资产者的生活。”③

《弥留期》以 1938 年 9 月的慕尼黑会议为主要背景：英法企图通过绥靖政策来换取和平、结束战争，但战争最终是不可避免的，不过是缓期执

---

① 萨特著，沈志明、艾珉主编：《萨特文集》（第 2 卷），北京：人民文学出版社 2005 年版，第 399 页。

② 杨深：《萨特传》，北京：中国广播电视出版社 2002 年版，第 139 页。

③ 杜小真：《萨特引论》，前揭，第 250～251 页。

行而已。萨特描写了各色人物对战争的态度和立场：马蒂厄的哥哥采取慕尼黑立场，青年菲利普一心想要躲避这场战争……欧洲各个地区的人都被卷入这场巨大的危机中。小说的中心人物马蒂厄身上的矛盾和困惑因此进一步加深。一方面，马蒂厄厌恶战争、痛恨战争，他已然意识到了自己对这场战争负有责任；另一方面，面对如此动乱的社会现实，马蒂厄又深感自己无能为力。马蒂厄逐渐意识到了个体和群体的关系，但他并不想参与到这场战争中，他仍然没有采取行动，具有自由意识的他依旧是不自由的。

只有等到小说的第三部《心灵之死》，马蒂厄才被真正地引向了自由。“马蒂厄将获得他的爱情和事业。他将自由地介入到其中，对他来说，这将赋予世界一种意义。”[①] 在这卷中，萨特向读者勾画了巴黎的沦陷以及在此背景下法国人民的选择。法军溃败之后，德国人占领了巴黎，每个人的真实面目都在此时被揭露：有的人选择苟且偷生，有的人选择逃生，而马蒂厄却从个人主义者转变成集体中的一员，他最终选择了介入战争。马蒂厄和队友选择坚守一个小村庄的教堂钟楼，战友们相继阵亡，剩下他一人孤军奋战，在最后关头，马蒂厄走近栏杆，站着射击，“他是纯洁的，他是万能的，他是自由的”[②]。至此，马蒂厄终于从焦虑和无所作为中走出，做出了第一次选择，通过行动实现了存在主义原则的自由。

从《懂事的年龄》到《心灵之死》，马蒂厄经历了一个蜕变的过程：从对世界漠不关心的个人主义者变成了与战友共进退的集体中的一员。行动和介入最终将马蒂厄引向了自由，使马蒂厄“第一次体验到了自由带来的欢乐”[③]，同时也完成了“对旧我的清算与批判”[④]。

萨特通过这部小说向读者展示了马蒂厄的自由之路。显然，萨特并没有向读者提供一条能够通往自由的道路。人注定是自由的，但人并没有注定能够获得自由，萨特小说及其哲学的可贵之处在于启迪和醒世。对此，法国哲学家德勒兹指出：

---

① 萨特著，潘培庆译：《词语》，北京：生活·读书·新知三联书店 1988 年版，第 245 页。

② 柳鸣九编：《萨特研究》，北京：中国社会科学出版社 1981 年版，第 447 页。

③ 萨特：《萨特文集》（第 1 卷），前揭，导言第 22 页。

④ 同上。

巴黎解放时，文人学士奇怪地囿于黑格尔、胡塞尔和海德格尔的藩篱，小狗似的急匆匆投入比中世纪更糟糕的经院哲学中去。惟有萨特赋予我们重整哲学秩序的力量。他不是作为一种方式或一个榜样出现，而是不断向我们输送新鲜空气，即使是来自花神咖啡馆。他是以奇特方式改变知识分子处境的知识分子。企图弄清楚萨特是某种东西的开端和终结是愚蠢的。正如一切事物和一切创造者那样，他处在中间，从中间推陈出新。①

3.《墙》——死亡的荒谬性

在萨特看来，人无论在什么条件下都有选择的自由，人从被抛入世界的那一刻起就开始不断地进行自由选择，不断地自我创造、自我谋划。“人除了自己以为的那样以外，什么都不是。”② 但这并不能说明，这种自由选择的行动是随心所欲的，它与随心所欲总不相干。因为“人发现自己处在一个有组织的处境中，他是摆脱不掉的：他的选择牵涉到整个人类，而且他没办法避免选择……不管他怎样选择鉴于他现在的处境，他是不可能不担当全部责任的”③。但并不能因此而认为处境会妨碍人的自由选择，“这些对自由的外界限制，恰恰因为是外在的，因为它们只有作为不可实现的东西才能自我内在化，所以永远不会是自由的一种实在的障碍……”④ 相反，人的自由只有处在某种境况中，只有从自身的处境出发，才能获得意义。

短篇小说《墙》里的主人公就是被置于这样一种极限境况中。这篇小说以西班牙战争为背景。主人公帕勃洛是个共和党战士，他和其他两名共和党人被法西斯分子逮捕。因为不肯说出朋友拉蒙的藏身之处，他们三人一起被敌人判处死刑。后来，为了嘲弄敌人，帕勃洛故意说拉蒙藏在墓地里，于是被免于处决，谁知敌人真的在墓地里找到了拉蒙并逮捕了他。当帕勃洛得知这一切之后，开始晕头转向，终于昏厥了过去，他“笑得那么

---

① 萨特：《萨特文集》（第1卷），前揭，导言第29页。

② 萨特著，周煦良、汤永宽译：《存在主义是一种人道主义》，上海：上海译文出版社1988年版，第6页。

③ 同上，第25页。

④ 萨特：《存在与虚无》，前揭，第660页。

厉害，连眼泪都笑出来了”[①]。

帕勃洛处在即将死亡这样一种极端的处境中，但是，即便是在这种情况下，帕勃洛依旧是绝对自由的，处境并不能阻止人进行自由选择。在死亡的威胁下，帕勃洛仍然有着选择的自由，他可以选择出卖战友，也可以选择保护战友，最后他选择了后者，当然这并非出于保护的目的。但不管怎样，死亡并没有因此切断他。正如萨特所言：“是我的自由的那个自由仍然是整体的和无限的；这不是由于死亡没有限制它，而是因为自由永远不会碰到这种限制，死丝毫不是我的谋划的障碍；它仅仅是这些谋划的在别处的一种命运。”[②]

帕勃洛在这种极端境遇中做出了自己对自由的选择，但是，这种选择却又是荒诞的。原本期待着以假口供戏弄敌人的帕勃洛，却无意中害了战友。“是自由的”并不意味着就能“获得人们所要求的东西”。萨特曾在《存在与虚无》中论述道：“我们处在类似囚犯的处境中，这些囚犯不知道他们赴刑的日期，但他们每天都看到他们的同伴被处死。但这种说法还不是完全准确：应该说我们类似于一个死刑犯，他勇敢地准备迎接最后的刑罚，全力准备要在绞架前显出无畏的神情，但就在这期间，他突然被流行的西班牙感冒而夺去生命……”[③]

《墙》体现了这一荒谬主题，正是这种荒谬性增加了故事的悲剧色彩。这篇小说显然是以死亡的荒谬性为主题的，人被判处了死刑却永远不知何时赴刑的存在，“死逃离了我的谋划”，因为它是一个偶然性的事实，既不能被发现也不能被等待，它就是一种纯粹的事实，就和出生一样。

结　语

总之，萨特小说的特点在于通过真实的描述去揭示和表现人的孤独、焦虑等精神状况。当然，小说的目的并不仅仅在于揭示，萨特要做的是通过文学作品去召唤、启迪读者思考自己的存在。

---

① 萨特：《萨特文集》（第1卷），前揭，第238页。

② 萨特：《存在与虚无》，前揭，第681页。

③ 转引自杜小真：《萨特引论》，前揭，第240～241页。

【参考文献】

杜小真：《萨特引论》，北京：商务印书馆2007年版。

高宣扬：《萨特的密码》，上海：同济大学出版社2007年版。

理查德·坎伯著，李智译：《萨特》，北京：中华书局2002年版。

柳鸣九编：《萨特研究》，北京：中国社会科学出版社1981年版。

萨特著，潘培庆译：《词语》，北京：生活·读书·新知三联书店1988年版。

萨特著，周煦良、汤永宽译：《存在主义是一种人道主义》，上海：上海译文出版社1988年版。

萨特著，陈宣良等译：《存在与虚无》（第2版），北京：生活·读书·新知三联书店1997年版。

萨特著，沈志明、艾珉主编：《萨特文集》（第1卷），北京：人民文学出版社2000年版。

杨深：《萨特传》，北京：中国广播电视出版社2002年版。

第四章

生命的表达，存在的探询

——论杜拉斯作品中的存在意识

读她的书在我身上产生了剧烈的、
令人惊奇的骚动，
甚至到了焦虑和痛苦的程度。

（格扎维埃尔·戈蒂埃）

引 言

玛格丽特·杜拉斯（Marguerite Duras，1914—1996）是一位具有世界影响力的小说家、剧作家和电影艺术家。她以处女作《厚颜无耻的人》步入文坛，此后佳作连篇，并逐渐形成自己独特的风格。如果说她早期的作品《平静生活》、《抵挡太平洋的堤坝》、《直布罗陀水手》还具有新现实主义风格的话，那么从《塔吉尼亚的小马》和《街心花园》起，杜拉斯的创作就开始逐渐抹去情节，而力求一种非常平淡的风格，更客观、更直接地发掘心理的变化。语言逐渐变得飘忽、破碎，结构也多断裂，颇具新小说的风格。但是不管风格上怎样变化，相同的是其作品始终都透露出一种顽强的生命力和绝望的张力。

在长达半个世纪的创作中，杜拉斯写了30多部小说和10多部戏剧，指导并参与了20多部电影的拍摄与完成。据不完全统计，她的作品已被译成30多种文字，在全世界广为流传。传记作家劳拉·阿德莱尔认为“她是法国最富创造性的杰出人物”[①]。同时，杜拉斯也是一个介入生活、社会的作家，她从不为艺术而艺术，参加过抵抗运动，反对过阿尔及利亚战争，也积极投身过1968年的“五月事件”。她以自己的方式，介入过20世纪下半叶在西方世界发生的几乎所有重大事件，体现出一位有良知的知识分子极强的社会责任感和使命感。

杜拉斯也是一位与东方有着密切联系的作家。她的作品《情人》自1984年获法国龚古尔文学奖后，在中国逐渐出现了翻译和研究的“杜拉斯热”。杜拉斯逐渐被中国读者所接受和喜爱。许钧认为：“杜拉斯之所以现

---

① 劳拉·阿德莱尔著，袁筱一译：《杜拉斯传》，沈阳：春风文艺出版社2000年版，第2页。

在受到广泛的关注，主要是她的作品中渗透着一种沉重的哲学式的人生观，她敢爱，敢恨；她经常绝望，却从不放弃抗争；在抗争中获得欢乐，赋予生命以绝对价值。她说写作是一种死亡，她却在这种独特的死亡方式中表现出顽强的生命力与无限的创造力。"① 在她的作品中，我们看到了西方世界现代人存在的苦闷、空虚、人际沟通的困难和生活目标的茫然；我们时时都感到一种泛人类的忧虑，对生命的思考、战争的恐惧、爱情的绝望，人生的孤独、痛苦、希冀和追求。格扎维埃尔·戈蒂埃在整理她与杜拉斯的谈话集《话多的女人》中写道："她的作品对于我具有极为重要的、必不可少的、生理上的意义。读她的书在我身上产生了剧烈的、令人惊奇的骚动，甚至到了焦虑和痛苦的程度。"② 因此，从存在哲学的角度来理解和认识杜拉斯，以存在哲学"存在于世中"这一关系到个体存在的根本问题为核心来探讨杜拉斯作品中所闪现的存在意识，会使我们更好地把握杜拉斯的小说及其深刻意蕴。

一、杜拉斯与存在主义

存在主义的产生与它所处的时代背景密不可分：第一次世界大战是欧洲资产阶级文明终结的开端。随着现代时期的到来，人进入历史的非宗教阶段。此时，虽然他拥有前所未有的权利、科技和文明，却发现自己"无家可归"。随着宗教这一包容一切的框架的丧失，人不但变得一无所有，而且变成一个支离破碎的存在物。人没有了归宿感，认为自己是这个人类社会中的"外人"，自己将自己异化。在迫切需要一种理论来化解自己的异化感时，存在主义就应运而生了。

存在主义作为一个哲学上的思潮流派肇始于"一战"后的德国。当时战败的德国在国际上受到协约国的宰割，海外殖民地被瓜分一空，战后赔款又使德国负债累累；国内，经济不景气、企业倒闭、失业、饥饿、抢劫、凶杀给社会发展蒙上了沉重的阴影。人们普遍感到前途渺茫、苦闷彷

① 许钧：《永远的杜拉斯》，《文汇报》，2007 年 7 月 29 日第 6 版。

② 玛格丽特·杜拉斯著，陈侗、王东亮编，吴岳添、廖淑涵译：《话多的女人》，北京：作家出版社 1999 年版，第 11 页。

徨，自己的生存面临着严重的威胁。此时，海德格尔、雅斯贝尔斯等人开始以存在主义的视角来观察、思考社会和人生。

存在主义的大发展时期，是“二战”期间及战后的二十余年。此间，存在主义哲学逐渐取得了西方哲学的领导地位，成为当时最大的哲学流派。“二战”中的法国，遭遇了与“一战”后德国相似的厄运。在德国法西斯的占领下，人民衣食无着、备受屈辱，悲观失望的情绪随之蔓延。萨特等人开始著书立说，阐明了人在自己的生存处境中理想与现实的冲突，指出传统的、既成的价值标准与真理的失败，号召人们自我选择、勇于行动，在行动中塑造自己和生活于其中的世界，以实现自己的生存与自由。在文学上，萨特等人提出“介入文学”的观念，要求作者肩负历史责任、干预现实。这在战后法国一片精神彷徨、虚无的废墟上是很切合时宜的，从而得到了人们的普遍认可，存在主义在法国兴盛起来。

玛格丽特·杜拉斯作为“当代法国最富创造力的杰出人物”，其生活和创作最重要的时期便是沐浴在存在主义思想——这一席卷整个法国并对法国思想学术界产生重要影响的大环境下。对于她而言，早年（1932年以前）的生活经验和存在处境，成为一种不可磨灭的印记，处处都闪现在其作品中，激发着她对人存在的关注和生命意识的沉思。杜拉斯曾这样谈过她的童年：“我忘记了我所经历过的许多事，除了我的童年，还有那些我认为是超越日常生活规则之外的事。”① 她早年是在法属印度支那殖民地越南度过的。在这个交织着东方文化、殖民气息以及作者特殊异国身份的空间中，富裕的法国资产阶级疏远、逃避他们；作为白种人，又与当地的越南人存在一定距离。他们被排斥在两个社会之外，她亲历了饥饿、贫困、痛苦、疾病和社会的不公。她说：“相信自己的童年无足轻重，我想，这是一种深层的、决定性的、根本的缺乏信仰的表现。在我的童年里，有一种让我觉得骄傲的动荡。”② 同时，她生活在由孤独、守寡、偏爱儿子的母亲，缺席的父亲和蛮横的兄长组成的所谓“白人流氓家庭”，可以说缺失的家庭亲情，畸形、“地狱”般的荒诞家庭关系是杜拉斯生活的现实处境。

---

① 玛格丽特·杜拉斯著，袁筱一译：《外面的世界》，桂林：漓江出版社1999年版，第9页。

② 布洛·拉巴雷尔著，徐和瑾译：《杜拉斯传》，桂林：漓江出版社1999年版，第109~110页。

她说：

在我写的关于我的童年的书里，什么避开不讲，什么是我讲了的，一下我也说不清，我相信对于我们母亲的爱一定是讲过的，但对她的恨，以及家里人彼此之间的爱讲过没有我就不知道了。不过，在讲述这共同的关于毁灭和死亡的故事里，不论是在什么情况下，不论是在爱或是恨的情况下，都是一样的，总之，就是关于这一家人的故事，其中也有恨，这恨可怕极了，对这恨，我不懂，至今我也不能理解，这恨就隐藏在血肉深处，就像刚刚出世只有一天的婴儿那样盲目。①

没有温情的家庭生活凝结成杜拉斯骨子里的冷漠。她没有刻意在作品中言说恨，却从人与人“地狱”般荒诞的关系中来表达最初体会到的人的存在困境。

如果说，从杜拉斯早年的殖民地、家庭生活中我们可以捕捉到她思想和创作中存在意识的影子的话，那么从1932年她回到法国后的亲身经历和社会活动与所处的法国社会大背景，以及她与存在主义的关联与接触的直接证据，可以推断她确实受过存在主义的影响，也为说明她作品中闪现的存在意识提供了有力的证据。1936年，她在法国大学读书，还没表现出对政治的醉心，但对文学疯狂迷恋。正如劳拉·阿德莱尔在《杜拉斯传》中所说的：“她喜欢《玛丽亚娜》和《星期五》，迷恋尼采，发现了卡夫卡的世界……”② 1950年代是杜拉斯创作的第一个阶段，也是存在主义在法国的盛行时期。杜拉斯也置身其间，不可能不受到一定的影响。这一时期，圣伯努瓦街是杜拉斯生活、写作以及所有政治活动的重要场所。据皮埃尔·维拉尔讲道：

在（圣伯努瓦街）周围也住着一些团体，如萨特—波伏瓦、维昂—格诺等……在那里一个知识分子群体，远远超过了（但是我们不能区分它

① 玛格丽特·杜拉斯著，王道乾译：《情人》，上海：上海译文出版社2004年版，第31页。

② 劳拉·阿德莱尔：《杜拉斯传》，前揭，第131页。

们）一种向聚会朋友开放的缔造者之间的亲密无间（杜拉斯—罗伯特·昂泰尔姆—迪奥尼斯·马斯科罗、乌塔……①

圣伯努瓦街五号成为了聚会和交换意见的场所；在那里可以谈论司汤达、尼采，玛格丽特·杜拉斯把这套房子变成了一个永久性的论坛，这里飘荡着自由和友谊的空气。战时，这里是个抵抗组织及成员的藏身地；战后，这是不少法国知识分子的精神共同体之家。②

1963年，杜拉斯说道：“我曾经生活在存在的氛围里。我呼吸过这一哲学气息。所有的作家，不足50岁的，都被这一流派（存在主义）荡涤过。”③ 此外，杜拉斯虽然不属于萨特与波伏瓦的团体，却与这两位存在主义的代表人物有过直接的关联。在这一时期，作为杜拉斯的亲密伴侣和她的团体中最重要的两个人，罗伯特和迪奥尼斯见证了她这一时期的所有活动。“他们都与加缪、萨特、波伏瓦有着直接的接触，他们一起加入《战斗》杂志，起草传单，写文章。1955年10月，在反对北非战争的第一批请愿书上，除杜拉斯、罗伯特和迪奥尼斯外，萨特和波伏瓦也签名参加。当阿尔及利亚独立解放战争爆发时，他们又一起签署了《不服从阿尔及利亚战争权力宣言》。”④

从我们所掌握的研究资料来看，目前还没有直接的证据表明杜拉斯曾经认真读过存在主义者们的哲学著作。但从以上的简单介绍和时代的大背景中，我们可以推断杜拉斯曾受到过存在主义的影响。至于这种影响（包括焦虑）的作用到底有多大，我们虽不能够判定，但是可以说，通过以上实证，我们或多或少能够捕捉到杜拉斯思想中的存在意识，为我们从存在哲学的角度来进一步认识和解读杜拉斯提供了更可靠的合理性。下面，我们就具体作品的解读加以阐释。

---

① 贝尔纳·阿拉泽、布洛—拉巴雷尔主编，黄荭等译：《解读杜拉斯》，北京：作家出版社2007年版，第15页。

② 同上，第29页。

③ 布洛·拉巴雷尔：《杜拉斯传》，前揭，第206~207页。

④ 劳拉·阿德莱尔：《杜拉斯传》，前揭，第202页。

二、杜拉斯作品中的存在意识

（一）存在中的荒诞

“荒诞”一词来自拉丁文“聋的”（absurdus），指音乐上的不和谐、不协调，后引申为非理性、不真实、不可理喻。荒诞之感古已有之，到了20世纪，它才成为一种包蕴深层哲理的自觉意识，成为西方现代哲学、艺术和文学表现的主题。在文学中，“荒诞”的内涵更丰富、更深刻。萨特认为，荒诞在于偶然性。世界是荒谬的，人生是痛苦的。人偶然地来到世界上，面对瞬息万变，没有理性、秩序，偶然的，不合理的客观外界，人感到处处受到限制、阻碍，无法左右自己的命运。在这个“主观性林立”的社会里，人与人之间必然有冲突、抗争，充满了丑恶和罪行，一切都是荒谬的。而人也只是这个荒谬、冷酷处境中痛苦的人，世界给人的是无尽的苦闷、失望和悲观，人生是痛苦的。加缪更是明确界定了“荒诞”的概念，并对其做了理论上的阐释。在加缪那里，“荒诞”具有悖理、矛盾、对立和分裂之意。“荒诞从根本上讲是一种离异。它不栖身于被比较的诸成分中的任何一个之中，它只产生于被比较成分之间的较量。”① 荒诞在于人、世界，它存在于二者的共同表现中。“荒诞”的概念强调三个要素：人、世界、人和世界的对立。加缪认为，非理性因素、人的愿望以及因二者的对峙而凸显的荒诞，构成了一出悲剧的三位主角。现实是令人恶心的，世界是一种荒诞的异己力量，它没有意义和内涵，现实世界永远等待人的充实和肯定。

在这方面，杜拉斯的小说虽然不能说像存在主义文学作品那样表现得相当典型，并赋予其哲理性，但是她的作品中所表现出的人存在中的荒诞感，却让读者时时都能感受和捕捉到。虽然这种荒诞性不成熟、不充分，但不足以导致对它的否定和无视。置身于杜拉斯的小说情境中，我们就会在一种总体的绝望的悲剧性氛围中获得对于荒诞性存在的理解。当然，杜拉斯的荒诞不是她先验思想的明确表达，而是来自于作品的客观意蕴和读

---

① 阿尔贝·加缪著，杜小真译：《西西弗的神话》，西安：陕西师范大学出版社2003年版，第36页。

者的主观感受。毕竟杜拉斯写作的原创动机不是表达荒诞，而是她在表达对人的生命的关注中，在表现人的苦难绝望时闪现出了隐蔽的荒诞意识。

《抵挡太平洋的堤坝》是杜拉斯初涉文坛的成名作。她这部“带有自传体写实的书”以 20 世纪早期法属殖民地印度支那为背景，描写了移居到此的一个法国普通家庭的生活，中心人物是母亲。在母亲身上，最为突出的特征就是与异己的、无法理解的外部世界的抗争。母亲大学毕业在法国农村教了两年书后，深受法国官方“到殖民地去发财”的宣传影响，全家移居印度支那殖民地。不久丈夫去世，母亲长期靠教法文、钢琴，甚至到娱乐场所当钢琴师来维持生计。含辛茹苦、勤劳节俭，熬了很多年才用积蓄向殖民当局买了一块土地耕种，但是却陷入营私舞弊、贪污受贿的殖民地当局所控制的现存秩序的迷宫里，开始了她与荒诞的现存秩序和自然的命定性悲剧抗争。

仅仅因为没有贿赂当局，母亲用十年的血汗钱换来的居然是一块年年都被海潮淹没的盐碱地。这种荒诞的现存秩序将她推向了太平洋海潮面前。这种社会的荒诞命定性，又带来了自然的荒诞命定性。它更以不可抗拒的力量威胁着母亲全部的生存努力。为了和这两个荒诞的命定性抗争，她一次次开始重新奋斗。但命运一次次地给她打击，那势不可当的海潮，像深渊般吞没她苦心修筑的堤坝和所有的努力。她不甘心自己的心血白白地流走，依旧要与不公的社会和残酷的自然作斗争。但是不管她如何顽强地抗争，最终还是无法逃离这两种荒诞的命定性。在这种荒诞性的现实处境中，母亲的希望注定最终变成绝望。正如杜拉斯在作品中写到的：“生活是可怕的，母亲同生活一样可怕。她曾狂热地爱着生活，她那不知疲倦的、不可救药的希望使她变成了一个希望的绝望者。这希望使她耗尽精力，把她毁了。”① 母亲这种“西西弗斯”式的无效抗争和悲剧性结局，让我们时时感觉到存在中的荒诞性与人生的无奈。

如果说荒诞感来自人存在于世中面对的这个偶然的、不合理的客观世界，人感到处处受限制、阻碍与离异的话，萨特戏剧《禁闭》中的著名论断“地狱即他人”就是对人存在于世中，人与人之间关系异化与荒诞的最

---

① 玛格丽特·杜拉斯著，张容译：《抵挡太平洋的堤坝》，沈阳：春风文艺出版社 2000 年版，第 121 页。

好阐释。在杜拉斯的作品中，我们时时都能看到这种荒诞的人际关系。

带有自传色彩的小说《情人》无疑是杜拉斯最负盛名的著作。在这部作品中，她以坦率的笔调回忆了自己16岁时在印度支那的生活经历以及与一个中国青年的初恋。更重要的是，她为我们展现了一个由孤独、守寡、偏爱儿子的母亲，绝望反叛的“我”和蛮横兄长组成的所谓的“白人流氓家庭”；描写了主人公“我”与兄弟、母亲爱恨难解、纠缠不清的“地狱”般荒诞的三角关系。在《情人》中，杜拉斯写道：“从来不讲什么晚安、你好，从来不说一声谢谢，这个家庭就是一块顽石，凝结得又厚又硬，不可接近。我们没有一天不是你杀我我杀你的，天天都在杀人，我们不仅互不通话，而且彼此谁也不看谁……我想杀人，我那个大哥，我真想杀死他，我想要制服他，哪怕仅仅一次，一次也行，我想亲眼看着他死。”[①] “我”深入骨髓地痛恨大哥，而对于小哥哥有着类似于情人般的依恋，母亲则使“我”既爱又恨。在《情人》里，她有时把母亲和大哥划为一派，有时又赞叹母亲的美，呼唤她的爱，为她所受的苦难而揪心。母亲总是偏爱着大哥，而小哥哥一直都是大哥的牺牲品，“我”也一直得不到母亲的爱，永远被驱逐在儿子与母亲超越了善与恶的关系之外。这种地狱般的荒诞的家庭关系，一直伴随着杜拉斯的作品。在《厚颜无耻的人》、《抵挡太平洋的堤坝》、《来自中国北方的情人》等多部作品中都反复、着重描写了这种人与人之间的荒诞关系。

（二）存在体验

在杜拉斯的作品中我们可以感受到人被偶然抛入这个客观世界中无法左右命运的荒诞感和地狱般的人际关系。人作为一个自由个体存在，都有追求和谐、幸福处境的愿望。但是，荒诞的生存境遇摧毁了这些梦想，使人们陷入悲剧性的危机中，越是努力追求，越是深陷其中，最终将个体的价值悉数毁灭。人面对悲剧性的存在困境、无从选择的焦虑、绝望中的疯狂以及对自身和世界存在的无根据、无意义的追寻与等待，成为人存在的最深层的心理情绪体验。存在主义哲学认为，人的存在不能通过理性思维来把握，人只有在非理性的主观内在心理体验中才能领悟它，只有当人在内心深处感到无常的、生命攸关的颤抖、痛苦和绝望等情绪时才能体验

---

① 玛格丽特·杜拉斯：《情人》，前揭，第67页。

到。“情绪是此在在世的一种基本方式。”① 杜拉斯的文本为我们展现的是人的存在困境中最深层的心理情绪体验。

1. 焦虑

面对着荒诞的世界和自身存在的困境，萨特认为，当人们必须在没有选择或没有衡量标准的情况下进行选择时，焦虑便会产生。在杜拉斯的作品《副领事》中，我们看到了副领事在这个荒诞的处境中无从选择的焦虑与反抗。

副领事是一个与正统社会不协调的人，他被所处的上流社会抛弃。面对饥饿、肮脏、不公、浮华而麻木的拉合尔，他深感痛苦，无法融入。他孤独、愤怒，与他人格格不入。在安娜身上，他意识到了自我的存在，于是他更加焦虑和痛苦。麻风病人和他自己，并不是他焦虑的真正对象。副领事来到拉合尔，来到印度，他的“毛病终于发作了……他在拉合尔看见的，在别的地方不曾看见的，那到底是什么？是芸芸众生？是麻风病人身上的灰尘？是萨里玛的花园？在到拉合尔之前，他是希望看到拉合尔，就那样永远维护下去，永远不为其所知，好让他企图摧毁拉合尔的念头也一直拖延下去吗？无疑是这样的。因为，不然的话，一旦他了解了拉合尔，他可能就死了”②。作者似乎在揭示：殖民地并非世外桃源，也非异国情调；殖民地的生活使人变异，他焦虑的真正对象是整个荒诞的世界。拉合尔使副领事看清了印度的真面目，种种荒诞的境地让他绝望，他企图摧毁拉合尔，摧毁自己。在加尔各答，在大使馆招待会结束时，他以叫喊来显示自己的反抗。“他充满着火和炸药……必须让它们出去，让它们爆炸，让它们在外面表达出来，让它们成为人人皆知，大声说出的东西。”③ 杜拉斯想通过副领事之口喊出对这种荒诞的反抗。作为隐喻，印度是所有殖民地的写照，也是世界荒诞的写照。通过副领事的挣扎和尴尬的生存境地，杜拉斯最大限度地表现了殖民地荒诞制度不仅给被压迫阶级，也给统治阶级带来了莫大的痛苦和焦虑。副领事在没有人支持的境地中想要做出选

① 陈嘉映：《海德格尔哲学概论》，北京：生活·读书·新知三联书店1995年，第75页。

② 玛格丽特·杜拉斯著，宋学智、王殿忠译：《副领事》，沈阳：春风文艺出版社2000年版，第119～120页。

③ 布洛·拉巴雷尔：《杜拉斯传》，前揭，第140页。

择，在毫无选择的可能中做出选择，并且他感到了为加尔各答和印度的痛苦所需承担的责任，又怎能不如此痛苦和焦虑呢？

2. 疯狂

当焦虑变成一种绝望时，杜拉斯就用疯狂来表现人物绝望中的存在。在杜拉斯作品中疯狂的形象随处可见。杜拉斯把疯狂作为感知存在的方式。疯狂在她的作品中具有深刻的含义。我们不能简单地把它看作是一种存在的痛苦、绝望与逃避，而应看作是一种自我毁灭，并毁灭对象及周围世界的存在方式，以及对周围世界的一种觉醒与对抗，尽管它只能是一种绝望的觉醒，预示着人的存在注定走向毁灭的觉醒。劳儿·V. 施泰因的迷狂，《副领事》里的女乞丐和副领事的疯狂，《抵挡太平洋的堤坝》中的讨饭女人，《情人》里在永隆邮局嘟嘟囔囔的疯子，这些形象一直充斥着杜拉斯的作品。疯狂源于她作品中的女性欲望和生存痛苦，以及对这种痛苦绝望反抗的一种极端变异。

在杜拉斯笔下，每个人都是这个世界，都有劳儿·V. 施泰因的世界与疯狂，她的沮丧和最深刻的痛楚是世界的痛苦，也就是所有人的痛苦。由此可以看出，这位名叫劳儿·V. 施泰因的女人成了杜拉斯笔下最具代表性和普遍性的疯狂的女性形象。在被斯特雷泰尔夫人"劫持"了未婚夫，剥夺了爱的权利后，劳儿哭过、疯过，取而代之的却是一种表面上的平静。她是一个不明显的疯子，却始终处于一种疯狂中，偷窥、跟踪或者寻找记忆。这之后不久，劳儿嫁了人，循规蹈矩地生活了十年。然而十年前积压在心中的隐痛化作内心扭曲、压抑的疯狂，终于在无意间被一对情人的亲吻唤醒了。为了自我寻找，在一次晚宴上，她重演了十年前的"劫持事件"。十年前的劫持事件成为劳儿内心欲望的断裂点，劳儿被剥夺的不仅仅是爱的权利，还有爱的能力和自我存在的意识。她通过这种极端疯狂的行为来对命运进行反抗与抗争。她不满足于经历创伤后的沉默和认命，她要成为别人爱情的主导者和剥夺者，换来的却是内心的扭曲和痛苦。杜拉斯正是用疯狂这种极端变异的情绪来让人物体验绝望中的存在、生存的痛苦以及对这种痛苦、绝望的反抗。

3. 等待

绝望的等待是杜拉斯作品中存在体验的另一种形式。等待是绝望的痛苦者的生命存在的依托。就如贝克特剧作中《等待戈多》所揭示的人类存在的基本状态，这就是等待，对不存在的东西的希冀与对存在的追寻。

在杜拉斯的作品中，我们总是看到一群“等待”中的人物。《抵挡太平洋的堤坝》中的苏姗，为了抵制空虚、苦闷的家庭生活，一直等待着有一天，一个路过吊脚楼的种植园主或猎人会发现她，把她带走。但是没有一辆汽车停在吊脚楼前，仿佛吊脚楼不再存在，仿佛桥边的她不再存在，没有一个人注意到那儿有座吊脚楼，更没有人注意到近处还有一个翘首以待的少女。她在一种毫无希望的等待之中寻找希望。《塔吉尼亚的小马》中也充满了等待：五个人在海滨度假，阳光与烈酒把人搞得疲软无力，好像时间已经终止，人的真正存在也化为乌有。小说写了许许多多小事件，没有一以贯之的情节，却写了五个人物的遇合，他们各自都有所期待，又都落了空。《街心花园》中有两个人物，一个旅行小商贩和一个年轻女佣，这两个人物也在等待之中，等待什么？希望着什么？这一男一女坐在街头广场小花园的椅子上在交谈，全篇几乎就是写这种语意不明但又有某种寓意的日常生活的对话。对话中似乎暗藏着许多故事，人物在倾诉自己的生活，发出内心的呼叫。杜拉斯笔下的爱情更是处于等待之中。杜拉斯在《埃米莉·L》中说：“我希望告诉您我的想法，就是总应该保留，我找到个词了，一个空间，一种私人空间，就是这样，属于你自己的，可以自由去爱的空间。并不知道爱什么，爱谁，怎么去爱，也不知道持续多长时间。为了爱，我突然间想起来了……为了给自己保留一片等待的空间，谁知道呢，等待一份爱情，一份也许还没有爱人的爱情，但就是等待这份爱，仅仅是等待。”①

人被抛入世界无望地等待着。等待是一种未完成的人生状态，是处于等待中的人存在的精神寄托，是处于绝望困境中迷惑不安的人们对于未来若有若无的期望。同时，等待也是一种希望与绝望和解的心态。等待让我们看到了人生的荒诞与虚无，也让我们感受到要在绝望的世界里去寻找自我存在的希望与勇气。

（三）“爱”的自我拯救

通过其作品中的人物，杜拉斯向我们展示了存在困境的荒诞，存在体验的焦虑、疯狂、等待与追寻。这些消极的存在情绪体验，同时又具有能

---

① 玛格丽特·杜拉斯：《话多的女人》，前揭，第340页。

动作用，它让人看到了自己本然的存在处境，也意识到了自己的自由，即自我选择的自由。杜拉斯揭示出这种存在的困境和种种存在情绪体验，她的文本也为我们提供了一条寻找存在本真之路——“爱”的自我拯救。

爱情几乎贯穿杜拉斯所有作品的始终。她总是在谈爱情：爱情的不可能、爱情的遥不可及、爱情的弥足珍贵、爱情的忧伤。她认为爱情是激情，是不死的欲望，她笔下的爱情通常与欲望、激情、身体和性联系在一起。她大胆地书写欲望、激情、身体和性，通过一种新的自我释放，即对肉体欢娱的无限追求和享受来激起个体巨大的力量去对抗外部悲剧困境，在不竭的欲求和激情中体验并证明自己的存在，达到一种自我的拯救。

在杜拉斯的作品中，身体永远是爱情、欲望、自我的证明。身体不是主体，杜拉斯很少使用“我”这样的词汇。“我”就是头脑，是观念，是意识，是身体的牢狱。主体沉默的时候身体复活了。身体像一道锐利的眼光，在看，在经历，在存在，在生，在死。小说《情人》中那个在城里念书的小姑娘，走在马路上，走在市场中，走在人群里。其目标就是走向那个男人。男人的身体，有丝绸的质地，黄金的颜色。是身体在安排一切，也只有身体才能实现身体安排的命运，直到陷入疯狂的境地。我们的身体构成了我们最绝对的、最基本的处境，是人的本原。我们从自己的身体出发，和这个世界发生关系。身体就成了我们存在的核心。有时，思想、观念会欺骗我们，但我们的身体不会。它是我们唯一的、最后的、值得信赖的东西。视觉、听觉、触觉、味觉，皮肤、眼睛、手脚、心脏，都是我们自己的，别人拿不走，也替代不了。杜拉斯用身体见证了自我的存在。以自由的身体去对抗痛苦的世界。就这点来说，身体无疑是一种拯救。《情人》中也有着类似的表述：“爱情，嫉妒……追求的是通过这位少女/男子征服整个世界……那类爱情才显示为在世的存在方式。”[①] 通过对性爱欲望的着力描写，杜拉斯向我们充分展示了充满激情地行动着的存在与拯救。

三、无法归类的杜拉斯

有人这样评价杜拉斯：

---

① 玛格丽特·杜拉斯：《情人》，前揭，第130页。

> 杜拉斯的所作所为在法国文坛可说是最无法归类、最不具典型性的。从法国共产党员到社会党总统密特朗的密友、社会边缘人物的喉舌；从“新小说”的同路人到“新浪潮”电影的先锋；从充满魔力的文学语言到有悖常理的对社会新闻的干预；从电台报刊上文学的、政治的高谈阔论到街头酒吧里与酒徒、流浪汉的畅饮狂欢，这一切都无法进入任何规范。[①]

的确，“无法归类”这一标签体现出杜拉斯独特的个性与创作魅力。她的文本传递了一种纷繁复杂的信息。精神分析学、存在主义、女性主义等都或多或少能从她那里得到理论的印证。在杜拉斯长达半个世纪的创作生涯中，她的创作手法灵活多变，呈现给世人一个丰富多彩的艺术世界。

阅读杜拉斯的作品，并不是想硬要把她归到存在主义的派系里去。只是想通过杜拉斯与存在主义的关系，从存在哲学这个视角，为研究、解读她的作品提供一个全新的视野。同时，我们必须清楚地意识到，杜拉斯不能被单纯地定义为这样或那样，她本身并不属于任何派别。我们不能单纯地说她就是新小说派，也不能单纯地说她继承了谁的风格，因为她受了众多文学的影响，小说手法也灵活多变。她的作品中既有福克纳的语言，也有海明威的手法，而很多作品又闪现加缪、萨特的存在意识，她的作品就像她自己一样，难以定性。

在阅读和研究杜拉斯的小说时，我们仅仅照搬存在哲学的理论框架去限定这样一位具有独特个性魅力的作家，无疑是不符合杜拉斯思想的实际情况的。虽然杜拉斯的思想和小说中流露出存在主义影响的痕迹，但是我们必须注意到这样一个事实，她不是存在主义者，她的观念也不囿于存在主义的条条框框，更不像存在主义哲学家萨特、加缪的文学创作那样哲理性强，具有象征性和寓意性，通过文学的形式宣扬他们的存在哲学观。杜拉斯的世界是一个具有强大生命力的世界。杜拉斯的作品具有强大的个性魅力。杜拉斯属于野性，她从狂野和癫疯状态中揭示人性的本质，她以特殊、破碎的语言和内在野性的力量叙述事实。她从事物的表象深入内里，经过内心的过滤和深层的酝酿，达到内在世界外化。她着力表现作品内在的生命力和外在的感染力，从而展现出了一幅生动的人性画卷。而且，她

---

① 王东亮:《盖棺难以定论的杜拉斯》,《世界文学》1996年第5期，第285页。

在表达时并不拘谨，而是自由甚至放肆地述写。她创造的所有作品，都体现出一种生生不息的生命力和创造力。

结　语

虽然杜拉斯的作品总是灵活多变，永远给人一种生命的张力，但是通过其创作多变的形式本身，我们总能感受到其作品所体现出的一种哲学上对于生命的关注和存在探寻。她的作品始终让我们感受到人存在于世中，孤独个体的生存困境、生存体验，以及个体对存在困境的抗争；她的作品总是围绕着个体孤独、焦虑、绝望、欲望和爱而展开的。

在阅读杜拉斯小说的过程中，我们的脑海中时时浮现出她为我们展现的画面：世界荒诞而不可理喻；孤独个体在荒诞的世界中灵魂的挣扎和痛苦体验；生活的苦闷、空虚，人与人之间沟通的困难；人们总是处在绝望的焦虑、疯狂、等待之中，找不到生活目标。爱情似乎可以唤起生活下去的欲望，但是爱情也无法让人满足；爱受着道德规范的约束；爱会被战争毁灭。人们总是在寻找与释放爱情的欲望中拯救自我，反抗荒诞的世界，但是爱情只是一种绝望的挣扎。读她的作品，时时都感到笼罩着死亡的气息，沉重却有生的张力，表现出一种对人的生命的终极关怀，一种泛人类的忧虑；对人生的思索，对战争的恐惧，对绝望爱情的希冀和追求。

通过存在哲学的视角，存在哲学理论在杜拉斯作品这里找到了最丰富的题材、最深刻的主题、最生动的形象和最广阔的世界。同时，我们也看到了，没有任何一个存在主义作家像杜拉斯这样，可以将存在哲学与那么多创作形式与风格结合起来；也没有任何一个存在主义作家能够像杜拉斯一样，将存在主义所宣扬的存在哲学通过多变的形式、特别的创作手法和富有生命力的语言表现出来，并且自然流畅、毫无做作而又深刻犀利。杜拉斯表达了萨特对政治、现实与生存之荒诞的矛盾与痛苦，揭露了殖民主义的罪恶，也述说了加缪对荒诞命运的抗争，还表现出了海德格尔对死亡的认识。杜拉斯的一生是为写作而生，她的一生实践了自由写作的终极理想，杜拉斯的写作也赋予了存在哲学更深刻的内涵及更广阔的天地。

【参考文献】

劳拉·阿德莱尔著，袁筱一译：《杜拉斯传》，沈阳：春风文艺出版社2000年版。

陈嘉映：《海德格尔哲学概论》，北京：生活·读书·新知三联书店1995年版。

玛格丽特·杜拉斯著，张容译：《抵挡太平洋的堤坝》，沈阳：春风文艺出版社2000年版。

玛格丽特·杜拉斯著，宋学智、王殿忠译：《副领事》，沈阳：春风文艺出版社2000年版。

玛格丽特·杜拉斯著，陈侗、王东亮编，吴岳添、廖淑涵译：《话多的女人》，北京：作家出版社1999年版。

玛格丽特·杜拉斯著，王道乾译：《情人》，上海：上海译文出版社2004年版。

玛格丽特·杜拉斯著，曹德明译：《写作》，沈阳：春风文艺出版社2000年版。

马丁·海德格尔著，陈嘉映、王庆节译：《存在与时间》，北京：生活·读书·新知三联书店1999年版。

阿尔贝·加缪著，杜小真译：《西西弗的神话》，西安：陕西师范大学出版社2003年版。

贝尔纳·阿拉泽、布洛—拉巴雷尔主编，黄荭等译：《解读杜拉斯》，北京：作家出版社2007年版。

布洛·拉巴雷尔著，徐和瑾译：《杜拉斯传》，桂林：漓江出版社1999年版。

王东亮：《盖棺难以定论的杜拉斯》，《世界文学》1996年第5期。

Leslie Hill, *Marguerite Duras: Apocalyptic Desires*, London: Routledge Co. Ltd., 1993.

第二部分　经历存在的焦虑

在欧洲人的内心，
主宰其生命之种种大运动的，
是一种本质性的荒诞。

（马尔罗）

第一章

人生存在的展现

——纪德作品的人物分析

为了孩子，
我的道德现在重新形成并加强。
我步履坚定地朝前走去。

（纪德）

引　言

《沼泽》（*Paludes*）是纪德（André Gide，1869—1951）于1895年出版的作品。尽管纪德对把自己的作品分门别类持保留态度，但《沼泽》却被明确归入“傻剧”（sotie）一类。

“傻剧”原是中世纪的剧种，纪德把它改造为一种“荒诞滑稽的小故事”①。在“傻剧”中，纪德运用象征手法向读者展现了他对人和人的生活的思考。除《沼泽》外，他还分别于1899年和1914年出版了另外两部“傻剧”：《锁不住的普罗米修斯》（*Le Prométhée mal enchaîné*）和《梵蒂冈地窖》（*Les Caves du Vatican*）。

《沼泽》主要记述了一个作家“我”写一本名叫《沼泽》的书的过程。“我”在自己的住所里忙着写作，并且打算在书里写一个叫蒂蒂尔的人在一片沼泽地中央的高塔上生活的事情。“我”的生活圈子很狭隘，有一个从事文学的朋友于贝尔和一个热爱文学的女友安日尔。“我”每天埋头写作，却又无法向别人解释清楚内容和意义，因而在安日尔看来，“我”的行为本身毫无意义。期间，“我”尝试改变目前的生活状态，但无果而终。作品的结尾处，“我”的另一个朋友来看“我”，他问“我”在做什么，“我”回答：我在写《湿地》（*Polders*）——《沼泽》的续篇。

纪德曾在晚年的采访中形容了他在《沼泽》中安排的这个叙述者。他说，这个小说中的叙述者恰如画家戈雅的一幅版画中的形象，“版画中央刻着可怜的知识分子，前额巨大，两手抱头，闭着眼睛，周围一大堆人扯着他的袖子，对他说：‘大师，也可以说……还有……不拘怎样……’惹

① André Lagarde et Laurent Michard, *Le Lagarde Michard* (*Dictionnaire et anthologie*), Paris: Bordas, 2003, p. 292.

得他十分恼火”。纪德认为这一形象可以看作是《沼泽》的一个出发点，而被围在当中的那个人则是所有深陷在现代社会的交际网中，既不能真正与他人沟通又无法摆脱这张大网的所有人的缩影。①

《沼泽》是对象征主义文艺沙龙和流行于其中的生活态度的讽刺。全篇描绘的几乎都是平庸、乏味、烦琐的日常情节，而生活在其中的人却在心灵和情感上几乎没有任何关联。作为唯一觉醒的、不安情绪的播撒者（inquiéteur），“我”在著书过程中开始了对循规蹈矩、装腔作势的“生活”的怀疑。他人不理解“我”，连“我”最亲密的女友安日尔也不能理解我。独自面对这种难觅源头、指向模糊的焦虑（angoisse），“我”甚至感到自己也难以理解。正是这种荒诞感和焦躁情绪使纪德的这部作品具有了一种“无可争辩的现代色彩”②。

在1895年《沼泽》面世之后，探索存在的荒诞性的作品推陈出新，对西方社会产生了重大影响。纪德的这部“傻剧”发出了探索“荒诞的存在”的先声，用中肯的态度向读者展示了这样一种存在的状态。

一、存在的先声

索伦·克尔凯郭尔（Søren Kierkegaard，1813—1855）在自己的时代并不出名，却对后世的思想产生了深远的影响，被誉为“存在主义先驱者”。他将短暂的一生都倾注于著书，成果颇丰。他的著作在他去世后很快被遗忘。但是，在20世纪早期，他被一些德国学者重新发现后，对“存在主义”的形成、发展产生了巨大影响。

克尔凯郭尔对“存在”的思考发端于他对黑格尔哲学体系的批评。他的观点最终超越了黑格尔的体系，自成一体。对克尔凯郭尔而言，黑格尔的滑稽在于他试图用一个体系捕获全部实在，但是，在这一过程中，却丢失了最重要的要素即存在。他用“存在（existence）”这一术语专门指人类的个体存在，“一个奋斗着、考虑不同可能性的、做出选择、做出决定，

① 朱静、景春雨：《纪德研究》，上海：上海外语教育出版社2005年版，第188页。
② 同上，第187页。

最重要的是做出承诺的个体”[①]。他又区分了旁观者和行动者，认为“只有行动者才存在。存在这一术语并不适合惰性或不活跃的事物，存在必须是指个体有意识参与到行动中的这种性质，只有行动者才介入到存在”[②]。

介入到存在，对于个人而言，就是在面对各种可能性时做出选择。克尔凯郭尔认为，人生是存在的，这种存在的集中体现就是可能（le possible）。个人与外界（le monde）、自己（lui-même）和上帝（Dieu）的关系是存在的无限可能性（les infinies possibilités de l’existence）发端的三个源头，这三种关系也即最基本的三种可能性（les trois possibilités fondamentales de l’existence）。[③]

考虑到由选择产生的结果的不确定性，个体内心滋生的不适感（le sentiment de malaise）就是焦虑（angoisse）、绝望（désespoir）和悖论（paradoxe）。以上三种情感表明个人与外界、个人与自己、个人与上帝的关系不完全是无动于衷的（désintéressés）、冷漠的（froids）、客观的（objectifs）。

克尔凯郭尔把个人与外界、与自己、与上帝的三种关系视为“生命历程的三个阶段”（trois stades d’existence），分别用术语“美学阶段”（le stade esthétique）、“伦理阶段”（le stade éthique）、“宗教阶段”（le stade religieux）表示。

他坚持认为生命历程的三个阶段是不一定能成为统一系统的、相互区别的阶段。如果把它们视为一个完整系统、一个整体，就会把存在中具体的个人（l’individu concret de l’existence）和整个人类（l’espèce humaine）混淆，导致前者的特殊性为后者的一般性所掩盖。“‘人群在概念上是非本真的状态，因为事实是，它使个体完全不知悔过和不负责任，或者至少通过把个体降低为零星的碎片来弱化他的责任感。’在人群只会弱化我们的

---

① 撒穆尔·伊诺克·斯通普夫、詹姆斯·菲泽著，丁三东等译：《西方哲学史》（第7版），北京：中华书局2005年版，第529页。

② 同上，第531页。

③ Charles Le Blanc, *Kierkegaard*, Paris: Société d’éditions Les Belles Lettres, 1998, pp. 52 – 53.

自我，从而毁坏我们的本性。”①

克尔凯郭尔还认为，除非是以一种抽象的、思辨的方式，存在中的具体的个人不能同时处于生命历程的三个阶段。他把我们从自我的一种存在水平到另一种存在水平的发展说成是通过选择行动。具体的个人在生命历程中变化发展、经受考验、感受感知、停滞不前，甚至倒退，这一切都完全取决于个人，完全取决于他的决断（choix de rompre ou pas avec ce dont il provient）。②

由此可见，克尔凯郭尔的“辩证法包含个体的逐渐实现，通过个人的承诺行为来超越反题”③。

二、拉夫卡迪奥：美学阶段

克尔凯郭尔认为，美学阶段是“生命历程的三阶段”的第一阶段。

在这一阶段，我根据我的本能冲动和情感行事。尽管在这一阶段我并不简单是感性的，但是，我在很大程度上受到我的感性支配。由于这个理由，我会不知道任何普通的道德标准，没有明确的宗教信仰。我的主要动机就是想要享受丰富多样的感官快乐。我的生活没有原则的限制，除了我自己的趣味。我憎恨任何限制我的无限选择自由的东西。在这一阶段，我能够存在，因为我有意识地选择做一个美学的人。但是，在这一阶段，尽管我能达到某种存在，它却是一种相当卑劣的存在。即使我也许会完全被我的美学的生活方式所耗尽，我仍意识到我的生命应该由比这更多的东西构成。④

堂璜是美学的人的典型。只求活在瞬间（ne vivre que pour l'instant）

---

① 撒穆尔·伊诺克·斯通普夫、詹姆斯·菲泽：《西方哲学史》（第7版），前揭，第534页。

② Charles Le Blanc, *Kierkegaard*, *op. cit.*, p. 53.

③ 撒穆尔·伊诺克·斯通普夫、詹姆斯·菲泽：《西方哲学史》（第7版），前揭，第534页。

④ 同上。

是美学阶段的标志。快乐短暂，痛苦悠长。堂璜可谓阅佳人无数，终未选定一生伴侣。想凭借冷漠的拒绝来对抗人类的命运，用玩世不恭来嘲讽理想遭遇现实的落差，明知是非曲直却不屑遵守，罔顾他人感受却从不自欺，沉湎肉欲、放浪形骸，以求一种存在、一种瞬间永恒；然而，面对着善、永恒和对生命的担待，心底一直焦虑、绝望着，感受不到平静。这就是堂璜的写照。克尔凯郭尔把美学的人的状态称为“魔鬼附身（démoniaque）”①。

纪德的《梵蒂冈地窖》（1914）叙述了一个离奇的故事。1890 年，教皇利奥十三世在位。然而有传言说真正的教皇已被部分主教和共济会合谋囚禁起来了。于是法国境内有些人打着“解救教皇”的旗号在天主教的信众中进行了一系列诈骗活动，后来骗局被揭发了。在这部作品中，纪德融合了闹剧、冒险、荒诞和幽默等元素，展示了他日益纯熟的创作手法。事实上，这并不是单纯的探案故事，而更像一部哲理故事。

在《梵蒂冈地窖》中，纪德向世人推出了一个著名人物：拉夫卡迪奥和他的无动机行为（l'acte gratuit）。

故事的最后一部分以拉夫卡迪奥命名。通过同父异母的哥哥朱利于斯，伯爵的私生子拉夫卡迪奥得到了遗产，生活得更加随意。在离开罗马的火车上，拉夫卡迪奥与朱利于斯的连襟阿梅代相遇了。心怀拯救真正教皇热望的阿梅代一下子就被英俊活泼的拉夫卡迪奥吸引住了，在这节车厢停下来。拉夫卡迪奥却非常厌恶阿梅代怪诞的相貌，他不禁想要用阿梅代来实践一下自己的“无动机”行为。于是，他趁阿梅代在车门边站立时顺势将他推了出去，而阿梅代在坠落时则抓下了他的帽子。事发第二天，他在罗马与正在构思小说情节的朱利于斯谈到了“无动机”行为。

“因此，我是这么想的……您在听吗?”

“一直听到心灵里，”拉夫卡迪奥始终笑着说。

“那您跟得上吗?”

“一直跟到地狱里。”

朱利于斯再次把手帕弄湿，然后坐进扶手椅里；在他对面，拉夫卡迪

---

① Charles Le Blanc, *Kierkegaard*, *op. cit.*, p. 57.

奥骑坐在一把椅子上。

“说的是一个年轻人，我想让他成为罪犯。”

“我看不出这有什么难的。”

“嗨！嗨！”朱利于斯说，他想到困难。

“但是，小说家，有谁在阻碍您呀？而且既然是在想象，那谁能阻止您随心所欲地想象啊？”

“我想得越是奇特，我就越是应该说明动机，有所解释。”

“找犯罪动机并不难。”

“那倒是……但我恰恰不想要动机。我不要犯罪动机。我只要让罪犯犯罪就足够了。是的，我打算引导他在无动机状况下犯罪，引导他犯一个完全没有动机的罪行。”

拉夫卡迪奥开始更加注意地在听。

“我们让他是个少年：我想借此显示他生性高雅，他的一举一动，尤其是因游戏使然，而且他通常是更喜欢乐趣而非利益。”

“这也许并不寻常……”拉夫卡迪奥壮着胆子说。

“是吧！”朱利于斯异常开心地说，“再往里加点东西：让他喜欢自我约束……”

“直至隐藏掩盖。”

“咱们给他灌输点对冒险的热爱。”

“好极了！”拉夫卡迪奥始终是愈发地饶有兴趣，“如果您的学生能够听从好奇心这个魔鬼的话，我认为他是恰到好处。”

他俩就如此这般地你跳来我跳去的，我超越你，你超越我，仿佛一个在同另一个玩跳背游戏。

朱利于斯：我首先看见他练手，他对小偷小摸是行家里手。

拉夫卡迪奥：我曾多次寻思，他为什么不主动地多捞一把呢？说实在的，机会通常只向那些不为衣食犯愁、不请自来的人提供。

朱利于斯：不为衣食犯愁，我已经说了，他就属于那种人。但是，只有那些要求他机敏、狡猾的机会才对他有吸引力……

拉夫卡迪奥：想必还有得让他冒点险的那种机会才行。

朱利于斯：我一直在说，他喜欢冒险。总之，他讨厌欺诈，他丝毫不企图占有，但却喜欢偷偷把物件挪动。他在这中间表现出一种名副其实的魔术师的天才。

拉夫卡迪奥：再有，没有受到惩罚，这使他气足胆壮……

朱利于斯：但这同时让他气恼。如果他没有被抓住，那是因为他建议的游戏过于容易。

拉夫卡迪奥：他向最大的危险挑战。

朱利于斯：我让他这么推理……

拉夫卡迪奥：他确信他在推理吗？

朱利于斯（继续说）：犯罪之所以犯罪是因为他有犯罪的需要。

拉夫卡迪奥：我们说了，他非常机敏。

朱利于斯：是的，特别是他在行动时头脑十分冷静，所以更加地机敏。您想想，一个既无感情纠葛又无金钱财产作为动机的犯罪。

拉夫卡迪奥：是您在推理他的犯罪，而他只是犯罪而已。

朱利于斯：没有任何理由把没有作案动机的犯罪的人视作罪犯。

拉夫卡迪奥：您太过细心了，按照您所说的，他是大家所说的“不受拘束的人”了。

朱利于斯：一有机会就会犯事。

拉夫卡迪奥：我急于见到他开始行动。您将如何建议他呢？①

“对冒险的热爱”、“听从好奇心这个魔鬼”、“没受到惩罚……气足胆壮”、“向最大的危险挑战”。在拉夫卡迪奥的描述中，我们看见的是一个类似堂璜的现实中的游戏家、道德规范外的冒险者。拉夫卡迪奥就是一个美学的人：他最大的动机就是通过“无动机”行为享受冒险带来的感官刺激，他生活的原则就是不断满足他的趣味、好奇心。冒天下之大不韪来满足瞬间的快感，借此肯定、强化自己的自由感。“无动机”行为发自直觉，没有目的，行为人因此可以免除逻辑上的责任。因此，朱利于斯认为没有理由把这种罪犯归为罪人，拉夫卡迪奥可以理直气壮，甚至有些沾沾自喜。

拉夫卡迪奥虽然避开了法律的惩治，但摆脱不了自己的良心。在自己

① 安德烈·纪德著，李玉民编选：《纪德精选集》，北京：北京燕山出版社 2004 年版，第 399 ~ 400 页。

心爱的热纳维埃芙面前，拉夫卡迪奥再也不能保持冷静，几乎到了发狂的边缘。

他嗫嚅着。……他抓住她的秀发，狂热地把它贴在自己的眼睛上，贴在自己的嘴唇上。“逃跑？难道这就是您对我的劝告？但您让我现在往哪逃呀？即使我逃过了警方，但也逃不过自己的良心……再说，我逃跑，您会瞧不起我的。……我一直是生活在无意识状态中，我仿佛在梦中杀了人，那是个噩梦，从此，我便在这噩梦中挣扎……为什么唤醒我呀？是否要我醒来知道自己是个罪犯？……您不知道我厌恶有罪而不受惩罚吗？我现在还能做什么呢？要么，天亮以后，我去投案自首。”①

三、米歇尔：伦理阶段

克尔凯郭尔把美学的人做出选择的时刻视为从美学阶段到伦理阶段的飞跃（le saut）。美学的个人在绝望（désespoir）中重新发现自己，做出选择，进入生命历程的第二阶段：伦理阶段。

美学的人没有普遍的标准，只有自己的趣味。与美学的人不同，伦理的人认识和接受理性所制定的行为标准。在这一阶段，道德准则赋予我的生命以形式和一致性要素。并且，作为一个伦理的人，我接受道德责任施加在我生活上的限制。……如果堂璜是美学的人的典型，那么，苏格拉底就是伦理的人的范例，或普遍道德规律统治的范例。作为一个伦理的人，我持有道德自足的态度。在道德问题上，我持有坚定的立场，并且与苏格拉底的主张一样，我假设知道善就是行善。在很大程度上，我把道德上的恶看作要么是无知的结果要么是意志薄弱的结果。②

面对各种选择，伦理的人最终选择了接受由选择产生的结果。接纳、

① 安德烈·纪德：《纪德精选集》，前揭，第431～432页。

② 撒穆尔·伊诺克·斯通普夫、詹姆斯·菲泽：《西方哲学史》（第7版），前揭，第535～536页。

承受选择产生的结果是伦理的人的重要特征。这也意味着真正地介入了存在。伦理的人很好地平衡自我意识和普遍道德规律，因此，他“活着并超越瞬间”（Il doit vivre，non point dans l’instant，comme l’esthète，mais dans la durée.）。[①]

《背德者》（*L’Immoraliste*）1902 年面世时仅印刷了 300 册。时至今日，这部作品已经为世界各国读者所熟悉。《背德者》讲述了米歇尔，一个学识渊博、生活刻板的清教徒，通过新婚旅行，发现了一种新的伦理、新的道德规范。这是一种“完美的、使用自身的学问（une science de la parfaite utilisation de soi）”[②]。在朋友梅纳尔克的影响下，他开始尝试抛弃旧有的道德规范，渴望真正的生活和绝对自由。这种享用美好身心的愿望间接导致了患难与共的妻子玛丝琳的死亡。妻子的离去让米歇尔感到业已掌握的自由无处使用。在沙漠的深处，在至交好友的见证下，他开始忏悔。

《背德者》的故事情节让人联想到作者纪德的游历和家庭生活。然而纪德曾在一个电台节目中表示他不是米歇尔，而是米歇尔“非道德”行为的仲裁者。他说：“个人为超越人类之上，他人必然付出代价。”[③] 新的伦理、道德规范的产生必然带来关于承担责任的问题。米歇尔和作者一样，在自我探寻和自我肯定的道路上执著前行、毫不妥协。但在坚持道德规范方面，作者认为自己强于米歇尔。

《背德者》中的米歇尔并不是一个完全的“非道德者”。相比之下，梅纳尔克才算“非道德”的开山鼻祖。“非道德”理念以自我为中心，因而，任何形式的自我满足都是合法的。在接触梅纳尔克的过程中，米歇尔渐渐被“非道德”理念所吸引，同时也对“非道德”理念本能地排斥。下面是他最后一次与梅纳尔克交谈后的内心活动。

到了清晨，我把梅纳尔克送上了火车，挥手告别之后，踽踽独行，好回到玛丝琳的身边，一路上情绪沮丧，恨梅纳尔克寡廉鲜耻的快乐；我希望这种快乐是装出来的，并极力否认。可恼的是自己无言以对，可恼的是

---

① Charles Le Blanc，*Kierkegaard*，*op. cit.*，p. 62.

② André Lagarde et Laurent Michard，*Le Lagarde Michard*（*Dictionnaire et anthologie*），*op. cit.*，p. 292.

③ *Ibid.*，p. 293.

自己回答的几句话，反而会使他怀疑我的幸福和爱情。我牢牢抓住我这毫无把握的幸福，拿梅纳尔克的话说，牢牢抓住我的“平静的幸福”；唉！我无法排除忧虑，却又故意把这忧虑当成我的爱情的粮食。我探望将来，已经看见我的小孩冲我微笑了；为了孩子，我的道德现在重新形成并加强。我步履坚定地朝前走去。①

“平静的幸福”与“寡廉鲜耻的快乐”相对，是一种自我意识和普遍道德规律平衡的状态。新婚旅行期间，米歇尔被玛丝琳从病魔中夺回，又在非洲生机勃发的环境中尝试挣脱长久以来的清教精神束缚，最终发现了“真实的人，‘古老的人’，《福音》弃绝的那个人，也正是我周围的一切：书籍、导师、父母，乃至我本人起初力图取消的人。在我看来，由于涂层太厚，他已经更加繁复，难于发现，因而更有价值，更有必要发现”②。成功摇掉自己身上的涂层，米歇尔成为一个道德自足的伦理的人。

米歇尔的道德是与他生活的时代相适应的，然而，梅纳尔克超前的，甚至过分的“非道德”也有其合理之处。两相权衡，米歇尔对自己的道德伦理产生了怀疑。犹豫之中，有意无意地加重了玛丝琳的病情，加速了她的死亡。尽管事已至此，对米歇尔，任何人都不该求全责备。他心智澄静，早已意识到自己的过失。安葬亡妻后，他倾诉道：

老实说，令我恐慌的是我依然年轻；我时常感到自己的真正生活尚未开始。现在把我从这里带走，赋予我生存的意义吧，我自己再也找不到了。我解脱了，可能如此；然而这又算什么呢？我有了这种无处使用的自由，日子反倒更难过。请相信，这并不是说我对自己的罪行厌恶了，如果你们乐于这样称呼我的话；不过，我还应当向自己证明我没有僭越我的权力。③

在众人看来，米歇尔的行为是犯罪；在他自己看来，这种行为并没有

---

① 安德烈·纪德：《纪德精选集》，前揭，第63页。
② 同上，第31页。
③ 同上，第93页。

超越自身享有的权利。这是伦理和宗教对抗的时刻，由此可见，伦理和宗教并不完全重叠。克尔凯郭尔认为，当辩证过程开始在伦理的人的意识中起作用的时候，这个时刻就到来了。

> 我开始认识到，我陷入了一些比道德律知识的不充分或意志力不足更加深刻的东西。我正在做一些比仅仅是犯错误更严重的事情。我最终认识到，我实际上没有能力实现道德律，甚至还故意违反道德律。于是，我意识到了我的有罪和罪恶。①

伦理的人，比如米歇尔，不得不承认在他的一生中犯过与人类命运相关的过失。这让伦理的人思考：作恶、不公正等是与生俱来的吗？原罪、造孽的阴影根本不会掠过美学的人浮光掠影的生涯。克尔凯郭尔认为：

> 有罪成了一个辩证的反题，它在我（伦理的人）面前摆出了一个新的非此即彼。现在，我必须要么保留在伦理阶段，并且努力实现道德律，要么我必须回应我的新发现。这尤其包括对我自己的有限性以及对自己正在远离的上帝的发现，而我是属于上帝的，我必须从上帝那里获得力量。同样，我从伦理阶段到下一阶段的运动不能单独通过思想来完成，而是要通过承诺行为——信仰的飞跃。②

“非道德”、“背德”并不是不讲道德；不讲道德是根本没意识到道德规范的存在。米歇尔的“非道德”倾向表现为他试图建立一种新的他自己的道德，一种不合时宜的道德，一种偏重个人的道德。然而，在尝试的过程中，他隐约感到了不可抗拒的人类的命运：原罪。他踟蹰不前，思虑再三，既不甘心停留在生命历程的伦理阶段，也没有决心飞跃到生命历程的宗教阶段。

---

① 撒穆尔·伊诺克·斯通普夫、詹姆斯·菲泽：《西方哲学史》（第7版），前揭，第536页。

② 同上，第536页。

四、阿莉莎：宗教阶段

生命历程的三阶段中，伦理阶段和宗教阶段不能混淆，基于以下两个原因：基督教这种启示宗教（la Religion révélée）不对抽象的事物产生作用；宗教不强制每个人都遵守普遍道德规律。

在宗教阶段，信仰与理性的差别尤为显著。我从美学阶段到伦理阶段的运动要求一种选择和承诺行为。它把我引入到理性面前，以至把道德律看作是普遍理性的表达。但是，从伦理阶段到宗教阶段的运动相当不同，信仰的飞跃没有把我带到这样一个上帝的面前，似乎我可以理性地和客观地把它描述为绝对的和可知的真理。正相反，我是站在一个主体的面前。因此，我不能以一种“客观的方式”追随上帝，或“客观地揭示上帝”。克尔凯郭尔说，这“永远是不可能的，因为上帝是主体，因此，内在地只为主体性而存在”。在伦理阶段，我可能为了我理性地理解的伦理规律而牺牲自己的生命，正如苏格拉底所作的。但是，在我与上帝的关系问题上，我没有这种关系的理性的或客观的知识。①

亚伯拉罕是信仰宗教的人的代表。选择信仰、建立与上帝的绝对关系的人执行神的旨意，可能会把自身置于众人及道德规范的对立面。亚伯拉罕老年得子，而神谕却要把以撒献为祭品。亚伯拉罕强忍骨肉分离的苦楚，冒着被唾骂的危险，独自把以撒送到祭祀之地。

上帝与每一个体的关系是一种独特的和主体的经验。……只有信仰行为才能确保我与上帝的个人关系。当我发现我在美学阶段和伦理阶段的存在是不充分的时，在上帝那里自我实现的愿望对我就变得清晰起来了。通过绝望和有罪，我被带入生命的关键时刻，我面临信仰上的最后的非此即

---

① 撒穆尔·伊诺克·斯通普夫、詹姆斯·菲泽：《西方哲学史》（第7版），前揭，第536页。

彼。我体验到我的自我异化，从而认识到上帝的存在。[①]

跨越人类与上帝之间的距离是通过信仰，而信仰是一个主观的问题和承诺的结果，并且它总包含一些风险。[②]

《窄门》（*La Porte étroite*，1909）取材于纪德的少年时期生活，主要讲述了阿莉莎为宗教献身的故事。杰罗姆和阿莉莎青梅竹马。一天，他发现阿莉莎的母亲有一个情人。阿莉莎早知道此事，只是为了不让父亲伤心而对他隐瞒了实情。获悉实情的杰罗姆觉得自己因此更爱她了，他想用自己的爱去抚平阿莉莎的心灵创伤。几经波折，他们最终还是没能结婚。杰罗姆通过阿莉莎的日记得知，她一面躲避他的感情，一面却又被他的爱意所折磨。阿莉莎在孤独绝望中离开了人世，获得了天上的至福。

阿莉莎的日记记录了她的人生历程中的宗教阶段。“我还是小姑娘的时候，就已经考虑到他而希望自己漂亮点。现在想来，我从来只是为了他才‘追求完美’，而这种完美，又只能在没有他的情况下才会达到，上帝呀！您的教诲，正是这一条最令我心灵困惑。”[③] 尽管阿莉莎爱杰罗姆，但在上帝面前，她虔诚公正地剖析自己的情感，隐约觉察到对杰罗姆的爱的悖论（反题）。

这个悖论日渐让阿莉莎不安、产生疑问、激起不屑：

能融合美德和爱情的心灵，该有多么幸福啊！有时我就产生这样的疑问：除了爱，尽情的爱，永无止境的爱，是否还有别的美德……然而有些日子，唉！在我看来，美德与爱情完全相抵触了。什么！我内心最自然的倾向，竟敢称之为美德！哼，诱人的诡辩！花言巧语的诱惑！幸福的骗人幻境！[④]

从阿莉莎的文字中流露出对幸福或肉欲的轻蔑，对“永无止境”的宗

---

① 撒穆尔·伊诺克·斯通普夫、詹姆斯·菲泽：《西方哲学史》（第7版），前揭，第537页。

② 同上。

③ 安德烈·纪德：《纪德精选集》，前揭，第188～189页。

④ 同上，第189页。

教之爱的执著。两者都为阿莉莎所珍视，但两者却互为悖论、不可调和。阿莉莎只能违心又痛苦地诅咒“美德”。她被自己的状况激怒了。

阿莉莎在一对反题“美德”和“爱情”之间摇摆，试图说服自己做出决断：“主啊！杰罗姆和我，我们走向您，互相鼓励，携手向前，走在生活的大道上，如同两个朝圣的香客，有时一个对另一个说：‘你太累了，兄弟，就靠在我身上吧。’而另一个则回答：‘只要感到你在我身边就足够了……’可是不行啊！您给我们指出的道路，主啊，这是一条窄路，极窄，容不下两个人并肩而行。”①

愤怒、悖谬、必然、抉择、怀疑、焦虑、孤独，不久于人世的阿莉莎备受煎熬。她记录到：

今天早晨，我翻肠倒肚，大吐了一阵，立刻感到身子虚弱极了，一时间渴望就要死去。但其实不然。开头，我通身都极其平静；继而，一种惶恐不安的情绪袭上心头，使我的肉体和灵魂都颤抖起来，就好像猛然醒悟，一下子悟透了自己的一生。我仿佛第一次注意到，我的房间光秃的四壁惨不忍睹。我害怕了。现在我还在写，就是要自我安慰，保持镇定。主啊！但愿我至死也不会说出一句大逆不道的话。

我还能起床。我跪下来，像个孩子似的……

现在我想死去，迅速死去，别等我又明白过来我孤单一人。②

终于，阿莉莎得到了她的至福。杰罗姆则留在人世间，沉湎于悲痛中。

克尔凯郭尔认为，成为信徒的条件不是保障和幸福，而是不确定、战栗和不安。这些极端的条件深化了个人和上帝的联系。杰罗姆对阿莉莎的爱是一种保障、幸福，而阿莉莎对上帝的爱则让她自身感到不安，甚至可怕。因此，阿莉莎根本不能混淆两种爱。远离杰罗姆的日子，她自我囚禁，在孤独中苦修，以求上帝的眷顾。在这种情况下，唯一的确定性就是由不确定滋生的焦虑，信仰将从焦虑中诞生。阿莉莎沉醉于获得上帝垂青

---

① 安德烈·纪德：《纪德精选集》，前揭，第 190 页。

② 同上，第 199～200 页。

的热望中，吮吸着浓稠的焦虑却甘之如饴，无可挽回地弃绝了人间的欢乐，最终用生命换取了与上帝的亲密关系。

结　语

"克尔凯郭尔的哲学可以用他自己的话来总结：'每一个人的存在都必须通过本质地占有属于人的存在东西来承担。'总之，每一个人都拥有一个本质自我，他或她应该实现其本质自我。"①

纪德作品中的每一个人物都为读者展现了一种特定的、不可复制的存在。萨特评价陀思妥耶夫斯基说："他为我们活过一生，我们只要读他的作品便能重活一次。"② 这样的评价同样适用于纪德。

纪德的作品寄托着他的理想和情感，隐含着他的道德观和人生追求。纪德总是力求在创作过程中把握自己的思想，通过作品了解自己。他的作品从各个不同侧面反映了个体的自我存在和社会道德规范发生的碰撞，他又通过创作不同的作品探讨在不同的选择下导致的不同结果。他也是全身心地投入作品，沉浸在每个人物之中，我们几乎能够在他的每一部作品中与他相遇。③

【参考文献】

安德烈·纪德著，李玉民编选：《纪德精选集》，北京：北京燕山出版社 2004 年版。

安德烈·纪德著，沈志明译：《陀思妥耶夫斯基》，北京：北京燕山出版社 2006 年版。

撒穆尔·伊诺克·斯通普夫、詹姆斯·菲泽著，丁三东等译：《西方哲学史》（第 7 版），北京：中华书局 2005 年版。

---

① 撒穆尔·伊诺克·斯通普夫、詹姆斯·菲泽：《西方哲学史》（第 7 版），前揭，第 537 页。

② 安德烈·纪德著，沈志明译：《陀思妥耶夫斯基》，北京：北京燕山出版社 2006 年版，封底。

③ 朱静、景春雨：《纪德研究》，前揭，第 329 页。

朱静、景春雨:《纪德研究》，上海：上海外语教育出版社2005年版。

André Lagarde et Laurent Michard, *Le Lagarde Michard* (*Dictionnaire et anthologie*), Paris: Bordas, 2003.

Charles Le Blanc, *Kierkegaard*, Paris: Société d'édition Les Belles Lettres, 1998.

第二章

书写“生活的另一面”

——论塞利纳小说《茫茫黑夜漫游》

在我这部小说里，人是赤裸裸的，
被剥掉了一切，甚至他对自己的信念。

（塞利纳）

引　言

在西方现代文学的语境中，有些作家把与传统的决裂提到了艺术前提的高度。诚如马尔罗所说：“艺术始于决裂；虽然决裂本身不是艺术，但没有决裂就没有艺术。”①

塞利纳（Louis-Ferdinand Céline，1894—1961）被称作法国文学史上的“天才作家”或“鬼才”。其小说《茫茫黑夜漫游》（以下简称《漫游》）在 1932 年一出版便引起轰动和激烈的争议，成为 20 世纪法国文学史上的一个重大事件。作为一部典型的“反经典”的经典，这部小说开辟了一个传统，对西方现当代小说产生了重要影响。

《漫游》以第一人称写成，带有明显的自传性质。主人公巴达缪从军，负伤复员后去非洲，随后去美国，最后回到法国在巴黎郊区行医。他的生活历程与作者本人的现实经历一一吻合。小说也大致按这个时序分为四个生活场景：军旅生活场景（1～9 章），非洲殖民地生活场景（10～14 章），美国现代工业文明背景下的大都市生活场景（15～19 章），巴黎郊区和外省小市民生活场景（20～45 章）。小说截取一幅幅以黑色为主色调的现代生活断面，反映 20 世纪前三十年西方社会的一些重大问题，展现战争、殖民、工业文明对人的异化，以及现代都市边缘人物窘困难堪的生活状态。巴达缪的漫游将这几个场景串接在一起。作为一种新类型小说人物，巴达缪既是故事的讲述者，又是故事的主人公。同时，他又往往用机智谐谑、玩世不恭的语气，通过妙语连珠的格言警句，对所亲历的人物事件加以解说和议论。

《漫游》是一部以死亡和黑夜为主题的作品。它以最真切、最令人心碎的笔调写“美好时代”的反面，写人生的负相，正如作者在“卷首语”

---

① André Malraux，“Les Voix du silence”，in André Malraux，*Œuvres complètes*，Paris：Gallimard，coll. Bibliothèque de la Pléiade，2004，t. IV，p. 559.

中所说的："这是从生到死的旅行。……这是生活的另一面。"[①] 作为关键词的"反"既包含在作者的创作动机中，也指明了作者观察生活的视角和切入创作的角度。这使得《漫游》这部作品在文体、人物形象、事理和意识形态等各个层面上都表现出种种悖逆的逻辑。

所谓"悖逆"，首先自然包含有"悖理"和"悖谬"的意思，指思想见解、情感志趣、行为方式等方面不合于一般人情世故，甚至因违背常理常规而处于荒谬无稽的境地。但从更深一层讲，"悖逆"之道更包含有忤逆正道、反叛传统、犯上作乱的精神和气魄，包含有为了挑衅权威而置罪过于不顾的勇气。在塞利纳那里，悖逆既是达成作品独特性的手段，也是作品独特性的呈现形式。揭示和分析作品对悖逆逻辑关系的运用，可以启发我们从一个独特的方面发现作品包含的新的诗意和新的人生领悟。

一、文体层面

作为小说家，塞利纳一再宣称自己把对笔调和文体风格的艺术追求看作创作的出发点和最高目标。他说过："我不是一个注重信息的人。我不是一个注重观念的人。我是一个注重风格的人。"[②]

《漫游》在对人和事的描写方面表现出高超的技巧，其功力不逊于历史上任何一位经典作家。同时，他的描写又不是传统式的纯然客观的现实主义描写，而往往会对现实加以一定的主观变形，生动有趣，富有诗意，带有超现实主义意味的现代感。小说通过或令人生厌或令人惊愕的描写，让人见识人世的病态和污浊，让人感慨于人生因生命尊严的丧失而沦落为动物般的挣扎。

作者自称："在我这部小说里，人是赤裸裸的，被剥掉了一切，甚至

---

① 塞利纳著，沈志明译：《茫茫黑夜漫游》，桂林：漓江出版社1988年版，第5页。按：塞利纳的这部代表作的另一个中文译本是，徐和瑾译：《长夜行》，上海：上海译文出版社1997年版。此外，沈志明编选有《塞利纳精选集》，济南：山东文艺出版社2000年版。

② Louis-Ferdinand Céline, *Les Entretiens avec le professeur Y*, Paris: Gallimard, 1955, p. 22.

他对自己的信念。”[①] 他这种对人的绝望甚至冷酷的观点落实在小说中，便呈现为大量带有逆向逻辑的比喻和比较关系。小说中把人与动物甚至秽物作比的例子不胜枚举，如作者敢于用“不比你早上擦屁股的手纸更引人注目”[②] 这样的用语来形容不义之战中送死的炮灰。这些比喻不合常规，喻体与被喻体的悖逆关系带来冲击强度，其中隐含着强烈的讽刺意味和价值判断。这种悖逆比喻的大量运用，给阅读者的生理和心理都带来巨大的冲击和震撼。

作者还将这一悖逆逻辑加以推演，发展为正面与负面、有价值与无价值、崇高与卑俗之间带有逆喻或矛盾修辞逻辑的比较关系。由此，他可以把重大的事情写得轻巧，也可以把令人厌恶的事情写得好玩。如战时的农庄因村民逃避战火而变得空无一人，小说中却就此无奈的情景写道：“好像农民倾村而出，到边缘的乡镇过节去了。他们把所有的财产放心地让给我们……好让我们趁他们不在时安安静静地为所欲为，显示出他们的一番好意。”[③]

悖逆的逻辑关系往往造成黑色幽默的效果。最令人惊骇的段落是对上校阵亡的精美描写：

> 霎时间他不见了，因为炸弹爆发时，把他挪开了，抛到了徒步骑兵信使的怀里，侧着躺在斜坡上。他们俩死在一起，紧紧地拥抱着，难分难舍。但上校的头飞走了，脖子上敞开一个大口子，鲜血咕噜咕噜地在炖着，好似锅里熬着果酱。上校的肚子也裂开了，样子难看至极。在爆炸的一瞬间，他一定非常痛苦。[④]

上校平时对士兵一贯凶蛮傲慢，死后却在士兵怀里表现出一种令人恐怖的亲密。上校脖子处流淌的鲜血也是用“果酱”这一甜美之物作比的。当叙述者用冷静旁观的语气说出“在爆炸的一瞬间，他一定非常痛苦”一

---

① 塞利纳与P.-G. 洛内的谈话。见Louis-Ferdinand Céline，*Romans*，Paris：Gallimard，coll. Bibliothèque de la Pléiade，1992，p. 1141.

② 塞利纳：《茫茫黑夜漫游》，前揭，第73页。

③ 同上，第13页。

④ 同上，第19页。

句时，仿佛是把残酷的战争化作了冷幽默的笑谈。在“黑色幽默”出现三十年之前，塞利纳就已经开始用黑色幽默的笔调来写战争了。

在塞利纳笔下，卑俗往往以崇高作比，而崇高又往往以卑俗作比。他在写珠宝店老板娘皮塔太太时，称她“一心只想着做生意，……把整个身心都投进生意，好似修女全心全意把自己交给上帝”[①]。而皮塔先生正相反，在说到保卫国家这样重大的话题时，则“神情严肃，就像他找零钱时那样认真”[②]。作品中不乏对世俗之物加以神圣化的例子，如对曼哈顿贵人区、银行、老主顾的描写[③]显然直接脱胎于对“圣事”的滑稽模仿。

悖逆的修辞关系不仅带来耳目一新的审美体验，更表现出对既往价值观的彻底颠覆。这种写法体现了塞利纳作品在文体风格和思想观念方面的“先锋性”。作者在这方面的尝试，为小说叙述语言的改造和对深潜于人性隐秘之境的挖掘开辟出新的广阔空间。写作方法与生命体验的对应，造就了塞利纳的风格。

二、形象层面

塞利纳对人和人性有着极为悲观的看法。他笔下的人物在一切方面都悖逆于人文主义传统对人的颂扬。

在形象方面，《漫游》中的悖逆逻辑表现为对“反英雄”形象的塑造，而这是塞利纳对20世纪小说艺术的重大贡献。我们可以从《漫游》中发现至少三种类型的“反英雄”。

一类以小说主人公巴达缪为代表，完全站在传统英雄主义的反面，我们姑且称之为“懦弱的英雄”。在战场上，巴达缪见识了人类追求邪恶的勇气和对于虚妄的大无畏。这使他“恍然大悟，原来自己卷入了毁灭世界的运动”[④]。“发现了战争的全部真相”以后，他顿时觉得自己“如少女似的被玷污了”，不禁感慨道：“可怕的是人，只有人是可怕的，永远如

---

① 塞利纳：《茫茫黑夜漫游》，前揭，第117~118页。
② 同上，第121页。
③ 同上，第217~218页。
④ 同上，第13~15页。

此。”[①] 从此，他对人对事开始持非常严厉的态度，并如同患了恐惧症一般“对一切口头的或实在的英雄主义产生了反感”[②]。他茫然不知所措，反感于人类嗜杀的激情，强烈的保全生命的愿望让他觉得自己成了世界上唯一敢站出来反对战争的懦夫。他打仗缺乏勇气，一再告诫自己：“切莫勇敢呀！”在后方疗伤期间，他对女友劳拉发表他的反战意见和保命哲学。劳拉对他说：“但反对战争是不可能的，费迪南，当祖国危亡的时候，只有疯子和懦夫才反对战争。”他的回答是：“那么疯子万岁！懦夫万岁！或更确切地说，让疯子和懦夫幸存下来吧！”[③] 巴达缪代表的“反英雄”形象不是没有英雄主义，而是一种悖逆传统英雄主义观念的另类英雄。巴达缪在战争中的经历、求生的欲望与选择的努力，以及他带有几分疯癫的说话方式，可以说为后来美国作家约瑟夫·海勒笔下的尤索林树立了榜样。

另一类以美国姑娘劳拉为代表，不谙世事，轻浮浅薄，却把“英雄主义”时时挂在嘴边，我们可以称之为“被瓦解了的英雄”。作为志愿者，劳拉从美国来到巴黎后方医院做护士，并在护理巴达缪期间一度成为他的女友。她这个人可以说是生活的宠儿，肉体优雅温存，性格泼辣热情，争强好胜，一谈到战争就表现出圣女贞德般的激情和气概，像当时其他妇女一样赶着时髦地炫耀勇气。然而，这个“正面价值”的化身却又有其脆弱之处。在现实生活中，劳拉对生物学意义上存在的关注，远胜过对社会存在的关注。她娇小美丽，床上功夫了得，而且爱慕虚荣。她负责检查和品尝每日送到各家医院的煎饼。只一个月，她体重就增加了一公斤，不得不把腰带放松一孔。这对她来说简直是飞来横祸，弄得她惶惶不可终日，甚至连食欲都遭到破坏。“在很短的时间内，她对煎饼的恐惧不亚于我对炮弹的恐惧。”[④] 对于那些在炮火中出生入死的人来说，这种不识人间真正苦难的矫情和优越感简直就是一种羞辱。通过在这一细节的设计中对生死问题的戏谑，劳拉所标榜的“英雄主义”的神圣性被去神圣化了。她代表的战争狂热亦遭到了嘲讽：所谓“英雄主义”在她那里不过是为导致大量死亡的伪善披上的一件漂亮的外衣。

---

① 塞利纳：《茫茫黑夜漫游》，前揭，第16页。
② 同上，第55页。
③ 同上，第73页。
④ 同上，第57页。

还有一类以阿尔西德中士和妓女莫莉为代表，他们社会地位卑下，但身上却体现出最多的善良真诚、慷慨献身的品质，我们可以将其称作“被塑造的英雄”。阿尔西德是一位再次服役的中士，到非洲去帮助殖民者训练由土著人组成的民团。他对生活不抱太多希望，具有“当兵的可怜虫的基本素质”[①]。有时候，他也不顾军令，暗地里向当地黑人做些私售烟草的勾当，以捞点“外快”。他省吃俭用，长年累月泡在炎热荒漠的恶劣生存环境中，还主动要求延长一倍的服役期限。巴达缪有一天终于发现了他的秘密：他做这一切，是为了抚养远在波尔多，已经成为孤儿且患有小儿麻痹症的侄女。阿尔西德竭尽所能地资助小姑娘，还生怕做得不地道，亏待了她。说到抚养侄女一事，“阿尔西德脸变得通红，傻笑了一下，好像做了什么不得体的事”[②]。他非但不把自己的好心和义举看得有多么了不起，相反，倒好像是做了什么不正当的事情而不愿意让人知晓，害怕自己温存善良的情怀会被看作懦弱的表现而被取笑。阿尔西德的作为让巴达缪深感触动：“我在他面前自惭形秽，无言以对，他的心怀比我崇高百倍。”[③] 另一个人物莫莉，是巴达缪在美国期间结识的一个迫于生计而沦落风尘的女子。作者刻意将其塑造成一个善解人意、温柔体贴的形象。在巴达缪走投无路之际，她无私地为其提供钱财和情感上的扶持。同阿尔西德一样，莫莉激发了巴达缪情感中美好温存的一面，让这个“冷酷的坏种”体会到真心诚意的温暖。《漫游》的作者在阿尔西德和莫莉这两个最不可能成为英雄的小人物身上努力发掘英雄品质，表现他们真挚、高贵、可爱的一面，并满怀敬意地对他们加以礼赞，这对信仰人性恶的塞利纳来说实属难能可贵。这也从一个更深的方面启发我们窥探他在人性恶信仰的外表下潜藏着的曲折的善心与温情。

三、事理层面

《漫游》中有大量的场景和段落表现出在事理层面“反常”或“倒

---

① 塞利纳：《茫茫黑夜漫游》，前揭，第172页。

② 同上，第179页。

③ 同上，第180页。

错”的悖逆逻辑关系，如：城里人倾注在猫、狗等宠物身上的热情远胜过对人的关注；在非洲殖民地，许多官员为讨好总督，盼着有朝一日总督跟他们的妻子睡觉，但总督不喜欢女人；公司经理不喜欢不喝酒、不抽烟的求职者，反倒觉得“搞鸡奸的”比较诚实可信，更适合胜任职位；大人物只有考虑到利害或虐待狂发作时才想到人民，当他们开始喜欢“小人物”的时候，那就是要把他们当作炮灰了，等等。

在“爱国主义”和“英雄主义”口号甚嚣尘上的战争时期，巴达缪却见识了同胞的猥琐和卑劣。一天夜里，他同掉队的战友来到努瓦瑟市寻求帮助，市长起初以为他们是德国人，准备殷勤郑重地接待他们。当市长在月光下看清楚来人是地道的法国人时，颇为尴尬。虽然他表面上仍不失为热情，但支吾其词，生怕这两个小兵的到来引起事端，造成麻烦。他义正词严、滔滔不绝地对惶惶然不知所措的士兵“大讲特讲全局利益，大讲特讲集体财产，大讲特讲努瓦瑟市的艺术遗产”，以及他作为市长所肩负的“神圣的责任”①，话语间充满爱国热情，富于道德感。与巴达缪敢于坦言承认自己的怯懦和恐惧不同，市长宣扬的“保命哲学”披上了正义和道德的光环。市长斩钉截铁的坚持，迫使巴达缪他们明白自己的最高义务就是马上滚蛋去活见鬼，他们甚至想象自己要是落在德国人手里该是怎样的幸事。巴达缪他们无可奈何地转身向远离同胞的地方走去，也许在那一刻他们感到自己成了拯救全城的英雄。巴达缪的感慨可谓意味深长：“不管怎么说，这天夜里我们遇到的人倒个个是肝胆相照的。”②

伤亡病痛本是人生的不幸，但当人生面临着更大的不幸时，能享受伤亡病痛倒成了人的福气。在巴黎郊区行医期间，巴达缪慢慢失去了允诺病人康复的坏习惯，因为他的病人多是穷人，他们并不喜欢看到自己身体健康的前景。相反，“他们倒指望得结核病，借以摆脱绝对贫困的状况，从而过渡到相对贫困的状况，因为患病后可以得到政府一小笔补助金”，这些人“在水深火热中挣扎的时间太长了”③。虽然他们嘴里搅拌着充满结核杆菌的浓痰，但心里仍然闪烁着获取补助金的一线希望。与这一线希望相

---

① 塞利纳：《茫茫黑夜漫游》，前揭，第49页。

② 同上，第50页。

③ 同上，第370页。

比，甚至死亡对他们来说也是无关紧要的，因为“死亡只不过是几小时乃至几分钟的事情，而补助金则关系到一辈子”[①]。只有生活中的走投无路者才能理解穷人这种追求安全生活的疯狂。

穷人追求穷人的幸福安康，不惜以疾病和死亡为代价。巴达缪不仅在穷人身上看到这一深刻的人生悖论，也在一切人的命运中看到这一悖论。因此，他对所谓快乐幸福便抱着一种极为悲观绝望的看法：“世间的幸福或许在追求欢乐中消失，带着快感消失。其余一切皆空，人们只是因为害怕而不敢承认罢了。这是一门艺术哩。”[②] 他进而对人生发出极为严厉的判断：“我们生来就是跛行的下等人，却偏偏从早到晚遵照普遍的理想争当超人，人生真是一场噩梦。”[③] 他所说的“死神恰好寓于温情之中”[④] 可谓是关于人生悖论的至理名言。

四、意识形态层面

《漫游》出版之初，左、右两个阵营都对它表示了热烈的欢迎，不久后，两个阵营又都改变了态度，对它进行了严厉的批判。这其中固然有他们各自出于自己的立场而片面理解作品的原因，但更深的原因恐怕还在于作品本身在意识形态层面包含着的根深蒂固的悖逆和暧昧因素。

作为一部以“反”为旗帜的小说，《漫游》包含深刻而丰富的社会批判元素。而且，在塞利纳创作《漫游》的那段时期，文坛上也正好盛行写无产阶级小说的风气。有此背景，左派自然会把这部作品看成“左派小说”，把它纳入自己的阵营。就连塞利纳本人也一度把《漫游》称作“灵魂上的共产主义”或“内在的共产主义”小说[⑤]。由于其作品的社会批判特性，当时的共产党人把塞利纳看作他们中的一员。《漫游》的第一个译本是俄译本。在第一批译者中，还包括波兰的犹太裔共产党人，甚至斯大林也把这本书当作爱不释手的“枕边书”。不过，塞利纳之所谓“共产主

---

① 塞利纳：《茫茫黑夜漫游》，前揭，第 371 页。

② 同上，第 420 页。

③ 同上，第 462 页。

④ 同上，第 552 页。

⑤ Louis-Ferdinand Céline, *Bagatelles pour un massacre*, Paris: éd. Denoël, 1937, p. 82.

义”实则不是真正意义上的共产主义。他声称“共产主义”，更多是想借此表达一种叛逆的愿望和反抗的意志。批评它的人士看出了这点，指出他的作品虽然客观上展现了资本主义社会启示录般的图景，但并未指明一条可能的出路，特别是他的作品中缺乏阶级斗争和阶级友爱的意识，看不到社会改造和人类进步的希望。左派作家保尔·尼赞（Paul Nizan）对此有清醒的认识，他在1932年12月9日的《人道报》上撰文指出：“塞利纳不属于我们的阵营：我们不可能接受他背离无产阶级的根深蒂固的无政府主义、他蔑视一切的态度、他对于一切事物的厌恶。他为反抗而反抗的举动可以把他引向任何地方：可以是我方阵营，可以是敌方阵营，也可能不引向任何地方。他谈不上革命。”①

右派人士如贝尔纳诺斯（Georges Bernanos，1888—1948）和莱翁·都德（Léon Daudet，1867—1942）等，则因为《漫游》真实表现了现代人痛苦的生活状况，反映出他们悲观绝望的情感状态并提出了人性救赎的问题而对它表示热烈的欢迎。然而，作品中表现出来的对于国家体制和正统观念的轻蔑与不敬，以及彻底拒绝服从任何权威的观念，又让它为右派中更多的人所不容。

塞利纳通过《漫游》充分展示了他在意识形态层面对于一切既有的主流观念和价值的悖逆。他的意识形态中有着过多的暧昧性和矛盾性，这使得他不可能被任何阵营真正接纳。他思想的出发点是基于个人独立的自由主义和无政府主义。无政府主义者为小说的出现而欢欣鼓舞，而小说作者却又不屑于与无政府主义者结为联盟。这使得塞利纳终归只是一位孤独的观察者、拷问者和反抗者。

塞利纳对于人性和人生有着过于悲观绝望的态度，这使得他的思想染上了叔本华和尼采式的浓重的虚无主义色彩。在塞利纳那里，虚无主义成了他用以反对现存社会秩序和价值体系、反对平庸、反对老一套行为处世方式的有力武器。他采取的这种姿态远胜于那些空泛的理想主义和英雄主义。他不能容忍人对现实的忍耐、对现实的将就，不能容忍用虚幻的乐观主义对人进行安抚。为了揭露人类追求邪恶的勇气，他不惜以血污涂面，扮着恶魔厉鬼的样子，跳到深渊之中。他同自己笔下的巴达缪一样，既像

① In *L'Humanité*，le 9 décembre 1932.

是凶悍的强蛮者，又像是胆小的可怜虫。他具有自省的意识，通过诊察个人的病态来诊察全人类的病态。他针对个人的严厉态度也是针对所有人的严厉态度。他对人性之恶的揭示真实而深刻，不分贫富贵贱，不分战争时期与和平时期。在他小说呈现出来的异化世界中，每个人既是“恶”的受害者，又是“恶”的制造者。他作品中表现出来的悲观主义和虚无主义倒像是一副带有毒性的解毒剂，帮助我们化解本性和思想中潜伏的毒素。同波德莱尔一样，在他对人性之恶的揭露和对现存体制的反叛中寄寓着宗教般的虔诚。他在作品中对死亡的陈列展示具有教堂般的神圣。很难说他的这种姿态到底是积极的还是消极的，但可以肯定的是，他的这种姿态属于那种“搅扰身份，干扰体系，破坏秩序的东西”，属于“不遵守边界、位置和规则的东西”，① 也属于有深度、有力度、极富冲击力的东西。他既发掘“恶之花”，也揭露“花之恶”。他以矛盾修辞式的悖逆逻辑揭示人与世界之间矛盾修辞式的关系，揭示人生存在的矛盾修辞式的状态。

结　语

塞利纳在《漫游》中通过在文体、形象、事理和意识形态等多个层面对悖逆逻辑的运用，达到了打破禁忌、说出全部真相并使人直面真相的目的。小说真实地揭示了长久以来被压制和被禁忌的另一种真实，即作者所说的“生活的另一面”。作者揭示方式的残酷来自被揭示对象自身逻辑的残酷。作品指出了人生的疑难。也许作者并未就这些疑难提出明确的解决办法，也许他并未就自己在茫茫黑夜中的漫游指出一条可能的出路，但一个客观事实是，他的作品对于读者起到振聋发聩的作用，达到了“动摇资产阶级世界的乐观主义，不可避免地引起对于现存事物的永世长存的怀疑”② 的目的。从这点来看，小说完成了自己的使命。

读罢塞利纳的作品，世界不再是原来的世界，人不再是原来的人，人

---

① 克里斯蒂瓦著，张新木译：《恐怖的权利——论卑贱》，北京：生活·读书·新知三联书店 2001 年版，第 6 页。

② 恩格斯：《致敏娜·考茨基》，见《马克思恩格斯全集》（第 36 卷），北京：人民出版社 1974 年版，第 386 页。

的情感和思想亦不再是原来的情感和思想。他的作品逼迫人跳出固见，以真诚和坦然的姿态努力达成对人和人性的反省与改造。

【参考文献】

克里斯蒂瓦著，张新木译：《恐怖的权利——论卑贱》，北京：生活·读书·新知三联书店 2001 年版。

塞利纳著，沈志明译：《茫茫黑夜漫游》，桂林：漓江出版社 1988 年版。

Louis-Ferdinand Céline, *Voyage au bout de la nuit*, Paris: Gallimard, 1952.

Louis-Ferdinand Céline, *Les Entretiens avec le professeur Y*, Paris: Gallimard, 1955.

第三章

论《局外人》中莫尔索的荒诞形象

活着，就是使荒诞活着。

使荒诞活着，首先要正视它。

（加缪）

没有动人的故事，没有曲折的情节，《局外人》却因其独特的观察视角和简约而不简单的写作手法成为西方现代文学史上不可多得的一部佳作。批评家亨利·海尔甚至推崇它“站立在当代小说的最尖端”。小说以莫尔索为中心人物，通过描写莫尔索面对亲人、朋友、法庭官员及监狱神甫所表现出的冷漠与无动于衷揭示了这一人物的“荒诞”特点，然而莫尔索身上所体现的到底是“麻木”还是“理性”？本章将围绕此问题展开讨论。

一、加缪的“荒诞”哲学

作为小说家，加缪并非多产者，他的小说作品只包括一部长篇、两部中篇及一部短篇集。通过这些作品，加缪向读者描述了当代人所面临的困境和问题，揭示了日常生活的荒诞本质。与萨特不同，加缪不是哲学家，他也没有写出精深的哲学著作。与前者相比，加缪更热衷于通过小说、戏剧抑或是哲学随笔来阐述他的“荒诞”思想。加缪首次将“荒诞”作为小说唯一的主题。

（一）“荒诞”哲学的历史

“荒诞”常常被看作是加缪思想的起点，但他并不是提出这一概念的第一人。

早在17世纪，法国思想家帕斯卡尔就曾在《思想录》中这样说道：“人的状况：变化无常，无聊，不安。”[①] 到了18世纪，启蒙思想家也常常通过文学作品来反映世事的荒诞与虚无。但这时的“荒诞”只是一般性地作为文学的某种主题。

进入20世纪以后，西方社会面临着严重的经济危机、社会危机及精神危机。此时的文人和哲人们将注意力转向了人的生存状态。他们试图通过

---

① 帕斯卡尔著，何兆武译：《思想录》，北京：商务印书馆1985年版，第62页。

多种多样的文学形式，并从哲学的高度来思考人的生存状况，揭露人的荒诞状态。其中，法国文学家马尔罗是第一个将“荒诞”提高到哲学意识的人。在《西方的诱惑》中，马尔罗这样写道：“在欧洲人的心中，存在着一种本质的荒谬，主宰着他生命的伟大时刻。”[①] “马尔罗认为必死的命运使人的生存变得荒诞，而上帝的死亡又使人独自面对这荒诞的世界。”[②] 1950 年代，风行一时的荒诞派戏剧家们通过抽象和象征的手法来揭示生活的荒诞性本质，并且指出这一本质是永不可改变的。

诚然，现代主义文学流派纷呈、形式多样，但不可否认的是这些文学流派都从不同角度、不同层次探究人的生存状态，关注人的生存境遇。而作为现代文学代言者之一的加缪，也因其“荒诞”哲学在此过程中起了举足轻重的作用。

（二）加缪的“荒诞”哲学

谈加缪必得谈“荒诞”，而谈“荒诞”则不得不谈《西西弗的神话》。此书的副标题就是《论荒诞》。在这本哲学随笔中，加缪对“荒诞”一词作了最详尽的解释。

“荒诞”的概念源于对生活的直接感受和体验。在《西西弗的神话》中，加缪向读者作了这样的描述：“起床，电车，四小时办公室或工厂里的工作，吃饭，电车，四小时的工作，吃饭、睡觉，星期一二三四五六，总是一个节奏，大部分时间里都轻易地循着这条路走下去。仅仅有一天，产生了‘为什么’的疑问，于是，在这种带有惊讶色彩的厌倦中一切就开始了。”[③] 而厌倦和忧虑的后果，无非是觉醒抑或是无意识地又回到原来那种机械的生活中去。加缪在此对“荒诞”作了感性层面的解释，除此之外，他试图从理论的层面，即通过解释人和世界的关系，或者准确地说是人和世界的对立来阐述他的“荒诞”概念。

在加缪看来，荒诞并不在人或是世界，而是源于人和世界的敌对关系。人试图用自己的理性来给这个世界一个合理的解释，然而后者却是不可理喻的，于是荒诞的东西就在这种非理性和这种明确的强烈愿望的对立

---

① 转引自张容：《形而上的反抗》，北京：社会科学文献出版社 1998 年版，第 61 页。

② 同上，第 61 页。

③ 加缪著，郭宏安等译：《加缪文集》（第 2 版），南京：译林出版社 2002 年版，第 631 页。

中产生了。荒诞不单单取决于人或是世界本身，“目前它是二者之间的惟一的联系”[①]。

具体来说，这种对立表现为以下三点：

第一，荒诞源于对死亡的直接感受。生活究竟是否值得过？对于明天我们究竟是要希望还是拒绝？这是讨论“荒诞”时我们躲不过的问题。人人都活在时间之中，受时间的支配，必死的命运注定了我们生存的无意义性。在此过程中，人认出了自己最凶恶的敌人，因此荒诞就在这种对“敌人”的反抗中产生了。

第二，荒诞来源于人的理性和世界的非理性。“人在其世界面前要求亲切，渴望着明确”[②]，然而世界却充满了非理性的东西。于是，在人类的呼唤和世界无理的沉默之间的对立便产生了荒诞感。

第三，“上帝死了。”尼采的这一惊世之言，揭示的是基督教在西方世界逐渐丧失权威的事实。没有了“上帝”，没有了绝对权威，“一切都被允许”，原有的一切道德体系都随之崩溃，人突然之间没有了生活的根基，一切都变得如此荒诞不经。

（三）加缪式荒诞人物的特点

荒诞的人到底是什么样的人呢？在加缪看来，荒诞的人就是认识到永恒，却不为永恒做任何事情的人，是那个在行动时排除自己的判断以外的任何判断的人。在《西西弗的神话》中，加缪试图通过堂璜、喜剧演员和征服者来解释荒诞的人。在加缪眼里，堂璜是一位大智者，他以寻求快乐的数量为目的，任何教条和理念在他这里都站不住脚，他不断地游走于不同的女人之间，他以“爱以及占有，征服以及穷尽”[③] 为生活准则；而演员则是在短暂的时间内用同一肉体体验各种不同的独特而又完整的命运；征服者深知自己的行动是无用的，但他仍旧甘愿与荒诞、无意义共存，在他看来斗争的道路使他遇到了肉体，而后者是他眼里唯一可靠的东西。

加缪通过这些形象的人物向读者展示了他眼里荒诞的人。他认为：“荒诞赋予他们一种国王的权力。当然，这是一些无国之君，但是他们比

① 加缪：《加缪文集》（第 2 版），前揭，第 637 页。

② 同上，第 634 页。

③ 同上，第 674 页。

别人优越的是，他们知道一切国王都是虚幻的。”[①] 但他们依然选择不断地穷尽生命，“穷尽他之所有，而不寄希望于他之所无”[②]，因为在他们看来“地上的火焰抵得上天上的芬芳”[③]。

二、《局外人》里的荒诞人物

（一）《局外人》的写作背景及内容简介

第二次世界大战爆发以后，自以为强大的法国军队迅速溃败，巴黎陷落，法国人又一次被推进了近乎绝望的境地。原来一直引以为荣的“自由、平等、博爱”理想在此时荡然无存，“人们对自身的命运、对历史的进程感到茫然无措”[④]。加缪正是在这种背景下对“荒诞”有了更深一层的认识，发表了荒诞三部曲：哲学论著《西西弗的神话》、中篇小说《局外人》和剧本《卡利古拉》。

如果说《西西弗的神话》是对“荒诞”概念的哲理阐述，那么《局外人》则是对加缪“荒诞”哲学的形象图解，正如他所言：“小说从来都是哲学的形象化。”[⑤]

小说以莫尔索为中心人物，全文共分为两部分。第一部分从莫尔索母亲去世到他因在沙滩杀死一个阿拉伯人而被捕入狱为止；第二部分基本描写的是审判的过程。

（二）“局外人”莫尔索

《局外人》的开篇可谓是传世经典：“今天，妈妈死了。也许是昨天，我不知道。我收到养老院的一封电报，说：‘母死。明日葬。专此通知。’这说明不了什么。可能是昨天死的。”[⑥] 妈妈死了，莫尔索竟然无动于衷，毫无伤心之意，转眼又在第二天开始消遣娱乐。我们实在不能相信这是一个有感情的人，但加缪却在为《局外人》写的序言中这样写道：“他远非

---

① 加缪：《加缪文集》（第 2 版），前揭，第 686 页。
② 张容：《形而上的反抗》，前揭，第 82 页。
③ 加缪：《加缪文集》（第 2 版），前揭，第 686 页。
④ 郑克鲁：《现代法国小说史》，上海：上海外语教育出版社 1998 年版，第 552 页。
⑤ 转引自张容：《形而上的反抗》，前揭，第 86 页。
⑥ 加缪：《加缪文集》（第 2 版），前揭，第 481 页。

麻木不仁，他怀有一种执著而深沉的激情，对于绝对和真实的激情。”[①] 莫尔索到底是一个什么样的人？麻木的抑或是清醒的？他所相对的“局”到底在哪里？下面我们将通过分析莫尔索与他周围环境及人的关系来回答这些问题。

1. 莫尔索与母亲之死

小说是以第一人称叙述者莫尔索的自述构成的。在小说的最开始，莫尔索就提到了“今天，妈妈死了”，法语里的“maman”是儿语，是对母亲的爱称，我们在这里似乎看到了一种温情和些许的伤感。但是，紧接着莫尔索却以一种在常人看来近乎冷漠的口吻，叙述了母亲死亡的时间：“也许是昨天，我不知道。”似乎死亡的人和他毫无关系。在为奔丧而向老板请假时，莫尔索说出了不平常的话：“这可不是我的错。”[②] 事实上，母亲被安置到养老院后，莫尔索有将近一年的时间没来看过她。当门房建议他再看看母亲的遗容时，他甚至回答说：“不想。”他在母亲的棺材旁喝咖啡、抽烟。他不知道母亲的年龄；他很不情愿地参加了母亲的葬礼，当然更没有哭了；他竟然在母亲安葬后的第二天去游泳、看电影……到这里莫尔索给我们的全部印象就是麻木不仁，一个极度冷漠的“异类”。作品中又提到，在莫尔索去养老院的路上，他“真想立刻见到妈妈”[③]；他说他像大家一样爱自己的母亲，但他却认为，这说明不了任何问题，在他看来“所有健康的人都或多或少盼望过他们所爱的人死去”[④]。

莫尔索的表现让人感到困惑，这究竟是一个什么样的人？没有什么社会常规可以解释得了他。他没有按照所谓的社会道德规范在母亲的葬礼上哭泣，也没有表现出适当的伤心和悲痛，这似乎是一个无视道德、无视社会的人。在莫尔索被审判时，这件事成了法律机构最有利的证词，因为“在我们的社会里，所有在母亲的葬礼上没有哭的人都可能被判以死刑”[⑤]。

而莫尔索的表现让人感到惊异，他成了所谓社会人眼里的“魔鬼”。

---

① 吴晓东：《20世纪外国文学专题》（第2版），北京：北京大学出版社2002年版，第58页。

② 加缪：《加缪文集》（第2版），前揭，第481页。

③ 同上，第482页。

④ 同上，第514页。

⑤ 转引自张容：《形而上的反抗》，前揭，第91页。

而在加缪看来，莫尔索是典型的荒诞人，他无法去遵循僵化的道德，他是个背叛道德的人。他依照自己的内心去行事，他没有像常人一样在母亲的葬礼上哭天抢地、悲痛欲绝。他有的是执著而深沉的激情，他对母亲的爱是真诚的爱，但他没有选择装哭，是因为他相信："妈妈已经离死亡那么近了，该是感到解脱了，准备把一切再重新过一遍。任何人，任何人也没有权利哭她"①，就如庄子在妻亡后鼓盆而歌一样。

由此看来，莫尔索并不是冷漠抑或是麻木的人。他对待母亲死亡的态度与这个有规矩的社会显得格格不入。这个社会没有适合他的位置，于是他被抛弃，成了"局外人"。

2. 莫尔索与朋友

对待母亲的死亡，莫尔索是如此无动于衷，他选择用沉默来抵抗这个荒诞的世界，而面对女友和其他朋友，莫尔索同样表现得无所谓。

首先来谈莫尔索对女友的态度。当女友问他是否想娶她时，莫尔索的反应是："我说怎么样都行，如果她愿意，我们可以结。于是，她想知道我是否爱她。我说我已经说过一次了，这种话毫无意义，如果一定要说的话，我大概是不爱她。"② 既然不爱，为什么还要和女友在一起呢？其实莫尔索曾经也是有雄心大志的人，但现在的他对"周围事物已经无动于衷，不再关心，他身上只留下最基本的需要的冲动：饥渴、睡眠、女人的陪伴、夜晚的凉爽和海水浴带来的休息"③。因此对莫尔索来说，结不结婚都无关紧要，如果这种建议来自另外一个女人，他的答案都一样。

在常人看来如此神圣的婚姻在莫尔索眼里却并不是什么大事，他以如此被动的态度参与到爱情里，是因为莫尔索早已认清了生活的荒诞本质：

> 什么都不重要，我很知道为什么。他也知道为什么。在我所度过的整个这段荒诞的生活里，一种阴暗的气息穿越尚未到来的岁月，从遥远的未来向我扑来，这股气息所过之处，使别人向我建议的一切都变得毫无差别，未来的生活并不比我以往的生活更真实。④

---

① 加缪：《加缪文集》（第2版），前揭，第547页。

② 同上，第502页。

③ 郑克鲁：《现代法国小说史》，前揭，第549页。

④ 加缪：《加缪文集》（第2版），前揭，第546页。

其次是莫尔索和朋友的关系。莫尔索是在沙滩上偶然碰上玛丽的。同样，莫尔索碰到日后的朋友莱蒙也是以偶然的方式。邻居莱蒙是个不受人待见的人，大家都不喜欢他，但他常常同莫尔索说话，在后者看来“没有任何理由不跟他说话”。当莱蒙邀请他上楼吃饭时，他便欣然前往。当莱蒙问他是否愿意和他做朋友时，他又给出了莫尔索式的回答：“怎么都行。”就像对待亲情和爱情一样，莫尔索对待友情同样是漫不经心的。对这种意识到一切都是荒诞的人来说，周围的一切都变得毫无意义。朋友是什么？友情是什么？莫尔索并没有给予过多的思考和关注，他只是在凭感觉、凭本能生活。

晚饭之后，莱蒙请莫尔索代替他给他的旧情人写封信，目的是为了羞辱自己的女友。莫尔索答应了，于是他尽力写好信以便让莱蒙感到满意，因为他“没有理由不让他满意”[①]。随后，莫尔索和莱蒙去海边度假，在沙滩上偶然间遇到了莱蒙旧情人的兄弟。于是发生冲突、打架，最后莱蒙旧情人的兄弟成了牺牲品，莫尔索也因此被捕入狱。表面看来，这似乎是因为莫尔索的兄弟义气导致了这样的结果，但对这样一个对一切都采取无所谓态度的异己来说，义气同样毫无意义。他向这个阿拉伯人开枪，完全是一种盲目行动，是“他在荒诞现实的压抑下的一种不由自主的发泄，是他愤恨于荒诞现实的一种激情流露”[②]。

3. 莫尔索与司法制度

小说的第二部分叙述了审判莫尔索的过程。莫尔索的辩护律师有意引导他说有利于自己的证词，但是莫尔索却拒绝这样做。整个审判主要集中在他对母亲死亡的态度上。当检察官得知莫尔索在母亲的葬礼上没有哭，并在母亲的尸体前抽烟、喝咖啡时，他用力喊道：“是的，我控告这个人怀着一颗杀人犯的心埋葬了一位母亲。”[③] 莫尔索坐在被告席上听着检察官和他的律师辩论着，他自己好像被撇在一边。一切都是在没有他自己的干预下进行的，他的命运正在被别人决定着。他准备打断他们，但是三思之后，又觉得“我也没有什么好说的”[④]。最后法庭断定他是一个“没有灵

---

① 加缪：《加缪文集》（第2版），前揭，第497页。

② 郑克鲁：《现代法国小说史》，前揭，第550页。

③ 加缪：《加缪文集》（第2版），前揭，第532页。

④ 同上，第538页。

魂，对道德原则、社会规范一窍不通的人”[①]。

纵观整个审判过程，这些审判系统的官员们企图使莫尔索的杀人事件和他母亲的死之间产生某种深刻的、感人的、本质的关系，试图将他描绘成一个“魔鬼”。莫尔索发现，其实这些人真正感兴趣的并不是他杀死一名阿拉伯人的前因后果，他被判死刑并不是因为他杀人，而是因为他在母亲葬礼上种种不合时宜的表现。他们谈论莫尔索对待母亲的态度，比谈到他的杀人罪要多得多。因为莫尔索在日常生活中的种种表现，是对“大多数人赖以生存的希望、信念和理想的漠不关心”[②]，是对公共道德秩序的蔑视，他的漠不关心和蔑视对这个社会构成了一种威胁，因此他们急于找个恰当的理由把这个荒诞的人甩出这个社会。对于法庭的这种行为，刚开始莫尔索还试图为自己辩解几句，但后来他发现，“司法机构要求他参与到预审法官、律师、公众和报纸在他周围玩弄的、体现了虚伪价值观念的一出闹剧之中”[③]。参与对他来说就是伪善，真诚的莫尔索当然拒绝了这种参与，于是检察官的控诉很快就使他感到厌烦，“只有那些和全局无关的片言只语，几个手势，或连珠炮般说出来的大段议论，还使我感到惊奇，或引起我的兴趣”[④]。他用沉默和抗拒对司法机构这种可笑的推理和别有用心狠狠地进行了讽刺和嘲弄。

4. 莫尔索与宗教

在小说的第二部分，当预审推事询问莫尔索是否信仰上帝时，莫尔索作了否定的回答。前者因此而异常愤怒，在他看来所有的人都信仰上帝，甚至那些背弃上帝的人都信仰上帝。如果他要怀疑这一点，他的生活就将失去意义。在最后的日子里，莫尔索曾多次拒绝接见神甫，他只是梦想着被赦免的可能。但神甫还是去了他的牢房，当他问莫尔索是否信仰上帝时，莫尔索回答“不”。当神甫试图“将莫尔索的注意力从人类的正义转到上帝的正义，从法律上的犯罪转到道德上的罪恶”[⑤] 时，莫尔索火冒三丈，抓住神甫的袍子破口大骂。他心里想的是：“他的任何确信无疑，都

---

① 张容：《形而上的反抗》，前揭，第 88 页。

② 理查德·坎伯著，马振涛等译：《加缪》，北京：中华书局 2002 年版，第 45 页。

③ 郑克鲁：《现代法国小说史》，前揭，第 550 页。

④ 加缪：《加缪文集》（第 2 版），前揭，第 533 页。

⑤ 理查德·坎伯：《加缪》，前揭，第 47 页。

抵不上一根女人的头发。他甚至连活着不活着都没有把握，因为他活着就如同死了一样。”①

莫尔索最后被判处极刑，不仅因为他是一个惨无人道的杀人犯，而且因为他全部的行为都被看作是对人们生活信条和习俗的否定：他是反基督者，拒绝忏悔、拒绝皈依上帝。在他眼里：“人们的生活方式和所做的选择都毫无意义，因为死亡迟早会来。”② 在他看来，我们的痛苦并不能寄希望于这个不存在的救世主。莫尔索也曾经在这乌黑的石头中寻找过一种神圣的面孔，但他并没有看见什么东西浮现出来。他看透了人生，他拒绝承认上帝。因此，人们害怕他了，害怕莫尔索把他们从有意义的生活中拉出来，害怕莫尔索破坏掉他们已经建立起的生活信念和希望。孤独的莫尔索便成了人们眼中的危险品、社会公敌。

加缪是无神论者，反对在神学中寻找思想的避难所，否定宗教的来世学说。他借助莫尔索这个人物形象，表达的是对赋予人的存在以意义和理由的宗教的排斥，而对上帝信仰的流于形式和彻底放弃正是世界与人生落入“荒诞”境地的根源。

5. 莫尔索与死亡

莫尔索面对死亡的态度是我们分析《局外人》避不开的话题。全篇小说谈到了三个人的死亡：莫尔索母亲的死亡、阿拉伯人的死亡和面临死刑的莫尔索。

莫尔索在炽热的阳光中走向了阿拉伯人。就在头晕目眩之中，莫尔索对阿拉伯人连开了四枪。连开四枪，这是为什么？莫尔索对这个阿拉伯人怀有深仇大恨吗？显然，莫尔索并没有杀死阿拉伯人的动机和意图。最初他想的是“可以开枪，也可以不开枪”③，而且在受审时，莫尔索对他杀人的动机也没有作合适的解释，在他自己看来，他只是在烈日的暴晒下不自觉地扣动了扳机。杀人的背后没有任何动机，莫尔索的行为不能不说是荒诞的。

莫尔索被判处了死刑，他正在考虑上诉。但他总是能够想到最坏的一

---

① 加缪：《加缪文集》（第2版），前揭，第545页。

② 转引自理查德·坎伯：《加缪》，前揭，第52页。

③ 加缪：《加缪文集》（第2版），前揭，第510页。

面：如果上诉被驳回，他就去死。在他看来，活着是不值得的，怎么死，什么时候死，这都无关紧要，30 岁死和 70 岁死是没有什么区别的。因此，他拒绝了神甫的拯救，放弃了上诉。在死亡的最后一刻，他第一次向这个世界的动人的冷漠敞开了心扉。他觉得自己过去是幸福的，现在仍然是幸福的。他甚至还希望在他被处决的那天有很多人来观看，希望他们对他报以仇恨的喊叫声。

面对死亡，莫尔索的表现如此异于常人：不仅没有常人的半点恐惧，而且感到幸福。到底是谁抛弃了谁？是社会抛弃了莫尔索，还是莫尔索抛弃了社会？莫尔索被判处了死刑，从表面上来看，是莫尔索被这个秩序井然的社会所抛弃，他自绝于世，以致社会抛弃了他，但莫尔索最后一刻的激情宣告，难道不足以说明是莫尔索抛弃了这个荒诞的世界？而这幸福之本源于他对“人终有一死”的命运的清醒认识，正如加缪所言：“幸福和荒诞是同一个土地上的两个儿子。”①

结　语

回到我们最初的问题，莫尔索到底是一个什么样的人？麻木的人？理性的人？加缪在《西西弗的神话》中给出了这样的回答：“如果智者一词可以用于那种靠己之所有而不把希望寄托在己之所无来生活的人的话，那么这些人就是智者。”② 显然，莫尔索是智者、理性的人。一般所谓的理性的人更多的是指接受文明社会传统的价值观念抑或是一些习俗规定的人，这些人会在母亲去世时按照社会所要求的那样痛哭流涕；会在女友问是否爱自己时作肯定的回答；不会莫名其妙去杀一个毫不相识的人。然而，这一切在莫尔索身上却表现得却如此反常。莫尔索违反了这个社会的游戏规则，他身上各种理性的表现于是成了常人眼里的冷漠、消极、无动于衷，因此他成了局外人。

---

① 转引自郭宏安：《从蒙田到加缪》，北京：生活·读书·新知三联书店 2007 年版，第 260 页。

② 同上，第 260 页。

【参考文献】

郭宏安：《从蒙田到加缪》，北京：生活·读书·新知三联书店 2007 年版。

加缪著，郭宏安等译：《加缪文集》（第 2 版），南京：译林出版社 2002 年版。

理查德·坎伯著，马振涛等译：《加缪》，北京：中华书局 2002 年版。

吴晓东：《20 世纪外国文学专题》（第 2 版），北京：北京大学出版社 2002 年版。

张容：《形而上的反抗》，北京：社会科学文献出版社 1998 年版。

郑克鲁：《现代法国小说史》，上海：上海外语教育出版社 1998 年版。

第四章

罗伯—格里耶小说中的时间

在时间不再流逝的这一世界中，
之前和之后这些词都是没有任何意义的，
只有现在的情境才算数。

（罗伯—格里耶）

“那么时间究竟是什么？没有人问我，我倒清楚，有人问我，我想说明，便茫然不解了。”① 圣奥古斯丁如是说。也许正是因为时间之谜的神秘难解，反而使得时间俨然成为小说中的一个重要角色。真正懂得小说技巧的作家，无不对时间因素加以戏剧性利用。

巴尔扎克信奉小说的真实性原则，让小说模拟物理时间的流程，以营造外部的真实环境，所以我们在《高老头》的开篇读到：“1819年上，正当这幕惨剧开场的时候……”② 普鲁斯特关注的是人物内心的真实世界，强调表现主观时间，以人物的心理变化为依据来割裂时间。于是，三百万言的《追忆逝水年华》出于对往昔生命的追寻和留恋，成为一个人物一生回忆的片断连缀与组合。

新小说主将阿兰·罗伯—格里耶（Alain Robbe-Grillet，1922—2008）深刻认识到小说家对时间的重视。在《今日叙事中的时间与描述》（1963）一文中，他写道：“时间是当代小说的首要‘人物’。自普鲁斯特以来，自福克纳以来，返回过去、打破时序似乎就成了叙事结构本身，成了它的建筑的基础。”③ 这一断语也适用于罗伯—格里耶的创作。在发表第一部小说《橡皮》（1953）时，他引用索福克勒斯的话作为题词：“时间，自己决定一切，不由你做主，它就已提供了问题的解决方案。”从此以后，在其长达半个世纪的创作生涯中，时间一直都是他关注的重点。

一、时间的混乱

后现代小说家纳博科夫说：“应用时间、可测性的时间，对历史学家

① 圣奥古斯丁著，周士良译：《忏悔录》，北京：商务印书馆1963年版，第242页。
② 巴尔扎克著，傅雷译：《高老头》，北京：人民文学出版社1989年版，第1页。
③ 阿兰·罗伯—格里耶著，余中先译：《快照集·为了一种新小说》，长沙：湖南美术出版社1998年版，第221页。

和物理学家有用。但它们引不起我的兴趣……纯粹的时间、感知的时间、有形的时间、没有内容和上下联系的时间——这就是在我的赞同下我的人物所描述的时间。"① 伟大的思想往往不谋而合。罗伯—格里耶在谈及自己的创作时也说："我试图创造一种纯精神的空间和时间——也许是梦幻中的或记忆中的空间和时间，全部是情感生活的空间和时间——而不注重传统的因果连贯性和故事情节的前后绝对一致性。"②

在他的创作中，小说与钟表、日历式的时间建构毫无关系，故事被支离破碎的时间分割了。他常常打破时间的链条，将过去、现在和未来并置或者错置，从而在其情节中故意留下许多漏洞、断裂的地方，以便让读者像玩七巧板一般，自己去想象、拼凑和创造。这是因为在后现代的罗伯—格里耶眼中，世界是飘忽不定的过程，是支离破碎的废墟，是无序又无知的存在，动荡、不稳定、缺乏固定的意义；生活"就像生活这个词所表明的那样，是活生生的，也就是说——让我们重复一下——不确定的、活动的、充满矛盾的，刚刚浮现出来就有可能立即消失"③。这种对时间的处理方法，强调的正是既定意义的混乱和稳定性的消逝。

即使像《橡皮》这样披着侦探小说外衣出场的作品也不例外。仅以小说的第 4 章第 7 节为例，该小节共有 57 段，其中要表现的内容可概括如下：

"他"在摆弄壁炉下的大理石横条上的小摆设（1—8）；
刺客格利纳蒂匆忙逃走（9）；
运河沿岸的情景（10）；
一条电线在墙上的走向（11—13）；
格利纳蒂从杜邦家逃跑时推门发出声响（14）；
他对行刺过程中印象深刻的四样东西的回忆：熔岩石块、割断线的警

① Vladimir Nabokov, *On a Book Entitled Lolita*: *An Appendix to Lolita*, London: Penguin Books Ltd., 1980, p. 313.

② 阿兰·罗伯—格里耶著，李清安、沈志明译：《嫉妒·去年在马里安巴》，桂林：漓江出版社 1987 年版，第 38 页。

③ 阿兰·罗伯—格里耶著，杜莉、杨令飞、升华、余中先译：《罗伯—格里耶作品选集》（三），长沙：湖南美术出版社 1998 年版，第 205 页。

铃、飘着白菜汤味的街道、泥泞的小路（15）；

下班时的自行车队伍（16）；

格利纳蒂对上司波那的想象（17）；

他双手捂耳想驱走幻觉时的情景（18—19）；

走进杜邦家附近的一家杂货店（20—21）；

店内的摆设和情景（22—24）；

想象波那去杜邦家探询消息时的情形（25—33）；

格利纳蒂看着运河活动桥的机器，所作的关于它发生故障的假想；继续对波那去杜邦家探询消息时的情形的想象（34—46）；

看自己买的一张明信片，考虑应对瓦拉斯说的话（47）；

格利纳蒂一路奔走，所见的事物：路上的一团纸、黑玻璃、砖头、小桥等（48—56）；

格利纳蒂俯身靠在桥栏上的剪影（57）。

从这一节的内容，可以看出传统时空关系的叙事格局被打破。作者的叙述同时指向侦探与杀手，用蒙太奇手法将与两人相关的对过去事件的再现、现时经验的描写和未来景象的幻想交织在一起。

在罗伯—格里耶花费了17年心血写作的“新自传三部曲”，即《重现的镜子》（1985）、《昂热丽克或迷醉》（1988）和《科兰特的最后日子》（1994）中，时间的混乱和情节的缺漏，仍然是其主要的美学特征。

作为一个深谙传记文本时间艺术的作家，罗伯—格里耶不肯向菲利普·勒热讷（Philippe Lejeune）所倡导的“自传契约”妥协，主张表现的应是更具个人色彩的思辨，是没有被僵化为某种意义的东西：“我不会赞同菲利普·勒热讷关于将记忆写成作品的意见。‘意义的需要’，他说：‘是收集自传资料有效的和首要的准则。’不，不！肯定不是的！这条公认的原则显然是没有道理的。”① 因而，他充分利用回忆中的心理时间来对物理时间加以歪曲，从而强化了文本的虚拟时空。

比如，在《重现的镜子》中，首先呈现的是1983年创作自传文本的“我”，应该说，它既不是“过去的我”，也不是“现在的我”，而是一个

① 阿兰·罗伯—格里耶：《罗伯—格里耶作品选集》（三），前揭，第286页。

介于两者之间的连接当时和现时的形象。“我”重新联系起目前的情况，……带着一种新的惊讶重读了1930年有关我家庭生活的段落。这样，文本就明确告诉我们：这里有三重时间概念——当前时间即1983年、当年时间即1930年，以及上次叙述我家庭生活的时间。这与传统自传作品力求掩盖时间断裂、重塑时间链条、营造真实幻境的观念是相去甚远的。总之，新自传的时间顺序已经被彻底打乱，既不是从我的童年写起，也不是按时间的先后说起，而是由一个个时间断片连缀的。如在约40页的篇幅中，读者看到了：1914年战争开始之前，传说中的妈妈坚持要改造由外祖母开设的早就不复存在的食品杂货店——“二战”后对集中营和民族社会主义的反思——谈论童年的“我”热爱学习，喜好收集——回忆家族食杂店——我与一个穿罗马长袍的人闲谈……这些断片没有情节上的必然联系，也没有时间上的编年次序，而是在过去、现在、传说、睡梦、幻想和潜意识中自由穿梭，可任意组合，亦可跳读。

此外，在他笔下，叙述者、作者和人物三者并不同一。小说中的叙述者同时指向“科兰特”和“我”。前者也在写作自传，而他的自传又与“我”的自传可以相互引证，他的美学思想也与“我”的切合，他似乎就是“我”。然而他是“我”父亲的战友，孩提时代的“我”就曾见过他……种种迹象表明他并不是“我”。而“我”也并不是“罗伯—格里耶”本人，因为“我”常常与罗伯—格里耶笔下的虚拟人物纠缠不清，具有同源性。如“我”在集中营和鲍里斯（《弑君者》）一起工作，在通往悬崖的小道上与骑着自行车的马弟雅思（《窥视者》）交错而过，常常遇到《嫉妒》中未曾公开露面的丈夫，“我”的回忆与《纽约革命计划》中的片断又时而交汇在一起。文本就在“我”、科兰特和罗伯—格里耶笔下的人物间任意行进，在真实与虚构中游走，充分体现了“自我虚构”（auto-fiction）的创作理念，即使回忆、想象、观察与虚构在文本中获得一种平衡。

为了体现对读者参与创作的一贯重视[①]，他同样在该文本中预留了“缺口”（manqué），如那面海中之镜（它的来历、映像和丢失）、小水潭

---

① 关于罗伯—格里耶重视读者，主张其参与创作的详细论述，可参阅韦华：《读者中心与文本建构——罗伯—格里耶的小说创作观念》，《当代外国文学》2007年第1期。

边的洗衣盆、带血的三角女裤、夜间洗衣妇……，以最大限度地激发读者的想象能力和参与艺术创造的欲望才能。作者还在许多段落之间留出空行，这也是有意制造断层的一种手法。空缺的设置，不仅使得整个文本就像留出很多自由区的围棋棋盘，具有开放性和生命力，而且与“自我虚构”一道强化了小说时间的断裂，使它更加混乱。

上述种种，使得我们有理由做出如下判断：罗伯—格里耶在“新自传三部曲”中体现出的时间意识，充分展示了后现代写作对传统的“真实观”的颠覆。只要文学是虚构的，那么没有意识到的“真实”是不存在的“真实”，而意识到的“真实”实际上只是被主观加工过的概念。只要文学是语言艺术，必然存在能指与所指的永恒矛盾。语言并不只是传达意义的被动媒介，相反，它以话语的结构形式在不同的时代决定性地参与了意义的构成。

不应忽略的另一点是，在《追忆逝水年华》等现代主义小说中，时间虽然也是打破时序的、非连续的，但是它们体现出的时间观念却与格里耶的多数作品截然不同。前者具有一种怅然若失的怀旧情绪，将历史融注到“现在”；而“现在”作为人生痛苦体验的瞬间，则承载着作者的失落和焦虑。后者表现出拉康（Jacques Lacan，1901—1981）所说的“符号链条的断裂”的特征：支离破碎的片断永远不可能拼合成一个整体，没有往昔和未来，有的只是“现在”；而“现在”孤立地、永恒地绵延着，摒除了失落和焦虑，削平了荒诞与痛苦。

二、时间的循环

时间混乱虽然在罗伯—格里耶的小说中表现得最为突出，但并不是其思想的唯一载体。他的时间观念像他笔下的现实一样多元。时间的循环就是他文本中突出呈现的又一种时间形态。

初登文坛时的格里耶，非常推崇海德格尔，希望采用接近海德格尔的形式来反映社会关系。海德格尔心目中的时间不是匀质流逝、无限延伸的传统物理时间，亦不是有着由主观性所规范的现在边界的心理时间。所谓的“现在”、“过去”和“将来”是人们从自身的经验出发进行的划分。所以，时间作为世界的本原性存在，其“现在”应是任意的。于是整个时间状态便失去前后参照的依据，是一种滚动，没有充斥其中的客观存在，循环往复，无始无终。① 我们可以由此清晰地看到海德格尔时间观念对格里耶小说创作的影响。

在小说《橡皮》中，我们看到的正是这样一种循环：故事开始于第一天早上6点，结束于第二天早上6点，空间局限于一座不知名的小城。从表面上看，小说是在行动中展示生存延续的时间，欲揭示凶案侦破勘察的过程；实际上，却打破了时间的线性轨迹，展示了时间的循环：以杀手格利纳蒂枪杀杜邦教授为始，以侦探瓦拉斯枪杀杜邦教授为终。开端与结局一样，杀手想完成刺杀任务却意外失败，警察欲缉拿凶手却代替杀手完成了刺杀任务。调查与侦破因而变得全无意义。

小说《吉娜》的第一章是这样开头的："我在约定的时间准时到达：6点30分。天几乎黑了。库房没有关，我推门进去，门没有装锁。"② 最后一章的结尾处又一次复现了第一章的开头："我在6点半准时到达。天几乎黑了。库房的门没有关。我推门走了进去，门上根本没有锁。"③ 可见，故事回到了同一时间、同一地点、同一人物的同样状态。

在上述小说中，时间不断循环，沿着一个圆的闭合曲线行进，然后回复到某一点上，永远是现在，没有过去，也没有未来。对此，罗伯—格里耶是这样解释的："在时间不再流逝的这一世界中，之前和之后这些词都是没有任何意义的，只有现在的情境才算数。"④ 无数次的重复之后，一切都像没发生过一样。如此循环往复，呈现在我们面前的是消弭了悲剧与崇高，涤荡了意义与焦虑的荒原。在后工业化社会，复制机制渗入到社会生活的每个角落。我们逐渐被以泯灭个性为特征的消费文化包围，人们无意识地参与到循环之中，复制着他者的语言，重复着前人的生活。

文本是一种隐喻。统观罗伯—格里耶的小说，满目尽是无个性的人、相似的人、机械的人：瓦拉斯（《橡皮》）与马弟雅思（《窥视者》）或是

---

① 参阅马丁·海德格尔著，陈嘉映、王庆节译：《存在与时间》，北京：生活·读书·新知三联书店1987年版，第359～438页。

② 阿兰·罗伯—格里耶著，南山译：《吉娜·嫉妒》，上海：上海译文出版社1997年版，第6页。

③ 同上，第96页。

④ 阿兰·罗伯—格里耶：《快照集·为了一种新小说》，前揭，第187页。

弗朗西斯（《金三角的回忆》）没有什么本质差异，仅仅是名字不同而已；海滩上的三个孩子，身材、年龄、相貌相同，步态整齐划一，漫无目的地走着（《海滩》）；自动扶梯上的人们表情僵硬，纹丝不动，如僵尸一般（《在地铁的走廊里》）；声音撩人的吉娜没有情感、没有性格，甚至没有血肉，她原本就是机器人（《吉娜》）……他们做着重复的、呆板的甚至毫无意义的动作：《橡皮》中的瓦拉斯买了四次橡皮，《归途》中的弗兰兹说了五遍“我们再也回不来了”，《嫉妒》中的弗朗克把那只蜈蚣捻死了九次。

三、时间的空洞

除了时间的混乱和循环外，在罗伯—格里耶的小说中还出现了时间的另一种表现形态，即时间的空洞。这在其成名作《窥视者》中表现得最为充分。

小说中的马弟雅思是个手表推销员，他对时间精打细算，力图在最划算的时间内完成自己的销售。文本的主要内容就是他从下船登陆小岛到第二天的16点15分登船离开这段时间内的活动、回忆和幻想。

手表象征着时间。马弟雅思不停地看表，又不停地向我们交代他的时间安排。然而细心的读者仍会发现，从他骑自行车后的第一次停车（约11点15分）到离开市镇后的第一次看表（13点07分）之间有一段空白。这段时间，他干了什么？马弟雅思语焉不详，从而形成时间上的一个空洞。即便他为了掩饰这个空洞而竭力辩解，我们仍不免把这段令人头晕目眩的空白与少女雅克莲惨遭杀害的悬案联系在一起。

这个时间空洞，实际上是小说结构上的空洞在时间上的投射。作者在小说的核心事件——谋杀案的叙述上故意留白，使结构出现缺口。然而诚如莫里斯·布朗肖（Maurice Blanchot）所言：“时间的不在场并不是一种单纯的否定形式”[1]，这个空缺反而成为文本的发生器，主人公和读者一次次地向着这个空缺折返回来，读者凭借获得的可能与不可能的印象重构着故事，感受参与创作的愉悦。

---

① 莫里斯·布朗肖著，顾嘉琛译：《文学空间》，北京：商务印书馆2003年版，第12页。

在该文本中，时间上的空洞和结构上的空缺相对应，罗伯—格里耶所描写的所有物体都有不同程度的裂痕、凹陷、破损或孔洞。读者看到港口没有船只，防波堤上没有一个人影，街道上空无一人，海岛表面被一些坑洼和洞穴所侵蚀，地势高低不平，“他极力避开那些明显的凹洞，可是凹洞的数量和深度不断地增加，使得他的动作越来越没有把握。……不久，整个路面全部变成洞窟和疙瘩”①。还可以在文本中发现一个空垃圾堆、空杯子、空酒瓶、空的壁龛、空的癞蛤蟆头……

特里·伊格尔顿（Terry Eagleton）在讨论沃尔特·本雅明对德国悲悼剧的总结时的那番话，正好可以借用来说明上述描写的意图：“由于化石般的舞台道具受到仪式性的调遣，时间就几乎被收回到了空间之中，凝缩成了一种痛苦不堪的、空洞的再现，只有某种救世顿悟才可能在其边缘震颤。”② 与之参照，可见在《窥视者》中，物被罗伯—格里耶当作道具用来构成“仪式性”的舞台——构筑一个更直观的世界来代替充满“意义”的宇宙。在该文本中，作者堆砌了大量的物。这些物滞留在字面上，与人物没有同一性，与读者亦没有共谋关系，它们既不古怪也不可爱，处在无人知晓的孤独状态之中。既然各种物质都失去了实质内容，那么世界自然也空洞无物、虚幻不定。于是在这空洞的世界里，在大量空洞的物的扩张中，人的主体性消弭殆尽，成了晃来晃去的符号。

我们还应看到，罗伯—格里耶对时间的探索并不仅仅限于上述三种形态。在想象力的推动下，他对时间问题不断注入新的理解，寻求着其他表现方式。在《金三角的回忆》（1978）中，时间呈现被拉伸的延宕状态：“12 点 24 分，玛丽—昂热·萨罗美走进圣灵教堂，身穿洁白耀眼的白婚纱”③，“13 点 12 分，玛丽—昂热·萨罗美走进圣灵教堂”④。《反复》（2001）中，时间则在反悖中自我涂抹，例如：“在这段时间（哪一段时间

---

① 阿兰·罗伯—格里耶著，郑永慧译：《窥视者》，南京：译林出版社 2007 年版，第 126 页。

② 特里·伊格尔顿著，郭国良译：《沃尔特·本雅明或走向革命批评》，南京：译林出版社 2005 年版，第 14 页。

③ 阿兰·罗伯—格里耶著，郑益姣、徐普、张容译：《罗伯—格里耶作品选集》（二），长沙：湖南美术出版社 1998 年版，第 506 页。

④ 同上，第 507 页。

呢?）里，虚构的纪念物又在基座上恢复了原先的位置。”[①]“一场早先写下并已经说过了（但在哪里？什么时候？由谁说的?）的对话，像回声一样地重复出来。”[②] 又如：“假如我的记忆无误，那一年（1910年前后），……”[③]

结　语

罗伯—格里耶强调自己的小说一般没有主题，并回避对“为何写作”这类提问进行回答。然而诚如我们所知，小说文本和其他艺术作品一样都是物化了的意识形态，连“写作的各种细微末节都展示了生活和世界观模式，反映和表现了作者对已经被接受的意识形态和现有状况的态度”[④]。在此意义上说，罗伯—格里耶小说中丰富的时间形态，也是他对存在思考的艺术彰显，多多少少、或隐或显地折射出他对待现实和人生的复杂心态，传达着对世界和人生的不同理解和别样诠释。

【参考文献】

圣奥古斯丁著，周士良译：《忏悔录》，北京：商务印书馆1963年版。

巴尔扎克著，傅雷译：《高老头》，北京：人民文学出版社1989年版。

莫里斯·布朗肖著，顾嘉琛译：《文学空间》，北京：商务印书馆2003年版。

马丁·海德格尔著，陈嘉映、王庆节译：《存在与时间》，北京：生活·读书·新知三联书店1987年版。

阿兰·罗伯—格里耶著，李清安、沈志明译：《嫉妒·去年在马里安巴》，桂林：漓江出版社1987年版。

阿兰·罗伯—格里耶著，南山译：《吉娜·嫉妒》，上海：上海译文出版社1997年版。

---

① 阿兰·罗伯—格里耶著，余中先译：《反复》，长沙：湖南美术出版社2001年版，第27页。

② 同上，第44页。

③ 同上，第52页。

④ David Aers, Jonathan Cook and David Punter, *Romanticism and Ideology: Studies in English Writing 1765 –1830*, London: Routledge and Regan Paul Ltd., 1981, p. 2.

阿兰·罗伯—格里耶著，余中先译：《快照集·为了一种新小说》，长沙：湖南美术出版社 1998 年版。

阿兰·罗伯—格里耶著，郑益姣、徐普、张容译：《罗伯—格里耶作品选集》（二），长沙：湖南美术出版社 1998 年版。

阿兰·罗伯—格里耶著，杜莉、杨令飞、升华、余中先译：《罗伯—格里耶作品选集》（三），长沙：湖南美术出版社 1998 年版。

阿兰·罗伯—格里耶著，余中先译：《反复》，长沙：湖南美术出版社 2001 年版。

阿兰·罗伯—格里耶著，郑永慧译：《窥视者》，南京：译林出版社 2007 年版。

韦华：《读者中心与文本建构——罗伯—格里耶的小说创作观念》，《当代外国文学》2007 年第 1 期。

特里·伊格尔顿著，郭国良译：《沃尔特·本雅明或走向革命批评》，南京：译林出版社 2005 年版。

David Aers, Jonathan Cook and David Punter, *Romanticism and Ideology: Studies in English Writing 1765 -1830* , London: Routledge and Regan Paul Ltd., 1981.

Vladimir Nabokov, *On a Book Entitled Lolita: An Appendix to Lolita*, London: Penguin Books Ltd., 1980.

第五章

昆德拉的小说写作与存在编码

一个极端可以随时转化成另一个极端，
到达了极点的轻变成了可怕的轻之重。

（昆德拉）

引　言

“存在”到底是什么？自古希腊以来，历代思想家就争论不休。对于昆德拉而言，“存在”并不是已经发生的，而是人的可能的场所，是一切人可以成为的，一切人所能够的。这样，对“存在”的质询，就变成了对人的存在的多种可能性的探索。这样一个存在的可能性的范畴，就是昆德拉构思小说人物的关键。对于存在的探究是走向人类可能性的领域，也就是认识在世界中人的可能的自我。人物就不再受缚于事件，而是存在的可能性的一种表征。

为此，昆德拉在小说中引入了一个奇特的思想形式，即“存在的编码”[①]，也就是构成人物的关键词。这些存在编码不是从理论上考察，不是人物性格的概括，而是凝聚了人物的基本生存境况和人类生存的可能性。围绕这一编码设计人物、场景，展开叙述思考，再将各部分不同的存在编码整合成一个整体性的存在主题。通过这样的方式，昆德拉在具体的人物行为和情境中一步步揭示出人类存在的状况。

他的小说探讨的存在性是多面向的：《不能承受的生命之轻》探索了轻与重的可能性；《生活在别处》探索了激情的可能性；《告别圆舞曲》探索了精神救赎的可能性；《慢》、《身份》和《无知》延续了《笑忘录》的主题，探索了遗忘与自我迷失的可能性。诸种可能性，汇成了对“陷阱”中人的存在本质的探索。下面我们就结合昆德拉小说中几组重要的存在编码看看小说家是如何在具体境况中思考生命与存在的可能性的。

---

① 米兰·昆德拉著，董强译：《小说的艺术》，上海：上海译文出版社 2004 年版，第 122 页。

一、轻与重

“永恒轮回是一种神秘的想法，尼采曾用它让不少哲学家陷入窘境：想想吧，有朝一日，一切都将以我们经历过的方式再现，而且这种反复还将无限重复下去！这一谵妄之说到底意味着什么？”①

“永恒轮回”代表无休止地重复。不断重复的现象，我们称为“必然”。由此产生一种生活态度，即认为一切是必然，一切是责任，一切需要重视，一切需要认真对待。这是“重”。

《不能承受的生命之轻》中的托马斯就是在“沉重”这一境况中产生的。由于偶然的机缘，一向轻松的托马斯选择了特蕾莎，为了她陷入了必然的沉重。“托马斯知道，眼下以及将来，他将抛弃快乐的房舍，眼下以及将来，他将抛弃他的天堂和梦中女郎，他将背叛他爱情的‘非如此不可’，伴随特蕾莎离去，伴随那六个偶然性所生下来的女人。”② 他在“非如此不可”和“别样也行”之间徘徊，痛苦地进行着轻与重的抉择。为了特蕾莎，托马斯甚至从自由的瑞士回到极权统治下的布拉格，并一步步坠入社会最底层。这些沉重与必然却由一系列偶然事件导入了不可承受的轻。

相反，如果否定“终极回归”，否定事物的重复，时间是无限延长不会回复的直线，任何事情无论大小都只是这条无限延长线上的一点，那一次不会重复、不会再遇的痛苦，即使再强烈也终会被遗忘，一如我们现在可以心平气和地评论希特勒的画，微笑着说“满汉一家”。不会重复、不可再遇的事物，我们称之为“偶然”，由此产生另一种生活态度，即一切都会消失，一切不必在乎，此般想来更觉生活无谓。这是轻。

萨比娜是一个特立独行的女人，小说中说最吸引她的是“背叛”。在爱情上，她的早恋背叛了父亲的清教主义；在艺术上，她喜欢毕加索，背叛了沉闷的社会主义、现实主义；在政治上，她又背叛了单调统一的大街

---

① 米兰·昆德拉著，许钧译：《不能承受的生命之轻》，上海：上海译文出版社2003年版，第3页。

② 同上，第178页。

游行。萨比娜成长在极权统治的国家，但她一生都在“拒绝服从秩序——拒绝永远和同样的人在一起讲同样的话”，背叛让她不断打破秩序并投身神秘的未知，而背叛所带来的刺激、热情与神秘又引导她在背叛之路上越走越远，萨比娜背叛了父母、丈夫、爱情以及国家，她从一种压迫的重进入到一种空虚的轻。

如果选择“重”，家庭、工作、爱情、婚姻等都是必然，我们可能会被种种责任压得喘不过气来；如果选择“轻”，则家庭、工作、爱情、婚姻等都可不必在乎，生活似乎很轻松。但生活明白地告诉我们，如果一切不予重视，将会产生不存在感：没有价值、没有意义、没有感情……当自身生命都不必存在，生活又令人觉得可怕。

最沉重的负担压迫着我们，让我们屈服于它，把我们压到地上。但在历代的爱情诗中，女人总渴望承受一个男性身体的重量。于是，最沉重的负担同时也成了最强盛的生命力的影像。负担越重，我们的生命越贴近大地，它就越真切存在。

相反，当负担完全消失，人就会变得比空气还轻，就会飘起来，就会远离大地和地上的生命，人也就只是一个半真的存在，其运动也会变得自由而没有意义。那么，到底选择什么？重还是轻？①

所谓“存在之重”，即存在的沉重感、压抑感。在生命的循环中，人有欲望、理想、责任、义务与由此而来的种种束缚。而一种欲望的满足，又导致一种新欲望的产生，永无止境，于是便饱尝痛苦、磨难、沉重与压抑。然而，实际上，生命只有一次，逝去的不会再来，只是人们不愿让一切轻轻飘去，而坚持要赋予存在以意义。

在昆德拉看来，“存在之轻”才是存在的真实境况，而“存在之轻”源于存在的毫无意义。然而，孰轻孰重，两难之间，作者并没有给出明确答案。在一个终极悖论的时代，轻与重的界限也许本来就是模糊不清的。对意义、责任和沉重的刻意追求，也许并不会收到预期效果，反而滑向重的反面。这正好印证了《笑忘录》中的那句话：“一个极端可以随时转化

---

① 米兰·昆德拉：《不能承受的生命之轻》，前揭，第5页。

成另一个极端，到达了极点的轻变成了可怕的轻之重。”①

二、媚俗

在《不能承受的生命之轻》中的最后一章，昆德拉突然提起斯大林的儿子在德国的战俘营中因为“粪便”而丧命的故事，由此引出了一个关键词：媚俗（kitsch）。人对于粪便的厌恶是一基本媚俗。他说：对“生命的绝对认同，把粪便被否定，每个人都视粪便为不存在的世界称为美学的理想，这一美学理想被称为 kitsch”②。

“媚俗”是来自 19 世纪浪漫主义的德文词。其本意是指戏剧艺术上为吸引公众而矫揉造作。扩大一点讲，它有“矫情”、“虚假”和“趋时”之意。在书中，昆德拉关于“媚俗”的定义有很多，比如“媚俗是把人类生存中根本不予接受的一切都排除在视野之外”③，“媚俗的根源就是对生命的绝对认同”④，“任何政治运动并非建立在理性的态度之上，而是以表演、形象、词语、老套为基础，其总体构成了这种或那种的政治媚俗”⑤。

怎样才能形象地揭示“媚俗”这个词的内涵呢？在《不能承受的生命之轻》中，昆德拉用萨比娜和弗兰茨两个人来说明。

女画家始终是反对媚俗的代表，前文所列的她的各种背叛之举可以说是对媚俗的坚决抵抗。她看不惯“五一”节的游行队伍，也不承认别人把她的画展作为反共产主义政治运动的幌子，她把媚俗视作她的敌人。我们在她身上看到了一个身体和精神永远处于漂泊状态的女画家形象。但是在媚俗的大潮中反抗媚俗，是要付出代价的；这一代价不仅仅是受到媚俗者的强烈敌视，还有自己内心的冲突。萨比娜对于隐藏在自己背叛欲念后的目的无所察觉，她所寻求的，只是这生存中的不能承受之轻。当她背叛了一切可以背叛的人和事后，还有什么可供她背叛的呢？“她说过，媚俗是自己一生的敌人，但是在她的内心深处难道就不媚俗么？她的媚俗，就是

① 米兰·昆德拉：《小说的艺术》，前揭，第 172 页。

② 米兰·昆德拉：《不能承受的生命之轻》，前揭，第 295 页。

③ 同上，第 296 页。

④ 同上，第 306 页。

⑤ 同上，第 304 页。

看到宁静、温馨、和谐的家。"[①] 昆德拉无情地道出了一个人类永恒的困境：人永远都无法摆脱媚俗，这是人类与生俱来的特性。

萨比娜的恋人，大学教授弗兰茨就是"媚俗"的代表。他是一个乐观主义的梦想家，20多岁时就确立了哲学教授生涯。但他并不满足于学者的窒息生活，"感到他的书本生活不真实，他渴望真实的生活，渴望与人们交往，肩并肩地步行，渴望与他们一起呼叫"[②]，他相信真正的生活永远在他方（就像《生活在别处》中的雅罗米尔）。因此，他充满激情，喜欢旅行，也爱同众人一起在大街上游行。因为"我们都需要有人望着我们"[③]，他毫不犹豫地参加了声援柬埔寨的"伟大进军"，并最终死在柬埔寨。

在昆德拉的笔下，"媚俗"已不是对某一类人或某个特定情况的描绘，也并非仅仅限于艺术，它已成了政治、社会、文化的一个基本特征，成了人类共同生存境况的一个指称。"政治媚俗"指对既定秩序与既定思想的主动或盲目追从；"文化媚俗"则指对多数的、流行的、大众的价值观念的认同；"人类学媚俗"则指人类在无条件地认同生命存在的前提下所表现出来的乐观盲从与拒绝思考的态度……"媚俗"有着各种各样的表现和含义，它无处不在，丰富多彩。它模糊了生命本真的含义，让人们在快乐和信仰中坚定地失去了自由的存在；事物在媚俗中失去了它最初的一面，流向难以把握的虚空之中。

三、玩笑

昆德拉曾引用过一句希伯来谚语："人们一思索，上帝就发笑。"但人们常常认识不到人类思维的非至上性，天真地认为自己手中握有人类历史的钥匙，因而踌躇满志，根本听不到上帝的笑声。上帝的笑声只有那些幽默的人才能听得到。

昆德拉确信，只有小说才是幽默和智慧的化身，才是上帝笑声的回响，才能创造出迷人的想象王国；通过幽默才能揭示全部的存在。幽默是

---

① 米兰·昆德拉：《小说的艺术》，前揭，第120页。
② 同上。
③ 同上。

昆德拉小说的基本精神与本性。他善于用反讽手法，以幽默的语调描绘人类境况。作品表面轻松，实质沉重；表面随意，实质精致；表面通俗，实质深邃而又机智，充满了人生智慧。除了揶揄、谐趣之外，昆德拉式幽默更多的是基于诗性沉思的自嘲和反讽。这种由睿智反讽、深沉感伤和冷峻怀疑交织而成的形而上幽默，被昆德拉有效地用来表达存在主题，并抗拒政治、道德等种种强制力量对人类自由精神的入侵。

《玩笑》是一篇从政治角度书写幽默的典型。它展示的是人在官僚主义统治时代的可能性。主人公卢多维克拿政治开了一次玩笑，政治却开了他一生的玩笑。他在明信片上写了些蠢话寄给女友时，只是出于一种纯粹的轻松玩笑的心理，可是他的玩笑却被当真。他从一个学生会干部、党员、大学生变成被流放到荒凉落后地区的苦役犯。劳改结束，回到布拉格以后，他想勾引海伦娜——当年直接制造了他的案件的“左”倾分子泽曼尼克的妻子——来报复。正在得意于自己的成功报复时，却发现自己费尽心思占有的，却是泽曼尼克急欲抛弃的。在发现卢多维克并不爱她时，海伦娜痛苦得服毒自杀，结果服下的却是折腾肠胃的轻泻药。当他们都在玩笑中忙乱挣扎时，泽曼尼克却“识时务”地对历史和时代政治屈服，出卖了自己而春风得意。其实他也是历史的可悲玩物。

在那样的年代，人们那样认真地爱着和恨着，可是到头来却发现自己原来活在命运的玩笑中，连悲剧的意味都没有。个人在官僚主义时代无法逃避被支配的命运。在极权统治的年代，人的尊严受到极端蔑视，生命显得残酷和荒谬可笑。在一个价值全面陷落的世界里，人的存在变得非理性。弱小的民族和个人的悲剧在逐渐失去其悲剧色彩，任何时代的悲剧都将被后人付诸一笑，过去的苦难在现在人眼中更是不可理喻。在日益社会化和历史化的世界，自我的不确定性、人格的丧失、行为的盲目从众，没有比现代人的生存更富有喜剧性了。昆德拉表现出了社会的荒诞——欧洲式的荒诞无稽。生存谬论成了无处不在的东西，而错位感成为人的基本存在感受：人不是自己的主人，而是命运的玩物。面对这样沉重的《玩笑》，谁还笑得起来呢？

四、遗忘与记忆

遗忘与丢失、告别、非我、不自由等具有意义上的对位，而与记忆、拥有、自我、自由等相对立。遗忘使历史不复存在，使现实失去根的维系，使时间和过去失去意义。昆德拉认为，遗忘是人类基本存在的情境之一。作为一个经历了自身民族历史命运重大变故之后，被迫移民他国的流亡作家，遗忘还是记忆一直是他无法摆脱的心理困境。他将它作为小说最重要的主题词之一，使其关联辐射各部小说的主题，直接地质询、思考存在的可能和意义。

小说《笑忘录》一开篇就给读者描绘了这样一个经典场景：刚执政的共产党领导人哥特瓦尔德站在布拉格广场上发表演讲时，站在他身边的同志克莱门蒂斯出于关怀给他戴上了自己的皮帽。四年后，克莱门蒂斯因叛国罪被处以绞刑后，他就被从照片上挖掉了。由一个亲密的同志变成一堵空墙，成为一顶象征性皮帽。庄严的历史时刻变成了一张可以处理的照片。遗忘是可怕的，是一种死亡的形式。而强权主义正是借着遗忘来奴役人民，夺走他们的历史和文化，使他们遗忘自己，继而被别人遗忘。

与政治生活和集体意志相对的个人行为在遗忘与记忆的斗争中又是怎样的呢？昆德拉塑造了两个截然相反的人物——希望遗忘的米雷克和希望记忆的塔米娜。米雷克年轻时曾与一个大自己七岁的丑姑娘兹德娜狂热相爱。二十多年后，他却决定立即从兹德娜那里取回过去写给她的情书，希望抹灭别人对他与丑姑娘如此相恋的记忆，好留一个光辉完整的殉道者的伟大形象供后人瞻仰。正如昆德拉所评价的那样："米雷克重写历史，就像所有的政党一样，像所有的民族一样，像整个人类一样，大家都重写历史……人们只是为了能够改变过去，才要成为未来的主人。人们之所以明争暗斗，是为了能进入照相冲洗室，到那里去整修照片，去改写传记和历史。"①

在米雷克努力遗忘的同时，另一个主人公塔米娜却在努力保留记忆。

---

① 米兰·昆德拉著，王东亮译：《笑忘录》，上海：上海译文出版社 2004 年版，第 54 页。

忘记过去是一种背叛，为了抗拒不可避免的遗忘，塔米娜用尽办法保存对已故丈夫的记忆，努力找回记载着她和丈夫爱情的信件，找回过去，找回爱的寄托。在几度希望与失望的起起落落后，塔米娜终究没有如愿。遗忘的沉重和荒凉，在天使的笑、魔鬼的笑和各种各样笑的合奏中愈发显得突兀绝望。人们以记忆证明和确立生命的过去，为“存在”保留根据，但是遗忘却如同生命的消失成为必然。记忆是有限的，遗忘却是绝对的。意识到遗忘是痛苦的，意识到遗忘的必然与不能遗忘更为痛苦。遗忘如何避免，记忆如何抗争？如果日常的遗忘尚可受到记忆的挑战，那与衰老和死亡相连的遗忘，终极的遗忘又该如何去抗争呢？在作品中，昆德拉没有回答，仅仅以他惯有的睿智与冷静谱写了这首主题压抑、节奏低沉的遗忘变奏曲，让我们久久回味，久久不能释怀。

结　语

“假如说哲学与科学真的忘记了人的存在，那么，相比之下尤其明显的是，多亏有塞万提斯，从而形成了一种伟大的欧洲艺术。这一伟大的欧洲艺术正是对被遗忘了的存在进行探究。”① 昆德拉的存在之思是不同于纯粹的存在哲学家的思考的。他从小说家的立场出发，结合小说人物的生存境况进行了深入的哲学性的思考，这样就使哲学思考具有了小说性，而小说构思也渗透了浓厚的哲学性。借助小说与哲学的交融，昆德拉传承和发扬着塞万提斯的精神遗产，也履行着他勘探存在的雄心壮志。

【参考文献】

米兰·昆德拉著，许钧译：《不能承受的生命之轻》，上海：上海译文出版社2003年版。

米兰·昆德拉著，董强译：《小说的艺术》，上海：上海译文出版社2004年版。

米兰·昆德拉著，王东亮译：《笑忘录》，上海：上海译文出版社2004年版。

① 米兰·昆德拉，《小说的艺术》，前揭，第15页。

第三部分　反思存在的处境

当你创造一个想象人物时，
你不由自主地就遇到这个问题：
自我是什么？用什么来把握自我？

（昆德拉）

第一章

蒙泰朗：以小说记录自我的存在

死神在什么地方等候我们，没有定准，
那么我们就随处迎候它吧。
对死亡的及早思考也就是对自由的预先思考。
谁学会了死亡谁就不再受奴役……
认识死亡就令我们摆脱一切束缚和限制。

（蒙田）

引 言

法国文学在世界上举足轻重的地位无疑来自小说的贡献，法国文学的魅力“可以说主要是法国小说的魅力”①。法国小说在19世纪达到前所未有的高峰，更在20世纪大放异彩、繁荣昌盛，以多元化和推陈出新的面貌屹立于世界文学之林。在群星璀璨的法国小说家当中，蒙泰朗（Henri de Montherlant，1896—1972）也许不如普鲁斯特、萨特、波伏瓦、杜拉斯等那样耀眼夺目，但也散发着独特的光辉，闪烁在无际的夜空之中。这颗星，在1920年代开始发光，与当时的文学主潮超现实主义擦肩而过，无怪乎朱利安·格拉克把生活在现代的他排斥在现代主义潮流之外。② 这颗星，无论人们怎样安排他的位置，③ 他都自顾自地站在壕沟里，站在运动场上，站在竞技场中，用词句编造他的现实，构建他的精神世界，记录他的自我存在。这颗星，在划过历史长空五十载后陨落了，但他对生死进行思考的余晖永照人间。

---

① 吴岳添：《法国小说发展史》，杭州：浙江大学出版社2004年版，序言第3页。

② “在法国并非仅仅有着一种文学，而是存在着几乎是风马牛不相及的两种文学：‘一方面是一种决裂的文学，而兰波、洛特莱亚蒙、马拉美、加里和超现实主义派别都站在了这一边；另一方面，则是传统的文学，在这一边的无疑是福楼拜、阿纳托尔·法朗士、巴雷斯、纪德、莫里亚克和蒙泰朗。’”见皮埃尔·德·布瓦岱弗尔著，鲍刚译：《今日法国作家》，北京：商务印书馆1998年版，第78页。

③ 吴岳添在其《法国小说发展史》中，把蒙泰朗的小说归在“社会小说”之列。作为一种小说类型，社会小说指不属于具体小说流派的、反映社会现实的小说。张泽乾等在《20世纪法国文学史》中，把蒙泰朗的作品置于现实主义反传统小说营垒中的介入小说类别里。所谓介入小说，主要是指介入社会、介入生活、介入人生，它所反映的不是人与自然，而是人与社会的关系，即人在现实生活中的处世原则。

一、生平与小说创作生涯

1896年4月21日，蒙泰朗出生于巴黎。他的写作生涯始于1905—1907年期间。在与母亲一起阅读了波兰作家亨利克·显克维奇（1905年诺贝尔文学奖得主）的作品《你往何处去》以后，他对文学很着迷。书中的世界似乎就是一个真实的世界，是他极度渴望的生活。这部小说使蒙泰朗明白了文学的意义所在：文学就是没有偏见的生活，是没有约束的生活，是真正的生活。

1911年初，蒙泰朗进入圣十字架中学读书。次年，由于同性恋倾向，他被学校开除。这件事在他身上诱发了一种非同寻常的觉醒，强烈地冲击了他的感情世界。他领悟到文学作品的价值在于它能让自身的经历对自我进行检验，对精神危机进行深刻的分析。写作其实是一种辩护，因为人们能够用坚定的文笔把看待世界的方式强加于人。写作是吐露隐情：迷茫而又强烈地抒发内心的最痛。对蒙泰朗而言，没有情感的释放也就意味着文学的消亡。作者在创作时要全身心地投入，凭借自己对事物的感知来酝酿作品，使之成为别人能够对号入座的某种典范。

第一次世界大战爆发三年以后，蒙泰朗参军。次年，他腰部受伤，就主动请求到美国军队里担任翻译。在美军参谋部，他一直工作到1919年9月才复员。战后的蒙泰朗在尸骨搜集所工作了好几年。也就在那时，他开始写他的第一部小说《梦》。这部小说的写作持续了两年时间，于1922年发表，叙述了一个年轻人主动参加战争的事情。

从1925年起，蒙泰朗遭遇了人生的一次精神危机，产生了厌世倾向。他离开巴黎开始旅行，去寻找新的刺激。当初，蒙泰朗离开巴黎是为了不像大多数人那样平庸无为地生活、按部就班地工作，随后他的思想发生了变化，他不想一味地享受生活了，因为贪图享受的后果是仍然难以排解心中的忧郁和惆怅。蒙泰朗被卡在他想放弃的生活和他所倾向过的生活中间：逍遥自在地旅行和日复一日地工作，这两者都让他感到厌恶。为此，蒙泰朗发明了“交替理论”来解决他的烦恼：构建多样化的感觉、存在和行动的方式。这套理论不仅让其小说《少女们》的主人公科斯塔尔说出

"在我身上齐聚着最坏的东西和最好的东西"[①] 这样的话来，更是他塑造各种戏剧人物的基石，也就是说，每个人物都有其存在的理由和形式。

1933 年，蒙泰朗撰写的《独身者》在次年发表后取得了巨大成功，荣获法兰西科学院大奖，并被译成俄文和西班牙文。

1934 年初，蒙泰朗开始创作 4 卷本小说《少女们》。第 1 卷《少女们》和第 2 卷《对妇女的怜悯》都在 1936 年出版；第 3 卷《做善事的魔鬼》和第 4 卷《麻疯女》分别于 1937 年和 1939 年问世。这是蒙泰朗最被广泛阅读的一部小说，也是两次世界大战之间所有出版物中最为成功的其中一部，该小说在 1945 年就卖出 60 万册，还被译成 12 种语言。

此后，蒙泰朗进入小说创作的断裂期，主要从事戏剧创作。1942—1965 年期间，他发表了 10 多部重要的戏剧作品。在其剧本里，蒙泰朗同样探讨人类生活的意义和行动的真谛。

1960 年，蒙泰朗因在小说和戏剧创作领域的杰出成就被选为法兰西院士。

晚年的蒙泰朗再度挥毫，继续发表小说。1963 年的《混沌与黑夜》、1969 年的《男儿们》和 1971 年的《我的主人是个杀人犯》相继与读者见面。在这些新作里，人们很自然地能找到昔日的基调，但是人生感悟不再相同：人们闻到了虚无和死亡的气息。

在 1972 年的秋分日，蒙泰朗以自杀方式结束了自己的人生，因为他相信人的生命根据自然的循环规律会周期地归零。"他曾经在作品里几次赞扬自杀，认为那是'在必要时的一点点自由'。"[②]

二、转向虚无的生死存在观：小说主题的连贯与变奏

蒙泰朗的小说创作大约可以划分成三个阶段：1920 年代、1930 年代和 1960 年代。如果把他在不同时期塑造的主人公形象进行分类，首先映入我

---

① L. Acher et J. Maurice, "Montherlant", in J.-P. de Beaumarchais, D. Couty et A. Rey, *Dictionnaire des littératures de la langue française*, Paris: Bordas, 1984, p. 1560.

② 陈占元：《蒙泰朗》，见《中国大百科全书·外国文学》（第 1 卷），北京·上海：中国大百科全书出版社 1982 年版，第 697 页。

们眼帘的无疑就是青年时期的蒙泰朗式英雄人物阿尔邦，其次是性格复杂的科斯塔尔，最后是反英雄群像。①

蒙泰朗的作品始终跟他自己的生活联系紧密，他以自己的经历为参照体察世情，贴近人性。在他的每一本书中，他都讲述自己的一段生活经历，展现他性格的某一个侧面，表达他在其人生特定阶段的思想主旨。从总体上看，他的书是遵循着化身不断地进行演变的思路写就的。作品当中有作家的身影，他通过具体的事、具体的人阐明自己的观点，表达他自己的心声：“词就是事，句子就是行动；蒙泰朗常做的事就是把自己的生活转移到人物身上。”② 也就是说，在生活的同时，他靠写作有意识地把自己当时的心境表达出来，将他自己的感觉进行归纳，把他自己在某一时刻的所想所做理出个头绪。他的心声在不同的时代有不同的内容，而且都是具体的，他借人物之口来表明自己的心迹，他通过人物形象对世界表态，他通过写作“观察人生，并且观察人生全体”（梁实秋语）③。这是他履行的作家的神圣使命。

布瓦岱弗尔认为：“一部小说向来只是现实的一种反映——或多或少是捏造的，或多或少是真实的。除了极少数的几个例外（普鲁斯特、乔伊斯、博尔日），一个小说家，哪怕是伟大的小说家，向来就只是一个作家，普鲁斯特早就清楚地看出小说家只是一个表达者。”④ 那么，作为小说家的蒙泰朗在用词句编造他的现实时究竟表达了什么样的内容，传递了什么样的信息呢？

战争是进入我们视野的第一个镜头。描写战争题材的小说家很多，有的探讨战争中人性的丧失与建立；有的生动地展示英雄成长的经历；有的分析战争中的人性及战争对人类的普遍伤害……蒙泰朗也写战争，但他切

---

① “20 世纪的小说作品里不乏可怜鬼、受害者、一败涂地的失败者、被遗忘者和懦夫形象。”见史忠义：《20 世纪法国小说诗学》，北京：社会科学文献出版社 1999 年版，第 400 页。这些下层人物与传统英雄人物完全相反。自荷马史诗以来的各式英雄人物逐渐消失，是因为比第一次世界大战规模更大、更残酷的第二次世界大战没有在西方引起新的英雄小说潮流。蒙泰朗的《斗兽者》和《混沌与黑夜》两部小说很能说明这一转变。

② P. Sipriot, *Montherlant*, Paris: Seuil, coll. Ecrivains de toujours, 1975, p. 4.

③ 转引自朱荣智：《文学的第一堂课》，北京：清华大学出版社 2005 年版，第 12 页。

④ 皮埃尔·德·布瓦岱弗尔：《今日法国作家》，前揭，第 153 页。

入的角度不同。大家对战争的普遍认知是残酷，因为战争常常意味着死亡，但是蒙泰朗却把它作为主题构建了自己的第一部小说《梦》。关于战争，蒙泰朗有自己的理解。主人公阿尔邦·德·布里库尔是自己主动要求上前线的。阿尔邦认为战争既能给他带来获得荣誉的机会，又能带来获得荣誉的快乐。甚至这部小说的其中一个章节就叫做“前线的情人”。在与普里奈一同坐在开往前线的车厢里，蒙泰朗是这样描述阿尔邦的喜悦心情的：“噢，出发了！噢，快乐呀！噢，快乐呀！……快乐！神圣的快乐！”① 从阿尔邦发出的欢娱声中，我们可以看出他对上前线的渴望，他对战争的热爱。在荷马那里，打仗是为了得到美丽的海伦；在托尔斯泰那里，上前线是为了捍卫祖国；在蒙泰朗那里，战争同样具有一种完全可以理解的意义：战争对他而言是展现英雄气概的时刻，战争是一个只讲奉献而不图回报的时刻。因此，从这个角度来看，蒙泰朗并不是一个“好战分子”，他所做的只是把战争同人类的命运联系在一起，理由是战争与和平都是人类的存在方式。战争只不过是他用来表达热爱生活、友爱他人的唯一场所罢了。

战争主题萦绕着蒙泰朗，那是因为战争是其人生中活得最有深度的时刻，之后，一切都变得不完整了，也不完美了：“战争使人至善至美，是人类本身的状况，是一切和乌有，是偶然，要不停地把彻底死亡算进在内。”② 战争只是生活的一种表现形式，是生活的英雄颂歌。

战争结束了，生活还在继续，因此，蒙泰朗探索人生的脚步没有停止，他走进了体育场。蒙泰朗在《梦》里宣扬的刚毅品格更是溢满了随后发表的《奥林匹克运动会》。在他眼里，体育场如同战场，是剑影笼罩下的天堂：被蒙泰朗喻为战争的体育，同样“包含着死亡的气息”③。正是基于他对体育（战争在和平年代的延续形式）的这种认识，他也一并把体育上升为生活的艺术：“在最为艰苦的训练中寻找自如和随和。这种探寻让他懂得选择是生活的根本行为；决定做重要的事情并全力投入意味着要对不重要的事情漠不关心，而且这种漠不关心和对重要的事情给予的关注在

---

① Henri Montherlant, “Le Songe”, in Montherlant, *Romans et œuvres de fiction non théâtrales*, Paris: Gallimard, coll. Bibliothèque de La Pléiade, 1959, p. 30.

② P. Sipriot, *Montherlant*, *op. cit.*, p. 55.

③ 吴岳添：《法国小说发展史》，前揭，第 339 页。

程度上相等。”[1] 旨在挣脱束缚的蒙泰朗懂得放弃与退却的建设性意义，俨然是那些上了年岁的老者：“他们认识到了壮志与成功本质上的徒劳，他们因为减少期望和要求而老练，因舍弃无关之物而更睿智。”[2] 他的智慧表现为向死而生并达于永生。蒙泰朗对死亡采取的泰然处之的态度，可以称得上是以教化人生为己任的蒙田的弟子了：“生活上的正当探求在于自我调节，自我引导，自我容忍。这一关于生活之道的总章和主章中，包含了其他许多课题；在众多的课题中，也有死亡之道这一节。”[3] “让我们学习以勇敢坚定的态度去与死神搏斗吧。为了一开始就使之失去凌驾于我们的优势，让我们采取与常规迥然不同的方式。咱们消除它的怪异面具，常常跟它打交道，让自己在思想上习惯于与它为伴。”[4] “死神在什么地方等候我们，没有定准，那么我们就随处迎候它吧。对死亡的及早思考也就是对自由的预先思考。谁学会了死亡谁就不再受奴役……认识死亡就令我们摆脱一切束缚和限制。”[5]

如果说《奥林匹克运动会》是关于运动的诗歌，那么《斗兽者》就是对斗牛的吟颂。作者对斗牛场面精确、传神的描写，让读者们有身临其境的感觉：他们不仅能欣赏到主人公阿尔邦那矫健迷人的动作，还能听他讲话，追逐他的视线，甚至体验他的内心感受。在阅读的过程中，看客成了主角，观众自己变成了威武勇猛的斗牛士。面对公牛，斗牛士既感到害怕，又感到一丝快乐；在害怕与快乐的混合情绪中，在兴奋的舞斗中，斗牛士与斗牛逐渐合二为一了。这种独到细致的观察源于蒙泰朗的切身经历和体会。

在蒙泰朗眼里，战胜恐惧、藐视死亡就意味着战争是生活的存在形式，体育是生活的存在形式，斗牛是生活的存在形式。从我们的角度看，反过来说也是成立的：生活就是战争，生活就是体育，生活就是斗牛。战争、体育、斗牛是各自独立但又相关的真实主题，它们被蒙泰朗汇集起来

① P. Sipriot, *Montherlant*, *op. cit.*, p. 62.

② 卡伦·荷妮：《神经症与人的成长》，北京：国际文化出版公司 2001 年版，第 258 页。

③ 蒙田著，黄建华译：《蒙田论生活》，北京：团结出版社 2007 年版，第 49 页。

④ 同上，第 59 页。

⑤ 同上，第 60 页。

定格在巨大的、承载人类命运的时空转盘上。从反映尚武精神的《梦》，到颂扬人体阳刚之美的《奥林匹克运动会》，再到呈现生死搏斗悲壮场景的《斗兽者》，蒙泰朗向我们初步解读了他对生与死的认识。

1920—1930年代不仅是法国小说史上的一个黄金年代，也是一个多元的年代，表现为长河小说、大地小说、心理小说和介入小说精彩纷呈，各派名家迭出。从蒙泰朗1920年代创作的《梦》、《奥林匹克运动会》、《斗兽者》来看，他应当和马尔罗、圣—埃克絮佩里一道被贴上积极“行动”和“介入”小说家的标签。这类小说的中心命题是“人的生存、人的境遇、人的命运”①，其创作实践“不是为了图解人生，而是为了探索人生，即在历史的而非想象的情势下，揭示受到威胁的人类生存处境和前途命运”②。

在青年蒙泰朗身上显现的狂飙式激情，与马尔罗提倡的“不忍受哲学”和圣—埃克絮佩里宣扬的“行动哲学”有异曲同工之处。马尔罗的作品中“渗透着和贯穿着关于人的状况、人的命运的荒诞性以及人应该反抗这种荒诞性的哲理”③。这位无神论人道主义者主张“通过冒险、通过革命显示人的力量，人的尊严，摆脱人的屈辱状况”④。圣—埃克絮佩里赋予人以精神生活的意义和品位：“人的伟大，在于他有责任感。”⑤ 他的人道主义观点是：对人类的命运负责任就在于行动，因为“行动……解放了人；……使人变得更伟大；……使人超凡脱俗；……使人变得永恒”⑥。因此，“人在为大众谋福利的过程中，会做出英雄行为；人在争取自由平等、奋发向上的过程中，会做出英雄行为”⑦。

他们三人都以“英雄式的冒险”为共同理想，都选择“积极介入”来探讨人的状况，但是在介入的程度上，蒙泰朗显然不如上述两人。理由是，在西班牙内战发生时，马尔罗不仅创建了国际飞行大队，执行飞行任

---

① 张泽乾等：《20世纪法国文学史》，青岛：青岛出版社1998年版，第115页。
② 同上，第115页。
③ 柳鸣九：《法兰西文学大师十论》，上海：复旦大学出版社2004年版，第339页。
④ 同上，第347页。
⑤ 郑克鲁：《法国文学史》（下卷），前揭，第1337页。
⑥ 同上，第1338页。
⑦ 同上。

务，还写出了反法西斯题材的《希望》。这部小说“写出了人对抗命运的最强音：人类社会虽然充满了荒诞，但是，只要行动起来，美好的命运是可以争取的”[①]。圣—埃克絮佩里也两度前往西班牙进行战地采访。同是取材于西班牙内战的作品，在《混沌与黑夜》中，蒙泰朗只展现了佛朗哥取得胜利后，无政府主义者塞莱斯蒂诺的思想面貌，在人道主义层面只停留在对弱小者的同情上。

应该说，蒙泰朗对弱小者的同情不止出现在这部晚年所创作的小说里。蒙泰朗的人道主义在《梦》里表现为对受伤的德国士兵的同情、对小动物的同情；在《沙子上的玫瑰花》里表现为对法国殖民地当地人民的同情；在《独身者》里表现为对莱昂的同情；在《我的主人是个杀人犯》里表现为对埃格聚佩尔的同情。总之，蒙泰朗的人道主义是对失败者的群像表示同情。

《独身者》的主题，在读者看来似乎表现了一个阶级的衰落和一个时代的结束。但蒙泰朗实际上是借题发挥，他探讨的“是人，饱受痛苦煎熬的人”[②]，无论他是否出身于乡绅家庭。在这部作品里，他没有刻意去奚落小贵族。奥克塔夫、埃利和莱昂，他们首先就是他们自己，只不过是处在一种巨大的困境中无法自拔。这些人的不幸遭遇惹人同情，令人怜悯。蒙泰朗强调的其实是人物的性格，贵族出身只是一个因素。莱昂的悲剧根本在于他的不作为，因为他直到20岁还生活在母亲的羽翼下，不能独立。母亲死后，家财败光了，找不到工作的莱昂只好把与舅舅埃利同住的房子卖掉。他最后死在另一个舅舅奥克塔夫领地的守护者住所内。这位舅舅倒是帮了一下莱昂，可惜，这份帮助等于杯水车薪，而且来得太晚。《独身者》关注的是与社会隔绝的人群。作者在其中阐述的思想是：“只需一点点儿怜悯就能拯救他们的命运，但是他们悲惨地死掉了，因为在他们周围的人没有做任何事情去帮助他们：‘我们人人都是杀人犯：对处于困境的人不施援手。’”[③] 莱昂的银行家舅舅奥克塔夫就是这周围人的代表：“他有一点

---

① 郑克鲁：《法国文学史》（下卷），前揭，第1316页。

② Henri Montherlant, “Le Songe”, in Montherlant, *Romans et œuvres de fiction non théâtrales*, *op. cit.*, préface XXV.

③ P. Sipriot, *Montherlant*, *op. cit.*, p. 98.

财产，但玩弄把戏，免得负担另外两个人。”[①] 作者借助奥克塔夫这个人物鞭挞了生活在现代社会的人的冷漠和自私。莱昂是一个受害者，是一个缺少关爱的世界的受害者，但是这样的受害者不止一个，蒙泰朗在《我的主人是个杀人犯》中继续呼唤“爱”的来临。

正如《混沌与黑夜》里塞莱斯蒂诺的命运一样，正如《独身者》中莱昂的命运一样，埃格聚佩尔无力改变自己的命运：他出生在蒙吕松，先在奥兰任职，后到阿尔及尔当图书管理员。这一工作上的变动似乎预示着他“是到阿尔及利亚来找倒霉的。他的倒霉是命中注定的。埃格聚佩尔选择了‘与纸张和书籍打交道的生涯’，因为在他所能接触的范围之内，他也看不到其他的东西。这一生涯并没有使他对人道主义产生好感。他的结局将是可怜的”[②]。

埃格聚佩尔独自生活，遭到唯一的朋友马尼埃尔·马努斯耶不择手段的利用，只能从妓女桑什达和索菲那里满足生理需求。刚开始，他甚至得到了上司圣·朱斯坦的器重。但是，不久他却认为圣·朱斯坦不断地找他的麻烦。在这位上司看来，埃格聚佩尔在工作中老是出差错。阅读弗洛伊德的《心理分析导论》后，埃格聚佩尔得了神经官能症。他无意中向圣·朱斯坦承认他受不了这样的生活，并请求返回法国本土，最终获得上司批准。他在巴黎碰到了蒙泰朗。[③] 就在后者准备帮助他时，他消失了，没有留下地址，以自然死亡的方式于 1928 年死在奥塞尔的收容所里。这样的结局让人欷歔不已。

通过这个被迫害幻想所折磨的敏感的知识分子，蒙泰朗阐发了他的福音主题：“像爱我们自己一样爱众人，对人人行善并赋予每人之所需。”[④] 其实，埃格聚佩尔的病不是那么严重，而且可以治愈。如果他能够找到倾诉对象，有点儿钱在身上，能放松身心地生活的话，他或许可以继续活在这个世界上。然而，没有工作，没有钱，没有得到及时且充分帮助的他何以能苟活下去？连他的朋友，小说中的蒙泰朗也只打算帮一半忙，因为

---

① 郑克鲁：《法国文学史》（下卷），前揭，第 1333 页。

② 皮埃尔·德·布瓦岱弗尔：《今日法国作家》，前揭，第 138 页。

③ 这是作者第一次把自己作为小说人物写进小说里，在结尾时出现。

④ P. Sipriot, *Montherlant*, *op. cit.*, p. 164.

“没有人会把自己的钱全部拿出来给需要的人让其得到全面治疗。”[①] 能做而不做是一回事，是否全力去做又是另外一回事。蒙泰朗借人物之口说出：“人们不会倾尽全力去做避免我们不死的事情。”[②] 这就是小人物的宿命。蒙泰朗对弱小者所寄予的同情和怜悯是其性格的自然流露，也是其性格之中闪耀的人文之光。

三、以自己的方式关注人的生存状况

蒙泰朗思想的形成与他的经历有关。接受贵族教育、展现骑士风范也好，追求享乐、游戏人生也罢，介入也好，引退也罢，哪一段生活经历不为他的创作提供养料？蒙泰朗以字为针，以句为线把自己的生活碎片串在一起，而这编织起来的连篇文字，哪一段不是其思想的凝聚、涌动和迸发？跟在《随笔集》里解剖自己的蒙田一样，蒙泰朗本人就是他小说的材料。

在1925年实现的自由生存状态（到北非旅行）是蒙泰朗梦寐已久的生活。他逃避现实不是摆一种姿态，而是真的去行动，努力与自己希望过的生活相协调。他经历过战争，他的体会是：

> 在战争期间人生首先就是一盘败局，因此重要的是把自己训练成过一种没希望的生活的人。在这种情况下，游戏人生不失为一种选择。游戏之所以被当作一种答案，那是因为在游戏中，人们除了追求生活的快乐之外并无他求，而且通过游戏人们还能激发自己的生命力。把人生看作游戏彰显的是超脱。当人们不再严肃地对待生活时，它就变得如此美妙，同时生活也就变成了无用的东西，这种无用性则为死亡做好了准备。[③]

换句话说，这是人类生存的策略：“人们忙点儿什么无非是为了忘记

---

① P. Sipriot, *Montherlant*, *op. cit.*, p. 166.

② *Ibid.*

③ *Ibid.*, p. 70.

死亡的存在。"[1] 这其中的逻辑就在于死亡变得不可怕了。蒙泰朗想做一个自由人，从而提出生活无用论的观点，把游戏人生的目的诠释为忘却死亡，并因此穿越了生死的界限。

我们由此可以明白，蒙泰朗为什么对独立的生活情有独钟。通过这种不受束缚的人生体验，蒙泰朗把自己变成了一个只感受自我存在的有独特性格的人物。这个人物在某种程度上既是生活在现代社会的作家本人，也是他在作品里精心雕琢的人物形象。

当我们把蒙泰朗在 1920 年代和 1960 年代创作的同样涉及斗牛主题的内容进行对比时，我们发现了一个"反英雄"的小说家。避居法国的塞莱斯蒂诺，回到西班牙后去看斗牛。他看到的是什么？四十年的光阴使蒙泰朗判若两人。他在《斗兽者》中表现出来的巴雷斯式的咏史情怀，在《混沌与黑夜》中消失了，其中的英雄人物也不见了。"正如米歇尔·雷蒙所说，人成了动物，成了牺牲品。当斗牛死时，斗牛士也象征性地连中四剑而倒地身亡。讴歌英雄人物的小说家，到了壮年和暮年，反倒乐于与失败者为伍。"[2]

伴随着小说中的人物形象从英雄向反英雄的转化，小说家对死亡的看法发生了变化："从死亡的角度看问题，我们所做的一切都是白做，所有看似肯定的一切都不再存在。"[3]

读者在这个人物的孤独命运里可以体味到的是：

> "哲学是胡扯。当然，宗教也是胡扯，而且是最大的胡扯。所需要的是勇气，严格地说只需要勇气。其他一切都算不了什么。"勇气本身也没有用处，因为在一个善与恶、牺牲与惩罚势均力敌的社会中一切都是徒劳的。"为什么不真正做一个懦夫呢？"塞莱斯蒂诺回到马德里，警察赶到旅馆逮捕他，他却在旅馆自杀了。[4]

蒙泰朗通过主人公自杀这个举动向我们昭示："对世事的冷漠使死亡

---

① P. Sipriot, *Montherlant*, *op. cit.*, p. 70.

② 史忠义：《20 世纪法国小说诗学》，前揭，第 399 页。

③ P. Sipriot, *Montherlant*, *op. cit.*, p. 70.

④ 皮埃尔·德·布瓦岱弗尔：《今日法国作家》，前揭，第 115 页。

不再那么可怕，使他成为一个无感觉的人；正是这种冷漠使他变得麻木不仁，是他自己要过隐居的生活；他把自己蜷缩在他给自己划定的界限内。坦然面对死亡的态度使他永远是死亡的主人。”① 简言之，蒙泰朗把塞莱斯蒂诺生活的世界设计成了一个没有快乐的世界，因为他生活在一个并不存在的世界里：“生活在另一个世界里，只是自己幻觉的牺牲品。他在马德里以为受到了追捕，见到了幽灵。他去看了一场斗牛，公牛向舞动的红布冲去，其实就是人类被幻想所折磨的象征。”②

从《斗兽者》到《混沌与黑夜》的过程就是蒙泰朗从介入转向隐退的过程。在前面这部作品里，他把斗牛理解为人的一种生存状态，即斗牛士向斗牛发出挑衅，在驯服过程中战胜恐惧。“前者的主人公蔑视斗牛带来的生与死的挑战，面对公牛，面对所有观众，显示了威武不屈的英雄气概。将近40年后，发生了近乎不可思议的变化，人远非昨日战胜斗牛的英雄，人成了斗牛：‘当他年轻的时候，曾经多次对自己说：生活就是斗牛。如今他竟以为人就是斗牛。每个星期天，人成了这个斗牛场以及数以百计的其他斗牛场的游戏对象。’”③ 同一主题的这些变奏，在季节不动声色的依次更迭中让我们看到了一个变动的自我，一个虚无味道日渐浓厚的自我。

蒙泰朗在年轻时选择做英雄，在中年和老年选择做懦夫。他是地地道道的存在主义英雄，他也是地地道道的存在主义懦夫。这说明蒙泰朗“摆脱了古代人顺乎原欲、发乎于情的自然生存状况，否定了中世纪听天由命、任由上帝发落的那种主体意识殆尽的被动生存状况，而代之以自我意识的觉醒和强化”④。在对人的关注和对人文精神的认同方面，蒙泰朗与两个复仇王子哈姆雷特和俄瑞斯忒斯一样，“都有主动探究自身本质、树立人生道德理想的渴望，都有超越自己的追求，也有能动认识和改造世界的自觉性，而这，正是人文精神的内质”⑤。这种人文精神的内质让我们在蒙

---

① P. Sipriot, *Montherlant*, *op. cit.*, p. 93.

② 吴岳添：《法国小说发展史》，前揭，第340页。

③ 史忠义：《20世纪法国小说诗学》，前揭，第398页。

④ 江龙：《解读存在：戏剧家萨特与萨特戏剧家》，长沙：湖南大学出版社2001年版，第123页。

⑤ 同上。

泰朗的小说中，一方面能看到他创作的角色跟人文主义的典型一致，“忠实于自己崇高的理想，具有自尊与自制的美德”[①]；另一方面与存在主义的代表趋同，作为“能够主动选择他自己生活道路”[②] 的人而伫立于世。诚如萨特断言：存在主义是一种真正意义上的人道主义。

蒙泰朗的每一部作品都是“存在的连续性之中的一个坐标，一根标杆，上面铭刻着生活事实的主要问题”[③]。蒙泰朗虽然不属于以萨特、加缪为代表的存在主义文学阵营的一员，但他也是存在的探究者，在“摸索中试图揭示存在的不为人知的一面”[④]。他从自己的生活出发，以自己的方式关注人的生存状况，他在小说中表达的生存感受就是他对人的存在和人的命运的思考。

蒙泰朗有些像马尔罗，但不如这位20世纪的冒险家兼斗士那样悲壮、高昂；他有些像蒙田，但不如这位文艺复兴时期的思想家和散文家轻快、写意。蒙泰朗的性情相对复杂：积极中隐含着惰性，消极中裹藏着活力；激情中混杂着孤寂，冷漠中流露着睿智；建设与摧毁相生，疯狂与理性相成……他是诗人，也是哲学家，身兼诗人和哲学家的蒙泰朗留在这世上的杰作——交替理论让他单独成为“这一个”，而不是写《城堡》的卡夫卡，不是写《追忆似水年华》的普鲁斯特，不是《尤利西斯》的作者乔伊斯，不是《交叉小径的花园》的作者博尔赫斯，更不是同样在“存在”这条矿脉上进行勘探的昆德拉。[⑤] 较之于给我们提供了一个存在可能性范畴的昆德拉，因声明“人在思考，却又抓不住真理”[⑥] 而让我们在这个混乱无序的世界中迷茫不已的昆德拉，蒙泰朗更容易让人接近，更容易让人理解，因为从他那里我们多多少少还能获得有关人的本质、世界的本质以及人与

---

① 张泽乾等：《20世纪法国文学史》，前揭，第131页。

② 江龙：《解读存在：戏剧家萨特与萨特戏剧家》，前揭，前言第3页。

③ 让—保尔·古著，杨振译：《声声不息》，上海：华东师范大学出版社2007年版，第121页。

④ 米兰·昆德拉著，董强译：《小说的艺术》，上海：上海译文出版社2004年版，第185页。

⑤ 这位小说的立法者认为：“存在不是已经发生的，存在是人的可能的场所，是一切可以成为的，一切人所能够的。”见吴晓东：《从卡夫卡到昆德拉——20世纪的小说和小说家》，北京：生活·读书·新知三联书店2003年版，第326页。

⑥ 米兰·昆德拉：《小说的艺术》，前揭，第199页。

世界关系的一些知识。

诚然，蒙泰朗产生的影响与上述现代主义小说的重量级人物无法旗鼓相当。我们只想坚持一点，那就是他在精神方面带给我们（尤其是被物质生活压得喘不过气来的我们）的滋养丝毫不逊色于他的前人、同辈以及后来者。他也是指点人生的大师。他凭借他的经验、他的想象，在事实的虚构和虚构的事实之间搭上了一座人道主义的桥梁，创造了一系列“进入了艺术，进入了哲学”[①] 的人物。跟塞万提斯的主人公堂吉诃德一样，这些人物的“纹章是怜悯”[②]，代表着人彼此热爱的精神需求。蒙泰朗通过自己的小说所抒发的人道主义情怀是一种大爱、一种博爱、一种普世的爱，这既是他的毕生追求，也是一个个因灵魂到处漂泊，找不到安身之所而生活在孤独和焦虑中的现代人的渴求。

在对人类的探索这个层面上，在对人类的处境和对存在的无穷追问的层面上，作为世间俗物的我们，与年轻时便声名鹊起突然蹿红于文坛的蒙泰朗，与那些我们提过名的和未提过名的文人哲士以及经典的解说者们是平等的。但我们所能知道的是，16世纪的蒙田在《随笔集》中谈论的人生之道颇有示范意义，让多少人生的迷途者受益匪浅，可是他的说教未必处处合宜、时时恰当。20世纪的蒙泰朗学会了冷眼看生死，为自己谋划好死亡的时间和方式；他所选择的自杀，却不是蒙田意念中的“轻生”，所以在蒙泰朗那里谈不上自己鄙薄自己、自己轻视自己。

结　语

蒙泰朗的小说创作实际上反映的是他自己的生活和思想。他的小说和他的生活一样，在不同的时代，有不同的人生阅历，也有着不同的主题。即便他在不同的小说中探讨相同的主题，但随着岁月的流逝，他对人生的感悟也会发生变化。如果说他的小说带有自传性质的话，那是“他想要试图通过了解自己来认识芸芸众生。他在自己身上研究他们，同时以好奇的

---

① 弗拉基米尔·纳博科夫著，金绍禹译：《〈堂吉诃德〉讲稿》，上海：上海三联书店2007年版，前言第9页。

② 同上。

眼光审视他们，再没有什么比人类的本性这个话题更能令他心醉神迷的了。他抓住各种机会，从不同的角度，根据他自己性格的变化、复杂和神秘来观察它”①。

蒙泰朗近五十年的创作生涯，充分显示了他作为观察家的奇才。他记录了半个世纪的生活变迁，然而他更是一个洞悉人间百态的智者。他运用智慧编织自己内心世界的生活，在这个追求快乐的世界里浮现的无不是蒙泰朗独特的个人光辉。他在自己的小说里清楚地表述了他对世界的部分认知：万事万物各安其位，依时运行，按序交替，彼此转换，同生共死。我们认识的蒙泰朗是在一个充满悲剧的世界里寻找空隙，在一个悲剧和另一个悲剧的缝隙里填上幸福图景的小说家，当仁不让的存在探索者。

【参考文献】

玛格丽特·艾特伍德著，严韵译：《与死者协商》，上海：上海三联书店 2007 年版。

皮埃尔·德·布瓦岱弗尔著，陆亚东译：《1900 年以来的法国小说》，北京：商务印书馆 1998 年版。

皮埃尔·德·布瓦岱弗尔著，鲍刚译：《今日法国作家》，北京：商务印书馆 1998 年版。

陈占元：《蒙泰朗》，见《中国大百科全书·外国文学》（第 1 卷），北京·上海：中国大百科全书出版社 1982 年版。

陈振尧：《法国文学史》，北京：外语教学与研究出版社 1989 年版。

傅道彬等：《文学是什么?》，北京：北京大学出版社 2002 年版。

让一保尔·古著，杨振译：《声声不息》，上海：华东师范大学出版社 2007 年版。

卡伦·荷妮：《神经症与人的成长》，北京：国际文化出版公司 2001 年版。

江龙：《解读存在：戏剧家萨特与萨特戏剧家》，长沙：湖南大学出版社 2001 年版。

米兰·昆德拉著，董强译：《小说的艺术》，上海：上海译文出版社

---

① P. Sipriot, *Montherlant*, *op. cit.*, p. 4.

2004年版。

柳鸣九:《法兰西文学大师十论》,上海:复旦大学出版社2004年版。

蒙田著,黄建华译:《蒙田论生活》,北京:团结出版社2007年版。

弗拉基米尔·纳博科夫著,金绍禹译:《〈堂吉诃德〉讲稿》,上海:上海三联书店2007年版。

史忠义:《20世纪法国小说诗学》,北京:社会科学文献出版社1999年版。

吴晓东:《从卡夫卡到昆德拉——20世纪的小说和小说家》,北京:生活·读书·新知三联书店2003年版。

吴岳添:《法国小说发展史》,杭州:浙江大学出版社2004年版。

张泽乾等:《20世纪法国文学史》,青岛:青岛出版社1998年版。

郑克鲁:《法国文学史》(下卷),上海:上海外语教育出版社2003年版。

朱荣智:《文学的第一堂课》,北京:清华大学出版社2005年版。

J. -P. de Beaumarchais, D. Couty et A. Rey, *Dictionnaire des littératures de la langue française*, Paris: Bordas, 1984.

J. Malignon, *Dictionnaires des écrivains français*, Paris: Seuil, 1971.

Henri Montherlant, *Romans et œuvres de fiction non théâtrales*, Paris: Gallimard, coll. Bibliothèque de La Pléiade, 1959.

P. Sipriot, *Montherlant*, Paris: Seuil, coll. Ecrivains de toujours, 1975.

第二章

萨特：存在文学与自由追寻

对知识分子来说，
介入就是表达他自己的感受，
并且是从唯一可能的人的观点来表达，
这就是说，他必须为他本人，
也为所有的人要求一种具体的自由。

（萨特）

法国著名思想家让—保罗·萨特（Jean-Paul Sartre，1905—1980）是20世纪西方存在哲学的主要代表人物，也是当代著名的存在主义文学家、剧作家、评论家和社会活动家。他把自己的存在哲学思想注入其文学创作，开创了存在主义文学的先河，给西方文学注入了存在的生机与活力。

一、人生历程与文学之路

萨特于1905年6月21日生于法国巴黎。他的父亲让—巴蒂斯特·保罗是一名海军下级军官。1904年，他的父亲与年仅20岁的母亲安娜—玛丽·施韦泽结婚，并于第二年生下了萨特。但是，婚前就在法属印度支那患上阿米巴热病的父亲在萨特还不到2岁时便撒手人寰。身无长技的母亲只好带着年幼的小萨特回到娘家，但外祖父母并不欢迎萨特母子的到来，家庭的争吵和母亲在娘家压抑而困窘的生活使幼小的萨特变得敏感、胆小和早熟。萨特天资聪颖，加上身为语言学教师的外祖父强迫小萨特读书，使萨特从小就受到文学的熏陶。1917年，萨特的母亲与一位土木工程师再婚，一家人搬到大西洋沿岸的拉罗歇尔小城居住。在这里，萨特密切地接触了下层社会人们的生活，增长了社会生活的见识和阅历。几年后，外祖父又把萨特转回到巴黎，先是在巴黎亨利四世中学读书，后在巴黎路易大帝公立中学的文科大学预备班读书。此时，萨特的文学天赋得以表现出来，“当年那个备受压抑、饱尝孤独滋味的‘丑小鸭’”变成了“充满自信、引人注目，准备奋翅高飞的‘白天鹅’”①。

两年的大学预科学习，极大地丰富了萨特的文学知识和哲学素养。

① 雷颐：《萨特》，香港：开明出版社1997年版，第45页。

1924 年，萨特以总分第七名的成绩考入法国著名的高等学府巴黎高等师范学校。这所大学兼容并蓄的学术风气，崇尚自由争论、独立思想的大学精神使萨特深感精神振奋。在这里他结识了很多后来法国思想界的杰出人物，如梅洛—庞蒂、列维—施特劳斯等。后来萨特满怀深情地回忆说："对我们之中的大多数人来说，进入高师的第一天就意味着独往独来的开始，可以说和许多人一样，我在那里度过了几年幸福的时光。"①

对萨特来说，这种幸福并不仅仅是摆脱了幼年生活的不幸，而是使他在哲学、文学、社会学、心理学、逻辑学等人文社会科学的领域内自由地探索和追寻。笛卡尔的"我思故我在"，造就了萨特"反思前的我思"的哲学思想。他虽然没有读懂马克思的《资本论》，但却使他加深了对马克思主义学说的认识。弗洛伊德和阿德勒的精神分析思想使他对心理学有了自己独到的见解，他早期撰写的《存在的精神分析法》就是对精神分析研究方法的理性思考。他在法国高师的毕业论文《想象》，系统分析了自笛卡尔以来西方哲学家和心理学家关于想象的思想和理论。其深刻的哲学推理和精辟的分析使这篇论文得到导师的赞许，获得"优秀"。

1929 年，萨特参加了哲学教师会考。《自由与偶然》这本试题使他以总分第一名的优异成绩顺利通过会考，获得了哲学教师的资格。此后萨特先后在法国的勒阿弗尔市、拉昂、纳伊的中学任教。1933—1934 年，萨特在德国柏林法兰西学院留学。胡塞尔的现象学和海德格尔的存在哲学、克尔凯郭尔和黑格尔等哲学家的著作使萨特兴奋不已。从胡塞尔的现象学哲学中，他领悟到一种超越唯心论与实在论的哲学境界。他深切地感受到，哲学不应该只是一种远离尘世、不食人间烟火的空虚而抽象的思想体系，而是一种与人们的日常生活密切联系，与人的生命存在和人生价值息息相关的精神智慧。1937 年，萨特的小说《墙》在《新法兰西杂志》上发表，引起不小的轰动。1938 年，萨特创作的自传体小说《恶心》出版，他开始受到公众的瞩目。

1939 年 9 月，萨特应征入伍，参加英法联合对德国的作战。1940 年 5 月，他被德国人俘虏，次年因健康原因被遣送回国。之后，他重执教鞭，

---

① 杜小真：《一个绝望者的希望——萨特引论》，上海：上海人民出版社 1988 年版，第 15 页。

在巴黎教授哲学，同时还为地下刊物《法兰西文学》撰稿。

1944年8月法国解放后，萨特辞去教职，专心从事哲学和文学研究，创建《现代》杂志，自任主编。他还在《战斗报》、《费加罗报》等刊物上发表文章和报道，以小说和文学作品为武器，逐渐形成了存在主义文学思想。他的哲学随笔《想象》（1936）、《情绪理论纲要》（1939）及其哲学力作《存在与虚无》（1943）和《辩证理性批判》成为其存在主义哲学的代表作。

在戏剧方面，萨特的创作同样获得很大成功。1943年创作的《苍蝇》，阐述了人的自由与上帝存在的不相容性，提出了一条反抗存在之烦恼的明晰之路：寓自由于介入之中。其“介入文学”的思想在这个剧作中初显端倪。1944年春，萨特创作的剧本《禁闭》首演，其名言“地狱即他人”便源自该剧。对萨特而言，这个地狱就是在别人的注视下生活。为了回应别人的误解，他说：

> 人们以为我说的是我们与他人的关系常常被败坏，而我所说的却是我们之间的关系经常被扭曲、被糟蹋、被误解。但是，其他人对我们自己也是最为重要的；如果没有其他人，任何人也就不能认识他自己……我要表现的是到达荒谬，是自由的重要趋势，一个人的行动能被其他人所改变。无论我们囿于什么样的地狱圈中，我想我们都将冲破它获得自由。而那些不愿突破仍留在那里的人，也是自由选择的结果。他们自愿地创造了他们自己的地狱。①

1946年萨特连续出版了《死无葬身之地》和《毕恭毕敬的妓女》两部剧本。前者描述了法国抵抗运动，后者批判了美国的种族主义。1948年上演的《肮脏的手》，典型地反映了萨特的意识形态倾向，受到了法国共产党人的批评。在《恶魔与上帝》（1951）这部剧作中，萨特重拾歌德创作的《铁手骑士葛兹·封·贝利欣根》中的主题，描述了葛兹是怎样在上帝和撒旦之间享受自由的。

作为随笔作家，萨特撰写了大量关于哲学、文学、政治和社会的评

---

① 转引自雷颐：《萨特》，前揭，第83～84页。

论。他的演讲《存在主义是一种人道主义》虽然引起了广泛的争议，但也产生了重大的社会影响。他的十卷本《境况》具有鲜明的时代特征。总之，对萨特来讲，在他所有的作品中，使他享誉全球的无疑是他的小说和剧本。他正是通过这两种文学形式形象地阐述了自己的存在哲学思想，并借助“介入”把这一思想贯彻到实践中。

1964年，他的自传体小说《词语》出版，获得很大成功。同年10月，瑞典皇家学院授予他诺贝尔文学奖。但他却发表声明，表示拒绝接受该奖项。他说：

个人方面的理由如下：我的拒绝并不是什么仓促的突然行动，我一向谢绝一切来自官方的荣誉。……我的客观理由是这样的：当前文化战线上唯一可能的斗争是为东西方两种文化的共存而进行的斗争。……我个人深切地感受到两种文化的矛盾：我本人身上就存在着这些矛盾。我的同情无疑趋向于社会主义，也就是趋向于所谓的东方集团，但我却出生于一个资产阶级的家庭，在资产阶级的文化中长大。这使我能够与一切愿意使这两种文化靠拢的人士合作共事。……所以我不能接受无论是东方还是西方的高级文化机构授予的任何荣誉。[①]

晚年的萨特仍然保持着敏锐的政治头脑和强烈的社会责任感。他反对美国的侵越战争，支持法国学生发起的“五月风暴”，呼吁以色列和巴勒斯坦对话，谴责苏联入侵阿富汗。他以哲学家的头脑、文学家的笔触、政治家的热情、思想家的睿智、社会活动家的激情投身到当时的社会活动中。他的思想和行动虽然引起了众多的争议，但其多样而优质的创作使他在20世纪中期的法国文坛上独领风骚。其作品、思想与人格所保持的完美的一致性，使萨特对渴望新的道德观的那一代青年产生了深远的影响。这一新的道德观将有助于消除荒诞、孤独和存在的焦虑。1980年4月15日，萨特病逝于法国巴黎，享年75岁。法国总统以个人名义参加了他的葬礼，五万多人为他送行。

---

① 转引自杨森：《萨特传》，北京：中国广播电视出版社2002年版，第256～257页。

二、介入文学与作家的使命

在萨特的文学创作中，介入文学突出地表现了其文学创作的时代特征。所谓“介入文学”是指文学应该面对社会现实。他明确反对“为艺术而艺术”（l'Art pour l'art）的脱离社会现实的文学创作，而主张文学应揭露社会现实的矛盾。1945年，在《现代》杂志的创刊词中，他明确提出了“介入文学”的观点：“在‘介入文学’中，介入在任何情况下都不应该忘记文学。……我们关注的应是通过给文学输入新鲜血液为文学服务，犹如试图给集体奉献适合于它的文学为机体服务一样。”①

萨特之所以提出介入文学，是和其存在哲学、马克思主义的思想影响以及对战争的切身感受密切关联的。早在《存在与虚无》这部哲学著作中，萨特就谈到过“介入”这个概念。他说，身体“不是别的，就是自为”。一方面，“身体是自为的必然特性：……身体必然来自作为身体的自为的本性”；另一方面，“身体正好表露了我的偶然性，……身体表现了我对世界的介入的个体化”。② 这种“介入”表现了萨特对个体存在价值的哲学思考，个体只有介入到社会生活中，其存在的价值才能得到真实的显现。后来，萨特又发表了一系列作品来发展他的介入文学思想，例如，《什么是文学》（1947）、《文学能做什么》（1964）等。作为哲学家和文学家的萨特对当代意识的悲剧性、存在的理由以及知识分子的责任十分关心，他提出了有关写作的一些根本性问题：写什么？为什么写？为谁写？对于这些问题，萨特以一种完全介入的态度作了解答：“文学不是消遣，也不是免费的游戏，对于选择了写作的人来说，同自己所面对的世界和现实作斗争，而且他有责任为所处的时代作见证，将内容和形式转化为物质和精神需求。”③

---

① 高清海、李家巍编：《萨特：存在给自由带上镣铐》，沈阳：辽海出版社1999年版，第196页。

② 萨特著，陈宣良译：《存在与虚无》（第3版），北京：生活·读书·新知三联书店2007年版，第405页。

③ Pierre Brunel *et al.*, *Histoire de la littérature française*, Paris: Bordas, 1973, t.2 p.674.

第二次世界大战的亲身经历使萨特懂得了必须介入，使他从追求个人的孤独的自由发展到把他人的自由视为个人自由的条件，认为为一切人的自由而奔走呼号是一个哲学家的责任和历史使命。在萨特看来，言语即行动，这不是因为言语准备了行动，而是因为言语总是与某个计划同时产生，萨特借助“介入”的使命表明了自己在这个哲学经典问题上的立场。作为文学家，萨特深切地感受到，为艺术而艺术的教条是毫无道理的。一个好的作家必须热情地介入到火热的社会生活中去，他的真正工作就是“揭示、论证、暴露真相，把神话和偶像统统溶解于批判的酸性溶液中”[①]。在这种介入文学思想的指导下，萨特尖锐地批评精神分析的文学观是畸形的“自恋”，批评结构主义的文学观把作品解释为遵循作品内部规律的词汇系统，是脱离社会现实的纯理论研究。

基于这种认识，萨特相信，作家的立场从来都不是中立的，而总是伴随着个人的选择和个人的喜好。因此作家必须清醒地意识到自己的选择，作家要对通过自己的作品向读者宣扬的世界观负责。这一文学思想旨在将人的绝对性融于存在的具体性之中，从而使萨特的文学理论和他的哲学思想一样，达到一个新的高度和深度。

面对残酷的社会生活现实，萨特痛切地感受到一个作家应该肩负的时代和历史使命。他说：

> 对知识分子来说，介入就是表达他自己的感受，并且是从唯一可能的人的观点来表达，这就是说，他必须为他本人，也为所有的人要求一种具体的自由，这种自由并不仅仅是资产者所理解的那种自由，但它并不取消后者。这就是赋予自由一种具体的内容，使之成为既是质料又是形式的自由。因而今天比任何时候都更必须介入。作家与小说家所能做的唯一事情就是从这个观点来表现为人的解放而进行的斗争，揭示人所处的环境、人所面临的危险以及改变的可能性。[②]

---

① 马德莱娜·夏普萨尔：《作家其人》。转引自萨特著，潘培庆译：《词语》，北京：生活·读书·新知三联书店1988年版，第294页。

② 高清海、李家巍编：《萨特：存在给自由带上镣铐》，前揭，第198页。

当然，并非每一个作家和知识分子都会选择介入。萨特认为，这取决于个人从自身的立场出发所采取的态度和形成的意识。正如萨特所说，“介入”像一个“有的放矢”的人，而“不是一个闭上眼睛、盲目射击的小孩，仅仅为倾听爆炸声的快乐毫无意义”①。正是在这种介入意识的驱使下，从1960年代起，萨特在创作之余，更积极、频繁地投入到当时社会的政治生活中。

介入文学的提出，在当时的文艺界引起强烈反响。这是因为当时“为艺术而艺术”的文艺思潮占有很大势力。很多人认为，艺术家的作用应该高于对政治或社会的介入，艺术家应该把自己超越的观点呈现给社会。即使在今天的中国社会，也有相当多的学者仍然坚持这种观点。对此，萨特曾明确指出，真正的作家不应回避社会问题，而应该勇敢地面对现实，积极地投身于解决社会矛盾冲突的火热生活中去。“对我们作家来说，必须避免让我们的责任变成犯罪，也就是使后代在五十年之后不能说：他们眼睁睁地看着一场世界性灾难的来临，可他们却沉默不语。”②

古往今来，文学艺术总是和社会生活密切联系的，很多脍炙人口、流芳百世的文艺佳作，无一不是建立在社会现实之上的。我们确实不能想象拥有一种对社会漠不关心的文学，一种脱离了其赖以生存和发展的基础与环境的艺术；也不能幻想有一个纯粹的美学标准，一个人们可将艺术作品置于其评判之下的唯一标准。即使是高于生活、超越生活的文艺作品，也一点儿都离不开对当时社会生活的思考。只不过一些文学艺术家采取了迂回的方式，间接地反映他们对社会现实的看法而已。

三、先于人类本质的存在与意识虚无的自由

（一）存在哲学的理性反思

萨特的哲学著作《存在与虚无》（1943）系统地展示了他的存在哲学思想。尽管这本书从写作到完成并出版，用了不到两年的时间，但其基本

---

① 徐真华、黄建华：《20世纪法国文学回顾》，上海：上海外语教育出版社2008年版，第155页。

② 高清海、李家巍编：《萨特：存在给自由带上镣铐》，前揭，第199～200页。

思想却可以追溯到1933年。当时萨特赴德国留学，胡塞尔和海德格尔的存在哲学对他产生了深刻影响。他在其文学作品《恶心》中，运用文学的语言，阐述了他对存在、本质、偶然性等哲学问题的看法，此后，他又在《自我的超越》、《想象心理学》、《情绪理论纲要》等文中阐述了他的一部分哲学思想。他说："我为写《存在与虚无》做了很多笔记。其思想都是建立在我在奇怪的战争期间写的一本笔记的基础上，这些思想直接来源于我在柏林的那些年。"①

与胡塞尔和海德格尔相比，萨特的存在哲学的基本主题不是关注一般本体论和世界的一般结构，而是试图从存在问题入手找到生存的结构。他的存在哲学首肯"存在先于本质"的至上原则，认同通过对事物本身的描述去发现意识和本质的超验性结构的理论。在萨特看来，"存在与本质相对，后者是虚幻的、有争议的，或者说它只是一个哲学思辨的结果而不是出发点。在焦虑中所感知的最直接的问题就是存在。如果说'绝对'不是不可逆转的话，那么它需要永久地被创建和征服"②。为了更好地理解萨特的作品及其哲学立场，我们有必要对其存在哲学思想做如下简要归纳：

（1）人是存在物，在人身上存在先于本质。这是存在哲学的基本原则之一。萨特认为，存在首先就是自我的存在，没有自我的存在和在场，就不会有我的本质。换句话说，自我的存在是个体当下的自我存在的现状，而自我的本质是其未来想要达到的理想。如果没有当下的自我存在，任何自我理想都不可能实现。因此，人不是上帝创造的，人是自己的创造物。人创造自我，并在生活中创造未来的本质。

（2）世界本身没有意义，其意义是人赋予的。在萨特看来，世界是"自在"的，世界上的事物是那些被意识到的外界事物，只有通过"自为"的意识，才能对世界存在的意义进行解读。自在和自为是统一的，但这种统一必须建立在存在的基础上，通过行动才能创造世界永恒的价值。

（3）在存在的荒谬中寻求自由的解脱。萨特认为，当事物的存在不能被意识所把握和解读时，便表现为一种偶然性，从而使意识产生"荒谬

---

① 高清海、李家巍编：《萨特：存在给自由带上镣铐》，前揭，第49页。

② A. Lagarde et L. Michard, *XXe siècle: les grands auteurs français du programme*, Paris: Bordas, 1973, p. 601.

感”。在《恶心》这部小说中，萨特创造了罗康丹这个形象。罗康丹突然发现自己过去的生活没有太多意义，因此他想通过“用事物来思想事物”的方法，使自己脱离“言辞”叙述所赋予的意义。但是，存在的偶然性及其多余的特征却使想要发现生活意义的罗康丹失去了给予生活意义的基础，他感到“恶心”，因而感到存在是荒谬的。萨特通过对主人公心态的文学描述，讲述了人的存在的荒谬性，以及人必须通过行动改变命运的自由。

(4) 人是绝对自由的存在。萨特存在哲学所提倡的自由是“由自己决定自己去要求”的自由，即选择的自主。在这个意义上说，人的自由主要是意识领域的自由。例如，一个人虽然身陷囹圄，但他仍有谋划越狱和采取行动的自由。这种自由是绝对的，但其错误在于忽视了自由的现实性。因此，萨特在后来的《辩证理性批判》中对这种自由观又进行了修正。

(5) 为存在负责。一个人要想摆脱自己的宿命，成为自己的创造物，就必须对自己的存在负责。这是因为，一个人的存在及其存在的价值和尊严，都来源于自我的完全独立性和有意识的责任感，而且，“我是被迫负有责任的”①。既然这样，人就必须做出选择，通过行动的介入为自己的选择负责。如果一个人以外部的限制为由而拒绝承担自由选择的责任，萨特称之为懦夫。

(6) 自由与善恶道德观。萨特把道德视为“集善与恶于一身的具体总体。因为没有恶的善是巴门尼德的存在，也就是死亡；而没有善的恶则是纯粹的非存在”②。萨特的道德观是以自由为基础的。他把善视为有利于人的自由的东西，而恶是有害于自由的东西。因此，确定善恶的标准是人的自由选择。因此，唯一可以对人的行为做出判断的不是行为的价值而是其真实性，因为真实性会对我们的处境和行为负责。在这里，萨特放弃了绝对的善与恶的概念，试图通过自由选择的真实性来表现个体的道德价值观。

(7) 我与他人的关系。萨特把人的存在视为自为的存在与为他的存在的统一。虽然萨特在《禁闭》这个独幕剧中提出了“地狱即他人”这句著

---

① 萨特:《存在与虚无》，前揭，第710页。

② 高清海、李家巍编:《萨特：存在给自由带上镣铐》，前揭，第183页。

名的台词，但实际上萨特既承认我与他人的关系存在着冲突，又强调他人的存在对自我认识的重要性。因此，如果忽视人类的团结一致，每个人都可能受到孤立。为了不使人陷入虚无，就必须通过“介入”选择一种“我们”的世界。

（8）“混蛋”逻辑。萨特认为，那些把自己的存在视为不可或缺的人，那些认为上帝的意志能够拯救世界的人，那些屈从于虚情假意的社会习俗、承认现有处境并接受上苍安排和现存道德的人都是“混蛋”。早在《存在与虚无》中，萨特就明确指出：“这公园，这城市，以及我本身，一切都是无谓的。当意识到这些时，心里就翻腾，一切都在你面前浮动起来，于是你就想呕吐，这就是恶心，这就是那些混蛋们企图用他们的法权思想掩盖的东西，这是多么可怜的谎言啊！任何人也没有这个权利，混蛋们像其他人一样，完全是无谓的。”在很多文学作品中，萨特以某些主人公为范本，揭示了“混蛋们”的所作所为。其诙谐而又不失严肃的哲学推理是对当时社会世俗风貌的辛辣嘲讽。

（9）“恶心”与意识的觉醒。社会生活的重重压力使人感受到生活的沉重、世事的艰难，由此使人产生心理上的厌恶感，使人恶心得想要呕吐。这虽然是一种不好的心理感受，却是意识清醒之人感受到的厌恶所带来的危机感。他说：“物体是没有生命的，因此人不该去碰它们。人生活在它们当中，使用着它们，用了之后又把它们放回原处。它们确实有用，仅此而已。但是不可忍受的是它们却碰了我。它们似乎是有生命的动物，我害怕和它们打交道。”[①] 显然，生活在这个既没有理性也没有目的的世界上，人们常常会自感多余。不是人要去触碰这些物体，而是这些物体会强加于人。只有当人意识到这种不得已的时候，人的意识才开始觉醒，由此而通过自由选择来直面人生。正如美国存在心理学家罗洛·梅所说：“生活在未来就意味着跳进一个未知的世界，这就要求有一定程度的勇气，这种勇气是没有直接先例的，也几乎没有人认识到它。”[②] 但是，萨特却是一个认识到它的人，一个通过恶心而产生清醒意识的人，一个有勇气面对生

---

① 徐真华、黄建华：《20 世纪法国文学回顾》，前揭，第 159 页。

② 罗洛·梅著，杨韶刚译：《创造的勇气》，北京：中国人民大学出版社 2008 年版，第 2 页。

活挑战、开辟人生新航路的勇敢的挑战者。

（二）自由之路的哲学通达

1945年9月至1949年，萨特的长篇小说《自由之路》三部曲开始陆续出版。第一卷《懂事的年龄》讲述了中学教员马蒂厄为女友玛赛尔筹钱打胎的曲折经历。小说生动地刻画了不同人物的内心世界。拒绝与被拒绝、自由与决定、行动与懂事，所有这一切都表明，每个人都在进行自由之路的自我选择，但最后又发现自己并不比以前更自由。第二卷《弥留期》以慕尼黑会议之后欧洲各国对战争的态度为背景，讲述了由此而发生的社会事件对马蒂厄及其朋友们的影响。萨特在介绍其写作意图时曾明确指出：“我的意图是写一部关于自由的小说，我想回忆1938年至1944年之间一些个人和社会集团所走过的道路。这条道路引导他们一直到了巴黎的解放，也许并没有达到他们自身的解放。但我至少希望在我只得打住的这个时期之前就让他们预感到什么是彻底解放的条件。”[①] 第三卷《心灵之死》以1940年6月法国战败为背景，描述了一些法国人所做的选择及其命运，主人公马蒂厄选择了奉献和抵抗。他通过开枪射击冲破了过去世俗社会的种种羁绊，从优柔寡断和无所作为中脱身出来，以英雄主义的壮举实现了存在主义的自由选择。

在萨特的存在哲学中，自由是一个非常重要的主题。在萨特看来，每个人都拥有绝对的自由，因为自由是一个人拥有的战胜虚无的力量，而萨特式的自由是以人为本而非建立在虚无的基础上的。这种绝对自由的主要内涵包括如下四个方面：

（1）自由的前提：人是一种能够超越其当下境遇的新的存在的可能性。正是由于人具有这种潜能，人才能通过自己的选择，通过对人生意义的探索和未来计划的设计来创造自身。人通过选择做出行动的决定，同时也就创造了判断这种行动的社会准则。由此可见，人对自己行为的选择就是对自己命运的选择，人追求完全自由的强烈愿望以及获得自由的感觉能够帮助他们摆脱虚无的烦恼，从此人便具备了取之不竭的创造力。从这个意义上说，萨特的存在哲学相信：每个人都具有自我设计、自我选择、自由发展的创造潜能，这种潜能的存在决定了人是绝对自由的。

---

① 萨特：《词语》，前揭，第211页。

（2）自由取决于责任。在萨特看来，自由就是人的基本的活动能力，就是创造自己的存在和拒绝一切规定性，但是，这样的存在已经成为自为的存在，成为为了自己未来发展的存在。当个体做出自由的选择之后，个体同时也就承担起为这种选择负责的重任。因此，一个人是否自由，并非取决于客观环境，而是取决于自己，取决于自己是否有责任感。这种责任感是通过自己的真实行为表现出来的，这是因为，真实的行为“能使人对其当前的处境负责，并通过行动来超越它”①。

（3）自由靠行动来实现。当一个人经历了自我意识中自由自在的想象，变成“自为的存在”之后，就会对现实的存在产生厌恶感，就会在这种内心体验的驱使下，运用惊人的创造力和主动性去创造自己的未来。从这个意义上说，实现自由选择的目标就一点儿也离不开行动。在萨特《自由之路》的前两卷中，主人公马蒂厄既是清醒的又是软弱的。一方面，他意识到自己是自由的，另一方面他又没有采取行动。因此，这两本书问世不久便受到人们的指责。萨特在为此作辩解时明确指出：“我请求读者不要根据这前两部小说就匆忙对我的人物做出评价。……虽然我笔下的许多人物现在都显得极其怯懦，但他们将来会表现出英雄主义的行为的，而我想写的正是一部英雄的小说。只是与那些思想正统人士的观点相反，我认为英雄主义并不是一件轻而易举的事情。”②

所以，在《自由之路》的第三卷中，马蒂厄的英雄主义精神终于得以体现。马蒂厄经过激烈的思想斗争，终于决定通过介入而加入到法国抵抗运动中。法国政府的投降更是激励马蒂厄所在的小队拒绝执行政府的命令，从而采取了奋力抵抗的行动。最后，同志们都牺牲了，只有他是幸存者。在仅剩他一个人的情况下，他仍然在钟楼上顽强地开枪射击。“这是一次重要的复仇……他向人类开枪，向道德开枪，向世界开枪……向地球上一切美好的和他曾挚爱的东西开枪……他是纯化了的、全能的、自由的。”③

---

① A. Lagarde et L. Michard, *XXe siècle: les grands auteurs français du programme*, *op. cit.*, p. 602.

② 高清海、李家巍编：《萨特：存在给自由带上镣铐》，前揭，第 87 页。

③ J. -P. Sartre, *La Mort dans l'âme*, Paris: Gallimard, 1986, p. 193.

（4）绝对自由与完美自由。一个人生活在这个由类主体组成的世界里，他不应该是孤立的，而是应该与客体在一起，与其他主体在一起。这种主体间的相互作用才构成个体自由的大背景。萨特认为，人的存在就是在这个世界上的存在，这种“在世”使人不能脱离现实的世界而存在。人必定“在世”。但是，萨特又强调人的存在是“自为的存在”，在这个世界上，人是绝对自由的。这就使萨特的自由观带上了不可避免的矛盾色彩。一方面，他强调人的立足点是孤独、与世隔绝的；另一方面，这种与世隔绝的“虚无”又使人不得不与其他对象发生关系。在萨特看来，人就是在这样一种“内在性”与“外在性”的抗争中不断妥协的。我们认为，个体的自由只有在人的自我实现的过程中才有意义，而且只有在自由的不断实现中才能赋予历史以意义。个人的绝对自由在某种意义上和人类的完美自由是密不可分的。但是，萨特的道德哲学以他对资产阶级社会、对人与人之间、对人的行为之间的等级差别的拒绝，以及对所有现存价值的拒绝，把完美的自由引向了否定和无为，自由也因此在改变命运的历程中显得那样力不从心。

结　语

总之，萨特以其存在的勇气向世人展现了当时社会的虚假、丑恶和烦恼，号召人们通过行动介入到社会生活中，以为自己的命运负责的勇气，昭示了一种积极向上的人生态度，至今仍有普遍的现实意义。

【参考文献】

杜小真：《一个绝望者的希望——萨特引论》，上海：上海人民出版社1988 年版。

高清海、李家巍编：《萨特：存在给自由带上镣铐》，沈阳：辽海出版社 1999 年版。

雷颐：《萨特》，香港：开明出版社 1997 年版。

罗洛·梅著，杨韶刚译：《创造的勇气》，北京：中国人民大学出版社2008 年版。

萨特著，潘培庆译：《词语》，北京：生活·读书·新知三联书店 1988

年版。

萨特著，陈宣良译：《存在与虚无》（第 3 版），北京：生活·读书·新知三联书店 2007 年版。

徐真华、黄建华：《20 世纪法国文学回顾》，上海：上海外语教育出版社 2008 年版。

杨森：《萨特传》，北京：中国广播电视出版社 2002 年版。

Pierre Brunel *et al.*, *Histoire de la littérature française*, Paris: Bordas, 1973, t. 2 .

A. Lagarde et L. Michard, *XXe siècle: les grands auteurs français du programme*, Paris: Bordas, 1973.

J. -P. Sartre, *La Mort dans l'âme*, Paris: Gallimard, 1986.

第三章

罗伯—格里耶：文学的存在本体论

宇宙与我，
我们只有一个唯一的灵魂，
一个唯一的秘密。

（罗伯—格里耶）

自从1950年代登上文坛，阿兰·罗伯—格里耶（Alain Robbe-Grillet，1922—2008）就被视为“新小说派”的代表作家。他的作品有一个悖谬的现象：评论的人很多，读的人却很少。他的作品始终是“小众”范围，是学者研究的对象、艺术家参考的首选，却很少有普通的读者。这也许与阿兰·罗伯—格里耶的文学艺术创作的“无动机”论，与他把文学艺术活动当作一个自给自足的本体有关。罗伯—格里耶始终都把文学创作当作一个存在的本体论整体，去对抗面对虚无时的形而上焦虑。他在小说中瓦解了传统小说中的人物存在，呈现出物化的、虚无的世界，用积极的文学创作去构思一个独立于真实世界的文学存在。

一、从存在到存在物

19世纪主导欧洲的价值体系，是源于笛卡尔的理性主义的实证主义和对于人类进步的信心。人们确信世界的规律都是可以被认识的，这样有了小说界的巴尔扎克及其雄心勃勃的《人间喜剧》。然而，19世纪末期尼采“上帝死了”的宣言，20世纪初弗洛伊德对“无意识”的阐发和残酷的两次世界大战，打碎了人们的信心。人们发现周围的事物变得支离破碎，世界的意义捉摸不定，世界的物质逃避了理解，所有的只是表象，其深度是人所不能认知的。正是在这个缺乏深度的表象世界里，产生了罗伯—格里耶的写物理论。

美国新形象派画家马克·唐赛（Marc Tansey）画了一幅大油画，标题叫做“观罗伯—格里耶洗物”。在画中，罗伯—格里耶跪在一片无边无际的沙漠中间，正在用刷子和水盆一个一个地洗刷一些碎石子之类的东西。这幅油画体现了绝大多数人对罗伯—格里耶作品的看法。正如吕西安·戈德曼在谈到新小说时所作的总结：“人物或多或少从根本上消失，物的主宰地位较为明显地相对加强。”①

在《为了一种新小说》里，罗伯—格里耶首先批判了某些过时的定义，其中就有“人物”。他认为，传统意义上的有名、有姓、有职业、有性格的人物，已经是那些人物创作者自己都不相信的傀儡。

传统小说的人物，总是被作者提出的那些解释所刺激、所困惑、所毁灭，不断地被抛弃到一个非物质的和不稳定的别处，总是越来越遥远，越来越模糊。②

写人物的小说彻底地属于过去，它是一个时代的特征：标志着个体达到顶峰的时代。……当今的时代更可以说是登记号的时代。对我们来说，世界的命运不再同化为某些人、某些家族的荣盛或衰落。③

因此，传统小说中主人公清晰的形象从罗伯—格里耶的小说中消失了。他笔下的人物，常常没有姓名，身份也是变化不定的。有时他用一个职业来指称人物，比如《在迷宫中》的一个士兵，我们不知道他的名字，他没有军人身份证，他的军大衣上的登记号也不是他自己的，因为那件衣服不是他的。更多的时候，罗伯—格里耶用字母做人物的代号，如《去年在马里安巴》中的A和X，《不死的女人》中的L、N和M，《嫉妒》里从没出场的丈夫A。

名字的简化形成了人物性格上的空洞。他们缺乏自我，作者很少对他们的体貌进行描写，也很少展示其心理活动。比如在《橡皮》的序幕中，那个咖啡店老板仿佛机器般的动作：

每一秒钟一个单纯的动作：往侧面移一步，把椅子摆在离三十厘米的地方，用揩布抹三下，朝右转半身，再向前走三步。每一秒钟都留下标志，既完整而匀称，毫无瑕疵。三十一，三十二，三十三，三十四，三十

① Lucien Goldmann, *Pour une sociologie du roman*, Paris: Gallimard, 1964, p. 288.

② 罗伯—格里耶著，余中先译：《快照集·为了一种新小说》，长沙：湖南美术出版社2001年版，第86页。

③ 同上，第95页。

五，三十六，三十七。每一秒钟安排得丝毫不差。[①]

就这样，有生命的人慢慢地丧失了“人性”，被物化了，仿佛一些机械部件，成为机器人。

这些人物不但没有性格特征，也没有传统人物身上的统一性和连贯性。罗伯—格里耶有时让同样的名字指代不同人物，有时又让同一个人物有不同的名字。《纽约革命计划》中的劳拉，时而17岁，时而13岁，时而15岁。在《幽会的房子》中，拉迪·阿瓦依又叫拉迪·伯格曼，或者叫夏娃、夏娃·伯格曼、杰奎琳。在《传奇故事》系列中，亨利·科兰特有多种形态。在《反复》中，主人公时而是HR，时而是亨利·罗宾。人物就这样前后矛盾，或者分裂、分解成碎片，变得破碎而空洞，变得虚无。

最终，这些人物“一点一点地剥离所有使自己成为一个人的东西，只为了成为一个无名的幽灵，只有声音让人听得到”[②]。就像在《舞台》中，当帷幕开启，人们看到的始终只有一个背向的人物，没有脸，没有任何表情，只有一个声音。

传统小说中无所不在、无所不知的认识世界的主体，就这样被消解、被虚无化了。那么世界呢？伴随着主人公的这种虚无化的，是小说中占优势的大量实物描绘出的世界的几何图景。因为“在一种虚无意识的注视之下，事物陡然地显现出来，这给了处于这个世界上的我们猛烈的一击，力量之大，于是我们才隐隐约约地发现它完美地、几乎是辩证地体现着胡塞尔所说的那种现象学的经验”[③]。

胡塞尔现象学的重要口号就是“回到事物本身”。在胡塞尔看来，事物就是显现在人们意识中的一切东西，也就是直观的生活现象，这些现象构成我们“原初的生活世界”，这个“原初的生活世界”才是值得我们观察和思考的第一现实，而不是黑格尔哲学所说的“先验的客观世界”。罗

---

① 罗伯—格里耶著，林青译：《橡皮》，上海：上海译文出版社1981年版，第3页。

② Pierre de Boisdeffre, *Histoire de la littérature de langue française des années* 30 *aux années* 80 (Roman-Théâtre), Paris: Perrin, 1985, p. 219.

③ 罗伯—格里耶著，杜莉、杨令飞译：《重现的镜子》，太原：北岳文艺出版社1993年版，第155页。

伯—格里耶吸收了胡塞尔的这一理论，并运用到了自己的文学创作当中。在罗伯—格里耶看来，“世界既不是有意义的，也不是荒诞的。它存在着，仅此而已。而这正是它最值得注意的地方”①。“世界的现实首先寄寓在它的存在中”②，而“世界的存在将只体现在它具体的、坚实的、物质的在场中”③，因此，必须建构一种新的文学来说明世界的这一存在，“让物体和动作以它们的在场来起作用，随后，让这种在场继续凌驾于所有解释性理论之上”④。于是，在罗伯—格里耶的小说里出现了大量的实物：咖啡壶、镜子、地铁里的自动扶梯、照片、广告、雕像、男人女人的脸和动作……

但是，罗伯—格里耶与传统的巴尔扎克式的小说家在写物上面是不同的。传统小说家也描写物体，但是他们秉承人类中心主义，认为世界上的一切事物都是因人而存在，都是通过人而存在，人是一切的证明，世界上的一切事物都因人而具有意义：“宇宙与我，我们只有一个惟一的灵魂，一个惟一的秘密。”⑤ 因此，他们是以人易物，在人和事物之间架起了虚幻的心灵桥梁，人的情感因素被“当作物质世界的深刻现实”⑥。比如说到山岭就是雄伟威严的，说到时间就是任性的，等等。结果是“人被淹没在物的深度中后，最终甚至会不再看见物了；他的使命很快就局限于通过它们的名称去感受一些被彻底人化了的印象和欲望”⑦。

那么，要怎样写物才能体现这些物体呢？罗伯—格里耶认为，在描写物体和动作的时候，首先要清洗掉包裹在物体和动作上的深度意义，要“拒绝我们所谓的‘自然本性’以及传播其神话的词汇，认定物体只是纯粹外界的和表面的”⑧，用“表示视觉的、描述性的形容词，满足于衡量、定位、限定、定义的形容词”来描写这些物体。这也就是在他的小说中出现很多精确的科学性术语、几何物体的原因。比如一个“平行六面体”的

---

① 罗伯—格里耶：《重现的镜子》，前揭，第83页。
② 同上，第87页。
③ 同上，第106页。
④ 同上，第85页。
⑤ 同上，第123页。
⑥ 同上，第122页。
⑦ 同上，第135页。
⑧ 同上，第123页。

墨水瓶盒子、球形的咖啡壶、圆柱体的大树、三角形的墙、转了四十五度的脑袋、方形白瓷砖、S形的皱褶、四肢摊成十字形的女人的身体，等等。他剥去物体传统的象征意义，对物体的位置、形状、颜色、光泽、材料进行了非常详细的描述，让物体顽固地充斥在世界这个广漠的空间里，让人承受它们难以承受的神秘的存在。

罗伯—格里耶对主人公的虚无化和对世界的"物化"，正是与一种存在现象学相适应的，借用萨特在《存在与虚无》中的话："虚无就是存在对存在的质疑，也就恰好是意识或自为。"① 虚无和"物化"不是消极的；恰恰相反，是对世界的一种积极的发现和创造。对物体的属性描写得越详细，越让人意识到物的存在没有被认识、没有被穷尽，也越让人意识到自己对世界的认识的有限性和自己存在的虚无。正因为如此，要不断地创造，不断地发现周围的世界。

在短篇小说《海滩》中，罗伯—格里耶分三次描写三个孩子在海滩上行走的情景，每一次都比前一次更详细，读者读第一次描写时以为自己已经很清楚这个场景：人物、他们的年龄、背景，可是读到第二次描写就会发现自己前一次没有发现的东西：孩子的发色、皮肤、穿着等等，读到第三次描写又会发现第二次描写没有发现的东西：孩子的脸、表情、性别等等。就这样，描写层层递进，我们也就越来越意识到自己认识的局限性，越来越想知道更多的东西，越来越想去想象那个世界。而这一切都在一个虚无的空间、虚无的意识里展开，因为如果那个空间已经充满，如果那里已经有人物在主宰，我们也就失去了去了解、去创造的冲动，被动地等着那个人物给我们的意识塞进东西。仿佛作画，只有在一张白纸上才会有作画的冲动，如果那张纸已经被人画得满满的，我们也就没有了作画的冲动。

罗伯—格里耶的这一理念，在他评论若埃·布思凯的作品的时候阐释得非常清楚：

人只是在他自身之外才存在，他只是存在的反面，完全地取消自身，

---

① 转引自托马塞著，李华译：《新小说·新电影》，天津：天津人民出版社2003年版，第67页。

对他来说将是一种显著的进步……我们是处于坠落状态的存在物，属于被流放的存在物，跟那致命的寒冷一样，远离着生命，然而，也只有这样的寒冷，才有净化气氛、给大量的水以协调性和固体性的特权。我明白了。我要从一个配得上光亮的现实的阴影中接受我的虚无，用我自己的双手铸造出一个物体，来抹去我的痕迹。①

在虚无中铸造物体，是改造世界也是改造自我的一种方式。而物体“是本体论的建造者，但它不是那种为小说预先存在的本体论的建造者，而是在小说中自我构成的本体论建造者”②。

二、存在于真实与虚构之间

那么，罗伯—格里耶描写的是真实的人物和物体吗？他（它）们在现实中存在吗？对这个问题，以“是”或“不是”来回答，都太过简单或绝对。

传统文艺学都认为，文学是现实的再现，文学家的任务在于以现实为摹本，像一面“镜子”一样，真实地反映现实，人物变成了所属阶级的代言人。这正如戈德曼在研究了罗伯—格里耶的作品之后所作的断言。他继承了卢卡奇阐释的物化理论，把社会的发展分为四个阶段：产生市场的经济阶段、自由资本主义阶段、垄断资本主义阶段和战后的自我调节及国家干预资本主义阶段；而物化现象在这四个阶段中越来越突出。戈德曼在罗伯—格里耶的小说里面发现了与当代西方社会的物化结构相对应的结构，认为他的小说是与战后资本主义的形式相关联的。

雅克·莱恩哈特则继承了戈德曼的遗产。在《小说的政治阅读：阿兰·罗伯—格里耶的〈嫉妒〉》中，他通过复杂的论证，说明《嫉妒》有着宏大的“所指对象”：风云变幻的非洲、殖民状况、帝国主义和新帝国主义、种族主义、民族解放战争……书中两个男性对手代表了从西方传统帝国主义阶段到第二次世界大战后的非殖民化演化阶段，也就是后来被称

① 罗伯—格里耶：《重现的镜子》，前揭，第177页。

② 阿勒芒著，苏文平、刘苓译：《阿兰·罗伯—格里耶》，上海：上海人民出版社2004年版，第5页。

作新殖民主义阶段的历史演变。他还认定书中那着魔似的计算种植园中的香蕉树、描述土地的几何排列等是一种强迫症的病理学体现，以此来说明“即使最私人、最独一无二的事实也仍然是一个社会的事实”[①]。

罗伯—格里耶在1980年代写的《传奇故事》自传三部曲，似乎更应验了文学作品是现实的反映。自传这一与现实生活关系最密切的文体，从卢梭开始，就宣称是描写“真实的自己”，反映一个人过往生活中发生的一切。而我们确实也能在罗伯—格里耶的书中找到他父亲、母亲的形象，他的童年、青春期和最终走向文学创作的历程。

但是，罗伯—格里耶刚一登上文坛，就宣称：“在《伪币制造者》之后，在乔伊斯之后，在《恶心》之后，人们似乎越来越在走向一个虚构的时代。”[②] 小说“是虚构，虚构出世界和人，被置疑的恒常和永久的虚构”[③]。他从一开始进行文学创作以来，就不断地对真实的再现提出质疑，认为以永恒运动为特点的真实的定义是有待定义的。或者说，他对真实的定义与传统的现实主义的真实的定义是不同的。他把现实与现实主义区别开来，认为传统的现实主义总是讲求世界的连贯性、因果性和可解释性，而真实世界是无意义、非因果关系和不可解释的，真实的存在是不确定的、不可捉摸的。我们永远也不可能抓住真实的世界，一旦写作，就借用真实世界的碎片来进行虚构。所以，我们看到的就时常是真实和虚构的共生。

在自传三部曲中，有一个虚构的人物——亨利·科兰特。张唯嘉经过分析，认为这个人物身上虚幻与真实并存，他既是“我”又不是“我”，他的存在“既是写实的文本又是虚构的文本”，罗伯—格里耶借用这个虚构的人物讲述了一些真实的历史片段，这样将虚构的人物插入历史真实是向自己肯定永恒的一种方式。[④]

此外，罗伯—格里耶认为思想表达也是真实的。如果说真实和存在相

---

① 詹姆逊：《现代主义及其受压抑性；或作为反殖民主义者的罗伯—格里耶》，见王逢振编：《詹姆逊文集》（第2卷），北京：中国人民大学出版社2004年版，第389页。

② 罗伯—格里耶：《重现的镜子》，前揭，第76页。

③ 同上，第231页。

④ 张唯嘉：《用虚幻建构真实》，《外国文学评论》2001年第1期。

连，如果如笛卡尔所说“我思故我是”，那么思想肯定也是属于真实的——即使思想是否先于存在还是有争议的——思想也是被认为存在的。某个人可以触摸思想、抚摸梦境是可疑的，但是表达却是存在的，因此，思想中的各种念头和各种虚构在格里耶看来都是真实的，就像他所说的：

> 我们梦中的幽灵，即使是属于被编号的玩具，不管它们在文化上或分析中的含义多么明显，它们在我们看来首先是像“真实”的。它们以它们的出场而不是象征意义强加在我们身上。对我的叙述（小说或电影）来说同样如此：这些在《美丽的女囚》中夜晚出现的人物，这些散成碎片的背景，这些脱节或缠绕不清的事件，对我来说，是真的。我绝对相信它们，我听到它们，我在我脑海中见到它们，否则我就不可能讲述它们。我和它们生活了几个月、几年，就像我曾经和我童年的鬼魂生活在一起一样。①

按照这种观点，如果罗伯—格里耶知道中国庄周梦蝶的典故，肯定也会认为梦是真的，蝶也是真的。虽然它们在真实世界不存在具体的物质形式，可是梦这一事实存在。

在时间表达上，罗伯—格里耶同样表现出他的这种真假莫辨的嗜好。传统的真实的时间是线型的、单向的，而他的作品常常出现过去、现在、未来时空无法分辨的情况：一个在“此时此地”的人成为“未来记忆”的人；一个“过去记忆”的事物突然出现在“此时此地”。从他最早的《弑君者》到后期的《反复》，罗伯—格里耶都有这种玩弄时间的习惯：弑君者鲍里斯讲述自己的谋杀时，时态从过去时到现在时、将来时；《反复》里的“我”在“此时此地”看见自己的“童年”，看见一撇若隐若现的罗伯—格里耶本人的“胡子”。罗伯—格里耶的创作，就像博尔赫斯热爱的柯勒律治之花，穿越了真实的时空限制，用艺术创作去耕耘一个更为博大的存在范畴。

---

① Cité par Véronique Simon, “Invention du réel”, in *Critique*, août-septembre, 2001, n° 651－652 (numéro spécial: Alain Robbe-Grillet), p. 657.

结　语

批评家莫里斯·布朗肖把文学空间界定为不确定的空间。在这个空间里，作品只能自在地存在，而且除了自身的存在，它什么都无法揭示。[①]他在《未来书》里分析了罗伯—格里耶的写作和对读者产生的效果，认为格里耶的作品联系了真实空间和想象空间，联系了记忆和真实，直至“在一个无法再现的外在让存在的各个宏大范畴连接重聚”[②]。

罗伯—格里耶的所有作品都在提出真实和虚构的混乱或者说共生的可能性，让艺术家不间断地建造连接想象与真实的途径，把作品变成一个本体论整体，准备去应对虚无。面对一个永远也不能穷尽的世界，写作就是从世界中攫取一些也许真实也许虚幻的记忆之镜的碎片，这些镜子碎片并不反映现实世界，而是像罗伯—格里耶在下面描写的那样互相反射：

> 桌子后，壁炉的上方挂着一面长方形的大镜子，镜子中能看到一半的窗户（右边的一半），在左边（就是说窗户的右边），是带镜子的大衣柜的形象。在大衣柜的镜子中，人们再一次看到了窗户，这一回是整扇窗户，而且是正面的（就是说，右面的那扇在右，左面的在左）。这样，在壁炉的上方，有三个半边的窗户，一个接一个，几乎没有中断，它们依次（从左到右）是：一个正面的左半扇，一个正面的右半扇，一个反面的右半扇。[③]

在读这一段的时候，尽管作者似乎描写得很详细，但是当读者试图去模拟现实的时候，这些过于详细的描写、这些杂乱的视觉效果、这些物化空间中光的多重反射现象，却阻止了读者在脑海中凭借想象去进入现实，它们只是作品中互现的自足的镜像而已。这一段不啻为罗伯—格里耶整个文学

---

① 转引自弗朗索瓦·多斯著，季广茂译：《从结构到解构：法国20世纪思想主潮》（下卷），北京：中央编译出版社2004年版，第280页。

② Maurice Blanchot, *Le livre à venir*, Paris: Gallimard, 1959, p. 225.

③ 罗伯—格里耶：《橡皮》，前揭，第6页。

创作的隐喻：他的作品是镜子，可是这些镜子并不通向现实世界，并不再现一个先于它们存在的世界，而是互相反射，映照出彼此之间零散、碎裂的世界图景，最终，形成一个独立于真实世界的文学创作的宏大存在。

【参考文献】

阿勒芒著，苏文平、刘苓译：《阿兰·罗伯—格里耶》，上海：上海人民出版社2004年版。

弗朗索瓦·多斯著，季广茂译：《从结构到解构：法国20世纪思想主潮》（下卷），北京：中央编译出版社2004年版。

里纳尔著，杨令飞、吴延晖译：《小说的政治阅读——阿兰·罗伯—格里耶的〈嫉妒〉》，长沙：湖南文艺出版社2000年版。

罗伯—格里耶著，杜莉、杨令飞译：《重现的镜子》，太原：北岳文艺出版社1993年版。

罗伯—格里耶著，余中先译：《快照集·为了一种新小说》，长沙：湖南美术出版社2001年版。

罗伯—格里耶著，林青译：《橡皮》，上海：上海译文出版社1981年版。

托马塞著，李华译：《新小说·新电影》，天津：天津人民出版社2003年版。

詹姆逊：《现代主义及其受压抑性；或作为反殖民主义者的罗伯—格里耶》，见王逢振编：《詹姆逊文集》（第2卷），北京：中国人民大学出版社2004年版。

张唯嘉：《用虚幻建构真实》，《外国文学评论》2001年第1期。

Maurice Blanchot, *Le livre à venir*, Paris: Gallimard, 1959.

Pierre de Boisdeffre, *Histoire de la littérature de langue française des années 30 aux années* 80 (Roman-Théâtre), Paris: Perrin, 1985.

Lucien Goldmann, *Pour une sociologie du roman*, Paris: Gallimard, 1964.

Cité par Véronique Simon, “Invention du réel”, in *Critique*, août-septembre, 2001, n°651 – 652 (numéro spécial: Alain Robbe-Grillet).

第四章

昆德拉：小说思考存在

小说审视的不是现实，
而是存在。

（昆德拉）

引 言

昆德拉的小说创作与文艺理论研究，对当今世界文坛产生了广泛影响。昆德拉的作品或用捷克文或用法文撰写，篇幅均在10万字以下。他的每一部小说和理论著作，都被译成几十种文字，在世界各国拥有庞大的读者群。1986年，昆德拉被提名为诺贝尔文学奖候选人之一，随后又多次获得提名。显然，在20世纪的法国文学史上，昆德拉已通过对“思索的小说”的思索，确立了自己文学大师的地位。

一、生平与创作

1929年4月1日，米兰·昆德拉生于捷克布尔诺一个知识分子家庭。昆德拉家学深厚，父亲是音乐教授，曾任布尔诺音乐学院院长，是一位出色的钢琴家。从4岁起，昆德拉就在父亲的耳提面命下学习钢琴。“二战”期间，为了发挥儿子的音乐天赋，老昆德拉还曾请著名犹太作曲家卡普拉尔教授指导儿子学习作曲。犹太音乐家对艺术深邃的洞察力以及他们与命运抗争不息的人格力量对昆德拉日后的思想与创作影响至深。

1948年，昆德拉从布尔诺市立中学毕业，来到首都布拉格，考入欧洲最古老的大学之一查理大学攻读哲学。但是，艺术对他显然比哲学更具吸引力，所以哲学课程常常被他搁置一边。他成了布拉格艺术学院的常客，在那里进修电影创作及导演专业，并开始涉足诗歌领域。

也许是出生在愚人节的缘故，从青年时代起，昆德拉的人生经历就抹上了一层传奇色彩。1947年他加入捷共，但读书时就被当局视为“不守本分的党员”。1950年脱党，一度被布拉格艺术学院除名，两年后又应聘回该校任教，并于1956年恢复党籍。在此期间，昆德拉上学、执教、创作，像他同时代的大多数青年人一样，激情满怀，醉心变革，热衷于对现存制度，尤其是捷共文化政策的颠覆与反叛，先后发表了怀疑现实的诗集《广阔的花园》（1953）、叙事长诗《最后的五月》（1955）和爱情诗集《独白》（1957）。

1967年对昆德拉来说是极其不平凡的一年，他的第一部长篇小说《玩笑》问世。小说描写学生会干事卢多维克在给女友玛尔盖达的明信片上开了几句玩笑话，结果遭到批判，还被开除党籍和学籍，下放劳动。蒙冤十五年后，卢多维克终获平反。他偶然遇到当年组织批判他的党小组长泽曼尼克的妻子海伦娜，他决定勾引她以报复其夫。待他如愿以偿以后，却沮丧地发现此时的泽曼尼克不仅风光不减当年，还成了万众瞩目的人民英雄，并已另有佳人侍奉。

这一年，昆德拉在捷克斯洛伐克第四次作家代表大会上率先向当局发难，公开抨击捷克社会和意识形态领域内的种种弊端，大力否定“斯大林主义”。昆德拉的炮轰几乎成为1968年“布拉格之春”运动的前奏曲。大批作家、艺术家随即高举创作自由的旗帜，大声疾呼民主与独立的回归，呼唤人性的解放。

然而，在苏联坦克的干预下，“布拉格之春”的民主运动即告失败。在以后的七年中，昆德拉生活在困境中：他在布拉格电影学院的教职被剥夺；他再次被开除党籍；公共图书馆收藏的他的所有著作统统被清理掉；同时他还丧失了在捷克发表任何作品的权利。

1975年，昆德拉移居法国。他先在雷恩大学担任客座教授，随后长住巴黎，在法国高等社会科学研究学院任教授。1979年，捷克政府剥夺了昆德拉的公民权。两年后，年届半百的昆德拉由法国总统密特朗授予法国国籍。

迄今为止，他创作了9部长篇小说和1部短篇小说集。昆德拉的文学创作大致可分为三个阶段：

（1）初创期：从1959年发表第一个短篇至“布拉格之春”，在捷克出版了《玩笑》、《可笑的爱情》（1970）。

（2）沉思期：从1968年“布拉格之春”破灭到流亡法国之前，创作了《生活在别处》（1973）、《为了告别的聚会》（1976）。

（3）成熟期：移居法国后，出版了《笑忘录》（1979）、《不能承受的生命之轻》（1984）、《不朽》（1990）、《慢》（1995，用法语撰写）、《身份》（1997，用法语撰写）、《无知》（2000）。

昆德拉的文艺理论与文学批评著作亦广为世人瞩目。《小说的艺术》

(1986) 和《被背叛的遗嘱》(1993) 展现了作家不同凡响的小说理念和创作追求。

二、小说是关于存在的诗性沉思

(一) 精神的失落

昆德拉有一个十分重要的论断，他从一个新的视角阐述了人与世界的关系：“世界是人的一部分，世界是人的状态。随着世界的变化，存在也在变化。”① 昆德拉以哲思入小说，通过小说创作的艺术形式与人物形象，诉说着自己对人类存在状况的见解。哲学和科学对人的存在正日趋淡忘，现代社会对存在的遮蔽正日益严重，那么小说理应张扬其自身关于认识与发现的审美价值，担当起探索存在、敞亮遮蔽的职责。事实上，从“人是世界的一部分”到“世界是人的一部分，世界是人的状态”的跨越，正是小说，当然也包括其他艺术形式，从膜拜神到敬畏自然，再到发现存在，探讨存在的合理嬗变。昆德拉的存在之思，从怀疑和反叛的角度出发，展示了人类生活的悲苦与荒谬，更多地体现了一种小说家式的相对性：崇尚怀疑、追求多元、认同模糊。

昆德拉的存在之思，首先来自于他对欧洲文化状况的忧惧不安。他意识到欧洲的危机，即现代人深刻的精神危机正在蔓延。他忧虑地指出：

> 科学的发展很快将人类推入专业领域的条条隧道之中。人们掌握的知识越深，就变得越盲目，变得既无法看清世界的整体，又无法弄清自身，就这样掉进了胡塞尔的弟子海德格尔用一个漂亮的、几乎神奇的叫法所称的“对存在的遗忘”那样一种状态中。②

昆德拉认为，困扰现代人精神生活的最致命的东西就是“遗忘”，即“对存在的遗忘”。

---

① 米兰·昆德拉著，董强译：《小说的艺术》，上海：上海译文出版社2004年版，第45页。

② 同上，第4页。

那么，存在是什么呢？自古希腊以来，人类对“存在”的探索从来就没有终止过。亚里士多德早在两千多年前曾预言：那个自古以来就发问的问题，那个现在仍然发问的问题，那个将来永远要发问的问题，那个使我们永不得安宁的问题就是：存在是什么？而这也就是在问：本体是什么？[①]先哲的诘问构成了千百年以来哲学与文学艺术对生命的关注，也是对“我是谁”、“我为什么生”、“我为什么死”这一系列疑问的本体性探索。

文艺复兴时期，上帝从神坛上跌落，人取代神成了世界的中心。17世纪的法国哲学家笛卡尔宣称：“我思故我在。”[②] 这振聋发聩的宣言似乎是对古希腊哲人巴门尼德提出的“思维和存在是同一的”[③] 著名论断的阐释，于是人的理性思维和意志成为人区别于其他动物的不可替代的本质特征。

德国哲学家尼采是彻底的偶像破坏者。他警告说：“上帝已死。”他拒绝承认现有的善恶标准，主张“重新评价一切价值”，重新探讨存在的意义。他的“超人”哲学和“唯意志”论固然是对宗教和虚伪的传统道德的反拨，但是他蔑视群众，否定理性的极端思想，也使他背上了唯心主义的恶名。在海德格尔的意识里，人和存在相依，人要解决科学工具主义带来的种种问题，单从价值层面去疏导并不能奏效，必须返回人的存在层次以及存在方式层次去寻找根本的解决之道。但是，海德格尔对存在的洞见带有浓厚的悲剧色彩。他认为，人生活在一个“虚无”的世界里，“哲学就是对死亡的研究”，人在选择其自身存在的可能性时，孤独无依，唯有烦恼与恐惧相伴，于是死亡成了存在的唯一归宿，因为人变成“不真实的存在”这一可能性是内在于人的。

人存在着，存在是第一位的，一如法国哲学家萨特所言：“存在先于本质。”显然，人的存在过程即人的生死过程，那么人应该怎样了生死，怎样超存亡呢？怎样应对海德格尔所说的“对存在的遗忘”呢？

生命自身毫无意义，因为死亡窥视着它，生命的不朽似乎没有可能。

---

① 亚里士多德：《形而上学》，1028 b，见苗力田主编：《亚里士多德全集》（第7卷），北京：中国人民大学出版社，第154页。

② 张弛指出：“我思故我在”这一译法未能准确表达笛卡尔的本意。“我思故我是”才能完整无误地反映笛卡尔想要述说的理念和意境。载《中国翻译》2005年第6期，第68～75页。

③ 柏拉图著，陈康译注：《巴曼尼德斯篇》，北京：商务印书馆1982年版，第51页。

然而，哲学家们却不这样想，小说家们也不这样想。昆德拉以其长篇小说《不朽》追问生命的本真，展开了他对存在的深思。

1807年，22岁的贝蒂娜有缘面晤歌德。贝蒂娜是个工于心计的女孩，善于用自己的美貌和温柔取悦歌德。不仅如此，她还煞费苦心结识了歌德的母亲，从老人那里了解到歌德青少年时代许多鲜为人知的故事。贝蒂娜对歌德说，她将根据他母亲的回忆写一本关于他的书，并对歌德表白：“我有一种永远爱你的强烈愿望。”面对贝蒂娜的殷勤与感情投入，歌德起初采取了比较克制的态度，只是在贝蒂娜嫁给了德国浪漫派诗人阿尔尼姆后，他们的感情才发展开来。不过，歌德对这段忘年恋仍然保持着警惕，一直反对贝蒂娜为自己作传。

歌德于1832年谢世，贝蒂娜把她与诗人的交往写成书，并以《歌德与一个孩子的通信》为书名于1835年正式出版。歌德死了，但是歌德永恒。他的作品穿越时空，铸就了作者不朽的形象。歌德的不朽显然与贝蒂娜无关。

那么贝蒂娜呢？她的著作也随同大师的英名进入了“名人殿堂”，但是她是否因此而不朽呢？昆德拉对贝蒂娜追求“不朽”的心理动机作了细致的刻画。“不朽”大致可以分为三个层次。第一个层次是世俗意义上的不朽，其核心是功名利禄，世人企图用外在之物，比如权力与金钱，留下生命的痕迹；第二个层次是宗教意义上的不朽，其核心是灵魂永驻，善信寄望于天堂，希冀在生命的彼岸受到上帝的眷顾；第三个层次是形而上意义的不朽，其核心是精神生命的延续，而艺术创造、对形式世界的创新，则是肉体生命超越时空、通往绝对的一枚硬通货。

昆德拉关注精神不朽，称它是“伟大的不朽”。思想家不朽，因为他们创造了认识世界、改善自身的方法；艺术家不朽，因为形式世界给后来者提供了阐释与对话的无限可能性；科学家不朽，因为只要给他们一个支点，他们就可以搬动整个地球。贝蒂娜渴望“不朽”，但是，贝蒂娜将自身的情感对象化并将其作为目的去追求，她爱的理由并非歌德之伟大，她爱的对象也非歌德本人，而只是充盈在她体内的激情，因此她关注的只是这种情感状态所可能产生的预期的影响和效益，于是当她觉得歌德的情感投入未如她所期待时，她甚至不惜篡改、杜撰自己与歌德的通信，以图使两人的交往更符合世俗对不朽的期盼。其实贝蒂娜真正关注的是她自身的姿态，她把自己的感情取向和感情强度对象化，变成一种刻意追求的目标，从而达到强化自我、标志自我的目的。涂险峰批评说："情感若以自身状态为目的，成为有意识的价值追求，并不断地自我强化其热度，就变成了一种理智或意志，从而违背了我们将它视为自然而发的期待，因而让人感到虚假、造作。感情不能以自身为目的，不能为感情而感情，否则就是矫情。"[①] 当然，《不朽》讲述的并不仅仅是一个爱情故事，昆德拉通过对"不朽"的质疑，反思历史，对沉积在人们意识中的历史的真实性进行了深刻的剖析。

（二）存在的陷阱

昆德拉在《不能承受的生命之轻》中说道："小说不是作者的忏悔，而是对于陷入尘世陷阱的人生的探索。"[②] 他还在《小说的艺术》中作了这样的解释：

> 生活是一个陷阱……人生下来，没有人问他愿不愿意；他被关进一个并非自己选择的身体之中，而且注定要死亡。相反，在以前，世界的空间总是提供着逃遁的可能性……将世界转变为陷阱的决定性事件大概是1914年的战争，被称为世界大战……从此之后，地球上发生的任何一件事情都不再是区域性的了，所有的灾难都会涉及全世界，而作为结果，我们越来越受到外界的制约，受到任何人都无法逃避的处境的制约，而且这些处境使我们越来越变得人人相似。[③]

小说注定要思考存在，这是昆德拉所张扬的小说的使命，也是昆德拉小说观念中的核心思想。现代小说不应该是对某个业已确定了的世界的说明或论证，它应该是作家对一个多元的、不确定的世界的探索，它应该提出问题。在现代社会所呈现的一堆复杂的、互为交叉有时甚至是对立的矛盾面前，读者发现：一方面是事物的模糊性和不确定性；另一方面是存在

---

① 涂险峰：《从昆德拉的"第二滴眼泪"到现代人的信仰姿态》，《外国文学评论》2004年第4期，第6页。

② 米兰·昆德拉著，许钧译：《不能承受的生命之轻》，上海：上海译文出版社2003年版，第263页。

③ 米兰·昆德拉：《小说的艺术》，前揭，第34页。

的多种可能性。因此，存在的意义将取决于人自身的选择，是选择循规蹈矩，按社会传统和既定的世俗准则去完成人由生到死的必然旅程，还是从生命的多种“可能性”做出自主的选择去对抗命运不合理的确定性？答案将一直被寻找着，这一寻找过程有助于打破大众传媒的舆论垄断、决定论的宗教诠释、科学工具的话语霸权以及泛政治化的社会导向，使人主动地创造生命的意义，找到属于他自己存在的归宿。也许正是出于这样的思考，昆德拉在《小说的艺术》中曾以卡夫卡为例，这样评价小说的价值：

事实上，必须理解什么是小说……小说审视的不是现实，而是存在。而存在并非已经发生，存在属于人类可能性的领域，所有人类可能成为的，所有人类做得出来的。小说家画出存在地图，从而发现这样或那样一种人类的可能性。但还是要强调一遍：存在，意味着：“世界中的存在。”所以必须把人物与他所处的世界都看作是可能性。在卡夫卡那里，这一切都很清楚：卡夫卡的世界跟任何一个已知的显示都不相似，它是人类世界一种极限的、未实现的可能性。当然，这一可能性在我们的真实世界之后半隐半现，好像预示着我们的未来。所以有人说卡夫卡有预言家的一面。但即使他的小说没有任何预言性质，也不会失去价值，因为它们抓住了一种存在的可能性（人以及他的世界的可能性），从而让我们看到我们是什么，我们可能做出什么来。①

“小说思考存在”，这是20世纪欧美小说家如萨特、加缪、卡夫卡、昆德拉等文学大师们对人类所做出的杰出贡献。他们透过现实的表象发现了存在，并进而探索存在的种种可能性，把日渐泯灭在历史和陈规旧俗中的存在的可能性从遗忘和遮蔽中钩沉出来。他们提出的思想从本体上改变了人类对自己和世界的认识，或许这就是现代小说在当代社会中所承担的思想使命，这就是现代小说所承载的价值。

小说关注并考问人类具体的存在境况，从作者自我对存在的沉思出发，思考存在的意义，于是小说家成了思想者，写作在哲学思考的维度上展开，揭示那些尚不为大众认识的存在之实、存在之虚、存在之重、存在

① 米兰·昆德拉：《小说的艺术》，前揭，第54~55页。

之轻、存在之真理与谬误。

当然，小说的认识价值不同于科学或哲学的理性主义，小说的认识价值首先表现在审美的层面上，具有审美意识形态的美学特征。纵观20世纪西方小说的发展轨迹，我们发现欧美现代小说已经经历了一次革命性的嬗变，即它不再致力于反映现实世界，而是力图通过作家的内省和沉思去创造一个形式的世界；它不再企求提供拯救世界于苦难的答案，而是竭力提出问题，用怀疑和质询去探讨人类自身面临的精神危机和思想危机。这为西方现代小说开创了一条寻求真理的新路径，一条与哲学所追求的真理不相同的路径。按照昆德拉的观点，“哲学在一个抽象的空间发展自己的思想，没有人物，也没有处境”[①]。而小说恰恰相反，它在一个具象的世界中关注有血有肉的人，关注人的存在状况，关注他们的孤独与忧虑、爱与恨、生与死。这一点正是作为小说家的伟大思想家们区别于那些沉湎于理论概念不能自拔的哲学家的地方，因为在小说家的哲学思考中，思想从根本上说是质疑、是询问、是寻找，而在哲学家的哲学思考中，思想往往定格为既定的概念，它们不容置疑。正是有了小说家在哲学维度上的沉思、怀疑与关注的人本精神，才使我们深切地感受到小说的美学向度及其寻找真理的崇高职责。

昆德拉的小说或许不能同存在主义文学相提并论，但是，他研究的起点与归宿都指向存在，这却是毫无疑问的。他给小说家下的定义是：“小说家既非历史学家，又非预言家：他是存在的探究者。”[②] 昆德拉的不同凡响之处在于他创造了一种与多元的而且模糊不清、捉摸不定的世界本身相一致的小说精神，这种小说精神的基本特征就是复杂性、延续性和不确定性。所以他一再告诫人们，应该把人物与他所处的世界都看作是可能性。他在《不能承受的生命之轻》中这样论述他所创造的人物形象：

我小说中的主人公是我自己未曾实现的可能性。我爱所有的主人公，并且所有主人公都令我同样地恐惧，原因就在于此。他们，这些人物或那些人物，跨越了界限，而我只是绕了过去。这条被跨越的界限（我的

---

① 米兰·昆德拉：《小说的艺术》，前揭，第37页。

② 同上，第56页。

“我”终结于界限的那一边）吸引着我。小说要探寻的奥秘仅在另外一边开始。[1]

在《不能承受的生命之轻》中，昆德拉对生活在那个特定年代里的捷克知识分子的命运作了深刻的描写和剖析，轻重对立的永恒两难几乎成了人类存在境遇的必然写照。托马斯是一名外科大夫，十年前与妻子离异，他生性喜爱女人，却从没有想过要与一位女性厮守一辈子。

朋友问他有过多少女人，他闪烁其词，如果他们追问，他就说：“该有两百个左右吧。”几个心怀嫉妒的家伙断定他在吹嘘，他辩释道：“这不算多。我和女人大概打了二十五年的交道。用两百除以二十五，你们瞧瞧，每年差不多才八个新的女人。这不算多。”[2]

那一天，女招待特蕾莎闯进了他的生活，两人很快同居。然而，托马斯积习不改，一如既往地周旋于众多情妇之间。寻花问柳的轻薄行径使他蒙受恶名，托马斯终于决定娶特蕾莎为妻。这时，“布拉格之春”爆发，苏联坦克入侵。托马斯和特蕾莎双双移居苏黎世。在瑞士，托马斯依然沉湎于女色，特蕾莎忍无可忍，回到捷克定居。托马斯考虑再三，决定重返故土。两人的命运从此无可挽回地朝着生命之重逆转。

苏联占领期间，特蕾莎曾经把亲自拍下的苏联士兵入侵暴行的照片寄给西方媒体。殊不知，这些照片竟成为秘密警察日后搜捕抵抗力量的有效线索。无奈与无助令特蕾莎不知所措。托马斯则因为拒绝在一份声明效忠当局的文件上签名而失去了医生的从业资格。为了生存，他当了一名玻璃擦洗工。尽管命运多舛，托马斯仍在情场上乐不思蜀。特蕾莎在痛苦之余决定亲身检验丈夫一再标榜的灵与肉可以分离的理论，她试着与一名素不相识的工程师做爱。高潮体验使她兴奋不已，同时又令她恐惧万分：没有爱情，同样可以做爱，灵与肉居然可以分离！

他们在当局的监视下度过了五年庸庸碌碌的生活，末了决定迁到乡下

---

① 米兰·昆德拉：《不能承受的生命之轻》，前揭，第263页。
② 同上，第237页。

定居，托马斯在集体农庄开车谋生。几年后，托马斯远在巴黎的旧情人萨比娜收到了托马斯儿子的一封信，信中写道：父母开车外出，去山外的一家小旅馆投宿，途中出了车祸，父母双双被压死在一辆卡车下。人生于偶然，死于必然，人生价值的失落使得一切真正的选择几乎不可能。个人的生命一如尘埃，轻得让人不能承受，它是明天不复存在的任何东西。

这是托马斯生命的写照吗？我们无法肯定。昆德拉在《不能承受的生命之轻》中对轻与重倒有一段精妙的论述：

如果我们生命的每一秒钟可以无限重复，我们就会像耶稣被钉死在十字架上一样被钉死在永恒上。这一想法是残酷的。在永恒轮回的世界里，一举一动都承受着不能承受的责任重负。这就是尼采说永恒轮回的想法是最沉重的负担（das schwerste Gewicht）的缘故吧。

如果永恒轮回是最沉重的负担，那么我们的生活，在这一背景下，却可在其整个的灿烂轻盈之中得以展现。

但是，重真的残酷，而轻便真的美丽？

最沉重的负担压迫着我们，让我们屈服于它，把我们压倒地上。但在历代的爱情诗中，女人总渴望承受一个男性身体的重量。于是，最沉重的负担同时也变成了最强盛的生命力的影像。负担越重，我们的生命越贴近大地，它就越真切实在。

相反，当负担完全缺失，人就会变得比空气还轻，就会飘起来，就会远离大地和地上的生命，人也就只是一个半真的存在，其运动也会变得自由而没有意义。①

可是，托马斯穷其一生，到底选择了生命之重还是生命之轻呢？还是听听他远在美国的旧情人萨比娜是怎么想的吧：

直到生命的最后一段日子里，萨比娜一直不断收到那个伤心的乡下人（按：即托马斯之子——作者）写来的信。其中很多封从来未曾开启过，因为她对故土的兴趣越来越淡漠了。……她的画卖得很好。她也很喜欢美

---

① 米兰·昆德拉：《不能承受的生命之轻》，前揭，第5页。

国。但这仅仅是停留在表面。表面以下，是一个对她而言完全陌生的世界。这地下，没有她的爷爷和叔叔。她害怕自己被关进棺材，埋在美国的土地下。

于是，她立下了一份遗嘱，要求死后遗体火化，并抛撒骨灰。特蕾莎和托马斯死于重之征兆，而她却想死于轻之征兆。她会比空气还轻。①

存在之轻使人迷失了方向，让人不能承受，人不能给自己的存在赋予一个意义，于是生命飘忽不定，缺乏实质。昆德拉解释道：“既然上帝走了，既然人也不再是主人，那么谁是主人？地球在没有任何主人的情况下在虚空中前进，这就是不能承受的生命之轻。”②

早在公元前6世纪，古希腊埃利亚学派杰出的哲学家巴门尼德就曾提出过生命孰重孰轻的问题。他把宇宙中对立的一极视为正极，包括明、热、薄、在，另一极视为负极，包括暗、冷、厚、非在等等。但是何为正，是重还是轻？巴门尼德答道：“轻者为正，重者为负。”③

生与死构成了存在的两极，重与轻谱写了存在的两种形态。当个体的存在面临冲突与责任的拷问，遭遇良知与选择的判断时，分裂与异化窥视着，存在被笼罩在一片模糊之中，不过，我们看到，在托马斯的身上仍然有着冲动的意识和价值观念，他逃避，但他选择了背负生命之重。或许这正是托马斯的悲剧所在。在一个没有永恒轮回的世界中，唯有对自我的准确把握，才能赋予个体存在某种积极的意义，才能在轻与重的正负两极间找到支撑前进的平衡点。

三、小说与自我

如果说海德格尔试图超越对人类始初有与无的关切，从而牢牢把握存在自身，萨特则力图呼唤个体生命的存在意识，使其进入实存状态。昆德拉与存在主义文学家不同，他不研究现实，他思考的是现实中的存在，是

---

① 米兰·昆德拉：《不能承受的生命之轻》，前揭，第328页。
② 米兰·昆德拉：《小说的艺术》，前揭，第52页。
③ 米兰·昆德拉：《不能承受的生命之轻》，前揭，第6页。

人的存在的可能性。于是，他把悲天悯人的目光投向了分裂的现代境遇中人类的具体存在。他主张，小说创造的人物与人物的世界都应该被作为可能来解读，因此，小说创作的主要目的，就是凸显自我对存在的思考。他写道："任何时代的所有小说都关注自我之谜。您一旦创造出一个想象的人，一个小说人物，您就自然而然地要面对这样一个问题：自我是什么？通过什么才能把握自我？这是小说建立其上的基本问题之一。"① 换言之，小说家对存在的探索，就是认识现象世界中人的可能的自我。

昆德拉把小说分为三种，他在《小说的艺术》中写道：

> 小说家有三种基本可能性：讲述一个故事（菲尔丁），描写一个故事（福楼拜），思考一个故事（穆齐尔）。19 世纪小说描写的跟那个时代精神（实证的、科学的）是和谐一致的。将一部小说建立在不间断的沉思之上，这在 20 世纪是跟这个根本不再喜欢思考的时代的精神相违背的。②

显然，昆德拉十分推崇建立在怀疑、诘问、思考基础上的小说形态，他甚至认为小说对人的状况展开的思考和探究较之于哲学更丰富更深刻。他进而论证道："如果说欧洲哲学没有善于思索人的生活，思索它的'具体的形而上学'，那么，命中注定最终要去占领这块空旷土地的便是小说，在那里，它是不可替代的（它已被有关存在的哲学以一个相反的证明所确认）；因为对存在的分析不能成为体系；存在是不能被体系化的，而海德格尔，诗的爱好者，犯了对小说历史无动于衷的错误，正是在小说的历史中有着关于存在的智慧的最大宝藏。"③ 小说家拒绝对客观事物作简单的模仿和描述，小说家拒绝媚俗，他力图深入到事物之内或立足于事物之上，勘探人存在其中时遭遇的种种困惑和矛盾，思考存在的意义和各种不同的可能性，这种以小说家特有的方式进行哲学思考的文学创作实践，代表了 20 世纪现代主义小说最基本的价值取向。

昆德拉从不讳言小说中的人物都是作者想象的产物，而不是生活中的

---

① 米兰・昆德拉：《小说的艺术》，前揭，第 29 页。

② 同上，第 155 页。

③ 米兰・昆德拉著，孟湄译：《被背叛的遗嘱》，上海：上海译文出版社 1995 年版，第 153～154 页。

具象：“作者要想让读者相信他笔下的人物确实存在，无疑是愚蠢的。这些人物并非脱胎于母体，而是源于一些让人浮想联翩的句子或者某个关键情景。托马斯就产生于 einmal ist keinmal[①] 这句话，特蕾莎则产生于肚子咕噜咕噜叫的那一刻。”[②] 于是小说的人物便成了一个个“实验性的自我”，对存在的忧虑和质疑，对存在的可能性的追寻，对自我的把握更被赋予了一种奇妙的思考形式。作者进而解释道：

把握自我，在我的小说中，就是意味着，抓住自我存在问题的本质，把握自我的存在密码。在创作《不能承受的生命之轻》时，我意识到，这个或那个人物的密码是由几个关键词组成的。对特蕾莎来说，这些关键词分别是：身体、灵魂、眩晕、软弱、田园牧歌、天堂。对托马斯来说：轻、重。在题为“不解之词”一章中，我探讨了弗兰茨和萨比娜的存在密码，分析了好几个词：女人、忠诚、背叛、音乐、黑暗、光明、游行、美丽、祖国、基地、力量。每一个词在每一个人的存在密码中都有不同的意义。当然，这一密码不是抽象地研究的，而是在行为中、在处境中渐渐显示出来的。[③]

昆德拉把他创作的小说人物称作“实验性的自我”，既展现了附着于存在的一些根本性的困惑，又叩问并敞亮了过去的文学、哲学或诗歌所未曾发现的一部分存在。

在《不能承受的生命之轻》中，特蕾莎在照镜子，她寻思假如她的鼻子每天伸长一毫米会发生什么样的事情。多长时间以后，她的脸会变得根本无法辨认？假如她的脸不再像特蕾莎，那特蕾莎是否还称其为特蕾莎？自我从何处始，到何处止？您看：在灵魂不可预知的无穷面前，没有些许惊奇；在自我与自我身份的不确定面前，倒有这般惊讶。[④]

这一发现，对于托马斯，就是在一个没有永恒轮回的世界中的存在之轻；对于特蕾莎，就是肉体与精神的分离与统一，就是眩晕，就是沉醉于

---

① 德文，意思是“偶然一次不算数”。

② 米兰·昆德拉：《不能承受的生命之轻》，前揭，第47页。

③ 米兰·昆德拉：《小说的艺术》，前揭，第37~38页。

④ 同上，第36页。

自身的软弱之中。这些存在密码构成每个人物的生存境遇，从一个新的视角揭示了各不相同的存在的可能性。它们既是作者对自我的疑问，也给每一个自我对每一个具体的存在所可能具有的困惑提供了一个思考的平台。从小说理论的层面上看，昆德拉不仅为他的写作理念和形式注入了新的元素，而且使其作品的主题有了一种超越的意义。

这种超越首先表现在对现代人失落的精神的召唤。现代人的精神危机可以用海德格尔的这句名言来概括："存在的被遗忘。"那么存在是如何被遗忘的呢？昆德拉尖锐地指出：

伴随着地球历史上的一体化过程的——上帝不怀好意地让人实现了这一人文主义梦想——是一种令人晕眩的简化过程。应当承认，简化的蛀虫一直以来就在啃噬着人类的生活，即使是最伟大的爱情最后也会被简化为一个由淡淡的回忆组成的骨架。但现代社会的特点可怕地强化了这一不幸的过程：人的生活被简化为他的社会职责，一个民族的历史被简化为几个事件……社会生活被简化为政治斗争……人类处于一个真正的简化的漩涡之中，其中胡塞尔所说的"生活世界"彻底地黯淡了，存在最终落入遗忘之中。①

危机来自何方？昆德拉分析说：

危机的根源在他（胡塞尔）看来处于现代的初期，在伽利略和笛卡尔那里。当时，欧洲的科学将世界缩减成一个简单的，科技与数学探索的对象，具有单边性，将具体的生活世界，即胡塞尔所称的 die lebenswelt，排除在视线之外了。……人原先被笛卡尔上升到了"大自然的主人和所有者"的地位，结果却成了一些超越他的、赛过他的、占有他的力量（科技力量、政治力量、历史力量）的掌中物。对于这些力量来说，人具体的存在，他的"生活世界"，没有任何价值，没有任何意义：人被隐去了，早被遗忘了。②

---

① 米兰·昆德拉：《小说的艺术》，前揭，第 22 ~ 23 页。
② 同上，第 3 ~ 4 页。

今天，这种简化和缩减仍以空前的能量和速度继续着。周国平说：

缩减仿佛是一种宿命，我们刚刚告别生活的一切领域缩减为政治的时代，一个新的缩减漩涡又更加有力地罩住了我们，在这个旋涡中，爱情缩减为性，友谊缩减为交际和公共关系，读书和思考缩减为看电视，大自然缩减为豪华宾馆里的室内风景，对土地的依恋缩减为旅游业，真正的精神冒险缩减为假冒险的游乐设施。要之，一切精神价值都缩减成了实用价值，永恒的怀念和追求缩减成了当下的官能享受。当我看到孩子们不再玩沙和泥土，而是玩电子游戏机，不再知道白雪公主，而是津津乐道卡通片里的机器人的时候，我心中明白一个真正可怕的过程正在地球上悄悄进行。我也懂得了昆德拉说这话的沉痛：“明天当自然从地球消失的时候，谁会发现呢？……末日并不是世界末日的爆炸，也许没有比末日更为平静的了。”我知道他绝非危言耸听，因为和自然一起消失的还有我们的灵魂，我们的整个心灵生活。上帝之死不足以造成末日，真正的世界末日是在人不图自救、不复寻求生命意义的那一天到来的时候。[①]

结　语

昆德拉的小说植根于对现代社会人文精神状态的忧虑与思考，他的小说批评理论倾注了对人性的关怀与对存在的思辨。昆德拉构建的小说世界，以其对存在的具体而感性的阐释开拓了现代人对存在认识的深度。小说家通过文学创作的内部形式和外部世界的双重对话，通过复调性的多元叙述，通过指向存在的诗性沉思，敞亮被遮蔽的存在，使作品负载了更多的哲学与文化内涵。

【参考文献】

柏拉图著，陈康译注：《巴曼尼德斯篇》，北京：商务印书馆1982年版。

米兰·昆德拉著，孟湄译：《被背叛的遗嘱》，上海：上海译文出版社

① 周国平：《被误读的“昆德拉”》，《羊城晚报》，2004年9月18日B6版。

1995 年版。

米兰 · 昆德拉著，许钧译：《不能承受的生命之轻》，上海：上海译文出版社 2003 年版。

米兰 · 昆德拉著，董强译：《小说的艺术》，上海：上海译文出版社 2004 年版。

涂险峰:《从昆德拉的“第二滴眼泪”到现代人的信仰姿态》,《外国文学评论》2004 年第 4 期。

张弛：《穷究词义为了跨文化的沟通——论西方哲学核心词汇“όυ（on）”的中译问题》,《中国翻译》2005 年第 6 期。

周国平：《被误读的“昆德拉”》，《羊城晚报》，2004 年 9 月 18 日 B6 版。

第五章

借助历史来反思人的存在

——昆德拉《生活在别处》论析

对于小说家来说，
一个具体的历史情境
成了一个人类学实验室，
在其中他研究他的主要问题：
什么是人的存在？

（昆德拉）

引 言

《生活在别处》（*La vie est ailleurs*，1973）是米兰·昆德拉（Milan Kundera，1929—）的第二部长篇小说。与他的前一部小说《玩笑》（*La plaisanterie*，1967）相比，这部小说不仅有一个全新的主题，而且叙事结构迥然不同。小说共分为七个篇幅长短不一的部分，每一部分又分为长短不一的章节，但基本上是按照时间顺序，在对诗人短短一生的叙述过程中，叙事角却多次转换，叙事流程也多次中断或者说是被打断。昆德拉自己对这部小说的叙述方式如此概括：

第一部分：连续性叙述（narration continue）（就是说章与章之间有因果联系）；第二部分：梦境式叙述（narration onirique）；第三部分：非连续性叙述（narration discontinue）（就是说章与章之间没有因果联系）；第四部分：复调式叙述（narration polyphonique）；第五部分：连续性叙述；第六部分：连续性叙述；第七部分：复调式叙述。每一部分都有其特有的视角（perspective）（由另一个想象的自我来叙述）。[①]

昆德拉是一个很重视小说的艺术和技术的作家。他的小说创作与他对小说的艺术和技术的思考与探讨几乎是同时开始的，并始终没有偏枯，虽

① Milan Kundera，*L'art du roman*，Paris：Gallimard，coll. Folio，n° 2702，1995，p. 107.

然二者在数量上不成比例：他已经出版了七本译自捷克文的法文版小说[①]和直接用法语写的三本小说[②]，但关于小说艺术的只有四本[③]和一些未结集的谈话及为他的小说的各种译本写的序言或后记。

在与克里斯蒂安·所罗门（Christian Salmon）关于小说写作技巧的谈话中，昆德拉提到，由于一位捷克文学评论家的提醒，他才注意到自己的小说结构具有几何（géométrie）意味。但他声明自己并非刻意地设计布局，而是让形式按其需要自然而然地带出结构。[④] 他完成于1990年代以前的几部长篇小说，都分成几部分，每一部分分为若干章，每一章又分为若干段落。昆德拉称之为“小说的关节”（l'articulation du roman）。他说他很愿意让各关节都非常清晰。至于每一部分，他都让它们自成一体（un tout en soi），而且都让它们有自己叙述方式（mode de narration）。[⑤] 由此可见，昆德拉对他的小说的结构虽非刻意追求，却很讲究。相对于他的其他小说而言，《生活在别处》的叙事方式非常特别。在第六部分第一章，他还和想象中的读者探讨观察角度（即叙事角度）转换的必要性。因此，要了解这部小说的意蕴，分析其叙事方式是必不可少的一步。

《生活在别处》的叙事方式表现为叙事角的转换、叙事角的结构性切换和暂时性切换。下面分别予以分析。

一、叙事角的转换

直到文艺复兴初期，西方绘画都不很重视视角的问题。因此，我们看到中世纪的许多绘画都是全视角的，在画面上城里城外的人们几乎是等距离呈现在观者面前的。而欧洲小说一直到19世纪的雨果和托尔斯泰都保持了古老的说书人传统，比如作者暨叙述者是全知的，他甚至有权利和信心

---

① 分别是《玩笑》、《可笑的爱情》、《生活在别处》、《告别圆舞曲》、《笑忘录》、《不能承受的生命之轻》和《不朽》。

② 分别是《慢》、《身份》和《无知》。

③ 用捷克文写的《小说的艺术》（1960），法文写的《小说的艺术》（1986）、《被背叛的遗嘱》（1993）和《帘幕》（2005）。

④ Milan Kundera, *L'art du roman*, *op. cit.*, p. 107.

⑤ *Ibid.*

告诉读者故事中人的最细微的心理活动甚至他们的潜意识，而且作者可以自由地把正在进展中的故事暂停下来，或者搁置许久，转到另一个故事上去，或者谈论一些话题，如爱情、死亡、历史、宗教等。

自19世纪下半叶起，由于科学精神对文学和文人的渗透，文学写作变成一种严谨的科学性的工作，叙事者的全知受到指责，作者的借题发挥、高谈阔论变得不可接受。以真实的名义，作者被要求遵守视角的限制，不可以再随心所欲地转换视角，虽然在实际的叙事中作者很难严格地遵守。

在《生活在别处》的第六部分第一章，隐身的作者/叙事者忍不住现身与臆想的读者（们）来谈论叙事角的问题：视角的选择及其对于视野的局限。“正如您的生活被您选择的职业和婚姻所决定，这部小说也被局限在由我们的观察点所决定的视野内。我们只能看到雅罗米尔和他的母亲。至于其他人，只有他们出现在这两个人物面前时才可以被我们看得到。”①

小说是由并非全知的叙事者讲述，然而叙事者的视线却是双焦点，分别聚焦在诗人雅罗米尔和与他相依为命的母亲身上。随着诗人由生到死的时间流程，与他相关的其他人物——诗人的父亲、外公外婆、小学同学、画家、他的情人、女导演等渐次进入或者淡出叙事者和读者的视线。由于是双焦点，叙事角就在诗人和母亲之间不断地转换。因此，故事的发展是沿着两条时分时合的线发展。

下面对于这种叙事角的转换列表说明：

第一部分的叙事开始于诗人的被孕育，直到他13岁时明确意识到诗歌成了他生命的一部分。主要事件基本上依照时间顺序和因果关系，但诸多小插曲却顺着思绪的冲动和主题的关联而自由叠加。双线条、双视角的存在理由，在于母子二人既是两个独立的个体，又在某种程度上互相依存。诗人是母亲生命的一部分，母亲也是诗人生命的一部分。但这种关联并非弗洛伊德的“俄狄浦斯情结”的简单图解，而是相当普遍和“正常”的心理反应。

---

① Milan Kundera, *La vie est ailleurs*, Paris: Gallimard, coll. Folio, n° 834, 1995, p. 399.

	第一部分	第三部分	第五部分	第七部分
母亲	1，2，3*，5，6，8，9，10*，11*	1，2，7，9，11*，14，17*，20*，26，28*	1*，4*，6*，9*	5，8，18，19，21*，23*
诗人	3*，4，6，7，10*，11*	3，4，5，6，8，10，11*，12，13，15，16，17*，19，20*，21，22，23，24，25，27，28*	1*，2，3，4*，5，6*，7，8，9*，10，11	1，2，3，4，6，7，9，12，13，14，15，16，20，21*，23*

注：表中带有星号的各章是母亲与诗人共享叙事角。第四部分未列入表格，因为是诗人独占叙事角。第二和第六部分都在母亲与诗人的叙事角之外，我们将在叙事角的结构性切换一节中予以讨论。

追求浪漫爱情却遭遇了失望的母亲，在新生儿那里找到了“巨大的平和幸福和巨大的快乐安宁”①。她将几乎全部的爱都转移到了孩子身上。被常常夜不归宿的丈夫搞得绝望而烦恼的母亲，甚至觉得“这是唯一让她在双人床上感到幸福的男人”，同时她也很清楚：作为妈妈感到的幸福，不能替代她作为女人的深切失意。②

而小“神童”被包围在爱和赞美里，很小就知道如何赢得别人的爱和赞美，却难以自然而然地长大成熟。母子二人的相互依存和各人对独立自我的憧憬与寻求，使得二者的关系既依存又冲突。这种既享受又烦人的母子关系要直到诗人死亡才得以结束。

在这一部分里，在母子关系的演变中，母亲处在主导地位，因此，从上表我们看到，叙事聚焦于母亲的篇幅是儿子的两倍。

第三部分里，常常不着家的丈夫死了。母亲照镜子，惊异于她的脸还枉自年轻。如今，儿子成了她生命中唯一的男人了。抚今追昔，她发现是儿子而非任何别人，能给她一片乐园。她希望能永远留住他们曾经共有的幸福，却意识到儿子从小就不断地背叛这个“神圣”的约定。同时，处在青春期的儿子也在照镜子，他渴望成为一个男人。被封闭在母亲的爱里，热血躁动的雅罗米尔为自己与外面世界的隔绝状态而烦恼。他渴望成熟。

---

① Milan Kundera，*La vie est ailleurs*，*op. cit.*，p. 20.

② *Ibid.*，p. 52.

一个伟大的爱情对他来说就是成熟的标志。他也梦想一场轰轰烈烈的革命来彻底改变他的生活，并给他一个机会进到外面的世界里。在一次青年马克思主义者的集会上，他邂逅了一位臃肿粗胖的女大学生并陷入情网。但在爱他的母亲面前，他却有一种犯了错误的感觉。

母子之间的潜在冲突爆发了。母子二人都被他们的关系所困扰，叙事者于是向最为困惑的诗人谈论母爱和锁链的悖论式合一："每一次你出了家门，你都会感觉到在你背后有带着责备的关注，在喊着让你回来！你去闯世界就像一只狗带着长缰绳！即使你走得很远了，你仍然总是感觉得到项圈在你的脖子上！"①

就在青年诗人正进行他的爱情冒险时，捷克革命爆发了。诗人非常兴奋，但他舅舅对革命的憎恨和他母亲对革命的害怕，却好像两记耳光打在他的脸上，使他尴尬。爱情的高峰时刻到来了，他却只能看见自己的无能为力。诗人在爱情上的失败和他对于革命的无法参与（一场政变式的革命本来也不需用很多人去打街垒战），对于母亲却是一个挽回儿子的机会。然而母亲的试图安慰却将渴望走出家庭小世界的儿子推得离她的心理距离更远。这一部分里，是儿子在主导着母子关系，因此，和第一部分相反，聚焦于儿子的篇幅是母亲的两倍。

二、叙事角的结构性切换

小说的第一部分叙述了诗人的出生和他的童年、少年时代，直到他进入青春期。在这一部分的最后一章里，春心萌动的雅罗米尔因为胆怯而失去了机会。"他躺在床上，感到绝望。比失掉良机更让他感到难受的是他绝望地想到：羞涩、软弱、紧张使自己手足无措而把一切都搞砸了。"②

第二部分第一章开始的场景是中学教室里的数学课，时间是"二战"结束以后次年的春天。叙事随后聚焦在"他"身上："他走到街上，一直走到伏尔塔瓦河边，沿着河岸漫无目的地走。"③ 在查理桥旁边，透过敞开

① Milan Kundera, *La vie est ailleurs*, *op. cit.*, pp. 184 – 185.

② *Ibid.*, p. 88.

③ *Ibid.*, p. 99.

的窗户，他看见了里面一个女人的背影。他把敞开的窗户看成是她的邀请，“勇敢”地跳了进去。这样的叙述，使读者毫不迟疑地以为“他”就是雅罗米尔，第二部分是第一部分故事在时间上的自然延续。然而紧接着的第二章一开头就将“他”改称埃克萨维。在随后的十几章里，雅罗米尔被弃置不顾，也没有作任何的说明。一个叫埃克萨维的年轻人取代了雅罗米尔，进入作者的叙述视野，也进入我们的阅读视野，我们几乎是被动地随着叙事者来关注这个闯入我们视野的埃克萨维的冒险经历。然而到了第三部分第一章，雅罗米尔的名字又出现了，他的故事继续进行。我们要继续阅读下去，才知道埃克萨维是雅罗米尔想象中的理想的自我。他的勇敢、他的冷酷，其实正是雅罗米尔渴望拥有的。青春期是做梦的年纪，青年人对自我形象有着丰富的设想和幻想。第二部分是梦境，是几个连续的梦。但是透过梦境中发生的事件，叙述者一方面将进入青春期的雅罗米尔所处的社会纷扰背景——“二战”后由苏联策动的捷克共产党政变（即革命）前夕——作了巧妙的交代，另一方面将青春期的雅罗米尔的烦恼与渴望，视觉化地呈现在读者面前。

小说第六部分的题目是“中年人”。按照顺序读到这一部分，我们会以为作者叙述的是二十多年以后[①]人到中年的诗人雅罗米尔。但很快就会发现这其实是另一个人，是与自以为正在经历崇高爱情的年轻诗人分享同一个售货员肉体的人。幸亏诗人到死都不知道这残酷的事实。从线性延伸的时间角度来看，这部分既是插叙又是倒叙。说它是插叙，是因为它截断从时间上连续的第五部分和第七部分。说它是倒叙，是因为它叙述的是发生在年轻的诗人死后三年的事。之所以与诗人的故事有关，是因为诗人为了革命而大义灭亲，检举了女朋友之兄有叛国企图，也使他的女朋友遭到株连而入狱。她出狱了，却有家不敢归：因为她的一句玩笑而导致了自己

① 格林童话中不少故事都是在“从此，他们过上了幸福快乐的日子”之类的结语中结束对曲折故事的讲述。但由于人类的好奇天性，读者常常不满足于此类比较空洞含混的宣告而催促作者继续讲下去。由于读者们的强烈愿望，大仲马不得不再写一部小说《二十年后》来满足读者对他的《三个火枪手》的主人公们后来经历的关心。当然，在商业社会里，许多作者巴不得可以无限写下去让读者无限地为他（她）的故事掏腰包。也有人出于商业考虑或者纯粹出于压抑不住的好奇心，而代替已经作古或者无力无意写续集的作者“狗尾续貂”，比如，曾经闹得沸沸扬扬的《围城》续集。

家破人亡，她不敢去面对父母、亲人，只能投奔她三年前已经说过永不再见的那个中年男子。

按照一般的写作逻辑，这部分会被作为小说的最后一部分，或者作为故事的尾声。昆德拉很显然是有意如此处理。诗人所梦想的伟大爱情——为他刻意营造的，与一个既无高尚理想也很不美丽的售货员的狂热爱情——在第五部分落实。然而，他的女朋友做不到把爱情看成她生命的全部而全身心地投入。诗人因此而感到极为烦乱。为了平息暴怒的诗人，他的女友编了一个崇高的理由：她因为劝说他的哥哥不要投奔资本主义的邻国而迟到。诗人于是有了变得更崇高的机会：检举自己的崇高爱情对象的胞兄，使崇高的爱情和崇高的革命融为一体。诗人的精神达到巅峰状态。

在随后的第六部分里，叙事缓慢而实在。诗人死了三年，女售货员经过了三年牢狱生活，精神完全被摧毁了。因为一句随口编造的话，她造成了自己家破人亡的结局，虽然出了狱，却无颜再见亲人，只好投奔旧情人。

三、叙事角的暂时性切换

除了这两部分的叙述流程发生了结构性的中断以外，《生活在别处》的叙事还有一个显著的特点，就是叙述者在其他部分插入了短命诗人如雪莱（Percy Bisshe Shelley，1792—1822）、济慈（John Keats，1795—1821）、莱蒙托夫（Mikhaïl Iourievitch Lermontov，1814—1841）、兰波（Arthur Rimbaud，1854—1891）、马雅可夫斯基（Vladimir Vladimirovitch Maïakovski，1893—1930）、沃尔克（Jiri Wolker，1900—1924）等的生平片断，以及1948年的布拉格查理大学和1968年的巴黎索邦大学的学生示威。如果说这样的叙事角切换让我们联想到电影叙事的镜头切换，或者说这样的手法是受到电影艺术的启发和影响，是一点都不奇怪的，因为昆德拉曾长期任教于捷克电影高等学校，对电影艺术一点儿也不陌生。

启蒙运动在欧洲催生了1789年的法国大革命和浪漫主义文学。后两者的共同点在于对既定秩序、既定法则的坚决拒绝和强烈反叛。法国革命对旧制度、旧秩序的暴力性清除，开启了欧洲的革命时代。在拿破仑远征军里，有来自各国的自由主义者。神圣同盟在欧洲恢复了旧秩序以后，法国爆发了1830年革命。而1848年的法国革命，再次在欧洲多个国家里引发了革命。同年，马克思、恩格斯发表《共产党宣言》，共产主义思潮为欧洲的革命注入了新的力量。1870 年法国爆发了巴黎公社起义。1917 年的俄国革命再次在欧洲多国引发了革命的浪潮。第二次世界大战结束后，借助苏联的支持，东欧多个国家的政权落入共产党之手。

在这一个半世纪里，欧洲的“革命”和“反革命”之间的较量一直没有止息。革命时期的人心激荡和旧秩序恢复时期的思想窒息，既是一种历史的事实，也是拥有崇高理想的人在这一时期里的共同感受。置身于这样的社会环境之中，诗人，尤其是年轻的诗人最为敏感。如果说在 1789 年以前，“百无一用是书生”是无可奈何的事实，在 1789 年之后，诗人们再也不甘于被边缘化。而革命所需要的煽情和大众参与，正给了诗人们由边缘进入主流，展现自己的个人价值和实现理想的契机。青春是幻想的时期，是激情的时期。现代的大学将青年精英聚集在一起，使他们得以彼此激发。在进入现代史的许多国家里，学生运动都是社会危机的爆发点，是许多国家历史的转折点或标志性事件，比如中国 1919 年的五四运动和西欧 1968 年的五月运动。

《生活在别处》的叙事落脚点在布拉格，却不时跳到都柏林、巴黎、彼得堡、伦敦等地，从而将读者的视野扩展到整个欧洲。叙事的历史时间是 1930 年代末期到 1950 年代，但透过雅罗米尔与雪莱、济慈、莱蒙托夫、兰波、马雅可夫斯基、沃尔克等浪漫主义诗人和革命诗人的交错叙事和意象叠加，使叙述的时间由现在延伸到过去，从而使雅罗米尔的故事有了历史的纵深感，对具有普遍意义的历史现象进行了整体呈现和反思。

昆德拉这样来解释他如此构思的目的：

> 抒情时代①，就是青年时代。我的小说是一部关于青年时代的史诗，是对于我称之为抒情态度的分析。抒情态度是人人都有的一种可能性，是人的存在的一个基本层面。如果作为一种文学类型的抒情诗一直都存在，

---

① “生活在别处”是法国象征派诗人兰波的一句诗。由于安德烈·布勒东在《超现实主义宣言》结语中的引用而为许多人所知。1968 年 5 月巴黎示威抗议的学生们将这句诗刻在了索邦大学的墙上。昆德拉原先为他的小说命名为《抒情时代》（*L'âge lyrique*），因出版商顾虑这样抽象的书名能否让读者掏腰包，于是他改用这句当时已经成为许多人的口头禅的诗作为书名。其实这句诗的抽象程度并不亚于“抒情时代”。

那是因为抒情态度是人所固有的。而诗人正是抒情态度的化身。

自从但丁以来，诗人也是贯穿欧洲历史的大人物。他是民族身份的象征（卡蒙斯①、歌德、密茨耶维支、普希金），是革命的代言人（贝朗瑞、裴多菲、马雅可夫斯基、洛尔加），是历史的声音（雨果、布勒东），他是神话，是具有宗教性的崇拜对象（彼特拉克、拜伦、兰波、里尔克），但是他首先是我们随时预备着大写其名的诗歌（Poésie）之神圣价值的代表。

然而在过去了的半个世纪里，欧洲诗人发生了什么问题？他的声音几乎听不见了。在谁也没有清楚意识到之前，诗人离开了喧嚣的世界大舞台。由于历史的魔鬼般的反讽，在“二战”后的中欧共产主义革命年代里，诗人得以短暂地出了一番风头。

我觉得指出这一点很重要：虽然这些从俄国进口的奇怪的伪革命，是在外国军队和警察的保护下完成的，它们却激发出了真正的革命所特有的心理，它们的参加者投身其中，带着夸张、激情、神圣感和具末世论色彩的信念：一个全新的世界到来了。在这些年里，诗人们最后一次置身于前台。他们自以为是在著名的欧洲正剧当中扮演他们惯常的角色，根本没有察觉导演已经突然换了剧目，而他们是在一场黑色闹剧当中。②

四、在熟悉的历史情境中反思人的存在状况

捷克这样一个小国家，虽然处于欧洲的心脏位置，但在欧洲现代史的进程中基本上处于边缘状态。它受到的几次有限的举世关注，都是在它历史的悲怆时刻：1938 年它被纳粹德国部分侵占，次年完全被占领直到“二战”结束；1968 年它又被自己的盟国——社会主义的苏联入侵，在随后的

---

① Luis de Camões（1524—1580），葡萄牙诗人。生逢葡萄牙殖民扩张时期，他在大学毕业以后，追求冒险，到过非洲、印度和远东。在他的主要作品，由十首诗歌组成的史诗《路索之子孙》（即葡萄牙人）中，他讴歌了葡萄牙人达伽马发现了通往印度海路的壮举。在诗中，他巧妙地插叙了葡萄牙的历史，描述了世界的体系。这部史诗既是传统的，又受到了文艺复兴的意大利诗歌的影响，并且糅合了基督教世界和异教徒世界的奇异，被葡萄牙人看作国诗。

② Milan Kundera, “Postface pour l'édition américaine, italienne et allemande de *La vie est ailleurs*”, in Kvetoslav Chevatik, *Le monde romanesque de Milan Kundera*, Paris: Gallimard, 1995, pp. 225 - 226.

二十多年里一直苟且在苏联帝国的阴影之下。

虚构的雅罗米尔和真实的沃尔克，生活在这样一个基本上处于昆德拉所谓的“是的被遗忘”（l’oubli de l’être）状态的国家里，即使他们的名字在捷克如雷贯耳，在国外却鲜为人知。更何况，短命使他们的诗歌远未成熟即停止了发展。而且，他们讴歌、向往和参与的革命，在其自我实现的过程中自我异化、自我否定，对于许多当事人和后人来说都不堪回首，成为人们有意无意的记忆禁忌。

昆德拉是大作家。小作家只满足于讲述一个故事——也许还是很煽情，或者很精巧的故事，只看见一个人，或一些人，没有历史感，只看得见历史流程的一个点。而大作家思考和讲述的是在历史演进中的人（全人类）——历史的主动创造者，同时又被自己启闸的历史洪流席卷而去而无能为力，甚至被自己启动的历史车轮碾过而粉身碎骨。他关注的是人的存在状态、人的命运，虽然他的着眼点只是偏远无名的一个角落，也许是极普通的一个人或者一群人。莎士比亚（William Shakespeare，1564—1616）笔下的哈姆雷特虽然贵为王子，却生死在当时欧洲历史聚光灯之外的丹麦。但他的问题“to be or not to be?”却是自文艺复兴以来受到现代思潮冲击和影响的所有国家里的认真执著之士必须面对的基本问题。马尔罗（André Malraux，1901—1976）出版于1933年的《人的处境》（*La condition humaine*），虽然写的是1927年的上海工人起义，却能获得龚古尔大奖，并成为一代又一代法国青年人的必读书，这是因为马尔罗透过中国工人的生存处境关注和思考的是全人类的生存处境。

昆德拉是当时捷克共产党政权的异议分子，被驱逐出境，并被剥夺了捷克国籍。但是他的写作，无论是在东欧的共产党政权仍然存在还是在其消亡之后，从来就不是出于单纯的反共意识形态目的。在《被背叛了的遗嘱》一书中，昆德拉对奥威尔（George Orwell，1903—1950）提出尖锐批评，理由就是其《动物庄园》和《一九八四》更多的是意识形态的图解，而非真正的文学作品。

从他的《小说的艺术》一书中，我们知道他所倾慕的作家是拉伯雷（François Rabelais，约1483—1553）、塞万提斯（Miguel de Cervantes，1547—1616）、狄德罗（Denis Diderot，1713—1784）、卡夫卡（Franz Kafka，1883—1924）这些真正用文学进行思考的作家，而影响他的哲学思考的则是现象学创始人胡塞尔（Edmund Husserl，1859—1938）和对现代存在主义影响深远的海德格尔（Martin Heidegger，1889—1976）。

如果昆德拉的多部小说的历史背景都是捷克共产党当权时期，他的小说并不因此就可以被看作是反共意识形态的文学图解。昆德拉很服膺海德格尔关于人是“在世界中的所是”（l’être-dans-le-monde）的论断。他是将他的观察和思考的着眼点，放在这样一个他熟悉的历史情境中来反思人的存在状况。

在1986年为《生活在别处》美国版、意大利版和德国版写的“后记”中，昆德拉对于他这部小说的题旨作了非常清楚的说明：

我目睹了这个“诗人与刽子手携手统治”的时代。我所敬仰的诗人保罗·艾吕雅（Paul Eluard）有一位住在布拉格的朋友。他被斯大林主义的捷克当局枪毙了。我亲耳听到艾吕雅当众严正地否认这位朋友。这件事（我在《笑忘录》中提到过）对我震动极大：刽子手杀人终究是在事理之中，但是当诗人（而且是大诗人）成了杀人体制的歌手，一切我们曾经以为坚不可摧的价值体系都一下子被动摇了。不再有任何的确信了，一切都有问题，让人生疑，成了审视和怀疑的对象：进步、革命、青春、母爱、人，还有诗歌。我看到，在我面前价值世界动摇了。在我的思想里，多年里，慢慢地产生了雅罗米尔这个人物、他的母亲和他爱过的女子们。

不要对我说雅罗米尔是一个坏诗人。对他的一生作这样的解释过于简单廉价！雅罗米尔是一个有敏感和想象天分的诗人。他是一个优秀的男人，也是一个魔鬼。但这魔性潜藏在我们每一个人里面。它在我里面。它在你里面。它在兰波里面。它在雪莱里面。它在雨果里面。它潜藏在一切时代、一切体制中的每一个青年里面。雅罗米尔不是共产主义的产物。共产主义只不过使潜藏在他里面的一些东西暴露出来而已，共产主义只不过释放了他里面的那些在别的环境中可能会安眠的东西。

即使是雅罗米尔和他母亲的故事发生在一个特定的历史时期，并且我也尽力真实描写（不带有哪怕是一点点的嘲讽意味），但描述历史并不是我的目的。“如果我们选择了这些年月来叙述故事，并不是因为我们想为这一段历史画像，只是因为我们觉得这些年月对于兰波、莱蒙托夫们，对于诗歌和青春，都是无与伦比的陷阱。”[1] 换句话说，对于小说家来说，一个具体的历史情境成了一个人类学实验室，在其中他研究他的主要问题：什么是人的存在？就这本小说来说，是这些衍生问题：什么是抒情态度？什么是青春？母亲在一个年轻人的抒情世界的形成过程中扮演什么样的角色？如果说青春期是不成熟的时期，那么不成熟与对绝对的渴望是什么关系？对绝对的渴望和革命热情是什么关系？抒情态度如何在爱情中彰显？爱情有哪些存在意义上的“抒情形式”，等等，等等。

当然了，对于所有这些问题，我的小说都没有给出任何答案。答案就是这些问题本身，因为，如同海德格尔所说，人的本质的特点就是他是成问题的。[2]

结　语

《生活在别处》不是要批判一个在今天看来是可笑、幼稚的共产主义诗人，而是要透过这样一个诗人来反思法国大革命以来的一个重要的现象：青春、诗歌和革命的密切关联。所以，雅罗米尔就是雪莱，就是济慈，就是莱蒙托夫，就是兰波，就是马雅可夫斯基，就是沃尔克。

尽管其故事情节关涉一个具体的国家和具体的时代，《生活在别处》却透过其叙事角的变换，有意识地引导读者把视野扩展到浪漫主义运动以来的诗人，和他们热切地投身其中的“革命”。“历史”的积极参与者，却悖论式地被自己启动的历史进程所抛弃和背叛，无能为力地沦为其牺牲品，甚至连悲剧角色都得不到。这样，昆德拉就把他对于人的存在的执著反思传递给了读者。这是没有答案的发问，因而是永恒的困惑。

【参考文献】

Milan Kundera, *La vie est ailleurs*, Paris: Gallimard, coll. Folio, n° 834, 1995.

Milan Kundera, *L'art du roman*, Paris: Gallimard, coll. Folio, n° 2702, 1995.

---

① Milan Kundera, *La vie est ailleurs*, *op. cit.*, p. 402.

② Milan Kundera, “Postface pour l'édition américaine, italienne et allemande de *La vie est ailleurs*”, *op. cit.*, pp. 226 – 228.

Milan Kundera, "Postface pour l'édition américaine, italienne et allemande de *La vie est ailleurs*", in Kvetoslav Chevatik, *Le monde romanesque de Milan Kundera*, Paris: Gallimard, 1995.

第四部分　反抗存在的荒诞

只有在人们不赞同荒诞的情况下，
荒诞才有意义。

（加缪）

第一章

荒诞处境与英雄主义的反抗

——马尔罗《人的境遇》论析

努力奔向一个不明确的目标，
同时考虑人们拥有的价值和提高价值的可能性，
这就是表现出全部智慧和全部真正的信仰。

（马尔罗）

引　言

马尔罗（1901—1976）是一位传奇性的现代作家，也是一位在中国和法国文学研究界很受重视的作家。其小说《人的境遇》（*La Condition Humaine*，1933）至今仍然是法国大中学生的经典读物。获得过龚古尔奖的许多作品都被人忘记了，为什么这部小说仍然被当今的法国年轻人阅读？他们能从这部叙述中国革命残酷冲突的小说中获得怎样的启示？对于中国读者来说，这样一部迥异于出自中国作家的相同题材的作品，又让他们得到什么特别的阅读体会？本章将围绕这些问题展开探讨。

一、中国革命是反思“历史”境遇的契机

1927 年春天，为了配合北伐，共产党人在上海接连组织了三次工人武装起义，终于取得了胜利。北伐军进入上海以后，一直对共产党存有戒心的蒋介石，迅速与敌视共产主义的中外反动势力结盟，展开清党运动。猝不及防的共产党人和左派人士惨遭杀戮，伤亡惨重。[①]

以这一历史事件为主题，马尔罗写成了小说《人的境遇》。他因此荣获 1933 年龚古尔奖，确立了其在法国文坛的地位，也使这部小说迅速地广为人知。《人的境遇》对这一重大历史事件进行了生动的描写与叙述，甚至使人误以为马尔罗参与了中国革命，就像他此前参加了越南的“青年安南”运动和此后参加了西班牙内战一样。[②]

---

① 参见费正清编，杨品泉等译：《剑桥中华民国史（1912—1949）》（上卷），北京：中国社会科学出版社 1994 年版，第 689～720 页。

② P. -G. Castex *et al.*, *Histoire de la littérature française*, Paris: Hachette, 1974, p. 856.

事实上，马尔罗并没有亲历 1927 年的中国革命。1925 年，在法属印度支那办报纸的马尔罗夫妇，为了购买印刷设备，曾去过香港，恰逢省港大罢工，对中国国共两党合作的革命形势有所了解。1928 年，马尔罗出版了以省港大罢工为题材的《征服者》（*Les Conquérants*），获得成功。他由此创立了所谓的“革命斗争冒险小说”。“他是一位描写恐怖、鸦片和死亡的浪漫主义作家、一位擅长将战士的普通战斗写成抽象对话的作家。”[①]

1931 年，马尔罗乘船作了一次环球旅行。他自己说曾经到过中国，但没有明显的证据。1932 年，马尔罗开始写《人的境遇》。他对 1927 年春天国共两党分裂悲剧的了解，主要是来自于报刊资料。但是他以自己非凡的理解力、洞察力和想象力，将这一历史事件转化成一部细节生动、思想深刻的小说杰作。

一个杰出的小说家，必然对人生与存在有深入的思考，对文学创作有独特的见解。马尔罗就是如此，而他的人生与文学观念的形成，又和他所处的历史境遇密切相关。由于年纪小，他没有被征召参加第一次世界大战的厮杀。然而，战争对西方文明的巨大冲击所导致的价值危机，却是马尔罗那一代年轻的法国知识分子无法回避的境遇，就像他晚年回忆时所说的：“在 20 岁的年纪上，将我们与先辈们区别开来的，是历史之在场（la présence de l’histoire）。对于他们来说，什么也没有发生过。但是，我们却以屠戮的方式开始了我们的成年。历史就像一辆战车一样碾过我们的心田。”[②] 18 世纪启蒙运动以来的“历史进步”信念遭遇了质疑。每一个有意识的人都必须面对“历史”：“历史”的车轮向何处去？个人在“历史”进程中能起到什么样的作用？在巨大的“历史”面前，个人应该怎样有所作为？

帕斯卡尔（Blaise Pascal，1623—1662）被视为存在主义的先驱思想家。他对人类的死囚困境的描述引起了马尔罗的强烈共鸣：“让我们想象有一大群人披枷带锁，都被判了死刑，他们之中天天有一些人在其余人的眼前被处决，那些活下来的人就从他们同伴的境况里看到了自身的境况，

---

① 皮埃尔·德·布瓦岱弗尔著，陆亚东译：《1900 年以来的法国小说》，北京：商务印书馆 1998 年版，第 53 页。

② 转引自 Jean Lacouture，*Malraux*，*une vie dans le siècle*，Paris：Seuil，coll. Points/Histoire，1973，p. 9.

他们充满悲痛而又毫无希望地面面相觑，都在等待着轮到自己。这就是人类境况的缩影。”[①] 帕斯卡尔以等待处决的死刑犯这样的意象提醒人们：活在没有上帝、没有盼望的世界里，是多么可悲的事情。

从19世纪到20世纪，西方在政治、经济、科技、文化各方面都发生了深刻的变化。第一次世界大战的残酷，使得传统的价值观念受到了严重的挑战，人们的信仰发生了危机。许多知识分子不再相信上帝，也不再在上帝那里寻求灵魂安息。尼采（1844—1900）对基督教的激烈批判获得了更多人的认同，他的“强力意志论”成为许多人的生命法则：“在我发现生者的地方，我便发现求强力的意志；就是在服从者的意志中，我也发现有要做主人的意志。”“生命自身曾向我吐露了这一秘密：‘看，’它说，‘我就是那必须永远超越自我的东西。’”“我宁可毁灭，也不愿放弃这唯一者；真的，看，只要有毁灭和落叶的地方，就有为强力牺牲的生命。”[②]

受尼采的影响，在1920年代成长起来的法国年轻作家们都歌颂行动，即使是盲目的行动也无所谓。对于他们来说，行动因为具有对抗虚无的性质而具有英雄意味。[③] 有相当一部分作家、艺术家沉湎于斗牛、冒险和性，以对抗虚无感。

马尔罗对于虚无主义特别敏感。根除虚无主义将在他以后的思考中一直占据中心位置。“努力奔向一个不明确的目标，同时考虑人们拥有的价值和提高价值的可能性，这就是表现出全部智慧和全部真正的信仰。”[④] 发表在小团体杂志《行动》（*Action*）上的这一观点也许就出自马尔罗之手。

从1923年深入柬埔寨丛林里冒险寻宝，到1945年率军解放法国东部，马尔罗是一个名副其实的冒险家。而他的小说写作，也恰恰是他这二十多年冒险生涯的文学副产品。有论者指出：“安德烈·马尔罗的冒险生涯直

---

① 帕斯卡尔著，何兆武译：《思想录》，北京：商务印书馆1985年版，第100页，Brunschvicg编辑本第199条。

② 尼采：《查拉斯图拉如是说》，引自熊伟主编：《存在主义哲学资料选辑》（上卷），北京：商务印书馆1997年版，第79页。

③ 利奥塔尔著，蒲北溟译：《马尔罗传》，上海：东方出版中心2000年版，第121～122页。

④ 同上，第49页。

接启发了他的小说创作。”①

马尔罗认为：“现代小说是一种对人的悲剧性的得天独厚的表现手段。”② 文学作品应该带有见证性，表明某种思考并带有某种教训：“艺术的最高能力之一，应是给予那些忽视其自身拥有的伟大性的人们以意识。”③ 因此，首先是他的思想的具体化，这是为了启发读者对人的虚无处境进行反思并采取行动。

马尔罗笔下的人物们，体现着作者具有洞察力同时又极为游移不定的思想中彼此争执的不同形而上视角。历史事件的作用，在于为他们提供支撑点，填充思想在其中与虚无交锋的空白。从个人开始到集体参与的行动，是马尔罗反抗虚无之明显性所采取的形式。作品引起反响在于其言辞的说服力：在人与虚无的不成比例的帕斯卡尔式交锋中，想要为了人的好处而推翻那些悲观论调。④

在《人的境遇》中，吉索尔说：“有些人需要写作，有些人需要梦想，有些人需要说话，其实全都一样。戏剧不可当真，还不如跑牛认真；小说也不可以当真，还不如常说瞎话来的认真。”⑤ 这就是说，不能把文学写作看成是字面意义上的“写实”。透过吉索尔，马尔罗明确声明：“在法语里，‘创造历史’指的是写出一段历史，而不是有所体验。”⑥ 也就是说，亲身体验并不是写出历史小说的根本前提。因此，无论是《征服者》还是《人的境遇》，作者都不是要为中国革命做亲历者的生动回忆、新闻记者的忠实报道，或者历史学家的细致叙述。

所以，《人的境遇》首先应该被看作是一部富有想象力的小说，而不是一本中国革命的忠实记录。“尽管马尔罗没有经历他笔下主人公的革命

---

① P. -G. Castex *et al.*, *Histoire de la littérature française*, *op. cit.*, p. 856.

② *Ibid.*, p. 857.

③ *Ibid.*

④ Germaine Brée et Édouard Morot-Sir, *Littérature française*, *op. cit.*, p. 331.

⑤ 马尔罗著，丁世中译：《人的境遇》，北京：外国文学出版社1998年版，第216页。

⑥ 同上，第244页。

斗争和冒险活动，但他还是成功地通过《征服者》（1928）和《人类的处境》把广州夺取政权的时刻和把蒋介石部队在上海对共产党人的血腥屠杀描述成神话般的故事。”① 1927 年中国革命的悲壮历史，被马尔罗用作反思人的存在境遇的契机。这本以真实历史事件为框架的虚构小说，其文学之成功得到了法国文学专家的认可，也得到了一代代法国读者的认同。

二、革命中的中国是一个人类学实验室

在《人的境遇》这部关于中国革命的悲壮史诗中，不仅弥漫着帕斯卡尔式的绝望情绪，而且将中国共产党在国共分裂以后的失败归咎于共产国际的错误指导，因此受到了共产党方面的严厉批评。就在小说出版当年，与巴黎左派知识分子交往密切的苏联名记者爱伦堡（Ilya Grigorievitch Ehrenbourg，1891—1967）就指责说：马尔罗将中国革命“简化为几个谋反者在耍弄阴谋，人们甚至不明白他们为什么需要枪”，而且作品还颂扬完全没有必要的痛苦。② 但“马尔罗是一个敢作敢为的同路人”③，他反击道：“请那些把政治热情置于对真理的爱之上的人免读我的书。这本书不是为他们写的！”④

有中国学者如此批评《人的境遇》：“他（马尔罗）没有参加过中国革命，当然不可能塑造出中国革命者的典型，所以在他的笔下，在中国干革命的大多数是外国人，例如乔⑤是法国人和日本人的混血儿，他的妻子梅是德国人。即使是中国人洪与陈等，也带有西方恐怖主义者的特征。”⑥这样的意见，强调了对形似真实的要求，却忽略了作者的创作主旨：展现和反思“人的境遇”。而《人的境遇》中的译者则把握住了作品的主旨。他提醒中国读者说：“与其说《人的境遇》是一部政治小说，毋宁把它看

---

① 皮埃尔·德·布瓦岱弗尔：《1900 年以来的法国小说》，前揭，第 53 页。

② 利奥塔尔：《马尔罗传》，前揭，第 210 页。

③ 让·拉库蒂尔著，田庆生译：《马尔罗世纪传奇》，广州：花城出版社 2004 年版，第 207 页。

④ 同上，第 189 页。

⑤ 即强矢。

⑥ 吴岳添：《法国小说发展史》，杭州：浙江大学出版社 2004 年版，第 289 页。

作一部哲理小说。有了这种基本理解，就不难明了书中的偏颇、失实以至某些扭曲之处，而不必过分拘泥于细节。”①

在马尔罗笔下，革命阵营中，除了中国人陈大儿、陆有顺、夏、孙、白、马等外，还有俄国人加托夫、法日混血儿强矢、德国人梅、比利时人赫梅尔里克；透过陈和强矢，我们在汉口还可以看到共产国际代表团里的俄国人沃罗金、法国人波索兹等，以及背后操纵的苏联。在反革命阵营中，除了蒋介石及其军官，还有法国商会会长费拉尔、法租界警察局局长马尔西亚尔、蒋介石的保安局局长德国人柯尼希、上海银行家协会会长兼中国商会名誉会长刘铁玉。法国政府和美国银行界都不愿意看到共产主义在中国取胜，因为那样他们的利益就会受到损害。② 在中立者阵营中，有强矢的父亲法国人老吉索尔、日本画家嘉摩及其弟子、法国人德·克拉皮克男爵、白俄罗斯人什皮列夫斯基、中国古董店主、菲律宾和白俄罗斯舞女、高级服装师华莱丽娅、中外妓女等。这样，中国革命就不再局限于中国，不是仅仅发生在中国人之间的生死斗争，而是将全世界、全人类都牵涉进去的关乎所有人未来的一场革命。正如吕西安·戈尔德曼所说：“在谈到中国的同时，马尔罗既不想陷于异国情调，也不想描绘一种具体的情境，而是谈普遍的人，而且不言自明地是谈西方人、他自己和他的一切同事。从这个角度来看，中国、广州和反映斗争代表着历史性的和普遍性的革命行动，是使人对自己的存在和尊严有一种新意识的解放行动。”③

法国评论家吕克·德科纳指出：马尔罗的小说写作指向一个共同的目的，“使人看清一些孤立的事件中所存在的主要疑问”：“人是什么？是否存在一种可以使人的概念成立的概念？”④

在起义前夜，强矢躺在床上，想到他们冒死斗争建立“苏维埃中华”就是要“为自己人夺得尊严”。中国的革命是俄国革命的延伸，因此，中国革命如果顺利，“苏联的人口便等于增至六亿”。而这场斗争不是一个孤立的事

---

① 丁世中：“前言”，见马尔罗：《人的境遇》，前揭，第3页。

② 马尔罗：《人的境遇》，前揭，第176页。

③ 戈尔德曼著，吴岳添译：《论小说的社会学》，北京：中国社会科学出版社1988年版，第56~57页。转引自吴岳添：《法国小说发展史》，前揭，第289页。

④ 皮埃尔·德·布瓦岱弗尔：《1900年以来的法国小说》，前揭，第53~54页。

件："要么胜利要么失败，人类的命运今夜将在此载沉载浮。"[①] 从这个角度，我们就可以理解马尔罗为什么要塑造一个像国际纵队一样的起义队伍。

虽然工人武装起义发生在中国的城市上海，受攻击的对象是中国军阀，但是它仍然使租界里的西方人感到了威胁。就在起义进行的过程中，法国商会会长费拉尔极力策动中国商会名誉会长刘铁玉，以便说服反对革命的中国商人们来资助蒋介石部队镇压共产党。为了他们共同的利益，他必须阻止共产主义在中国的胜利。对他来说，这既是"上海的生死关头"[②]，也是"世界命运的转折关头之一"[③]。他告诉犹豫不决的刘铁玉："他要消灭共产党不是由于你出钱；恰恰是由于他要消灭共产党，你才给他掏钱！"[④] 而在上海的各种经济力量，以及差不多各国领事馆都参与到这一赌注里。[⑤] 这样，反革命一方就不仅仅是蒋介石部队，积极参与其中的还有中外种种利益集团。

在汉口，在长江边，强矢有这样的感觉：

就在今夜，在整个中国，越过西部到半个欧洲，某些人正像他一样在徘徊，煎熬在纪律与自己人被屠戮之间。提出抗议的卸货工不理解这些。然而即使理解，又怎能在此地，在这座城市里选择牺牲？西方正期待这座城市决定四亿人口，乃至西方自己的命运；然而它却在大江之岸带着食不果腹者的焦虑，在束手无策、贫困和仇恨中沉睡。[⑥]

在"四一二"政变的前夜，当费拉尔与吉索尔在夜总会谈论两性冲突的时候，叙述者感叹说："远处几声枪响，有多少人的生死在这夜雾中定夺啊？"[⑦]

昆德拉指出："对于小说家来说，一个具体的历史情境成了一个人类

---

① 马尔罗：《人的境遇》，前揭，第 36 页。
② 同上，第 94 页。
③ 同上，第 93 页。
④ 同上，第 94 页。
⑤ 同上，第 95 页。
⑥ 同上，第 130 页。
⑦ 同上，第 188 页。

学实验室，在其中他研究他的主要问题：什么是人的存在?”[1] 对于马尔罗来说，1927年春天的上海，就是一个“人类学实验室”，从中可以观察和思考人类的存在状态。

三、“人之死”与人类存在的荒诞本质

“尼采率先以‘上帝死了’的判断宣告了欧洲虚无主义（Nihilismus）的降临。所谓‘上帝死了’既是指基督教的上帝已丧失了他对存在者、对人类规定性的支配权，也是指一般性地建立在存在者之上、旨在赋予存在者整体一个目的、一套秩序、一种意义的‘超感性领域’（如理想、规范、原理、法则、目标等等）或最高价值的自我贬黜。”[2] 在1926年出版的《西方的诱惑》中，马尔罗借中国人凌先生之口，对法国人A. D. 说：“对于你们来说，绝对的现实曾经是上帝，然后才是人；但是在上帝（死了）以后，人死了。”[3] 凌先生向他的法国对话者特别指出：“在欧洲人的内心，主宰其生命之种种大运动的，是一种本质性的荒诞（*une absurdité essentielle*）。”[4]

在《人的境遇》中，强矢如此转述他父亲老吉索尔的观点：“人的实质是惶惑不安，是对自身命运的意识，从而产生各种恐惧，甚至是对死亡的恐惧……”[5]

作者借吉索尔之口，向读者表明了现代社会的悲剧性情境：

> 文明在不断变化：当着文明最痛苦的要素（如奴隶的屈辱、现代工人的劳动）突然转为一种价值，当问题不再是挣脱屈辱而是要等待它的拯救，不再是挣脱这劳动而是要从中发现生存的理由。工厂目前只是地下墓

---

① Milan Kundera, “Postface pour les éditions américaine, italienne et allemande de *La vie est ailleurs*”, in Kvetoslav Chvatik, *Le Monde romanesque de Milan Kundera*, Paris: Gallimard, 1995, p. 228.

② 单世联：《尼采的“超人”与中国的反现代性思想》，见单世联：《辽远的迷魅：关于中德文化交流的读书笔记》，上海：上海外语教育出版社2008年版，第137页。

③ André Malraux, *La tentation de l'Occident*, Paris: Grasset, coll. Les Cahiers rouges, 1984, p. 176.

④ *Ibid.*, p. 80.

⑤ 马尔罗：《人的境遇》，前揭，第124页。

群中的教堂，它理应如昔日的大教堂，人们理应从中看到不再是诸神，而是正在与地球搏斗的人的力量……[①]

作者透过陈的视角，给我们展示了一个喧嚣但笼罩在死亡中的夜上海景象：

一片荒凉和寂静。嗡嗡的声浪，掺和着中国最大城市的杂沓声在这里消失，如同地心的声音消失在古井之底。是战斗的种种声响，以及不愿就寝者最后狂放的摇荡。不过活着的人们却在远处。这里，世上的一切都不复存在，剩下的只有黑夜，陈用本能与之融合，好似喜得至交；这片惶惶的洞天黑地并不反对暗杀。那是已杳无人迹的世界、永恒的世界。白昼会重返这堆瓦砾，重返这纵横交错的街巷里来吗？在这些街巷的深处，一盏灯笼正照亮无窗的墙壁和一堆电线。存在着一个暗杀的世界，他正待在它的中心。没有活物、没有动静，近处无声息，连小商小贩的叫卖声、弃犬的哀吠也没有。[②]

作为当时东方最繁华的现代化大都市，上海是灯红酒绿的不夜城。但是，我们看到的却是："从这光柱里流写出来的仿佛是永恒的污垢。正是在这些墙壁的荫庇下，生活着五十万居民：有纺织工人，有自幼便日日操劳十六小时的民众，有患着溃疡、染上脊柱侧凸病、忍饥挨饿的人群。"[③]

在一所中国医院当医生的梅目睹了"同样的故事一再发生"：被迫嫁给自己不喜欢的人，新娘子在花轿中自杀。更可悲的是，当医生告诉新娘子的母亲她女儿可以被救活时，她母亲居然说："苦命的孩子呀！死了倒是走运呀……"[④]

通过来自弗莱米[⑤]的妓女之口，我们知道就连妓院里做妓女这样的

---

① 马尔罗：《人的境遇》，前揭，第273页。
② 同上，第8~9页。
③ 同上，第15页。
④ 同上，第37页。
⑤ 即比利时的弗拉芒地区。

“工作”也是十个人抢一个位置。[①]

在即将实施自杀式袭击前，陈再次看着这个没有生命的城市里的人们：

雾气因轮船的烟氲而愈发浓重，渐渐吞没了马路深处人烟未绝的便道：忙忙碌碌的人群鱼贯而行，很少有抢行的，似乎战事已将一种绝对的秩序强加给此城。他们的行进在整体上是安静的，这就使他们的躁动变得有些幻觉色彩。……陈亲见这些人影朝大江不声不响地流去，其运动无以名状而且经久不息：那不正是命运吗？这力量推动他们走向马路的尽头，那里看不清的招牌的光环，在黑乎乎的河流前头，似乎就是死亡之门？硕大的方块字如同沉入既往时代一般陷入朦胧远景，消融在荒凉的天地中。[②]

当强矢被逮捕以后，“一走进牢房，两眼还未见到什么，就已闻到一股可怕的气味，令他震惊。是屠宰场、家犬大展和粪便的混合气味。他刚刚跨过一扇门，……左右两面有许多纵向开关的木栅栏。木笼里囚着犯人”。“他身后躺在木板上或站立着蠕动的修长身影：是人，却如虫一般。”[③] 尽管“他决心对辱骂充耳不闻，并将可能逆来顺受”，争取“活着出去，继续斗争”，他仍然“痛感一种屈辱，到了令人恶心的程度”。[④]“那些在木栅后蠕动的黑影，活像他童年梦中的大虫和虾蟹，令人胆寒，也不大像是人类。真是孤独和屈辱极了。”[⑤] 如果说奴隶般的生存状态已经让人的尊严丧失殆尽的话，监狱则彻底将人异化为非人的虫豸。

四、以不计成败的行动反抗荒诞境遇

“一个在牢狱里的人不知道自己是否已经被判决，并且只有不到一小时的时间可以获悉它了，但这一小时——假如他知道已经被判决的话——却足

---

① 马尔罗：《人的境遇》，前揭，第 204 页。
② 同上，第 194 页。
③ 同上，第 231 页。
④ 同上，第 232 页。
⑤ 同上，第 233～234 页。

以提出上诉；而他把这一小时并不用于探听是否已经做出判决而是用于玩牌，那就是违反自然的了。”[①] 帕斯卡尔把人类比作待决的死囚，提醒人们在有生之年认识并相信上帝的必要性。在他看来，人在肉体的死亡降临之前，最重要的事情就是认识上帝，从而避免永远的死亡。

创作《人的境遇》时，马尔罗已经是共产党的“同路人”。所以，他对人类的悲惨处境进行描写，目的是引导读者去反思造成这种状况的制度原因。梅说：“咱们自己人将记住：他们受苦受难是因为别人作祟，而不是自己前世造孽。”[②] 如果明确了人类的痛苦是自己的同类造成的，就没有理由不采取行动来改变。这就为主人公们的英雄行动预备了充足的理由。

吉索尔认为：“很少有人受得了（怎么说呢）自己作为人的境遇……”[③]“行动、只有行动才能成为生活的凭据，才能满足白种男人。若有人向我们议论某大画家，而此人却从不做画，我们当作何感想？人是其行动、其所能做的事的总和。仅此而已。”[④] 这里的陈述其实是马尔罗本人的思想。革命者强矢对人能否认识自我很怀疑，却同意这一点：“对于别人来说，我就等于我所做的一切。”[⑤]

和正统的马克思主义者不同，马尔罗是经过尼采走向马克思的，而且尼采在他的思想中始终占有重要位置。因此，他笔下的革命启蒙者吉索尔教授，自然而然地是从尼采的“强力意志”角度来理解马克思主义和共产主义革命的：“马克思主义与其说是一种学说，不如说是一种意志。在无产阶级及其盟友（即你们）看来，它是自我认识的意志，如实地自我感觉和夺取胜利的意志。你们做马克思主义者不应当为了以正确自居，而要不辱使己命地去夺取胜利！”[⑥]

由强力意志推动和支持的行动，是《人的境遇》中几个被着力描绘的革命者的共同特征。他们身上都带有“超人”色彩。“超人的伟大性就在于：他把强力意志的本质置入一种人类的意志之中，这种人类在这样一种

---

① 帕斯卡尔：《思想录》，前揭，第 100 页，Brunschvicg 编辑本第 199 条。

② 马尔罗：《人的境遇》，前揭，第 275 页。

③ 同上，第 189 页。

④ 同上，第 190 页。

⑤ 同上，第 45 页。

⑥ 同上，第 55 ~ 56 页。

意志中意愿自身成为大地的主人。在超人中存在着‘一个本己的审判权，没有更高的法庭来审判它了’。”[①] 马尔罗有意使他笔下被着力塑造的革命者们来自于不同国家：陈大儿是中国人，强矢是法日混血儿，加托夫是俄国人，赫梅尔里克是比利时人。这就使得革命者们的反抗行动有了代表全人类的普遍意味。但是，他们各人走向反抗的历程和采取反抗的行动，又各有其特点。下面我们对这四位革命者的行动进行分析。

（一）陈大儿：拼死反抗的恐怖主义者

在陈大儿幼年时，他的双亲惨死于张家口的暴乱中。[②] 他受教于路德会教会学校[③]，他的老师是“一位患着肺病、晚年才皈依基督教并当了牧师的知识分子。他已年过半百，却孜孜以求地通过慈善事业来克服浓重的宗教负疚感”[④]。受牧师的影响，陈大儿“以对万事一律的严格态度，全力以赴地投入博爱事业”，但是“他却仍然感受到牧师的负疚心理，似乎还瞥见一个比人家提示的甚至更可怕、更真实的地狱”[⑤]。

作为一个血气方刚的青年，陈渴望采取实际行动，他“绝不会不依赖不立即化作行为的思想。如果撇开慈善事业，他只能被宗教生活引向静修或内省。但他讨厌静修，却梦想圣徒式的使命；而他的缺乏善举又正好令他远远离开这种使命”[⑥]。

叔父送他到北京大学，希望这个年轻人可以摆脱基督教的影响，却不料他在大学里遇见了宣传马克思主义的老吉索尔。陈抛弃了自己的信仰，接受了共产主义。发生在陈身上的这种令人瞠目的变化，在马尔罗看来，有其内在的逻辑：“共产主义者就是没有基督的世界的基督教徒。博爱从绝望和屈辱中挽救了不知所措的生命，而不借助于相信什么天堂。”[⑦]

---

① 马丁·海德格尔著，孙周兴译：《尼采》（下卷），北京：商务印书馆2002年版，第942页。

② 根据上下文，可能是指1900年的义和团事件，其间华北地区许多中国基督徒被团民杀戮。

③ 尼采的祖父、父亲都是路德会牧师。他们希望他也能成为牧师，但他却宣告：“上帝死了。”

④ 马尔罗：《人的境遇》，前揭，第52页。

⑤ 同上，第53页。

⑥ 同上，第54页。

⑦ 利奥塔尔：《马尔罗传》，前揭，第208页。

基督教和共产主义都不是中国传统的组成部分。一个思想中混合了基督教的救世情怀与共产主义的革命理想的中国人，其心理和精神必然与普通中国人有着极大的差别："陈已不复属于中国，即使以他离异中国的方式来说也是这样的：一种彻底的、几乎是非人性的自由，驱使他一心追求着思想。"①

刺杀买办唐寅达是陈第一次杀人。在这次行动中，他经历了极度的紧张、不安、犹豫和恐惧，在未遭抵抗的情况下成功完成任务。这次的经历使他认为："人们总是能在自身发现恐惧。只需寻找得深刻一些：幸好人们可以有所行动。"② 他因此变得非常极端和绝对：他"为自己不是女性而自豪"③，而且"鄙视那些不曾杀人之辈"④。

吉索尔注意到自己的学生陈"已投入暗杀之境而无可自拔：他以一己之顽强，如跨入牢房一般踏进恐怖生涯。不出十年，他就会被逮捕、受酷刑或遭处决。他将如不思悔改的走火入魔之辈，在决心和死亡之间生存"⑤。吉索尔内疚地感到："他的思想赐给他生命，现在却要送他去死。"⑥

作者借吉索尔的内心活动对陈作了这样的分析：

他所追求的不正是一死吗？吉索尔想。他不要求任何荣誉与福祉。他能取胜，却不能在胜利中生存，那么除了呼唤死亡之外他又能怎样呢？别人赋之予生的意义，或许他想赋之于死吧？死得尽可能高尚，是一位有志之士的灵魂，相当清醒、颇不合群、莫如说有些病态；莫非对其壮志追求的目标、以至对那壮志本身，也都看得很洒脱？⑦

在国民党军队进入上海以后，蒋介石消灭共产党的意图越来越明显。

---

① 马尔罗：《人的境遇》，前揭，第49页。
② 同上，第123～124页。
③ 同上，第49页。
④ 同上，第50页。
⑤ 同上，第52页。
⑥ 同上。
⑦ 同上，第51页。

但共产国际仍然要求中共竭尽全力维持国共合作。这就使得上海的共产党极为被动。陈力主杀蒋以挽救困局，但这不符合共产国际的指示精神。这使他感到了困惑、矛盾和孤独：“当前国际的任何命令都不能满足他内心深藏的、驱使他成为革命者的那种激情。他若是为了守纪律而遵命，便不能有所行动。”① 在汉口，他和强矢都无法说服共产国际的代表沃罗金正视中国的现实。后者的态度“正确”而荒唐：“即使我正在上海港充当苦力，我也会把服从党看成是共产主义战士惟一合理的态度。所以应当交出全部武器。”陈针锋相对地反击：“大家去拼死不只是靠服从！杀人也不是由于服从！只有懦夫才只知道服从！”② 于是，他决定不服从命令，自己筹划刺杀蒋介石的行动。这使他把自己推上了死路。

陈的战友强矢也注意到了其异于一般革命者的精神状态：

“他想杀了自己。”强矢想。他常听父亲侃侃而谈，因而知道：这般刻意追求绝对的人，唯有在自身感受中才能找到它。渴望着绝对，渴望着永生，因而害怕死亡：陈本应是怯懦的，但他却像一切神秘论者那样认为，他心目中的绝对只有在眼下瞬间才能被掌握。所以他或许蔑视那不走向这瞬间的一切：这瞬间会在天旋地转的占有中使他与自身联合。从这个强矢此刻看不见的人影中，产生一种控制这人影的盲目力量，也就是构成命运的无形物质。③

陈大儿本人也清楚地意识到“自己将要死去”④。叙述人评论道：“或许陈就是一只自己会发光的蜉蝣，它将在那光照中毁灭自身……或许人类本身……”⑤ 在刺杀蒋介石未果以后，明知道再也没有良机，陈还是决定孤注一掷。同伴孙问他：“你想把恐怖行动奉为宗教吗?”他回答说：“不是某种宗教，而是生命的意义。彻底……”“彻底……把握自己。”⑥

---

① 马尔罗：《人的境遇》，前揭，第106页。
② 同上，第119页。
③ 同上，第123页。
④ 同上。
⑤ 同上，第129~130页。
⑥ 同上，第152页。

陈的炸弹只是使蒋介石的汽车受损，他本人却被炸断了腿。在警察逮捕他的时候，他“使尽浑身解数将枪筒塞进嘴中”开枪自尽。“在此生此世，蒋是死是活对他也无所谓了。”[①]

对于注重组织和组织纪律的共产党来说，陈是一个不服从命令的冒险主义者。那么陈冒死从事的恐怖暗杀活动对于革命的意义在哪里？马尔罗通过陈本人走向死亡的路上的思想活动作了这样的揭示：

> 为了解放阶级，并不需要被镇压者的精华永远留在阶级行列里，而是要就他们被镇压一事显示意义：让人人都对主人翁的生命负责并判定其价值。要给绝望的人以直接的意义并大搞暗杀活动（不是借助某种组织，而是借助某种思想），这就是赋予烈士以再生。白的（鼓吹行动的）文章将受到重视，因为陈即将现身：他深知为思想而抛洒的热血对思想是极为重要的！不属此次坚决行动的一切，都将在这夜里腐烂！[②]

（二）强矢：自觉的反抗者

强矢的父亲是法国人吉索尔，他的母亲是日本人。从8岁到17岁，他在日本度过。日本式教育“使他深信，思想不应当是空想，而应当亲自去体验。强矢选择了行动，严肃而深思熟虑的行动，犹如别人选择从军或水手生涯”[③]。父亲是北京大学教授，舅父是著名画家，他本来可以过很舒适优裕的生活。但“他告别父亲来到广州、天津，以做小工和人力车夫为生，并趁机办起工会来”[④]。

底层的现实令他痛心：“每天干十二个钟头却不知为何而干，对这种人来说根本谈不上尊严、谈不上真正的生活。”[⑤] 他自觉地与他们认同：“他是他们当中的一员，他们的敌人是共同的。”他认为自己生命的意义“便是将尊严赋予如慢性瘟疫患者一样正在饿死的每个人”[⑥]。

---

① 马尔罗：《人的境遇》，前揭，第195页。

② 同上，第193～194页。

③ 同上，第54页。

④ 同上。

⑤ 同上，第55页。

⑥ 同上，第54～55页。

对于自己成为共产主义者的理由，强矢是这样解释的：“人们愿为之献身的事业，总是超越实利，而多少是维护这种境遇，将它形容为尊严：对奴隶来说这是基督教教义，对公民来说是国家，对工人来说是共产主义了。”[1] 他选择了与工人为伍，也就选择了革命。“强矢早已经将生死置之度外，并且生活在明知朝不保夕的人当中。勇敢对他并没有新意。但他首次遇到死亡对他有吸引的事（此刻正体现在这位几乎看不见，以漫不经心的口气说话的朋友身上），仿佛这些话发自夜的力量（他同他本人一样惶惶不安），发自焦虑、宁静和疲乏的强有力的混合……”[2]

在第三次工人起义的准备过程中，他巧妙地利用克拉丘克骗取了运送军火的船长的信任，然后与加托夫率人夺取了枪支，大大增强了工人武装的战斗力，从而取得了起义胜利。

在汉口，强矢对因为饥饿而反对革命政权的工人们说：“反正是一死，总要争取做真正的人！”[3]

他和陈未能说服共产国际的代表正视中国革命的危急局面，而陈仍然指示上海的共产党人消极等待时机。强矢在预备和其他领导人商讨对策的路上遭到伏击，落入敌人之手。

在牢房中，面对着恶劣的环境和狱卒的淫威，“强矢全心全意抗争着人类的耻辱”[4]。蒋介石的保安头子、德国人柯尼希很不理解强矢的政治抉择：“工人当共产党就够蠢的，居然还有他！”[5] 强矢如此回答他：“共产主义能使那些我为之战斗的人得到尊严。至少反共的种种正在迫使他们没有尊严。”[6] 柯尼希认为“尊严”是毫无意义的，强矢如此反诘：“尊严是与屈辱相反的东西。”[7] 当柯尼希以活命来引诱他与之合作时，强矢强调：“看怎样活。”[8]

---

① 马尔罗：《人的境遇》，前揭，第189页。
② 同上，第122页。
③ 同上，第126页。
④ 同上，第235页。
⑤ 同上，第220页。
⑥ 同上，第238页。
⑦ 同上，第239页。
⑧ 同上，第238页。

作为“要犯”，强矢既要面对敌人的酷刑，也要面对敌人以十几个无辜者的命运来要挟他招供的卑劣手段。[①] 他决定不给敌人机会，于是吞服预先藏好的氰化物自尽。“他为自己时代最富于意义和希望的一切而战斗。他将与自己宁愿与之同死的人共死。他跟每一位在这里横卧的人一样，因为使自己的一生有了某种意义而去死。如果那是一种他不愿为这意义而死的生，这生又有什么价值呢?”[②]

强矢活着的时候，冒死战斗，为的是人类的尊严。当他选择了死亡时，他仍然是在捍卫人的尊严。

（三）加托夫：职业反抗者

俄国人加托夫是一个职业革命者。推翻不合理的现行社会制度，建立一个更加人道的理想社会，是共产革命者的目标。1905 年，当他还是医科大学生时，就参加了对敖德萨监狱的袭击，结果被判决坐牢五年。[③] 他流亡到瑞士，1912 年潜回俄国。[④] 在十月革命后的俄国内战中，他所在的红军营被白军俘虏，其中的共产党员被集体枪决，但他大难不死，被从死人堆里救出。[⑤]

因为共产主义被看作是全人类的事业，革命者们就不会满足于仅仅在一个国家夺取胜利。他们要把革命推向世界。以俄国共产党为核心的共产国际，在将各国共产党组织起来的同时，向那些正在发生革命的国家派出顾问，协助甚至领导当地的革命运动。就是在这样的大背景下，加托夫来到了上海，成为革命者的领袖之一。中国人民的荒诞处境，因此成为他的生存处境。而以生命的代价来反抗、改变这种处境，也就成了加托夫的人生意义所在。

冒着生命危险，他假扮军官，率领突击队登上了军火船劫夺了一批枪支[⑥]，大大改善了起义工人的装备，为起义的胜利打下了基础。对于让起义工人交出武器的命令，强矢质疑，陈大儿更是强烈反对。作为共产国际

---

① 马尔罗：《人的境遇》，前揭，第 240 页。
② 同上，第 252 页。
③ 同上，第 11 页。
④ 同上，第 12 页。
⑤ 同上，第 59 ~ 60 页。
⑥ 同上，第 58 ~ 62 页。

的代表，受到纪律的约束，加托夫一方面表示自己要“努力理解这件事”[①]，同时建议强矢去汉口与革命政府和共产国际代表处进行沟通。在对共产党人的大屠杀开始以后，加托夫带领赫梅尔里克等人顽强地用仅有的武器进行抵抗。他知道“败局已定”：只要蒋介石的士兵调来一门小口径炮，就能把加托夫等据以抵抗的小楼轰塌。[②]“二月里，共产党们是胜利者，知道自己每个钟点的进展；如今他们一无所知，就跟那时候的失败者差不多。”[③] 但是加托夫没有认命认输。他顽强战斗，直到负伤被俘。

强矢自杀后，加托夫深切感受到自己的孤单处境。“不过在这彻底的遗弃中，他又感受到了宁静，仿佛这正是他多年的期待：那是他一生中最难忍受的时刻遇见和复得的宁静。他似乎读过这样的句子：‘我钦羡而神往的，不是探险家的发现，却是他们的痛苦……’”[④] 当他选择了革命家的道路时，他就清醒地选择了痛苦与死亡。尽管如此，躺在已经死去的和将要死去的战友们中间，他还是感到了死亡的恐怖。不是害怕死亡，而是害怕被扔进机车的火炉里活活烧死。他身上藏有两片氰化物，就是为了不受辱而预备的。看到身边的战友因为害怕被活活烧死而哭泣时，他不得不“与一生中最可怕的诱惑搏斗”[⑤]。结果，他将两片氰化物给了身边的两位战友，自己选择了令人害怕的被活活烧死的死法。他安慰自己说：“得啦，就算我死于一场火灾吧！”[⑥] 当对死亡方式的害怕被超越以后，死亡也被超越了。加托夫曾经为生命的尊严而战斗，现在已经预备好了为了生命的尊严而勇敢地迎接死亡。

（四）赫梅尔里克：从犹豫到决绝

来自比利时的赫梅尔里克经历了贫困的童年，很早就辍学打工。在第一次世界大战中被征召入伍，中了毒气。战后，他流落到印度支那，却找不到工作。随后他漂泊到上海，依然在底层社会挣扎。[⑦]

---

① 马尔罗：《人的境遇》，前揭，第105页。
② 同上，第224页。
③ 同上，第225页。
④ 同上，第253页。
⑤ 同上，第254页。
⑥ 同上，第257页。
⑦ 同上，第148页。

尽管知道“人间的痛苦比天上的星星还多”，他却无法像陈那样抱着必死的决心投入革命之中，因为怕他可怜的中国妻子受不了，也不愿意妻子和孩子饿死。[①] 他的矛盾心理是：“他若有钱，能给他们一笔遗产，就可以自由自在、舍身奋斗啦。老天爷似乎在他一生中踢他揍他还不够，还要剥夺他具有、可能具有的唯一尊严，即寻得一死。”[②]

当陈与白和孙行刺失败以后，他们来到赫梅尔里克处寻求藏匿，但赫梅尔里克考虑到孩子和妻子的安全，拒绝了他们。可是，在陈大儿离开以后，赫梅尔里克却陷入了痛苦的自责之中：“妈的，妈的，他妈的！难道我永远不能像他们这么干？”[③] 事实上，二十年来，他都在这样咒骂自己。“他背叛了自己的青年时代，自己的志向与梦想。”[④] 他缺少陈的果决和勇往直前、义无反顾。“与陈一同出去干，取出包里的一枚炸弹，将它扔出去……这才是常理。甚至可以说，这在他目前的生活中将是唯一有意义的事。”[⑤]

当他以妻子和孩子为理由来为自己没有收留陈的行为进行辩解时，加托夫反驳他：“由于你只是为这些心灵的品质而活着，他们会将你吞掉；反正要被吃掉的，就不如有这些品质……不过这些都是混账话。问题不在于有理。”[⑥]

赫梅尔里克感觉到自己活得非常窝囊：“我也许连当劳动者都不够格。还有呢？还有我觉得自己就像一只壶，世上的自由人都往里撒尿！”[⑦] “赫梅尔里克举起手来，又沉重地放下，似乎他只能选择一筹莫展或人生的荒谬。”[⑧]

当他的妻子和儿子都惨遭杀戮以后，“这次命运之神却赌输了；它剥夺了他剩下的一切，反而解放了他”[⑨]。他对妻子和儿子的爱转化为对敌人

---

① 马尔罗：《人的境遇》，前揭，第 148 页。
② 同上，第 149 页。
③ 同上，第 146 页。
④ 同上，第 147 页。
⑤ 同上，第 173 页。
⑥ 同上。
⑦ 同上。
⑧ 同上，第 174 页。
⑨ 同上，第 210 页。

的仇恨。他喊道：“人们可以怀着爱心来杀人，怀着爱心呀，我的天哪！”[1]“他被这可怕的自由所驱使”[2]，义无反顾地加入到拼死反抗者们的行列中。

当加托夫们坚守的小楼被摧毁，一个国民党军官越过铁丝网，准备屠杀幸存的共产党人时，“赫梅尔里克觉得自己正处在一个幽暗的洞底，引起他注意的倒不是这极缓慢，如死神一般正在挨近他的家伙，而是随着他到来的一切，以及将再次压垮他的东西：它将像在活人头上钉紧盖子的棺材一样把他闷死，那是令他每日每时的生活窒息的东西，又要转回来将他一举击垮”[3]。

生命与死亡两股力量的冲突，现在具体化为赫梅尔里克与国民党军官你死我活的斗争。“他们像舂米一样敲打了我三十七年，现在又要来把我杀掉！”“向他逼近的不仅代表着他的苦难，而且代表着他那被剖了腹的妻子，那被屠杀的病儿的苦难。一切都混成一团渴求、病热和仇恨的雾。”[4]他的满腔仇恨与强烈的求生意志使他战胜了对手。

在小说的结尾部分，透过白给梅的信，我们知道赫梅尔里克化装逃过了大屠杀，在电厂当了装配工。他当然不再是为了苟活而工作了，他说：“今生是头一回知道为什么干活的情况下干活，而不是在沉默中等死……”[5]

赫梅尔里克代表了大多数普通的革命者。他们本来只是希望通过革命来改变自己的生活，能够获得有尊严的生活，但是反革命一方的凶残，反而使得他们义无反顾地投身到残酷的对抗之中。

五、行动无法解决个人的孤独感

1930年10月，在被问到作家应该扮演的角色时，马尔罗回答说作家的责任就是“表达孤独的悲剧情感”[6]。因此，即使在他接近共产党以后，

---

① 马尔罗：《人的境遇》，前揭，第210页。
② 同上，第211页。
③ 同上，第228页。
④ 同上。
⑤ 同上，第273页。
⑥ 让·拉库蒂尔：《马尔罗世纪传奇》，前揭，第174页。

他也只是一个与之保持距离的“同路人”而已[①]：“他更热衷于分析问题和思考问题，而不是捍卫什么，或者去说服谁。”[②] 共产主义要求其追随者毫无条件地参与其中并随时为之牺牲一切。但是，马尔罗“作为资产阶级知识分子感到的种种焦虑不安，阻碍他毫无保留地参加革命事业”[③]。

“同路人”虽然与崇尚集体主义的共产主义者同行，却始终无法或者不想融化为革命集体的一分子。与追求忘我的共产主义者不同，“同路人”珍视自己的自我，与战友保持着距离。“同路人”可以视死如归，却无法克服内心的孤独感。而且，共产党在利用他们的同时，也保持着戒心，使他们明显地感到彼此之间存在着咫尺天涯的无法逾越的距离。斯大林控制的共产党机构对马尔罗的评语是：“他是准备合作的分子，但不大可靠，唯心主义者，倾向于冒险主义，世界主义者。声望不可否认。有用。须加控制。”[④]

作为一个有着强烈的主观意志和丰富精神生活的作家，马尔罗在描写革命斗争，塑造革命英雄时，都将自我投射其中。这就使得他笔下的革命者与正统的“革命作家”所塑造的革命者，有着很大的不同。

马尔罗笔下的革命启蒙者吉索尔教授向“几乎都出身于资产阶级的大学生们”如此阐述：在军阀与无产阶级之间，他们只能做非此即彼的选择。[⑤] 直到 1935 年 6 月，马尔罗对知识分子与无产阶级结盟的认识还是吉索尔式的：“从现在起，我们这些知识分子与人民大众之间也可能达成共识吗？——是的，和人民大众达成共识是可能的，但不是本质上的共识，而是‘目的性’上的共识，是革命意志上的共识。”[⑥]

尽管都是革命领导人与起义组织者，陈大儿和强矢其实都是“同路人”，也因此都深深地受着孤独的煎熬。他们的身上都打上了强烈的马尔罗印记。

在刺杀军火买办的过程中，马尔罗告诉我们说陈大儿体验着一种“可

---

① 让·拉库蒂尔：《马尔罗世纪传奇》，前揭，第 171～213 页。
② 同上，第 174 页。
③ 利奥塔尔：《马尔罗传》，前揭，第 206 页。
④ 同上，第 207 页。
⑤ 马尔罗：《人的境遇》，前揭，第 55 页。
⑥ 让·拉库蒂尔：《马尔罗世纪传奇》，前揭，第 202 页。

怕的孤独”[1]。在完成任务，见到自己的启蒙老师吉索尔后，他坦率地承认：“我感到很孤独。”[2] 陈大儿这样的革命者无惧死亡，却无法摆脱自己的不合群和病态思想。

置身于自己所属的战斗小组，在装备各异的纺织工人中间，陈却像个局外人：“陈不是他们之中的一员，虽然有那次暗杀；此刻他也在他们当中：他若今朝去死，就将独自一死了之。一切在他们都是很简单的：他们是去夺取面包和尊严。可是在他……除去痛苦和共同斗争之外，他甚至不知该同他们谈什么。”[3]

在起义过程中，陈看着面前“死于街心、蜷缩成团的伙伴”，却深切感受到“不能同自己人融为一体”。[4] 他反省自己与共产主义者并肩战斗的原因，是他“深知道自己仇恨资产阶级。无产阶级至少体现着他的希望”[5]。因此，尽管他加入了工人武装起义的队伍，他与他们仍然存在着相当大的心理距离：“一想到有二百个小组正在同时行动，陈觉得又受鼓舞，又有些困惑。虽然和风吹来全城砰砰的枪声，这一次的激战仍然使他感到起义是一次孤立行动。”[6]

起义宣传鼓动主力之一马是排字工人。“这时传来一阵高兴的叫喊：其余的人也跟陈一样认出了马，便朝他欢呼。马瞧了瞧这些人。他们正在共同创造一个世界，但它却跟敌人的天下一样不给他陈某人出路。在未来的工厂里，他穿上他们的蓝工装又有何用呢？”[7]

虽然预见到蒋介石会以屠杀共产党来报答资产阶级的捐款，但共产国际的指令却使得上海的共产党领导人们陷入非常被动的境地。在这时候，陈力主刺杀蒋介石以挽救革命。他的主张无人响应。“强矢凝视着这个站在钟表下的倔强汉子。他为革命而牺牲自己与他人，或许革命将使他陷入孤立，只留下关于暗杀的种种追忆。强矢既是他的同志，又反对他，既不

---

① 马尔罗：《人的境遇》，前揭，第10页。
② 同上，第47页。
③ 同上，第74页。
④ 同上，第82页。
⑤ 同上。
⑥ 同上，第83页。
⑦ 同上。

能与他合伙，又不能同他分手。”[①]

在前去行刺蒋介石的路上，陈邂逅了自己的启蒙牧师斯密逊。叙述者说：“他很孤独，再次感到很孤独。”[②]

在独自采取自杀式爆炸行刺蒋介石之前，陈感到自己很孤独，他安慰自己：“恐怖分子应当独自决断，独自执行。要绝对孤独，因为让与世隔绝者不寻找自己人是不容易的。”[③]

明知道行刺没有成功的希望，陈的同伴孙和白都不再有强烈的行动愿望了。陈独自出发了。“他从未想到人会这么孤单。”[④] 他最终孤单地死于行刺未遂。

虽然是起义领导人之一，强矢在前往抢劫军火船的路上也感到了孤独：“首先有孤独，那是芸芸众生遮掩下的孤独，正如这浓密阴沉的今宵蕴涵着伟大的原始之夜一样（恰在今宵，满怀希望与仇恨的空城正在窥探）。”[⑤] 强矢与梅的夫妻关系表面上是建立在革命加爱情的基础上，但叙述者却如此评价：“这绝非幸福，而是某种与黑暗谐协的原始物：它将一股热流推上他的心头。终成一种静静的、如同两颊紧贴的拥抱。那是他身上惟一同死一般强的东西。”[⑥]

作为强矢的父亲和陈的启蒙老师，吉索尔这位播种革命思想的社会学教授，却常常这样说：“人是无从认识的。”[⑦] “他发现自己在陈求援时响应得何其不足，而这位刺客又是何其孤独：就在同一种惶惑心情下，儿子距离他又是何其遥远。”[⑧]

他的儿子和学生都投身到革命的行动中去了。在这起义的前夜，吉索尔发现了自己的孤独：“他觉得自己（带着那突如其来的意识）正进入一个尤其属于他的领域，惶然占有一种被禁绝的孤独，任何人都不能到这当

---

① 马尔罗：《人的境遇》，前揭，第 106 页。
② 同上，第 138 页。
③ 同上，第 193 页。
④ 同上，第 154 页。
⑤ 同上，第 45 页。
⑥ 同上。
⑦ 同上，第 52 页。
⑧ 同上。

中来寻找他。……这是一种彻底的孤独，连对强矢的爱也不足以使他摆脱这孤独。”[①] 吸鸦片成了他逃避孤独的手段。

除了具体描写以外，马尔罗还通过人们的对话和叙述人的评论不断地指出这个事实：孤独是存在于所有人生命中的本质现象。

斯密逊牧师企图使已经放弃了基督教信仰的陈大儿重新回到上帝面前，但他也不得不承认说：“人人只感受到自己的痛苦。”[②]

费拉尔问吉索尔：“您认为人们能了解、真正了解一个活着的人吗?”吉索尔回答：“我们永远不会了解一个人，但有时可以不再觉得对他完全无知了。”[③]

革命者加托夫在期望、鼓励有家庭顾虑的赫梅尔里克时，却发现语言沟通是不可能的事情：“仅仅靠语言他几乎毫无办法。但除了语言还有手势、目光，以及其人在场本身所表达的一切。他凭经验懂得：痛苦莫大于随之而来的孤独。将此种孤独表达出来，也可以使人解脱；但巨创深痛的语言尤其鲜为人知，别种语言却不至于如此。说不清，或说假话，都会使赫梅尔里克再度激动而妄自菲薄：他主要是为自己而感到痛苦。”[④]

上面这些人体现了父子、夫妻、师生、战友、熟人等人类基本的人际关系。但是，我们看到的是，亲情、爱情、友情等美好的事物都无法消除个人的孤独与彼此的沟通困境。正如帕斯卡尔所说：“人是独自在与自己进行着一场内心的交谈。”[⑤]

六、死在有尊严和有意义中

帕斯卡尔认为：“无可怀疑的是，这一生的时光只不过是一瞬间，而死亡状态无论其性质如何，却是永恒的；我们全部的行为与思想都要依照这种永恒的状态而采取如此之不同的途径，以致除非根据应该成为我们最终鹄的之点的那个真理来调节我们的途径，否则我们就不可能有意义地、

① 马尔罗：《人的境遇》，前揭，第57页。

② 同上，第137页。

③ 同上，第186~187页。

④ 同上，第174页。

⑤ 帕斯卡尔：《思想录》，前揭，第236页，Brunschvicg编辑本第536条。

有判断地前进一步。”①

尼采则诘问：“可有一种强者的悲观主义？一种出于幸福，出于过度的健康，出于生存的充实，而对于生存中艰难、恐怖、邪恶、可疑事物的理智的偏爱？也许竟有一种因过于充实而生的痛苦？一种目光灼灼但求一试的勇敢，渴求可怕事物犹如渴求敌手，渴求像样的敌手，以便考验一下自己的力量，领教一下什么叫‘害怕’？”②

受到帕斯卡尔和尼采双重影响的马尔罗，让他笔下的主人公，不管是作为共产党人，还是为“人类的命运”而战的人，在死神面前都无所畏惧，因为他们认为人应该有其尊严与价值，即使死也要死得有尊严、有价值。马尔罗笔下的人物几乎都是英雄式的，甚至是狂热的，而且从头到尾都被死亡纠缠，与死亡相追逐，时刻受到死亡的威胁，最后走向死亡。

在关押了两百名即将被处死的共产党人的院子里，加托夫“惊诧于四围令人毛骨悚然的恐惧。……不是害怕或惊疑，而是动物或人类独自面临非人的事物产生的恐惧”③。

加托夫躺在强矢旁边。“在充满危险和伤痕的阴影里，在革命卑贱的弟兄间，落在他生命一侧的是一位死囚的生命！他们都顺乎自然地牢牢把握了那惟一可能属于自己的伟大品质！”④

明知道“死也不那么容易啊”，无妻无子的陆有顺还是开玩笑地对身边的战友说：“我想能让人家对我的儿子说：‘他死得非常勇敢！’”虽然是一种“郁闷的快乐”，却有着超越死亡之恐怖的心理效果。⑤

基督教是否定自杀的，但透过受日本文化影响的强矢面对死亡的心理活动，马尔罗却表达了肯定的意见：

他想象着自己拉长身子，木然不动，双目紧闭，容貌因宁静而更显祥和（那是死神在同一天内布施给几乎所有死者的宁静），仿佛正是要表现

① 帕斯卡尔：《思想录》，前揭，第98页，Brunschvicg编辑本第195条。

② 尼采：《悲剧的诞生·序》，引自熊伟主编：《存在主义哲学资料选辑》（上卷），前揭，第84页。

③ 马尔罗：《人的境遇》，前揭，第246页。

④ 同上，第249页。

⑤ 同上，第250页。

出最卑贱者应有的尊严。他见过许多人的死，在日本教育的影响下，他始终认为：按自己的方式去死是美好的，那便是酷如其生的死。死亡是被动之举，自杀则是主动行为。只要有人来抓他们一群人中的第一个，他就立即神志清醒地自尽。①

敌人可以借助武力来取得胜利，并且可以将革命者置于死地。但是，在强矢看来，“死可以成为一种充满激情的行动，成为生的最高表现，而这样的死与生又何其酷似!”② 因此，强矢选择吞服氰化物来自杀的行为，在马尔罗笔下，绝不是出于怯弱，反而是一种捍卫尊严的主动的、积极的英雄壮举。“他为自己时代最富于意义和希望的一切而战斗。他将与自己宁愿与之同死的人共死。他跟每一位在这里横卧的人一样，因为使自己的一生有了某种意义而去死。”③ 因为死亡被赋予了超高的意义，它就不再是一种人避之唯恐不及的事物，而是革命者可以主动拥抱的对象。

表面来看，革命者们被杀害，革命事业失败了。但是，马尔罗情不自禁地通过叙述者的感慨，表达了他对革命者们的死亡意义的看法：

哦，监狱呀，你是时光停止的处所，而时光在别的地方却继续流逝……不！正是在这用机枪将你隔离尘世的大厅，革命将遭到致命打击：不管它今后命运如何，也不管它将在何处复活。在人人经受苦难、荒谬或屈辱而劳作的所在，人们都怀念着这些死囚，正如信教者要祈祷一般。在城里，人们开始怜爱这些将死者，似乎他们已经飘逝……在这夜色笼罩的茫茫大地上，这回荡着凄惨喘声的处所很可能是最富于阳刚之爱的所在。与这横卧的一群同声悲吟，在悲吟中与被牺牲的受苦者同在……④

吉索尔认为：“毫无用处的痛苦是荒谬的。”⑤ 然而，死去的革命者的亲人们不会仅仅停留在痛苦状态。“这死亡，正在期待着她（梅）做点什

---

① 马尔罗：《人的境遇》，前揭，第251页。
② 同上，第252页。
③ 同上。
④ 同上，第251~252页。
⑤ 同上，第258页。

么事情：那是一种她还不知道但却毕竟存在着的答案。”[①] 在第三次工人武装起义以前，梅还不能确定自己是否能够与强矢一同下苦牢[②]，然而在经历了这场大屠杀和强矢的死以后，她毅然决定到苏联继续革命。面对着心灰意冷的老吉索尔，梅想到白的心中所描绘的景象：“在这个俄罗斯大地上，强劲泼辣的劳动正方兴未艾，众人将这种劳动视若生命，因而产生坚强意志；他们已故的同志正是在其中有所寄托。”[③]

逃过了大屠杀的革命者白坚强地相信：“革命刚得过一场重病，但没有死亡。使革命得以问世的正是强矢及其同志们：不论他们自己的生死成败如何。”[④] 不能单以成败论英雄，“人的价值无疑在于他所改造的成果。”正如吉索尔在宣传革命时所预言的：“他们沉睡了三千年，一朝苏醒就不再安睡。”“这些人向三亿贫贱者灌输了反叛觉悟，他们不是来去匆匆的影子；虽然被击败、惨遭酷刑，甚至牺牲生命，却不是……”[⑤] 尽管形势很不利，但“一些秘密小组仍在各省重建”[⑥]，斗争仍在继续，希望仍然在鼓舞着人们去抗争。

在透过梅和白转述了革命的新形势以后，叙述者直接评论革命者们失败与死亡的价值与意义：“精疲力竭的中国遭到了镇压，群众怀着焦虑或期望；而强矢的行动在其间已留下深深的烙印，有如原始帝国在大峡谷中镌刻下的碑铭。这少数人以雪崩的巨响，无可改变地将旧中国抛向黑夜；但即使是这样，它也未被从世间抹掉，犹如强矢生命的意义亦未被从父亲的容貌上抹掉。”[⑦] 敌人虽然残酷地消灭了革命者的肉体，却无法消除革命者对于历史发展的巨大影响。这正是作者想要传达的重要信念。

---

① 马尔罗：《人的境遇》，前揭，第 259 页。

② 同上，第 41 页。

③ 同上，第 277 页。在斯大林死后，尤其是苏联崩溃以后揭露出来的历史真相，让我们不得不为像梅这样的革命者们感到痛心：他们将生死置之度外，想要在全世界建设像苏联那样的“美好社会”，而这个社会只不过是被美丽谎言所包装的人间地狱而已。马尔罗本人 1945 年成为坚定的右派，与昔日的左派朋友决裂并针锋相对，正是由于他发现了苏联的真相。

④ 同上，第 273 页。

⑤ 同上，第 275 页。

⑥ 同上。

⑦ 同上，第 279 页。

结　论

马尔罗写作《人的境遇》的目的，并不在于真实再现1927年中国革命者的悲壮牺牲，而是要通过对中国革命的描写来表达他对世界的看法：人的存在境遇之荒诞，以及革命者身上所体现的反抗荒诞、捍卫人的尊严的努力。作者特意选用了法日混血儿强矢，他的德国妻子梅，俄国人加托夫、比利时人赫梅尔里克以及中国人陈大儿作为故事的主人公，通过他们来探索整个人类的命运。所以，《人的境遇》不仅在题材上有创新价值，而且具有普遍的哲理性，具有现实和历史的双重意义。

【参考文献】

皮埃尔·德·布瓦岱弗尔著，陆亚东译：《1900年以来的法国小说》，北京：商务印书馆1998年版。

费正清编，杨品泉等译：《剑桥中华民国史（1912—1949）》（上卷），北京：中国社会科学出版社1994年版。

马丁·海德格尔著，孙周兴译：《尼采》（下卷），北京：商务印书馆2002年版。

让·拉库蒂尔著，田庆生译：《马尔罗世纪传奇》，广州：花城出版社2004年版。

利奥塔尔著，蒲北溟译：《马尔罗传》，上海：东方出版中心2000年版。

马尔罗著，丁世中译：《人的境遇》，北京：外国文学出版社1998年版。

帕斯卡尔著，何兆武译：《思想录》，北京：商务印书馆1985年版。

单世联：《辽远的迷魅：关于中德文化交流的读书笔记》，上海：上海外语教育出版社2008年版。

熊伟主编：《存在主义哲学资料选辑》（上卷），北京：商务印书馆1997年版。

吴岳添：《法国小说发展史》，杭州：浙江大学出版社2004年版。

Germaine Brée et Édouard Morot-Sir, *Littérature française*, Paris: Artaud, 1984, t. 9 (*Du surréalisme à l'empire de la critique*).

P. -G. Castex *et al.*, *Histoire de la littérature française*, Paris: Hachette, 1974.

Kvetoslav Chvatik, *Le Monde romanesque de Milan Kundera*, Paris: Gallimard, 1995.

Jean Lacouture, *Malraux*, *une vie dans le siècle*, Paris: Seuil, coll. Points/Histoire, 1973.

André Malraux, *La tentation de l'Occident*, Paris: Grasset, coll. Les Cahiers rouges, 1984.

第二章

超越“终有一死”的存在

——论波伏瓦小说《人总是要死的》

这些人愿意选择生与死
来完成他们作为人的命运，
这是些自由的人。

（波伏瓦）

文学对“存在”的探索由来已久。20 世纪四五十年代在法国兴起的存在主义文学，赋予“存在”以新的思考向度。这一文学运动的主导人物让—保罗·萨特和西蒙娜·德·波伏瓦（Simone de Beauvoir，1908—1986），以和而不同的默契对“存在”提出了新的解释。前者先抛出哲学的“存在主义”，继而把关于“存在”的抽象理念以小说等文学形式进行“图解”；后者则相反，先将自己对“存在”的理解寄身于小说，通过小说对不同时期人的存在境况的展现，以小说诠释存在，逐步深化并更新了“存在主义”哲学的部分核心观念。本章将以西蒙娜·德·波伏瓦的小说——《人总是要死的》（*Tous les hommes sont mortels*）为例，对其小说对“存在”的观照进行一次巡礼。

一、小说创作的历史处境

提到波伏瓦，人们往往马上联系到萨特、《第二性》和女权主义。事实上，她也是一位“在法国文学史上具有重要地位的女作家”[①]。她很小就决定成为一名作家，并且终其一生都在朝着这个选择努力。她选择文学，因为她认为哲学是“抽象的声音”在说话，而文学允许她不用通过先对人类状况下一个定义来交流经验。[②]

1943 年，她的第一部小说《女宾》（*L'Invitée*）出版并获得成功。从此，她专事写作。她写小说、戏剧、回忆录、哲学随笔等，赢得了批评界的认可，也博得了那些遍览其小说及回忆录的大批读者的喜爱。波伏瓦的小说创作大致分为三个阶段：第二次世界大战期间、冷战时期和法国进入

---

① 李清安、金德全编：《西蒙娜·德·波伏瓦研究》，北京：中国社会科学出版社 1992 年版，第 738 页。

② 萨莉·J. 肖尔茨著，龚晓京译：《波伏瓦》，北京：中华书局 2002 年版，第 28 页。

“后工业社会”的1960—1970年代。[①] 她在大战前后发表了三部小说《女宾》、《他人的血》（*Le Sang des autres*，1945）和《人总是要死的》，均以表达某些哲学观点为主旨，与存在主义的命题有许多不谋而合之处；冷战时期，她发表了标志其创作顶峰的长篇小说《名士风流》（*Les Mandarins*，1954），该小说获得龚古尔文学奖；从1960年代开始，她创作了小说《美丽的形象》（*Les Belles images*，1966）和《被遗弃的妇人》（*La Femme rompue*，1968）。

《人总是要死的》发表于1946年。萨特的《存在主义是一种人道主义》也在同年发表。这不能完全用“巧合”作解。或应说是两个志同道合的人，对战后人的存在问题进行深切思考的结果。“二战”的爆发使人类直接面临死亡的威胁、对死亡的恐惧、对现实的怀疑和对未来的迷惘。“二战”把“人类生存的意义何在”的命题迫切地推到每个有道德良知的知识分子面前。人的具体的存在，在胡塞尔所说的“生活的世界”里还有没有位置，还是真如海德格尔所说“存在已被遗忘”？如果萨特是从哲学意义上来回答这个问题，那么波伏瓦则要通过她的小说来“勘探”存在，通过她的小说人物来追寻存在的本质及意义。“事物的力量，就是历史事件对个人生活的影响，就是文学同具体的、现实的世界相会合。”[②] 波伏瓦的小说正是这一特定境遇下的产物。

《人总是要死的》既非《女宾》和《名士风流》是其“生活插曲的‘小说位移’”[③]，又非《美丽的形象》和《被遗弃的妇人》般重在倡导女性解放。有些评论指责《人总是要死的》与《他人的血》一样多少有点儿“说教”的意味。但细读之下，我们发现这部小说实质上具有多重维度（神话的、历史的和现实的）以及多重品性（诗的、史的和思的）。若仅以“说教”论之，恐有违小说本意。小说中有诗意的神话，有波澜壮阔的历史，有现实的生存思考。一个长生不死者的神话与“人总是要死的”现实

---

① 谈方：《波伏瓦与她的小说创作》，《当代外国文学》1996年第4期，第86～87页。

② 洛朗·加涅宾著，顾嘉琛译：《认识萨特》，北京：生活·读书·新知三联书店1988年版，第3页。

③ Georges Levminier, Antoine Adam et Edouard Morot-Sir, *Littérature française*, Paris: Larousse, 1968, p. 330.

之间的悖论，被置于欧洲几百年厚重的历史背景中，突显出关于存在的重大命题。

二、故事套故事的结构模式

这部小说使用了故事套故事的“镶嵌”模式。

由女演员雷吉娜，一个现实生活中随处可见的、疯狂地渴望成功和追求不朽的典型代表，与一个“局外人”般的福斯卡的相遇作为外故事。这一层面是现实的。小说虽然没有标明故事发生的时间，但我们依据一些当代著名女演员的名字，如意大利著名女演员拉·迪斯（1858—1924），以及1848年巴士底之战后沉睡了六十年，又在疯人院里关了三十年的福斯卡作参照，简单推理便可知故事大约发生在1930年代。小说所展现的正是这一时期人的生存状态。

内故事则是以福斯卡之口断断续续讲述的他的前世今生，这一层面是历史的。这个“小说化的”历史叙述，旨在给读者铺开一幅更宽阔的生存画卷。福斯卡于1279年5月17日出生在意大利的卡尔莫那小城。1311年，他夺取政权，成为卡尔莫那的首领，并统治了那里两百年。在他统治期间，与热那亚、佛罗伦萨之间发生了多次战争。之后，他又投身于日耳曼神圣罗马帝国皇帝马克西米连麾下，试图施展他的雄心抱负。他曾协助查理五世当上帝国皇帝和西班牙国王，还怂恿他去征服美洲。他亲身参与了无数次战争和革命，在目睹了最近一次法国革命者和民众为反对封建专制和建立自由共和国进行的浴血斗争之后昏然睡去。

内外故事链接于“福斯卡是不死的”这一神话特质上。

福斯卡雄心勃勃，而卡尔莫那却仅为他的行动提供了意大利这么一个有限的空间。为了在全世界称雄，他喝下了偶然到手的长生不老药。他为了实现其政治宏图而存在：他为了他的城市的荣誉而战，却不过成功地辅佐了法国国王，他逃亡到奥地利，还当过查理王的大主教。16世纪，他在雅克·卡地亚的陪同下到美洲开发新的土地。两个世纪后，他与巴黎的百科全书派的人士过从甚密。1848年，他参加了法国大革命。然而冷酷无情压垮了他。一切都从他的指间滑脱，接二连三的爱情也变质了。他不再属于人类：他的目光吞噬宇宙：那是上帝的目光，……那是削平一切、超越一切的上帝的目光，那是洞悉一切、无所不能、把人类变成蚯蚓的上帝的目光。福斯卡的永生不死纯粹是一种天罚：最终地陌生于和他朝夕相处的人类世界，如一颗从星际坠落的陨石。永生不死注定永远抓不住这个有终结的世界的真理：一切转瞬即逝的意识的绝对。①

三、死亡作为存在的前提

福斯卡不死的神话与“人总是要死的”的现实之间的悖谬，恰恰是小说借以叩问存在、衡量存在的依据。人既知“向死而生”，既知“人生乃天地之逆旅”，那生又何为？生与死一样荒诞，人存在的意义和价值又何在？“终有一死的”雷吉娜正是从不死的福斯卡这个反命题中看清了生死，看清了作为个体的存在，看清了人的存在。

雷吉娜是千千万万普通的个体存在之一。她的独特之处，仅在于她渴望成功和不朽的欲望比别人更强烈。从童年开始，她就“总认为自己与众不同”，总觉得自己是人群中的“陌生人”，生来就有着“异乎寻常的命运”。她“不愿做一根草”，不愿做“小飞虫”、“小生命”、“朝生暮死的小人物”。她憎恨人在世间去留无痕的事实。她发誓要“被大家喜欢”，要“出名”。换言之，她的“个我”存在意识强烈，渴望着一种与众不同的存在。当演出成功，掌声雷动，她觉得有“一股迅猛的力量把她吹离了地球，向着空中飞去”②。她很享受这种“失重”的存在。但看到观众也同样以鲜花和掌声追捧其他演员时，她“一下子又跌回尘世”，觉得自己又恢复为芸芸众生之一员。这是她所不甘心的，她要向别人“证明她的存在”。

当她邂逅福斯卡并得知他是长生不死之人后，她想：“他是我的命运。从那悠远的岁月，他朝我走来，将把我留在他的记忆中，传至永生永世。”③ 与不死的福斯卡的相遇，被她视作超越终有一死的命运，获得声名不朽的存在的“机会”。凭借“在他那颗不朽的心中只有她一个人是存在

① Simone de Beauvoir, *Tous les hommes sont mortels*, Paris: Gallimard, 1946, p. 7.

② *Ibid.*, p. 13.

③ *Ibid.*, p. 62.

的”，她可以“在过去和未来中赢得这场角逐”，赢得这场“游戏”。[1] 她把一切追求都视为“游戏”，“追求做女主人的游戏，追求荣誉的游戏，博得欢心的游戏，（而）所有这些游戏不过是一种游戏，就是争取存在的游戏”。[2]

雷吉娜对虚名与不朽狂热的追求，是其“争取存在”的外化。而这种对存在的争取方式，恰恰是现代人习惯以外在的物质的形式评判存在的投射，是现代人存在物化、异化的先兆病征。这种外在的物质追求，幻空了精神主体。这种存在是空洞的、虚假的、荒诞的。

雷吉娜内心矛盾重重。在别人眼中她是“做什么成功什么”的女人。但在福斯卡“穿越性”的目光逼视下，她陷入困惑之中：“我到底存在吗？这不是我吗？……声音没了，面貌没了，生命没了。这是一种虚象。”[3]“在福斯卡的目光下，她超越了空间，超越了时间，身边的景物也失去了意义。”[4] 她是一个“虚象”、幻影、不存在的存在。面对岁月不着痕的福斯卡，她如临深不可测的存在之井。那一刻，她对自我的存在开始产生不确信。这种不确信逐步消解了她与世界的关系，进而使她的存在变得更加可疑。这是雷吉娜的存在之惑，它同时突显出存在对于生命个体的重大意义。

雷吉娜对存在的体悟经由福斯卡获得。几百年前，他曾是一个和雷吉娜一样，野心勃勃，追名逐利，不惜流血牺牲的“活着的人”，一个和雷吉娜一样的个体存在。然而，长生不死的命运把他一点点变成了“非人”、“局外人”、“疯人”、“沉睡的人”、“活死人”。他成了历史的文物，时间的化石，天地的见证。“孤独和永恒成为他生命的味道。”[5] 在无尽的时间长河中，他的存在最终变成“生命不能承受之轻”。对于他，“痛苦不比幸福更为重要，憎恨也与爱情同样无聊，爱憎苦乐都同样得不到结果”[6]。他没法冒生命的危险，没有欢乐，没有眼泪，也没有热情。他是“一个无处

---

① Simone de Beauvoir, *Tous les hommes sont mortels*, *op. cit.*, p. 67.

② *Ibid.*, p. 105.

③ *Ibid.*, p. 21.

④ *Ibid.*, p. 56.

⑤ *Ibid.*, p. 357.

⑥ *Ibid.*, p. 333.

存身的人，没有过去，没有未来，没有现在。（他）什么都不要，什么都不是。（他）一步步朝天涯走去，天涯一步步往后退，（他）不是（人类）的同类，（他）没有一丝希望”[①]。对于他，世界已不是他的维度，他没有变化，他被抛到了自己所寄居的世界之外。

“人从出生的那一刻起，就开始走向死亡，但在生与死之间是生命。”[②]当存在失去了死亡的限制，就成为一种“非生命”存在。因为不死，等待他的是一个没有终结从而没有希望的未来。因为不死，他的存在只有“固有性”，没有“超越性”，因此，他是一种无能为力、无可奈何、“没有自由”的存在。他的存在是生命的逆向，是对生命的否定，他的存在等同于“不存在”，是另一种意义上的“死亡”。雷吉娜最终在福斯卡的故事中参悟出自己所追逐的命运的归宿——对于生命，永生与死亡具有同样的“悬置”效力。由此，对永生与死亡的畏惧构成她本真存在的另一种方式。“‘让他走吧！’她想。‘让他永远消失吧！’她望着福斯卡远去，好像他走就会把妖术带走，这个妖术曾剥夺了她的存在。”[③] 在小说结尾处，福斯卡的离去，恢复了雷吉娜作为人的自由而尊严的存在，揭示出存在的前提，即“人总是要死的”。

雷吉娜和福斯卡是小说提出的两种“实验性的存在”，两种“异化”的存在。前者“存在的编码”是“掌声”、“鲜花”、“成功”、“出名”、“渴望永生”，而后者“存在的编码”则是“不死”、“孤独”、“麻木”、“陌生”、“无足轻重”。这两种存在都是“悲剧性的”，因为他们都“追求绝对”。[④] 雷吉娜追逐浮名和不朽的欲望下隐现着当代人严重的精神危机和生存困惑。而福斯卡的不死隐喻了人类被强加的西西弗式的命运。二者共同构成“世界是荒诞的，人生是痛苦的”这样一个悲观、绝望的“存在之图”。

---

① Simone de Beauvoir, *Tous les hommes sont mortels*, *op. cit.*, p. 521.

② *Ibid.*, p. 504.

③ *Ibid.*, p. 527.

④ *Ibid.*, p. 104.

四、有尊严地作为“人”活着

然而，小说并未止步。面对这样的“存在之图”，小说尝试发现新的“存在的领地”，找到新的“存在的可能”，以对抗或瓦解存在的荒诞。“这需要很多力量，很多傲气，或很多爱，（唯此）才相信人的行动是有价值的，相信生命胜过死亡。”唯此，人才能有尊严地活着，人的存在才有价值和意义。“在出生与死亡之间的是生命”，“事物只有在可以测知、可以触及时才对我们是存在的”[①]，“死亡处在人的意识之外”。所以，人没理由“畏死”，人活在生命之中，人存在于存在之中。在这个存在中，“人是绝对自由的”，“人是人的未来”。[②] 这个存在“总是在形成之中”，是人赋予自己的。这些都构成了存在的意义。

福斯卡的后人阿尔芒正是这种存在的代表。“这些人愿意选择生与死来完成他们作为人的命运，这是些自由的人。”[③] 他们的存在与自由、尊严、行动、责任密切关联。这里，自由的存在是选择在己的存在，尊严的存在是不被“物化”的存在，行动的存在是“介入”的存在，责任的存在是关涉“他者”的存在。

对于阿尔芒和他的同代人，他们认为“做一个人就是一件大事。做一个普通人，这就够了，这就值得人去活，也值得人去死”[④]。重要的是，“他们活着，不是蚂蚁，不是石头，而是人”[⑤]。“为了证实这条信念不惜去死，为了证明自己的生命在世界上是有分量的，不惜献出生命。”[⑥] 有尊严地作为“人”活着，意味着他们能“选择生与死来完成他们作为人的命运”，意味着他们是“自为的存在”，他们能为自己创造“本质”。他们相

---

① Simone de Beauvoir, *Tous les hommes sont mortels*, *op. cit.*, p. 426.

② 让—保罗·萨特著，周煦良、汤永宽译：《存在主义是一种人道主义》，上海：上海译文出版社 1988 年版，第 13 页。

③ Simone de Beauvoir, *Tous les hommes sont mortels*, *op. cit.*, p. 481.

④ *Ibid.*, p. 480.

⑤ *Ibid.*, p. 461.

⑥ *Ibid.*, p. 504.

信“人是自己造就的”①。因此，他们的存在是具有“超越性”的。他们可以创造多重自由的生活。正如他们承认人生有限，未来有限，但他们相信未来，对未来充满梦想。他们“关心自己能起到作用的未来，并努力扩大他们对未来的作用”②，为未来积极“筹划”。但同时，他们又脚踏实地，主张“生活在现在”，“把现在看得很重要”。“今天。这两个字对他们有一种意义。对他们，有一个过去，有一个未来，因而也有一个现在。”③ 他们认为：“（他）们行动的意义不需等待未来做评价。”④

关于这代人的评价，福斯卡曾这么说：

“打倒共和国！”（阿尔芒）他们也曾为此哭泣，就因为他们哭过，就因为他们此刻笑着，他们的胜利才是一场真正的胜利，未来无法奈何他们；他们知道，明天他们又得重新开始坚持、拒绝、战斗；明天，他们又会重新开始的；今天，他们是征服者。他们彼此望着，共同笑着：“咱们是征服者。”他们相互谈着；就因为他们彼此望着，互相谈着，他们知道自己不是小飞虫，不是蚂蚁，而是人，重要的是活着，是做征服者；为了实现自己的信念，他们冒着生命的危险，付出生命的代价；他们对此深信不疑，因为除此以外，没有其他真理。⑤

这段话有助于我们更好地总体把握阿尔芒等人的存在。这里面包含了以下四层含义：第一，真正的胜利取决于人的自由抉择和当下的行动；第二，真正的胜利是在认识到人无法摆脱西西弗式的命运后勇敢地抗争；第三，真正的胜利是人与人之间的“原始关系”，即“兄弟关系”的恢复；第四，真正的胜利是有尊严地活着。概言之，“人，必须始终在自身之外寻求一个解放自己的或者体现特殊理想的目标，才能体现自己真正是人”⑥。阿尔芒等人的生存目标就是成为“征服者”。这是一种隐喻的说法，

---

① 让—保罗·萨特：《存在主义是一种人道主义》，前揭，第26页。
② Simone de Beauvoir, *Tous les hommes sont mortels*, *op. cit.*, p. 504.
③ *Ibid.*, p. 520.
④ *Ibid.*, p. 480.
⑤ *Ibid.*, p. 520.
⑥ 让—保罗·萨特：《存在主义是一种人道主义》，前揭，第3页。

即自我的“征服者”、命运的“征服者”。

“人总是要死的”，恰恰因为人是活着的，人是存在的。对抗死亡的荒诞，关键是要有尊严地活着。“人总是要死的”，但人的事业不会消失，这是人的存在超越“终有一死”的命运的方式。“死的人死了，活的人用这个死的过去创造一个火热的现在；活的人活着。”[1] 人应该在有限的生命中去拓展自己无限的存在，创造超越性的存在。小说中这种死/活的悖谬比照，为我们展现出一幅乐观积极、充满希望的存在图景。

结　语

波伏瓦创作《人总是要死的》这部小说时正处在“二战”即将结束的时候，但她没有采用前两部小说《女宾》和《他人的血》的写作模式，即贴近地临写现实，文献式地记录存在，而是把对存在的考察放置在一个更深、更广的历史布景中，把存在放在时空的别处，以历史加神话的方式对人与世界、人与人的关系、人的存在及其意义加以探讨。波伏瓦对人的存在的思考，基本倾向是存在主义的，但她又有着自己独特的理解和表达。这部小说考察了存在的多个可能向度，描绘了人与世界的关系，并通过对个体存在溯本逐源的追问，我们看到了总体的人的境况、存在的价值和行动的意义。

【参考文献】

洛朗·加涅宾著，顾嘉琛译：《认识萨特》，北京：生活·读书·新知三联书店 1988 年版。

李清安、金德全编：《西蒙娜·德·波伏瓦研究》，北京：中国社会科学出版社 1992 年版。

谈方：《波伏瓦与她的小说创作》，《当代外国文学》1996 年第 4 期。

让—保罗·萨特著，周煦良、汤永宽译：《存在主义是一种人道主义》，上海：上海译文出版社 1988 年版。

萨莉·J. 肖尔茨著，龚晓京译：《波伏瓦》，北京：中华书局 2002 年版。

---

① Simone de Beauvoir, *Tous les hommes sont mortels*, *op. cit.*, p. 500.

Simone de Beauvoir, *Tous les hommes sont mortels*, Paris: Gallimard, 1946.

Georges Levminier, Antoine Adam et Edouard Morot-Sir, *Littérature française*, Paris: Larousse, 1968.

第三章

从发现荒诞到反抗并超越荒诞

——加缪的小说创作论析

反抗者是什么？
就是说“不”的人。
但是如果他拒绝说“不”，
并不意味着他要放弃：
从他的第一个行动开始，
他也是一个说“是”的人。

（加缪）

引　言

阿尔贝尔·加缪（Albert Camus，1913—1960）是20世纪最重要的法国小说家之一。他对“荒诞”的哲学阐释和文学揭示深刻地触及了人类存在的基本问题。他对当代的法国文学、后来出现的荒诞派戏剧，以及黑色幽默小说的影响都是非常深远的。本章将透过加缪的三部中长篇小说《局外人》（*L'étranger*，1942）、《鼠疫》（*La peste*，1947）和《堕落》（*La chute*，1956）来探讨他的存在之思。

一、由具体时代催生的形而上荒诞感

第一次世界大战让加缪一出生就变成了孤儿。生活的贫困使他从小就体验了人生的艰辛和社会的不平等。青年时期身体上的疾病使他备受折磨，也让他学会思考。高中哲学老师的指导更使他受益终身。在生活的矛盾之中，加缪学会了冷静地面对问题，他从不大喜大悲，也不让别人的意见左右自己，但他却从不放弃对贫穷和死亡命运的抗争。“我……和我的同龄人一样，在第一次世界大战的战鼓声中长大了。从那以后，我们的历史就从没有停止过谋杀，没有停止过不公正的行为和暴力。”①

马尔罗的传奇经历和革命冒险小说对青年加缪的影响很大。在法西斯势力肆虐欧洲时，加缪热情地参与到对抗法西斯的活动中。他投身于戏剧

① 加缪著，王殿忠译：《夏》，见柳鸣九、沈志明主编：《加缪全集》（第4卷），石家庄：河北教育出版社2002年版，第227页。

活动，组织“劳动剧团”，并亲自创作剧本，扮演角色。1935 年，加缪加入法国共产党，在阿尔及利亚支部参加活动，第二年退党。第二次世界大战前夕，他参加了法国地下报纸《战斗报》的活动，投入到了反法西斯的斗争中。

1939 年 9 月，第二次世界大战爆发。加缪当时所在的《阿尔及尔共和报》被查封。他来到巴黎，在《巴黎晚报》工作。不久，巴黎沦陷。他只好又回到阿尔及利亚，在奥兰市的一所学校教书。战争的残酷和政治观点的不被认同，都使加缪感到压抑、苦闷和孤独。在这种气氛中，他完成了“荒诞三部曲”：剧本《卡利古拉》、小说《局外人》及哲学散文《西西弗的神话》。在这一阶段，加缪的重点落在否定原有的、绝对的思维方式，突出表现世界是荒诞的、人生是痛苦的这一主题。个人对抗荒诞，追求幸福与尊严，是其作品的特点。

“荒诞”在很早以前就是欧洲哲学家和文学家思考的主题。大哲学家帕斯卡尔（1623—1662）如此描述人类的“荒诞”处境：

> 我们是航行在辽阔无限的区域里，永远飘移不定，从一头被推到另一头。……没有任何东西可以为我们停留。这种状态对我们既是自然的，又是违背我们的意志的；我们心中燃烧着想要寻求一块坚固的基地与一个持久的最后据点的愿望，以及在这上面建立起一座能上升到无穷的高塔，但是我们整个的基础破裂了，大地裂为深渊。[①]

马尔罗在他 1926 年出版的《西方的诱惑》中，假借作为文化“他者”的中国人凌先生之口指出：“在欧洲人的内心，主宰其生命之种种大运动的，是一种本质的荒诞。”[②] 而且，“荒诞，这美丽的荒诞紧粘着我们，就像伊甸园里的蛇紧粘在分别善恶树上。它从不隐藏自己，我们看着它在预备那些最诱惑人的把戏，而我们自己在自愿地给它以忠实的协助”[③]。马尔罗用“我们”一词把西方人和东方人都置于“荒诞”之境地。

---

① 帕斯卡尔著，何兆武译：《思想录》，北京：商务印书馆 1985 年版，第 33 页。

② André Malraux, *La tentation de l'Occident*, Paris: Grasset, coll. Les Cahiers rouges, 1984, p. 80.

③ *Ibid.*, p. 96.

比加缪早几年，萨特的小说《墙》和《厌恶》，都因为主人公对于人生“荒诞”处境的发现而引起文坛轰动。因此，加缪的哲学思考和文学写作是在这样一个弥漫着“荒诞感”的文化氛围中得到启迪和强化的。

二、荒谬感与“局外人”

1942年，小说《局外人》的成功使加缪在法国文坛上一举成名。它被看成是《西西弗的神话》的形象诠释。作者采用了对比的手法，从两个方面对小说进行了叙述。首先是对主人公日常生活的描写，包括对他的工作、生活及人际关系的描写；其次是对他心理和道德层面的描写，集中地表现了存在主义的人生哲学。

存在主义的作家通常要把自己的主人公放在特定的境遇里，以突出人物的个性。加缪将自己的主人公定义为“局外人”，就是要突出他的“局外感”。他将莫尔索置于一系列与之休戚相关的情节中，如奔丧、守灵、安葬、恋爱、杀人、入狱、审判等。通过主人公莫尔索的生理活动和心理活动与常人的差异，着重突出了他“局外人”的特点。“局外人”，顾名思义，就是独立于客观世界之外的人，超越于现实生活之上的“自然人”。但事实上，人是不可能脱离客观现实而独立存在的，人在每时每刻都要与社会生活发生联系。因此，所谓“局外人”，并非客观意义上“局外”，而是主观感受上的“局外人”。加缪所集中描绘的，正是人对现实生活中“局外人”的态度。

在小说《局外人》的第一部分中，讲述了主人公的奔丧和恋爱。这样悲惨和激动人心的境遇相继发生，而作为当事人，竟能抱着“局外人”的态度，那才叫真正的“局外人”。小说的主人公莫尔索正是这样的人。对于母亲的死亡和安葬，他是冷漠的；对于爱情和婚姻，他是无所谓的。第二部分描写了监禁、审判和死亡的过程。莫尔索在这个过程中也是消极和超脱的。在这里，人物的主观态度和人物的客观遭遇显得十分反常和不协调。从客观境遇上讲，莫尔索是局内人，即当事人；从主观态度上讲，他却是一个局外人。于是，人物的态度及其境遇发生了强烈的冲突。在这些冲突中，一个“局外人”的形象就显得十分鲜明突出了。

《局外人》的篇幅不大，内容也很简单，然而它的寓意和其中所包含的哲理却耐人寻味。作者选定一个平庸的小职员作为自己的主人公，以体现局外感的普遍性。当加缪听到有人把他的主人公看作一个无聊的人物时，他为其辩护道："他远非麻木不仁，他怀有一种感情。因其倔强而显得深沉，这是一种真理的绝对的感情。"① 加缪在这里所说的"真理的绝对的感情"，就是人对现实生活的"局外感"。

加缪在完成了《局外人》后的四个月开始创作《西西弗的神话》。作者借西西弗这个希腊神话中的人物表达了自己的哲学观点。西西弗获罪于天神之后被打入地狱，服一种笨重而艰苦的劳役。他把一块巨石从山下推到山顶，而一到山顶巨石由于重力的原因滚到山下，他必须再一次推石上山，这样循环往复，永无休止。西西弗被剥夺了理想和愿望，余下的只是绝望的无意义的努力。加缪认为，人生不过如此而已。然而，"西西弗是幸福的"。他怀抱希望努力推石上山，下山时他深刻思考每一次的失败。然后他又怀抱新的希望推石上山。人应当像西西弗一样，自觉地对待悲剧性的处境，以积极的方式接受自己的生存条件，只有这样才能获得欣慰。可见，加缪小说中的局外人，正是他论文中的西西弗。他的主人公的局外感，正是对悲剧性处境的认识的结果。因此，他认为，"这是一种真理的绝对的感情"。

《局外人》的创作和发表是在1942年第二次世界大战后。"二战"后世界的格局被打乱，战后的破败以及科学的发展、机器的运用，让大多数人觉得无所适从，对未来失去了信心。

一个可以用哪怕是最差劲的理由解释的世界，是让人亲近的世界。但是相反，在一个幻想和光亮突然被剥夺了的宇宙中，人感到自己是个局外人（或译"陌生人"）。这是无从获助的流放，因为他被剥夺了对失去了的祖国的记忆，或者是对应许之地的希望。这种人与其生活，演员与戏剧场景之间的分离，就是荒诞感。②

---

① 郭宏安：《从蒙田到加缪——重建法国文学的阅读空间》，北京：生活·读书·新知三联书店2007年版，第260页。

② Albert Camus，*Le Mythe de Sisyphe*，Paris：Gallimard，coll. Folio/Essai，1995，p. 20.

一部分年轻人对混乱的世界秩序感到不安和绝望，荒谬感正是20世纪三四十年代这一部分年轻人的思想病症。荒谬感的产生，是一个由麻木到清醒的过程。这一群人不是温情的，也不是麻木的。莫尔索正是这群人的典型。在没有被捕以前，他是一个纯粹的“自然人”：他爱大海、阳光、沙滩，工作勤勤恳恳，与人和睦相处，渴望得到爱情。但被捕后，他遭遇了社会，“社会人”用另一种眼光看待他，并强加给他另一种形象，这使他感到自己成了社会的局外人，也变成了自己的局外人。然而莫尔索是真实的、诚实的：他拒绝撒谎，也不愿意伪装自己，他宁可死也要保存自己的真实面貌。在生命的最后时刻，莫尔索一改往日的软弱、冷漠和自私，赶走了来为他做忏悔祷告的神父，并且宣告自己永远掌握了真理。生存的真理战胜了社会的虚伪和宗教的虚幻。对真理的领悟使莫尔索再次感到快乐——“自然人”在自然中得到了拯救。“生命无论如何都是有限的，只要人们敢于承担自己的命运，他就是幸福的。”①

在《局外人》中我们看到的是莫尔索孤独无助的人生，在他的身上闪现着西西弗推石上山时的倔强的影子。莫尔索始终都在孤独地与荒诞作着斗争，他所取得的胜利实际上是精神上的胜利。

三、从发现荒诞走向反抗荒诞

继《西西弗的神话》完成后不久，加缪就开始酝酿《鼠疫》的创作。当时正值“二战”期间，法西斯的势力席卷欧洲。对法西斯的痛恨，以及早期研究过瘟疫的经验，促使加缪将自己荒谬的哲理观与战争和鼠疫联系起来。

与《局外人》的创作方式一样，作者将故事发生的背景放到了一个特殊的环境里。故事一开始，作者就首先表明“普遍的意义认为，事件不合常规，有点离谱”②。阿赫兰（通译“奥兰”）城是一个丑陋和毫无生气的

---

① 张容：《形而上的反抗》，北京：社会科学文献出版社1998年版，第94页。

② 加缪著，刘方译：《鼠疫》，见柳鸣九、沈志明主编：《加缪全集》（第1卷），石家庄：河北教育出版社2002年版，第65页。

城市。“人们对这里的生活感到厌倦，但又努力让自己养成习惯。”[1] 像每个生活在现代城市里的人一样，那里的人们“由于缺乏时间，也由于缺乏思考，人们不得不相爱”[2]。如果不是因为春天发生的那件“与整个民族生死攸关”的事，这个城市的居民恐怕还将这样继续生活下去。在鼠疫发生后，阿赫兰的市民不仅要忍受鼠疫的蹂躏，还要忍受与世界隔绝的孤独。

主人公里厄就生活在这样一个了无生机的城市里，可是他的职业却不允许他和其他人一样地生活。他是医生，是病人的希望，担负着救死扶伤的任务。里厄是第一个发现鼠疫的人。他完全可以将这一消息隐瞒，出城看望病重的妻子，从而逃离险境。然而他没有这样做。作为医生，他深知鼠疫的严重危害性和被传染后的可怕结果，可是他仍然每天看望患鼠疫的病人，并积极寻找治疗的药物。在这段时间里，他经历了挚爱的妻子的病逝。他每天夜以继日地工作，因此不能照顾孤单的母亲。“是的，所有的人都曾在肉体和精神上一起经受过痛苦：难以忍受的空虚、无可挽回的分离、不能满足的欲求。”[3]

开始里厄只是孤独地工作，但最终他的精神带动了集体的行动。因为共同的渴求，使越来越多的人加入到对抗鼠疫的战斗中。深夜，里厄打开收音机：

从万里之外的天涯海角传来陌生而友好的声音，域外之人笨拙地试图表达他们休戚与共的感情，他们的确这样说了，但同时也表明他们处在可怕的无能为力的境地，任何人处于这种无能为力的境地都不可能真正分担自己看不见的痛苦。“阿赫兰！阿赫兰！”这呼叫声穿洋过海，却是枉然；里厄警觉地收听也是枉然，不一会儿便开始了高谈阔论，那样的长篇宏论只能加深格朗和演讲者两个陌生人之间的鸿沟。“阿赫兰！阿赫兰！哦不！”大夫想，“长相爱或共赴死，别无出路。他们太远了。”[4]

只有团结起来共同战斗，人们才有出路。

---

① 加缪：《鼠疫》，前揭，第65页。
② 同上，第66页。
③ 同上，第236页。
④ 同上，第142页。

《鼠疫》发表于 1947 年。作品一问世就取得了极大的成功，并获得了当年的文学批评奖。如果说《局外人》的存在主义核心是揭示荒谬、对抗荒谬，那么《鼠疫》的存在主义核心则是与荒谬作斗争。与《局外人》相比较，《鼠疫》标志着从孤独的反抗到对共同作战的态度的认可。如果从《局外人》到《鼠疫》有进步的话，这一进步体现在团结一心共同战斗中。作者采用象征主义手法来创作小说。鼠疫象征着法西斯的侵略，流行鼠疫的阿赫兰城象征着法西斯蹂躏下的法国，与鼠疫作斗争的阿赫兰城市民象征着与法西斯作斗争的全世界人民。因此，《鼠疫》其实是“二战”期间人民反抗法西斯的一个历史缩影，加缪自己也曾明确地说：“《鼠疫》显而易见的内容是欧洲对纳粹主义的抵抗斗争。”[①] 《鼠疫》的创作，从“二战”中延续到“二战”后。在“二战”中加缪不仅参加了抵抗运动，而且是战争的见证者。

鼠疫是“恶”的代表，象征着欧洲纳粹主义的存在。鼠疫在戕害不幸的人们，这命运已不再是个人的命运，已经成为所有人要面对的问题，是人类共同面临的历史处境：“个人命运已经不存在了，有的只是集体的遭遇，一边是鼠疫，一边是众人共同的感受。各种感受中最严酷的是分处两地和放逐之感，以及随之而来的恐惧和反抗情绪。”[②] 因此，“《鼠疫》的哲理价值，显然来自对加缪荒诞哲理的发展与突破，特别是关于人类该如何对待荒诞世界的哲理的发展与突破”[③]。加缪思想发展的重要标志就是人与人之间关系的基础——团结。在反抗运动中，人不再是孤独的，开始走向集体，进行集体的反抗。《鼠疫》的主题就是团结一致、共同抗“恶”。抗“恶”不再是孤独的西西弗式英雄的个体行为，而是由一个人带动的群体的反抗。《鼠疫》所讲述的就是发现团结一致的过程。当鼠疫侵袭阿赫兰城时，个人的命运已经不重要了，所有市民都面临一个共同的命运——对抗鼠疫。鼠疫已经成为集体的历史，是所有人的事，没有人能避开。大家有了共同的感受、共同的命运，只有团结一致才是唯一的选择。所有的人都是鼠疫的受害者：他们被禁闭在城市里，没有人能够逃得出去，也没

---

① 柳鸣九：《从选择到反抗——法国二十世纪文学史观》，上海：文汇出版社 2005 年版，第 133 页。

② 加缪：《鼠疫》，前揭，第 160 页。

③ 柳鸣九：《从选择到反抗——法国二十世纪文学史观》，前揭，第 134 页。

有人能够独自获救。在鼠疫面前人人平等。共同的斗争要求受害者团结起来，不同信仰、不同政见、不同观念的人必须并肩作战，在反抗恶的斗争中，人只能依靠自己的力量，不能相信天意和等待上帝的帮助，要不怕牺牲，进行自救和救人。人与人之间的友谊、同情和爱让每个人走出了狭隘的自己，走进了人群中，开始学习相爱，从最大限度上减少了恶对人类的伤害。

加缪笔下的里厄，为我们刻画了一个不屈不挠的清醒的反抗者的形象。他尊重科学，承认自己在科学上的无知和知识上的有限，但他仍然恪守自己作为医生的职责。尽管他知道医学不能完全消灭鼠疫，但他仍为这个渺茫的希望作全部的努力。他相信相对性和行动，认为不能停止对"恶"的斗争。所以，他忍受着与妻子分离的巨大痛苦，夜以继日地工作，尽可能地阻止死亡，尽自己的责任和义务。这种脚踏实地的态度是加缪所认同的。他说过："反抗者是什么？就是说'不'的人。但是如果他拒绝说'不'，并不意味着他要放弃：从他的第一个行动开始，他也是一个说'是'的人。"[①]

《鼠疫》和《局外人》都是描写世界和人的生存环境的荒谬。在荒谬的主题上，《鼠疫》既是《局外人》的发展，又较《局外人》有明显的进步。《局外人》主要反映了人的荒谬意识。人生就像西西弗推石上山一样，而那巨石总是要落下来的。人的生活就是如此荒谬，却又不得不继续。人虽然可以意识到荒谬，却不能改变它；可以对抗荒谬的意识，却不能改变这个世界。在《鼠疫》中，人对抗"荒谬"的意识要更加主动，自己团结起来反抗荒谬的世界，并且最终取得胜利。在这个荒谬的世界里，任何人都有权利进行"自由的选择"。正义的选择可以感化他人拯救世界，邪恶的选择是自取灭亡，正义最终战胜邪恶，荒谬的世界最终迎来光明。

四、对荒诞处境的再思考

"二战"后，世界格局被打乱，世界秩序进行了重组。在精神世界中，

---

① 加缪著，吕永真译：《反抗者》，见柳鸣九、沈志明主编：《加缪全集》（第3卷），石家庄：河北教育出版社2002年版，第166页。

宗教，特别是基督教失去了原有的地位，人们的精神支柱失去了支撑。战后的知识分子努力地反思这个世界，想给这个世界一个存在的理由，特别是生活在这个世界中的人的存在的理由。但这却是不容易的：罪恶横行于世，没有人能保证自己的清白。然而良心存在于每个人的心里，它时不时地跳出来审判人，叫人得不到心里的安宁，特别是那些敏感的知识分子们，他们所受的煎熬比别人更多。

1956年，加缪的对话体中篇小说《堕落》出版。此时加缪已人到中年，对人生和社会有了更多冷静和成熟的思考，因此在这部作品中，加缪创作《局外人》时的敏感和《鼠疫》时的激情渐渐被掩去，取而代之的是加缪作为一个中年知识分子对人世的洞悉。

加缪在这里所描写的堕落是具有普遍性的。存在于人心的蛀虫，说不定在哪一天、哪个地方，因为哪一种原因而苏醒过来，人们也因此突然从浑浑噩噩中惊醒，发现自己正在堕落。而更加糟糕的是，人们迷恋这个世界的罪恶，在罪恶中更加急速地堕落。

加缪在文章的一开始就讲到法国人的两大狂热：思想和通奸。不独他们如此，整个欧洲也这样。对于现代人，他也有精辟的判断：通奸和读报。这样的描写将矛头直指当时的资产阶级知识分子。在自认为得到了“良心安宁”的资产阶级知识分子中不乏灵魂敏感者，他们像克拉芒斯一样耽于堕落。加缪对他们是厌恶的、批判的，但加缪本人也是知识分子，他也不可避免地有自己堕落的一面，于是在对他们嘲讽的同时，又希望通过揭露、批判，使他们能够从堕落中解脱。

结　论

加缪很早就感受到了现代人的存在之“荒诞感”。他在对这个问题作哲学思考的同时，也透过文学创作来作展示和揭示。从《局外人》、《鼠疫》到《堕落》，他一直在关注和思考这个问题。他引导着读者发现其被日常生活遮蔽的“荒诞”状态，鼓励他们反抗这种令人窒息的处境。

【参考文献】

郭宏安：《从蒙田到加缪——重建法国文学的阅读空间》，北京：生活·读书·新知三联书店2007年版。

柳鸣九、沈志明主编:《加缪全集》(第4卷),石家庄:河北教育出版社2002年版。

柳鸣九:《从选择到反抗——法国二十世纪文学史观》,上海:文汇出版社2005年版。

帕斯卡尔著,何兆武译:《思想录》,北京:商务印书馆1985年版。

张容:《形而上的反抗》,北京:社会科学文献出版社1998年版。

Albert Camus, *Le Mythe de Sisyphe*, Paris: Gallimard, coll. Folio/Essai, 1995.

André Malraux, *La tentation de l'Occident*, Paris: Grasset, coll. Les Cahiers rouges, 1984.

第四章

加缪的反抗哲学及其小说呈现

反抗贯穿着生存的始终，
恢复了生存的伟大。

（加缪）

引　言

20世纪的西方文学是在现代非理性的文化思潮中萌生和发展起来的，它反映了这个阶段里西方社会的动荡不安与知识文化界的焦躁。加缪，20世纪最伟大的法国作家之一，在这样的历史背景下，以其对人存在状况的关注与思考，赢得了他在文学及思想方面的杰出地位。甚至在今天，他的深邃思想仍然鼓励着人们不断探索存在的意义。

一、人的荒诞处境

加缪曾用希腊神话中西西弗的故事来象征人生的荒诞与虚无。西西弗触怒了天神，被罚把一块巨石推上山。每次当他快把石头推到山顶时，由于石头自身的重量，它又重新滚落至山脚。西西弗只得从头再来，这样的动作循环不已，无法摆脱。这无疑是一种徒劳无功、毫无希望的苦役。加缪也曾用鼠疫来比喻人类面临的生存处境。鼠疫可能突然而至，也可能突然消失，但它所到之处，无不对人造成生理和心理上巨大的摧残。此时的鼠疫，就如同一种异己的存在，随时威胁着人类的生存。

于是，在加缪那里，“人生是荒诞的和令人绝望的”就成了必然的结论。这种荒诞感随时随地都可以产生，很多时候源于人对生活的直接体验。在其哲学散文集《西西弗的神话》中，加缪形象地向我们揭示了五种直接产生荒诞感的状况。

第一，荒诞产生于对日复一日的机械生活的觉醒，产生于对生活意义的叩问，以及由此萌生的对人的生存状态的质疑。

第二，荒诞产生于我们正被时间攫住的恐惧。人总是忽视现在而寄希望于未来，以确立自己的存在及生存的意义，但最终却发觉是时间在支配我们，而非我们在时间的洪流中证明了自身。

第三，荒诞感产生于世界呈现的陌生性与隔阂。人的理性需要一个能被理解的世界，但是，纵使一个我们业已那么熟悉了的世界，有时它最初的敌意，它的“美的深处潜藏着的某种非人的东西”[①]，也使我们片刻对它不再理解。于是，我们长久以来赋予世界的形象和意义被剥离了，世界不再是“我们的”，而是“它自己的”，我们对它再也没有把握了。

第四，人的荒诞感诞生于其自身存在某些非人性的发现及面对自己形象无法估计的堕落产生的陌生与孤独的感觉中。

第五，荒诞感也产生于对人必死命运的认识。死亡的存在，不时地在人们的心底唤起最深沉的忧虑与对生命无意义的思索。“在这种命运的致命的照耀之下，无用出现了。”[②]

然而，荒诞感还只是一种人的感官体验。通过进一步的分析，加缪指出荒诞有别于荒诞感。在他的概念中，荒诞是人的需要与世界的非理性沉默之间的对立。人是有理性的，他要求能认识和了解世界，并与世界和谐地相处，然而他面对的却是一个封闭的非理性的世界，于是人的对亲切感的要求和对明晰的渴望，在世界那里得不到相对的回应。荒诞便由此而生。

二、正视生存的困境

意识的觉醒是极为重要的，因为“一切都以意识开始，一切又都因意识而有价值”[③]。但是，发现荒诞，意识到荒诞，对加缪来说，只是个开始。他更关注的是荒诞的意识被唤醒后人的反应：是无意识地回到机械的链条中去，还是最后的觉醒？无疑，在加缪的哲学中，一个理性且智慧的人绝不会逃避荒诞的事；相反，他会选择正视它，然后去反抗它。

（一）否定自杀或杀人，肯定生命的价值

加缪把生与死的问题看作“唯一一个真正严肃的哲学问题”[④]。在两部哲学散文集《西西弗的神话》和《反抗者》中，他都对这个问题进行了探

---

① 阿尔贝·加缪著，郭宏安等译：《加缪文集》（第2版），南京：译林出版社2002年版，第632页。

② 同上，第633页。

③ 同上，第631页。

④ 同上，第624页。

讨。在《西西弗的神话》中，加缪讨论的是面对荒诞，人生是否还值得去过的问题。而在《反抗者》中，他主要涉及的是杀人和杀人合法化的话题。

既然我们面对的是存在无意义的人生、不可把握的命运、不公正的历史及难以理解的现实世界，那么我们的生活是否就真的不值得一过了呢？是否我们就可以选择自杀了？加缪的回答是否定的。他认为，荒诞和自杀之间没有必然的联系，荒诞的发现不必然导致自杀。对于有足够理性的人来说，越是意识到了荒诞，没有意义的人生就越值得一过。"活着，就是使荒诞活着。使荒诞活着，首先要正视它。"[①] 在加缪看来，自杀是一种以结束自己的生命为代价来逃避荒诞的轻率行为，是一种对自己的生命不负责任的态度。这不只源于对生命本身价值的漠视，也源于对荒诞不够全面的认知。因为荒诞既不存在于人，也不存在于世界，而存在于两者之间的分裂。如果人选择了自杀，那么荒诞赖以存在的一个因素便消失了，荒诞也就不存在了。此时，人的自杀也便失去了意义。

同样，既然荒诞使一切都失去了意义和价值，那么是否一切都是可能的，一切都是被允许的，包括杀人？在这个问题上，加缪的回答仍然是否定的。既然荒诞的推理得出的是拒绝自杀、珍惜生命并向荒诞挑衅的结论，那么有强烈荒诞意识的人在拒绝自杀的同时便不会接受杀人的合法化。在他们看来，自杀是对自己生命的否定，而杀人则是对他人生命的否定。任何人都没有权利对别人的生死做出抉择。杀人，常常是绝对的虚无主义导致的极端。在《鼠疫》中，加缪借塔鲁之口表达了他对杀人合法化持有的否定态度。

代理检察官之子塔鲁从小就热爱父亲并以之为荣。有一次，父亲带他去旁听审理一起重大的刑事案件。看着父亲以社会的名义宣判犯人死刑，他的心中突然萌生了对这种无理判处别人死刑的行为的厌恶。于是他离家出走，与父亲断了联系，并从此开始了他与社会的斗争，因为社会常常是建筑在死刑基础上的，也处处充满了谋杀。正是基于对个体生命的珍视，塔鲁不顾一切地投入到反抗鼠疫的斗争中，并积极地参与卫生防疫队的组建与运行。自始至终，他都是个坚定的战士，这种抗争一直持续到他生命

① 加缪：《加缪文集》（第2版），前揭，第659页。

的尽头。

（二）否定宗教拯救，肯定人的自救

在否定了生理上的自杀后，加缪又把批判的矛头瞄准了哲学上的自杀。在加缪看来，荒诞是不可磨灭的事实。他如此描述人对荒诞的抗争：

> 把这一荒诞的逻辑推到底，我应该承认这一斗争意味着完全没有希望（它与绝望毫无关系）、不断的拒绝（不应将它和放弃混为一谈）和意识到的不满足（不应将其当作青春的不安）。一切消除、掩盖或缩小这些要求的东西（首先是消除分裂的赞同）都破坏了荒诞并使人们可能建议的态度贬值。只有在人们不赞同荒诞的情况下，荒诞才有意义。①

在加缪的思想中，荒诞是希望的反面，荒诞不通向希望。人一旦意识到荒诞便永远摆脱不了。而哲学上的自杀，即把宗教当作最终的归宿，是一种在荒诞中发现希望并“把荒诞当作通向永恒的跳板”② 的行为方式。这是一种企图赞同荒诞以消除分裂的行为。这种飞跃如同生理上的自杀一样，也只是一种对荒诞的逃避，因为从荒诞中得出的希望是虚幻的，它使人把自己应承担的责任推卸给上帝。而对于上帝，加缪做出以下假设：上帝要么是全能而作恶，要么慈悲而无能。如果前者成立，上帝就成为人追求幸福的阻碍，那么人也就不能再依靠上帝去战胜别的恶；如果后者成立，意味着上帝没有足够的能力使人类摆脱困境，人也就不必再依靠他了。对于上帝的存在，加缪从没有很明确地表态，或许他自身是倾向于后一假设的。无论如何，他对于宗教的态度都是谴责的。提及《鼠疫》，加缪曾自称这是他最反基督教的一本书。在下文中，我们将通过帕纳卢神甫来具体阐释加缪对宗教的态度。

在鼠疫发生后不久的第一次布道中，帕纳卢神甫宣称：鼠疫是上帝对人类的集体惩罚，是缺乏慈善之心的罪人应得的恶果；但只要人全心全意地爱上帝，把一切交给上帝，上帝的仁慈便会显露无遗，他便会做好安

---

① 加缪：《加缪文集》（第2版），前揭，第643页。

② 转引自张容：《形而上的反抗》，北京：社会科学文献出版社1998年版，第74页。

排，即“既有善，也有恶，既有愤怒，也有怜悯，既有鼠疫，也有得救”①。当疫情蔓延，神甫也加入卫生防疫队之后，他深感鼠疫患者所受的痛苦。尤其是在目睹了预审推事奥东的孩子在同鼠疫作最后的抗争时的惨状，他的心受到了极大的震动。孩子是无辜的，为什么他也受到了惩罚？他无法回答这个问题，深信不疑的信仰开始发生动摇，于是有了第二次布道时他的不确定与犹豫不决。他提倡一种积极的宿命论以作为鼠疫期间的宗教，认为重要的不是去给鼠疫的发生寻求原因，而是从中汲取有益的东西，同时他认为世上存在必要的恶和不必要的恶，并把孩子的死看作是不必要的恶产生的后果。显然，连他自己也难以在要么全信要么全盘否定之间进行抉择。之后，神甫也感染了鼠疫，可是他拒绝看医生，只是把十字架紧紧地握在手心。或许，一直到生命的尽头，他还一直在探寻，他还一直在质疑……

把宗教当作最终的解脱，这是不确定的，也是不明智的。面对荒诞，人应该主动承担起自己的命运，依靠自己的力量去克服异己因素的阻碍。只有这样，人才能在荒诞的世界中树立自己的尊严。

（三）否定沉迷于过去或寄希望于未来，肯定当下

人既不能沉迷于过去也不能寄希望于未来以逃避眼前的荒诞，而应正视现在、把握现在，因为“最重要的是我们拥有现在。而且仅仅由于我们在现在中预期了未来，我们便因此拥有了未来；仅仅是由于我们在现在中回忆了过去，我们就拥有了过去。在现在中，过去和未来都是我们的”②。如果逃避和否定现在，也就抽掉了过去与未来之根，也就无所谓有过去与未来了。

在《鼠疫》中，当疫情突然而至时，它带给习惯于机械地生活的阿赫兰城居民的第一个影响便是流放之感。在这种空虚的流放之感中，这些被困的人产生“一种明确清晰的情绪，一种焦心的回忆，一种荒诞不经的妄想，不是妄想年光倒流就是相反地妄想时间飞逝”③。他们开始否定现在，希望通过回忆往昔或预设未来来逃避荒诞的处境。但事实未能如他们的

---

① 加缪：《加缪文集》（第2版），前揭，第310页。

② 保罗·蒂利希：《永恒的现在》，见刘小枫编：《二十世纪西方宗教哲学文选》（下卷），上海：上海三联书店1991年版，第1834页。

③ 加缪：《加缪文集》（第2版），前揭，第289页。

愿，鼠疫的肆虐经常使“他们的勇气、意志和耐心一下子都垮了，垮得那么突然，以致使他们感到好像再爬不起来”。因为对美好过去的回忆及对未来的展望，常常使他们像一群“漂泊不定的幽灵”陷身于“顶峰与深渊之间，上不上，下不下”。[①] 于是，在日益严重的疫情中，在失去了对过去的回忆，失去了对未来的希望时，他们学会了置身于当前的事实。一切对于他们来说都成了眼前的事，鼠疫是他们当下的处境，抗争是他们当下应做出的努力。不管抗争的结果如何，不论在疫情过去之后将会发生什么，眼下，他们除了抗争别无他法。

加缪对现实的认识是清醒的。他认为，人只有把握现在、过去与未来，才能生成。人只有用当下的努力去反抗苦难与荒诞，才能把握自己的命运，才能在行动中确认自己的存在与生存的价值。

三、加缪式的反抗

在荒诞的前提下，加缪否定自杀和杀人，否定宗教拯救，否定把希望寄托于过去与未来，他留给荒诞的人的唯一出路便是反抗。在加缪看来，反抗既是人的尊严的基本要求，也是人对自由、激情以及幸福渴求的必然结果。

（一）“我反抗，故我存在”

在《反抗者》中，加缪把笛卡尔的格式“我思故我在”置换为“我反抗，故我存在”，从而把反抗上升到存在的本质。在他的哲学中，荒诞是“坚持不懈的，不能解决的”，但是对人来说，对荒诞的反抗，确立了其作为人的尊严。“反抗贯穿着生存的始终，恢复了生存的伟大。”因此，“荒诞的人只能穷尽一切，并且穷尽自己”[②]，通过向世界证明，人身上值得赞赏的东西总是多于应该蔑视的东西，从而使荒诞活着，使人的崇高与伟大活着。反抗，就是要在荒诞的面前保持清醒的头脑，要以挑战的态度生活在荒诞中。反抗，就是要在人与自身阴暗面之间进行永恒较量，要在智力与超越他的现实之间进行搏斗。反抗，就是在非人的现实中锻造自己

---

① 加缪：《加缪文集》（第2版），前揭，第299页。

② 同上，第660页。

无懈可击的意志力，并用这种伟大使现实贫乏，使压迫我们的荒诞贫乏。反抗，就是以一种孤独的努力保持人的张力，并显示出它的唯一一个真理，即挑战。

在小说《鼠疫》中，里厄医生无疑是一个有清醒意识的人。他明白在这次瘟疫降临之前，鼠疫就已存在并长久以来一直折磨着人的心灵。他也明白就算取得这次抗争的胜利，威胁着欢乐的东西始终存在，鼠疫杆菌永远不死，有朝一日它还将对某座幸福的城市发动侵袭。努力终将归于失败，但是当他面对鼠疫的一次次袭来时，里厄没有放弃战斗。作为医生，对他来说，摆在眼前的是他的病人，他要做的是使尽可能多的人不死，使尽可能多的人不致永别。这种抗争有时是很无力的，就像有时他只能诊断别人患上了鼠疫却无计可施。但无论胜利的希望多么渺茫，他都坚持他的反抗，因为他知道，只有反抗，人才能做自己命运的主宰，只有反抗，他才能寻得内心的平静。

（二）加缪的悲剧意识与反抗中的希望之光

童年贫困的生活及疾病的困扰使加缪很早就开始思索人生，肉体与精神的折磨使他深深地体会到了生与死的冲突。这种经历使加缪有足够的空间对死亡进行最充分的哲学思考。面对死亡，他看到了世界荒诞的本相，人的境遇就如帕斯卡尔所形容的死囚的状况：“有一大群人披枷带锁，都被判死刑，他们之中天天都有一些人在其余人的眼前被处决，而那些活下来的人就从他们同伴的命运里看到自己的命运，他们充满悲痛而又毫无希望地面面相觑，都在等待着轮到自己。这就是人类境况的缩影。”①

加缪的这种悲剧意识处处渗透在他的文学作品中，在其小说《鼠疫》中，人的这种状况更是得到了再现。鼠疫突然来袭，时时处处威胁着人的生命，给人造成恐慌。更让人焦心的是，每一天身边被鼠疫夺去的生命总向人展示着必死的命运。加缪的其他文学作品也无不例外地向人描述了一个荒诞的生存处境。西西弗一直徒劳地推石上山。在《误会》中，若望的母亲与妹妹玛尔塔，一心想改变贫穷困苦的境地，甚至动了杀害住宿的旅客劫夺钱财的念头。结果她们杀害了从远方归来，想带她们脱离这种贫穷

---

① 转引自理查德·坎伯著，马振涛等译：《加缪》，北京：中华书局 2002 年版，第 15 页。

境况的若望。

虽然对荒诞存在有着清醒的认识，加缪对人类的处境却并不是一味地悲观。对他来说，贫困从来都不是一种不幸：光明在那里散播着瑰宝。而“置身于苦难与阳光之间”使他更懂得了自由的重要和简单生活的幸福。阳光与大海成为加缪一辈子受用无穷的能量。在死亡的边缘徘徊了一圈后，加缪更加体会到对生的热爱。于是，面对荒诞，加缪的心中涌起一种为摆脱必死的命运作不懈努力的激情。

在一定意义上，加缪是绝望的。他对人的处境没有任何美好的幻想，每次心灵的探索都把他引向荒诞的发现。然而，他又总是选择反抗，这反抗已不再是一个简单的行为动作，其中蕴涵了他对自己绝望的反抗和绝望后的重新探索。在绝望中，他也不愿向生活妥协，而是选择继续追问生命的意义和目的，并一次次地重新燃起渺茫的希望之光。《鼠疫》既是一部关于荒诞的著作，也是一部关于希望的著作。对鼠疫的抗争尽管艰难，可是在反抗者的心中总是存在着希望的，这希望支持着他们，尽管这种希望有时寥落得像荒原中的星星点点。借塔鲁之口，加缪这样描述：一种没有幻想的生活是空虚的。一个人没有希望，心境就得不到安宁。①

（三）反抗的自由

一个人不能单纯地斗争着，这既不符合现实，也不符合人性。在人性中，总有一种对精神和行动的自由的要求。在荒诞的概念中，时间限制了人行动的自由，也向人证实了不存在永恒的自由。但人一旦发现了荒诞，意识到自己生命的无意义、命运的不可把握和没有来世的真理后，倒有了一种深刻的自由。人不再受生活目标的奴役，不再受各种社会规范的约束，也不再是上帝的奴隶。从深层来说，人成为自由的人。但这种自由不是轻松的，因为在信仰上帝时，上帝对一切负责，而在一个没有上帝的世界中，人必须一切依靠自己。因而，这种自由有了一定的限制，这种限制便是人必须对自己的行为负责。

如果说《西西弗的神话》涉及的还只是个人的自由观，那么在《鼠疫》中加缪的自由观就把个人的自由选择与集体的命运联系在了一起。当鼠疫来袭时，每个人的自由都不可避免地受到了一定程度的限制。但从根

---

① 加缪：《加缪文集》（第2版），前揭，第463页。

本上来说，人还是自由的，因为人还可以根据自己的意愿做出选择。在小说中，众多人物面对鼠疫时的不同态度和做出的不同选择便是这种自由的体现。朗贝尔有追求个人幸福的自由。用里厄医生的话，这种自由根本没有什么可耻的。但是，当集体的自由受到威胁时，出于对他人的责任感及共同命运的感触，朗贝尔选择了放弃追求个人幸福的自由，积极地投入到对抗鼠疫的斗争中。

虽然人有自由反抗的权利，但这并不意味着反抗可以要求绝对的自由。反抗者也不能要求绝对的独立性。人不是孤立地生活在这个世界上的，他的自由必然会受到别人自由的约束。反抗者可以在一定限度上争取自己自由的权利，却不可以把自己的自由建立在剥夺别人自由的基础上。

在与罗兰·巴特的讨论中，加缪指出："我希望人们从几种意义上来阅读《鼠疫》，但它显而易见的内容是欧洲反纳粹主义的抵抗运动斗争。"[①] 从这种意义上来解读，《鼠疫》无疑是对以牺牲别人的自由为基础来施行自己绝对的自由的法西斯主义和纳粹主义的猛烈抨击。

（四）反抗中的激情

在《西西弗的神话》中加缪宣称："这样，我就从荒诞中引出三种后果，即我的反抗、我的自由和我的激情。"[②] 在他看来，激情是荒诞的一个必然结果。因为在承认荒诞的前提下，世界就失去了判断行为价值的标准，价值的判断也就失去了意义。因此，在加缪的存在哲学中，荒诞的人应该穷尽一切现存的激情去义无反顾地生活，应该尽可能地去体验现世给人们展示的一切。反抗的同时享受生活中美好的东西，追求愉悦与幸福，这既符合人性的基本要求，也是生活的意义所在。

苏珊·桑塔格说："卡夫卡唤起的是怜悯和恐惧，乔伊斯唤起的是钦佩与崇拜，普鲁斯特唤起的是尊重和敬仰，但除加缪以外，我能想到的当代作家中没有一个能唤起爱。"[③] 加缪的反抗总是紧紧地与阳光和爱联系在一起。在他的信念中，人不能总是凭着信念而战。《鼠疫》中的塔鲁从意

---

① 转引自张容：《形而上的反抗》，北京：社会科学文献出版社 1998 年版，第 148 页。

② 加缪：《加缪文集》（第 2 版），前揭，第 666 页。

③ 转引自赵燕：《试论加缪笔下"阳光"与"母亲"的象征性》，《青海师专学报》2008 年第 3 期，第 44 页。

识到死刑的荒诞那一刻起就开始与社会斗争。他不断地斗争，以同情和怜悯之心看待正在遭受鼠疫折磨的人们，以求内心的平静。但是，面对鼠疫，他有一种孤独感，这不仅由于觉得自己无力拯救鼠疫患者，更是由于“在自己满心以为是在理直气壮地与鼠疫作斗争的漫长岁月里，自己却一直是一个鼠疫患者”[①]。他是一个理想的战士，总是为了实现一种值得生存的生活而努力。可是，这种伟大的理想不是那么容易就能达成的，于是，在没有温情支撑的抗争中，他也不免会感到空虚和落寞了。

如果说从《局外人》到《鼠疫》加缪的反抗哲学是有所发展的，我们可以把它归功于两点：

第一，荒诞的个人体验上升到了反抗的集体行动。在莫尔索的世界中，他的荒诞体验是个人的；但在《鼠疫》中，共同命运却把阿赫兰城的人们带到共同一致的反抗中。

第二，从对荒诞的消极对抗上升到了主动应对。在莫尔索的身上我们更多看到的是一种消极的对抗。他也有温情，但由于他洞悉了生存的荒诞和自己作为局外人的境地，一切对他来说都无所谓了，于是他对生活选择了冷漠的态度。他对所谓的社会规范说“不”，也不是有意识的抗争，只是在努力终会归于无用的前景中，他放弃了做无用的反抗，最终选择了顺从自己的本能与主观感受。而在《鼠疫》中，加缪的反抗哲学显然是有了发展的，他对现实说“不”，不仅仅是对荒诞的反抗，还有对激情的渴求、对爱的向往。

《鼠疫》是一部渗透了加缪脉脉深情的小说。在探讨反抗荒诞的同时，加缪还指出爱和柔情是反抗的坚实后盾。没有爱的反抗是空虚的，或许它能使人振奋一时，却绝不能持久。在他的心中，一个没有爱的世界“就好像是一个没有生命的世界”，因为“总会有那么一个时刻，人们对监狱、工作、勇气之类的东西感到厌倦，而去寻找当年的佳人、昔日的柔情”。[②]而《鼠疫》中所展现的里厄与母亲和妻子之间默默的温情、朗贝尔对爱情的执著、老公务员格朗对妻子深沉而又忧戚的爱，以及卡斯特尔医生与他妻子之间超越生死的深厚情谊，在荒诞肆虐的背景下，无疑是让人动容的。

---

① 加缪：《加缪文集》，前揭，第429页。

② 同上，第429、438页。

结　语

加缪是个在荒诞无神的世界中思想清晰的人，他不回避荒诞，也不试图消除荒诞。明知抗争无用的命运，他仍坚持作不懈的斗争。他主张反抗，因为反抗见证人的尊严与伟大，同时他也主张反抗必须建立在对生活、对生命热爱的基础上。唯有如此，荒诞才可能引起幸福。

【参考文献】

保罗·蒂利希：《永恒的现在》，见刘小枫编：《二十世纪西方宗教哲学文选》（下卷），上海：上海三联书店 1991 年版。

阿尔贝·加缪著，郭宏安等译：《加缪文集》（第 2 版），南京：译林出版社 2002 年版。

理查德·坎伯著，马振涛等译：《加缪》，北京：中华书局 2002 年版。

张容：《形而上的反抗》，北京：社会科学文献出版社 1998 年版。

赵燕：《试论加缪笔下“阳光”与“母亲”的象征性》，《青海师专学报》2008 年第 3 期。

余论

存在的焦虑在继续
——维勒贝克《地图与领土》中杰德的麻木与冷漠之分析

……我说不出话，
眼睛看不见，我既不是活的，
也未曾死，我什么都不知道，
望着光亮的中心看时，是一片寂静。

（艾略特）

引　言

自19世纪浪漫主义以来，特别是自“上帝之死”[①] 以来，法国文学的一个重要主题就是人的存在之无意义。从“世纪儿”到“局外人”，是这种无意义对人的折磨越来越加深的过程。20世纪荒诞派戏剧、新小说以来，这种无意义的焦虑感被抹上了麻木、冷漠的色彩。对自己荒诞的存在，现代人极力装作漠不关心，其实是在逃避问题，忽略问题的严重性和不可避免性。内心的平静只是表象，而人却被表象所迷惑，不再探究平静表象背后隐藏的精神上的狂风暴雨，似乎它并不存在。虚假的希望让人变得盲目，看不清自己痛苦无意义的生存境况，这的确让人绝望。所以对于严肃的作家来说，小说就是邀请读者反思人类生存境况的一种方式。

米歇尔·维勒贝克（Michel Houellebecq）[②] 因其作品《地图与领土》（*La carte et le territoire*）而获得2010年龚古尔文学大奖。他也由此被公认为最伟大最杰出的当代法国作家之一。

这是一部完全意义上的小说。作者在描绘一幅自画像的同时，也向我们展示了现代人的精神状态和生存境况。作品展示了围绕着主人公杰德而产生的四组关系：他与父亲、与情人奥尔加、与作家维勒贝克以及与自己的职业。作品进而邀请读者进入对人类存在意义的探讨和思考。

当今社会，科学技术飞速发展，物质生活极大丰富，尽管如此，人们仍被一种“世界的祛魅”所导致的无意义感困扰。由于人否定了上帝“造物者”的身份，存在便是荒诞的，这种荒诞进而导致现代人对周围人和整

---

① Friedrich Nietzsche, *Le gai savoir*, trad. par Pierre Klossowski, Paris: Gallimard, 1982, p. 149.

② 维勒贝克宣称自己生于1958年，但出生证上写的是1956年。

个世界的麻木和冷漠。

一、杰德和父亲的关系

作为人与人之间最基本的关系之一，父子关系在人的一生中占有极其重要的地位。但是，对于小说的主人公杰德来说，父子关系的重要性却仅仅体现为一年一次的圣诞晚餐。从孩提时代开始，杰德就对父亲表现出一种强烈的冷漠感，他们之间很少交流，甚至直到父亲去世依然如此。这正是现代人生存境况的真实体现：心灵孤独无依，生活在一个光怪陆离、处处折射消费文明的世界。

（一）杰德和父亲

1. 杰德的童年

出生于珠宝商家庭的年轻建筑师让—皮埃尔·马丁，在32岁时娶了安娜为妻。几年后，安娜诞下一子，取名杰德。杰德的7岁生日刚过完没几天，母亲便自杀了。多年以后，祖母无意中说漏了嘴，透露了这个深藏的秘密，杰德才知道了实情。母亲去世那年，杰德的父亲47岁。

自从妻子离世后，让—皮埃尔·马丁便将自己的全部精力投入到对公司的管理上。一个鳏夫得有很大的勇气来独自养育自己的孩子，但马丁成功了。至少在朋友和下属们的眼中，他是一个好父亲。

的确，在最初的几年里，马丁算是一个好父亲。可是后来，他开始越来越频繁地雇用钟点工做保姆，而越来越少亲自关注、照顾自己的儿子；他开始越来越经常地和客户、下属们应酬，而越来越少和儿子一起吃饭、交流。他的收入十分可观：一家建筑公司的总经理，特别擅长于建造海水浴疗养站，几乎在世界各地都有客户。“他听听白天发生的事情，冲儿子微笑，给保姆工钱。”①

作为一个在孤独中度过余生的男人，杰德的父亲只能在事业上获得自我认同、找到自身价值。从领导岗位退休之后，他感到无所事事，甚至无

① Michel Houellebecq, *La carte et le territoire*, ［Ressource électronique］. 9 – 2010. ［réf. du 2 décembre 2010］. Disponible sur：http：//www. toujoursdebout. net/divers/La%20carte%20et%20le%20 territoire%20 – CC – BY – SA. pdf.

欲无求。淡漠的父子关系给幼小的杰德带来了深刻长远的影响，而这恰恰成为日后杰德对周围人和世界表现出冷漠和麻木的深层原因。

杰德从小便失去了母亲的温柔关怀和父亲的坚定支持。这导致他性格孤僻内向和寡言沉默。他喜欢做的，是一个人在图书馆里待上一整天。天赋异秉的杰德早年就表现出同龄人罕有的惊人艺术特长。在他进入巴黎高等艺术学院时提交的入学作品“五金零件系列照片三百张”中，杰德甚至还表现出了“让人惊叹的成熟审美能力”①，而他这一系列作品，则在某种程度上被认为是“对人类劳动的致敬”②。

2. 杰德对父亲的冷漠

度过被遗弃的童年后，杰德渐渐长大。除了每年平安夜和父亲的一顿沉默而气氛尴尬的圣诞晚餐外，他没有从父亲那里获得任何关怀。直到有一天，杰德无助地发现父亲真的老了，而衰老对于所有人来说都是一个必然的无可逆转又无法逃避的悲伤趋势。

其实，在杰德的内心深处，充满了对父亲的关怀和同情。他本该做些什么事来证明的，但是，他也仅仅是把退休后的父亲安排进养老院疗养。在这样的父子关系中，杰德和父亲除了每年的圣诞晚餐外，没有其他机会交流感情。直到杰德的祖母去世，父子二人一起回到家乡参加葬礼时，他们才有了宝贵的沟通机会。

父子间高筑多年的这道墙最终还是坍塌了，那是在杰德得知父亲独自一人到瑞士实施安乐死的时候。可是，命运没有留给他第二次机会。他能做的，只是在瑞士一家叫“尊严”③ 的安乐死中心办公室捧着那张薄得可怜的正反两面的临终记录表，在脑海中用记忆重构父亲的形象。由于无法接受父亲已去世的事实，杰德给了带他看记录表的女主管一记耳光，并在其倒地后再次使用了暴力。这一情景让杰德迅速感到充满了力量，但紧跟着，他又被一种深深的、久久挥之不去的伤感所笼罩。三天后，杰德平生第一次一个人过圣诞节。

---

① Michel Houellebecq, *La carte le territoire*, *op. cit.*, p. 13.

② *Ibid.*, p. 14.

③ Collectif, *Dignitas*, La Wikimedia Foundation, Inc. [Ressource électronique]. 23-12-2010. [réf. du 30 mars 2011]. Disponible sur: http://fr.wikipedia.org/wiki/Dignitas.

(二)现代人的孤独感

1. “孤独感”的定义

总的来说，“孤独感”一词有两层含义，一层是物理层面的，另一层是精神层面的。

“孤独感是一个人（即一个与他人没有任何关系往来的人）暂时或持续的孤独状态。孤独感也可以用来形容社会压力带来的生存痛苦——一个提醒人注意自己离群状态并激发其与他人建立社会关联的心理预警机制。”①

的确，“人类害怕孤独，在所有类型的孤独中，精神上的孤独是最让人惊恐的”②。精神上的孤独就是心理孤独。当今社会，处处充满激烈残酷的竞争，人们常常感到身心俱疲、无法喘息。现代人的精神孤独引起更深层的焦虑和抑郁。这是现代人精神状况最明显突出的表征之一。

杰德面临的双重孤独——物理层面的孤独和精神层面的孤独——构成了推进小说进程的主要动力。作为杰德麻木和冷漠态度的根源，此双重孤独也以一种更为具体的方式为主人公的态度及行为作了注释。

2. 消费社会中人的孤独感

在我们所处的消费社会，这一双重孤独时时刻刻困扰着现代人。

科学和技术的迅猛发展极大地改变了人们的生活方式和思维方式。在没有他人建议的情况下，现代人仅凭一台电脑便可完成前人根本无法完成的工作，解决前人见所未见、闻所未闻的问题。然而，灵魂的不幸却不是社会科技的发展可以治愈和救赎的。“我们越是被给予，就越是感到被剥夺。我们最终发现：那些救助并不是救赎。”③

消费社会在奉献给人类最丰富的科学技术成果的同时，也给人类带来了焦虑感和空虚感。尽管现代科技给人们提供了多种交流工具，但现代人

---

① Collectif, *Solitude*, La Wikimedia Foundation, Inc. [Ressource électronique]. 17-1-2011. [réf. du 30 mars 2011]. Disponible sur: http://fr.wikipedia.org/wiki/Solitude.

② Honoré de Balzac, *La Comédie Humaine*, Vol. 5 (*Etudes de mœurs*: *Scènes de la vie de province*, *Illusions perdues*), Paris: Gallimard, 1977, p. 707.

③ Jean Brun, "Angoisse", dans *Encyclopædia Universalis*, version DVD, Paris: Encyclopædia Universalis France S. A., 2002.

似乎更偏好一个人对着电脑一整天而忽略人与人之间的交流，“……我们面对的是一个最基本、最简单的图形，没有众多孤独而干瘪的分支”①。人越来越局限于自己周围的社会小圈子中，就像一个孤岛。社会恰似一片海洋，静止、宽广而深不可测，点缀着一个个不同的小岛，孤立、寂寞并被人遗弃。

人们只关心和自己有关的消息，只关注与自己相关的事情。即使是在如杰德和父亲的父子关系中，人际隔阂仍然存在。

简言之，在今天这个消费时代，孤独仍是不可治愈的疾病。现代人是孤独症的易感人群，因为他始终挣扎在两个极端之间：物质生活的极大丰富和精神状态的异常空虚。

二、杰德和奥尔加的爱情

源于偶然和冲动，杰德和奥尔加之间的爱情必然最终走向失败。因为工作调动的关系，奥尔加被派回自己的祖国俄罗斯。她和杰德不得不分开一段时间，而这“一段时间”竟持续了十几年。然而，现代人的“爱无能”却让杰德在面临分离的时候不懂得如何留住他的爱人。杰德的不作为也是我们的不作为：因为无法区分爱和性，现代人麻木地迷失在消费社会中，爱早已被视为一种发泄各种社会压力的方式。

（一）杰德和奥尔加

1. 偶然的爱情

“为了使一段爱情难以忘怀，偶然性必须在第一时间介入，就像鸟儿齐飞落向方济各雕像的肩头。”② 这正是杰德和奥尔加的情况。

最初，杰德是摄影师，专门拍摄日常生活中司空见惯的物品，而他碰巧陷入了事业的瓶颈期。几个月后，碰巧他的祖母去世。为了参加葬礼，杰德和父亲需前往祖母的家乡法国克勒兹省，而他们碰巧选择了取道法国最美丽公路之一的 A20 公路。途中，他们碰巧在拉苏特兰市不远的一个公路休息区停车加油。应父亲的要求，杰德去买张克勒兹省和上维也纳省的

---

① Michel Houellebecq, *La carte et le territoire*, *op. cit.*, p. 78.

② Milan Kundera, *L'insoutenable légèreté de l'être*, Paris: Gallimard, 1984, p. 65.

公路地图，而他碰巧买了米其林公路地图。在摊开地图的一刹那，杰德获得了审美上的一次重大启示和升华。后来，在为自己的摄影作品展选择照片时，杰德碰巧选择了他所拍摄的米其林地图的照片，这些照片又被碰巧参观展览，碰巧被在米其林工作的俄罗斯女郎奥尔加看到。展览当天，杰德又碰巧注意到了正在欣赏自己米其林系列作品的奥尔加并对其一见倾心。由此可见，命运为了将杰德推向奥尔加，竟然准备了九个“碰巧”，似乎并不是杰德自己决定与奥尔加相遇。

由于源自偶然，这份爱（或者更确切地说，这份激情）注定不会持久，特别是当奥尔加由于工作调动而被派回俄罗斯时，两人最终被迫要面临长达十几年的分离。

2. 杰德的不作为

杰德和奥尔加在展览上初次邂逅不久，二人就开始了同居生活。奥尔加在杰德的事业上给予了很大的帮助，并见证了他个人影展的巨大成功及他艺术家生涯中的重大飞跃。他们当然有过一段令人艳羡的幸福时光，但随着岁月的流逝，最初的激情逐渐褪去，开始向生活的琐碎繁杂妥协。一切都平静下来，以致在奥尔加即将离开法国前往俄罗斯时杰德极端被动，不懂得留住他的爱人。当二人阔别十几年后再次相聚时，面对奥尔加这个曾经撩拨自己情丝、使自己内心激荡的女子，杰德甚至没有一丝欲望，尽管奥尔加风韵犹存。然而，不幸的是，生活只给人们一次机会：

> ……生活有时会给我们一次机会，但只要我们在机会面前稍有犹豫，生活就会重新洗牌。它给了我们时间做出行动，获得近在咫尺的幸福，这时间或许是几天、几周或者几个月，但仅此一次机会，没有走回头路的可能性。生活不会再留位置给热情、信仰和诺言，我们心中只剩下委婉的屈从、忧伤的怜悯和无用的感慨，但同时我们也会觉得这样是公平的。事情本来或许可以不同的，只是，我们配不上生活的馈赠。①

奥尔加离开法国后，在很长一段时间里，杰德都被一种无以名状的悲伤氛围笼罩着。他觉得自己的整个世界在一瞬间崩塌，化为一片空白。在

① Michel Houellebecq, *La carte et le territoire*, *op. cit.*, p. 78.

发现自己的生活毫无意义之后，杰德决定不再拍摄米其林地图，同时终止了该系列作品的网上出售。不久后，他重拾画笔，投身绘画行业。

杰德不懂得挽留奥尔加，或许，他也不想挽留。他的不作为或许是因为他的冷漠和麻木。一样东西总是在失去的时候才开始被珍惜，爱情也不例外。奥尔加走后，十一月初的一个下午，杰德无意间来到奥尔加曾经居住过的公寓前，当他沿着熟悉的路线走向卢森堡公园的时候，那些关于奥尔加的回忆如潮水般涌上心头。他蓦然想起乔·达森那首《卢森堡公园》的歌词，顿觉无限伤感，不禁潸然泪下。

（二）现代人的麻木

1. 现代人的“爱无能”

杰德的不作为不仅仅因为他的冷漠麻木，更因为他的“爱无能”。

什么是“爱无能”呢？这一词语很好地诠释了现代人的生存状况：极度丰富的生活和极度空虚的灵魂。除了钱，没有什么能引起人的兴趣；除了性，没有什么能让人兴奋。人在物质生活的洪流中迷失自我、湮没自我，昔日的精神绿洲已然演变成一片让人绝望的土地，恰如艾略特笔下的荒原：

……我说不出话，
眼睛看不见，我既不是活的，
也未曾死，我什么都不知道，
望着光亮的中心看时，是一片寂静。①

现代人是迷失方向的一代，是不作为的一代，整个一代人都失去了信仰的勇气以及爱的能力。

在当今消费社会的时代背景下，“爱无能”可以被视为一种新型的“世纪病”。现代人之所以会失去爱和被爱的能力，是因为他们处在一个次要的位置，受制于社会压力、人际竞争特别是金钱的统治。

“生命消逝，岁月流过，青春离去，季节转换，而天上只剩下一件事

---

① Thomas Stearns Eliot，“*The waste land*”，in *The Complete Poems and Plays of T. S. Eliot*，London：Faber and Faber，1969，p. 62. 赵萝蕤译文。

物，就是上帝，地上只剩下一件事物，就是爱情。”[①] 随着生活节奏的加快，人们在不自知的情况下将个人的情感和灵魂置于脑后，进而丢弃了最重要的两样东西：上帝和爱，而它们却是人类得以存在的基本元素。

2. 现代社会中的爱情

现代社会中到底存不存在爱情呢？答案是：存在，“但是却像稀有物品一样转瞬即逝：它是一切都被物化、被买卖后仅存的唯一奢侈品”[②]。在一切都可以被生产、被制造的大背景下，社会似乎否定了真实性的存在，这也就解释了为什么当今许多人无法区分爱和性。

现代人处于一个压抑的环境中，人际关系、工作事业以及来自社会的种种压力充斥着人们的生活。原本慢节奏、需要循序渐进的爱情由于快节奏生活的要求也开始提速。人们相识、相爱、分手，循环往复，就像身处大机器时代的生产流水线。

现代人的麻木是顽固的，甚至是冷酷的：无论怎样的爱情火花都不会在他们的心湖荡漾起，哪怕是一丝涟漪。有些人甚至把爱情（更确切地说，爱情的副产品——性）当作发泄压力的可行方法之一，对其召之即来，挥之即去，饿时以充饥，饱时即丢弃，似乎自己是在快餐店消费。在肉体的快感过后，他们又会陷入一种无可解释的深深空虚中。每当开始一段新的恋情，所有的一切都会重演。

社会压力、爱无能和情感麻木三者之间存在着密切的关系。

首先，正如前文提到的，在社会压力下，人们失去了爱和被爱的能力；因为爱无能，人类变得被动，失去了行动的勇气，所以才会在压力面前表现出麻木和冷漠。

其次，爱无能和情感麻木是相互影响、相互作用的。情感的麻木和冷漠会给人的世界观施加负面的影响，致使人们不能感受爱、不懂爱，不能摆脱既定的“相遇、相爱、分手”的套路，从而导致人的爱无能；而爱无能又会反过来强化情感上的麻木和冷漠。这个由社会压力、爱无能和情感

---

① 维多克·雨果著，张放译：《雨果情书》，南京：江苏人民出版社 1998 年版。

② Anonyme, *La carte et le territoire*, *formidable autoportrait de Houellebecq*, Les Inrockuptibles. [Ressource électronique]. 29 – 08 – 2010. [réf. du 20 février 2011]. Disponible sur: http: //www. lesinrocks. com/livres-arts-scenes/livres-arts-scenes-article/t/49774/date/2010-08-29/article/la-carte-et-le-territoire-formidable-autoportrait-dehouellebecq/.

麻木构成的诡异三角形似乎是现代人永远无法走出的怪圈。

三、杰德和维勒贝克的关系

杰德邀请作家维勒贝克为自己的个人摄影作品展览写一篇文章，并答应以一幅作家的画像作为报偿。区区三次碰面使得杰德和维勒贝克都不愿将他们的关系称为“友谊”，用“一次平等的利益交换”来定义二者的相遇似乎更为恰当。这次交换涉及的是作家维勒贝克的个人声誉和画家杰德作品的不菲价值。当作家因拥有这幅天价作品而被谋杀后，金钱的统治地位便又得到了巩固。在这样一个社会，人与人之间的关系由冷漠主导，一切利益各归各位之后，之前建立的关系立刻随之解除。

（一）杰德和维勒贝克

1. 三次见面

在这部自画像式小说中，作者维勒贝克也以一个孤独而消沉的作家形象出现，并给自己设计了一个离奇而极富悲剧色彩的死亡结局。直到杰德得知作家的死讯，并被加斯兰警官询问作家生前情况之时为止，他仅仅和维勒贝克见过三次面。

他们的第一次见面是在杰德第二次个人作品展的准备期间。当时，独居爱尔兰的作家维勒贝克受邀为杰德的作品展作序。为了显示诚意，杰德亲自拜访作家在爱尔兰的居所，并承诺等文章完成后，赠送一幅作家的画像作为报偿。

杰德第二次见作家的目的显而易见，为他拍照以便完成画像，因为作家无法忍受长时间一动不动地摆造型。维勒贝克给杰德作品展写的序言，为后者事业的成功做出了极大贡献。尽管此后自己画作的价格一路飙升，杰德仍坚持将时价 75 万欧元的作家画像作为礼物赠与维勒贝克。

在他们第三次也是最后一次见面之前，维勒贝克买下了位于法国卢瓦雷省自己度过童年的房子。杰德则在与奥尔加分开十几年后重逢，却再也没有往日的激情了。为了将画像交给维勒贝克，杰德再次拜访作家。他们在一起谈艺术、人生、历史、社会等话题，杰德感到维勒贝克似乎很失望，并对自己终将要结束的生命无欲无求。

此后，他们便再没有见过面。在没有留下一丝痕迹的情况下，维勒贝克就从杰德的生命中消失了，而杰德甚至也没有再见作家的想法。杰德第二次造访作家在法国卢瓦雷的住所，是由警官加斯林陪同的。当时谋杀案发生不久，警方找到曾与作家接触的杰德到案发现场寻找线索。

在杰德的帮助下，案件很快有了突破性线索：环绕房间一周后，杰德发现，自己赠送给作家的画像不在了，而此时，这幅画像的价格已升至 90 万欧元。显然，作家维勒贝克是因财被杀的。

2. 友谊

杰德和维勒贝克之间的关系算不算是“友谊”呢？这也正是他们第二次见面后杰德所思考的问题。“……这个词或许有些夸张了，杰德怎么也不会想到自己能够以这样一种顺序体会到这一情感：他安然度过了少年和青年时期，而没有成为所谓‘友谊’的腹中猎物，但这一时期恰好是友谊极易生长发芽的阶段；所以在他开始老去的现在，友谊姗姗来迟也是件不太可能的事情。”①

然而，杰德至少是珍惜他们的见面的，尤其欣赏维勒贝克为他的个人展览所写的文章。

不仅杰德在回答“这算不算友谊”的问题时犹豫不决，我们作为读者亦会踟蹰。

一个价值 90 万欧元的礼物可以作为他们友谊的证据吗？不尽然。这幅题为“作家米歇尔·维勒贝克”的画像是杰德为了感谢维勒贝克而送给他的，从某种程度上讲，是一种报偿。此外，杰德艺术生涯的这次重大飞跃亦部分得益于作家维勒贝克，或者说，正是作家以自己的名誉为展览所写的文章成就了杰德，使他一跃成为炙手可热的艺术界新宠，大家疯狂地购买、收藏他的作品，甚至不顾它们直线攀升的价格。

从这种角度来看，我们认为，杰德和维勒贝克之间的关系更倾向于是合作者而不是朋友。下一节我们将会进一步讨论这个问题。

（二）现代人的冷漠

1. 消费社会金钱的统治地位

为了更好地阐释杰德和维勒贝克的关系，我们不得不引入“金钱”这个概念，因为它是消费社会中始终无法绕过的话题。

---

① Michel Houellebecq, *La carte et territoire*, *op. cit.*, p. 60.

近几十年以来，金钱的统治地位逐渐得到巩固和加强。当今世界越来越以消费品的生产和金钱的力量为中心，现代人也被迫忧伤地接受世界运行的方式：金钱统治一切的时代最终来临，它所到之处，万物俱灭，清浊不分。

在消费社会中，人们是作为独立的消费个体而存在的，都迷失在物质生活的洪流之中，似乎人们可以用金钱买到一切，包括诸如爱、友谊这类抽象的东西。人存在的意义便这样被表面繁荣的商品交换掩盖了。身为消费者的现代人，甚至不是自己生活的主人，而金钱这样一个商品交换的媒介却摇身一变，成了统治一切、衡量一切的君主和标准，在消费社会粉墨登场，大行其道。

由此可见，人际交往同样也摆脱不了金钱的影响。人人为己，此乃人之常情。人不会做有损自己利益的事情，此亦人之常情。从这个角度看，维勒贝克的谋杀案便可解了：凶手残忍杀害作家是为了得到杰德馈赠的那幅价值不菲的画作；说到底，凶手还是受了金钱的诱惑。杰德的父亲很早之前就告诉过他："最管用的，能最有力地推动人们不断超越自我极限的，始终是最简单、最单纯的对金钱的需要和渴望。"①

2. 冷漠主导现代社会的人际关系

刚才我们提到，金钱在现代社会占有十分重要的地位，那么它是否也对人的精神层面造成了一定的影响呢？当然是。这种影响最明显的表现之一便是现代人的冷漠。

回顾杰德和维勒贝克的三次见面，我们马上会发现，这三次见面是他们仅有的交流机会，而且每次都有明确的目的：第一次杰德请维勒贝克帮自己的个人作品展做文章，第二次杰德给作家拍照，第三次杰德将完成的画像送给作家。

这两人之间确实存在密切的联系，但这种联系是由利益维系的。当一方向另一方提出请求，并许诺给其相应报偿之时，这种联系便建立起来了。当一切利益纠葛的难题解决清楚，双方都领到各自的一杯羹时，二者间的联系便随之戛然而止，绝不拖泥带水。

在消费社会里，人与人之间的关系是由冷漠主导和统治的。一个人甚

---

① Michel Houellebecq, *La carte et le territoire*, *op. cit.*, p. 12.

至不和自己的邻居讲话，除非有一天要向他借什么东西。现代人似乎已经非常习惯这种人际交往方式，对他们来说，“你不欠我我也不欠你”就是公平。

至此，我们便可以回答上一节一开始提出的问题：“杰德和维勒贝克的关系到底算不算友谊?”

我们认为，尽管他们曾有机会成为所谓的“朋友”——他们在谈话中互诉心曲，甚至发现了他们之间的一些共同之处——二人之间还是一种合作者的关系。这种关系起始于杰德对维勒贝克的委托，到杰德将画像赠与维勒贝克时结束。这种泛泛的关系也解释了为什么在那以后二人再没有在彼此的生活中出现过。

现在，我们来回答另一个问题：为什么作家维勒贝克会成为金钱祭坛上的牺牲品？

那是因为，在一个金钱至上的社会，美德、道义和原则统统屈服于金钱的统治之下。对杀害维勒贝克的凶手来说，他行凶过程中脑袋里只有一样东西：钱。正是这个东西蒙蔽了凶手的双眼，使他残忍地杀害了一个与己无干的陌生人来获取巨额利益。这恰恰说明“……在21世纪，艺术家的死不再具有浪漫色彩：人们通常因为一些粗鄙而低俗的原因把矛头指向他们，可很多人就是这么粗鄙而低俗地度过自己的一生的”①。

四、杰德和他的职业

纵观杰德艺术生涯的四个阶段，我们发现，他对于世界的态度和他对于自己作品的态度大相径庭：一个冷漠如冰，一个热情如火。这正是小说主人公在现代消费社会遇到的激烈冲突：在对现实世界失望后，杰德只能在内心最深的角落里寻找自己存在的意义，这个角落正是他安放自由、想象、梦想和希望的地方。这也正是他从巴黎高等艺术学院毕业后立即投身艺术行业的原因。

（一）杰德艺术生涯的四个阶段

小说的主人公杰德是一位天赋异秉的艺术家，极具成熟的审美力和艺

① Anonyme, *La carte et le territoire*, *formidable autoportrait de Houellebecq*, *op. cit.*

术感受力。总体来看，杰德的一生共经历了四个创作阶段。

杰德的第一个创作阶段是在他大学的时候。在巴黎美术学院就读期间，杰德带着“创建工业时代人类制造物品的一个齐全目录”[①] 的百科全书般的野心踌躇满志地开始了他对手工制造物件的系统摄影。在这一时期里，杰德拍摄了一系列五金制品，合成了“五金零件系列照片三百张”。在他看来，“人类的历史在很大程度上可以等同于人类掌控金属的历史”[②]。

在与冰冷的工业时代物件决裂后，杰德开始了他“穷尽某地的一种尝试”[③]。他由拍摄米其林地图而开始了自己艺术生涯的第二个阶段，他的作品展也处处体现着“地图比领土更有趣”的深意。为什么说“地图比领土更有趣”呢？因为当杰德在 A20 公路上第一次摊开一张米其林公路地图时，他被地图的美震撼了，并获得了审美上的一次重大启示：“世界现代性的本质、对科学技术认知的精华，似乎和动物体生命的本质是相辅相成的……（面对着地图）可以感到十几个生命的跳动和十几个甚至上百个灵魂的召唤——它们中的一些引人堕入地狱，而另一些则给人带来永生。”[④]

这一创作阶段随着奥尔加的离去而结束，随后杰德决定转向绘画，他的第三个创作阶段由此开始。这一时期同时也是杰德艺术创作的黄金时期，灵感丰富，作品众多，包括“简单职业”系列的六十五幅画作一直到十八个月内完成的“公司的组成”系列二十二幅画作。在这些作品中，关于他父亲的《让—皮埃尔·马丁退下领导席》，有《让—皮埃尔·佩尔诺出柜》，以及市价最高、小说描写篇幅最长的作品《比尔·盖茨和史蒂夫·乔布斯谈论计算机技术的未来》，副标题为“帕罗奥多的谈话”。一幅回归“简单职业”系列的作品《作家米歇尔·维勒贝克》标志着这一创作阶段的结束。在这一时期，“渴望着给其所处时代的社会生产部门一个详尽的观照，杰德·马丁必然被迫在他事业的某个时刻代表着艺术家”[⑤]。

杰德·马丁在生命的最后几年里，仍然坚持艺术创作。他这一时期的

---

① Michel Houellebecq, *La carte le territoire*, *op. cit.*, p. 10.

② *Ibid.*, p. 14.

③ Georges Perec, *Tentative d'épuisement d'un lieu parisien*, Paris: éd. Christian Bourgois, 2008.

④ Michel Houellebecq, *La carte le territoire*, *op. cit.*, p. 15.

⑤ Michel Houellebecq, *La carte le territoire*, *op. cit.*, p. 37.

创作，“似是对欧洲工业时代结束的深思，广义来讲，是对人类工业生产之短暂性、必然消亡性的思考”①。在时间的作用下，一切都物化了，甚至那些人类制造的工业产品也消亡了。在小说结尾，杰德看着人类工业文明的残片被掩映在随风摇摆的野草中，不禁感叹到“植物的胜利是彻底的”②。

（二）杰德的矛盾

纵观杰德的一生，我们很容易发现他的矛盾之处：他对于世界的冷漠和他对于自己作品的热情。

在杰德的艺术生涯之初，没有人可以预测他日后的成功。杰德似乎也没有“成为著名艺术家”的意愿和野心。他选择投身艺术的动机很简单，除了“客观地描绘世界”③外别无其他。要不是买家和收藏者们不断开出惊人高价争相购买他的作品，杰德也不会意识到自己的成功。此外，正如我们提到的，杰德对于父亲、奥尔加以及维勒贝克的冷漠是残酷而无情的。他不懂得对父亲表达感情，不懂得如何留住爱人，也不懂得如何维系一段情谊。

对于很多人来说，杰德应该是一个在感情方面迟钝木讷的人。然而，他对艺术的执著和热情却让人印象深刻。

作为一名艺术家，一名“挨了商品生产致命一击的手工业最后一批代表人物之一”④，杰德坚持按照当今世界的本来面貌来描绘它，尽管它单调、平庸，甚至粗俗。通过杰德对他捕捉到的信息的艺术化诠释，我们在感受到他内心深处炽热的爱的同时，也被他对于人类在时间和历史中地位的直觉性理解深深打动。

与他对外部世界的冷漠完全相反，杰德对艺术的感情温柔而细腻。只

---

① *Ibid.*, p. 132.

② *Ibid.*, p. 133.

③ *Ibid.*, p. 14.

④ “Voilà en bref notre position d'artiste: nous sommes les derniers représentants de l'artisanat auquel la production marchande a porté un coup fatal”, confirme William Morris dans une conférence à Édimbourg en 1889. Cité par Michel Houellebecq, *La carte et le territoire*, [Ressource électronique]. 9 – 2010. [réf. du 2 décembre 2010]. Disponible sur: http://www.toujoursdebout.net/divers/La%20carte%20et%20le%20territoire%20-CC-BY-SA.pdf, p. 82.

有在艺术世界里，他才能找到自己存在的意义，因为艺术是一片神奇的净土。这也同时解释了为什么杰德在第三个创作阶段表现出异于往常的狂热和激情，因为只有投身于艺术海洋中，杰德才能找到完全意义上的自由，获得人生价值，理解自己存在的意义。

结　语

小说《地图与领土》不仅是米歇尔·维勒贝克的一幅自画像，更是他站在客观的角度，通过对当今社会种种现象细致入微的观察而写就的现代人精神状况的写实篇章。

小说对四组关系的解读恰是现代社会人际交流状况的缩影。通过描写主人公杰德·马丁的生活，米歇尔·维勒贝克表达了对现代人麻木与冷漠的讽刺和同情，同时深刻而无情地揭示了现代人在消费社会的生存境况：完全被物质生活的洪流淹没，精神空虚而无能，彻底臣服于金钱的统治。

在我们所处的当今社会，受商品经济与消费行为的影响，现代人慢慢地丧失了正确的世界观和价值观。新工业革命带来的丰富的科技成果也让现代人拥有了更好的生活，而这反倒成了他们坐享其成、停滞不前的借口。就这样，人的价值标准和存在理由被成千上万的商品交换行为所掩盖，被越来越快的生活节奏无情地抛在脑后、踩在脚下。

现代人或许会在小说主人公杰德的身上看到自己的影子，因为杰德的痛苦正是生活在工业时代的我们的痛苦：孤独、麻木、冷漠和煎熬。

通过展现杰德（或者说作者自己）的生活情况和生存痛楚，米歇尔·维勒贝克亦邀请读者来认真思考消费社会中人的存在意义。

【参考文献】

维克多·雨果著，张放译：《雨果情书》，南京：江苏人民出版社 1998 年版。

Anonyme, *La carte et le territoire*, *formidable autoportrait de Houellebecq*, Les Inrockuptibles. [Ressource électronique]. 29 – 08 – 2010. [réf. du 20 février 2011] . Disponible sur: http: //www. lesinrocks. com/ livres-arts-scenes/livres-arts-scenes-article/t/49774/date/2010 – 08 – 29/ article/la – carte – et – le – territoire – formidable – autoportrait – de – houellebecq/.

Honoré de Balzac, *La Comédie Humaine*, Vol. 5 (*Etudes de mœurs: Scènes de la vie de province*, *Illusions perdues*), Paris: Gallimard, 1977.

Jean Brun, “Angoisse”, dans *Encyclopædia Universalis*, version DVD, Paris: Encyclopædia Universalis France S. A., 2002.

Collectif, *Dignitas*, La Wikimedia Foundation, Inc. [Ressource électronique]. 23 – 12 – 2010. [réf. du 30 mars 2011]. Disponible sur: http://fr. wikipedia. org/wiki/Dignitas.

Collectif, *Solitude*, La Wikimedia Foundation, Inc. [Ressource électronique]. 17 – 1 – 2011. [réf. du 30 mars 2011]. Disponible sur: http://fr. wikipedia. org/wiki/Solitude.

Thomas Stearns Eliot, *The waste land*, in *The Complete Poems and Plays of T. S. Eliot*, London: Faber and Faber, 1969.

Cité par Michel Houellebecq, *La carte et le territoire*, [Ressource électronique]. 9 – 2010. [réf. du 2 décembre 2010]. Disponible sur: http://www. toujoursdebout. net/divers/La%20 carte%20 et%20le%20 territoire%20 – CC – BY – SA. pdf.

Victor Hugo, *Lettres à Juliette Drouet*, Paris: Harpo, 1985.

Milan Kundera, *L'insoutenable légèreté de l'être*, Paris: Gallimard, 1984.

William Morris, “discours prononcé dans une conférence à Édimbourg en 1889”. Cité par Michel Houellebecq, *La carte et le territoire*, [Ressource électronique]. 9 – 2010. [réf. du 2 décembre 2010]. Disponible sur: http://www. toujoursdebout. net/divers/La% 20carte% 20et% 20le% 20territoire% 20 – CC – BY – SA. pdf.

Friedrich Nietzsche, *Le gai savoir*, trad. par Pierre Klossowski, Paris: Gallimard, 1982.

Georges Perec, *Tentative dépuisement d'un lieu parisien*, Paris: éd Christian Bourgois, 2008.

后　记

本书是在广东省普通高校人文社会科学研究重点项目“20世纪法国小说的‘存在’观照”（编号06JDXM750002）结项成果的基础上增删编辑而成。我们向参与这项课题，并贡献了自己的研究成果的各位同仁、同事和同学表示深挚的谢意。

如果说我们的研究成果结集成书以后的结构像一部交响乐，课题主持人就像参与演奏的乐队指挥，课题组成员则如同演奏不同乐器的乐手。有时候，几种乐器被不同的乐手演奏；有时候，不同的乐手演奏同一种乐器，但有各自的变奏。有些乐段比较强劲，有些则比较细弱。它们构成了音乐表现的多样性。有些副主题一闪而过，有些则反复出现。这些都与我们的表达动机有关。

禅宗认为“一说即错”，因此什么也不说。我们的这部“存在”交响乐有伟大的构想，但最终呈现在硕学方家面前的肯定是可以被大加批评指责的憾恨之作。我们之所以“说不可说”，就在于希望抛砖引玉，引发出更好的“言说”。在学术研究中，从来没有最好的“言说”，只有相对更好的“言说”。“更好”意味着学术的进步。这是我们工作的意义和安慰，也使我们不至于因妄自菲薄而藏拙。

本书获得了广东外语外贸大学出版基金资助。本校外国文学文化研究中心和西方语言文化学院法语系从课题一展开就给予了大力支持。我们在此一并致谢。

本书是多人合作的产物，具体分工如下：

前言，张弛。

导论，张弛。

第一部分，第一章，张弛；第二章，王牧；第三章，张丽萍；第四章，陈静。

第二部分，第一章，何晓玉；第二章，刘波、尹丽；第三章，张丽萍；第四章，韦华；第五章，彭郁。

第三部分，第一章，王淑艳；第二章，徐真华、杨韶刚；第三章，邹琰；第四章，徐真华；第五章，张弛。

第四部分，第一章，张弛、方丽平；第二章，马利红；第三章，方丽平；第四章，朱陈荣。

余论，秦宵。

后记：张弛。

两位主编的分工如下：

徐真华：设计课题，制定研究策略，指导全部工作。

张弛：设计和细化课题，协调课题组成员的工作，统稿，设计全书结构并编辑书稿。

中文里有些习惯了的译名其实是不准确的，如：“存在”（“Etre” 应译为“是”，以区别于“existence”）、“我思故我在”（“Je pense donc je suis.” 应译为“我思故我是”）、“他人即地狱”（“L'enfer，c'est les autres.” 应译为“地狱即他人”）、“《存在与时间》”（*Sein und Zeit*，应译为《是与时》）、“《存在与虚无》”（*L'Etre et le Néant*，应译为《是与无是》）。在统稿时我们尽量作了规范化处理。有些作者参考并引用了中文资料，我们则不作改动，以保持原貌；有的改动影响到上下文行文的连贯，我们也一仍其旧。

在此书即将付梓之际，我们向广东外语外贸大学外国文学文化研究中心主任栾栋教授和暨南大学出版社史小军总编辑表示衷心的感谢。由于他们的大力推动和慷慨支持，这本凝结了多人思想成果的著作得以出版。

我们还要真诚地感谢本书的责任编辑侯丽庆。她认真细致地数次审读书稿，发现并修改了我们的不少笔误。凡是存疑之处，她都一丝不苟地提出来，要求我们务必核实修改，以保证准确无误。她认真负责的工作态度值得我们学习。

愿这本书成为我们共同工作的一个纪念物。

张　弛

2011年6月

写于广州白云山下

作者简介

徐真华：广东外语外贸大学西方语言文化学院法语系教授。

张　弛：广东外语外贸大学西方语言文化学院法语系教授。

杨韶刚：广东外语外贸大学政治与公共管理学院英语心理学系教授。

刘　波：四川外语学院中外文化比较研究中心教授。

尹　丽：四川外语学院法语系教授。

王淑艳：广东外语外贸大学西方语言文化学院法语系副教授。

马利红：暨南大学外国语学院副教授。

邹　琰：广州大学外国语学院副教授。

韦　华：齐齐哈尔大学人文学院中文系副教授。

方丽平：广东外语外贸大学西方语言文化学院法语系讲师。

王　牧：广东外语外贸大学西方语言文化学院法语系讲师。

彭　郁：广东外语外贸大学西方语言文化学院法语系讲师。

张丽萍：广东外语外贸大学西方语言文化学院法语语言文学专业2006级硕士研究生。

朱陈荣：广东外语外贸大学西方语言文化学院法语语言文学专业2007级硕士研究生。

何晓玉：广东外语外贸大学西方语言文化学院法语语言文学专业2007级硕士研究生。

陈　静：广东外语外贸大学中文学院比较文学与世界文学专业2007级硕士研究生。

秦　宵：广东外语外贸大学西方语言文化学院法语语言文学专业2011级硕士研究生。